EMILY WINSTON

DER MORDCLUB VON SHAFTESBURY

Eine Tote bleibt selten allein

atb aufbau taschenbuch

Emily Winston ist das Pseudonym von Angela Lautenschläger. Sie arbeitet seit Jahren als Nachlasspflegerin und erlebt in ihrem Berufsalltag mehr spannende Fälle, als sie in Büchern verarbeiten kann. Ihre Freizeit widmet sie voll und ganz dem Krimilesen, dem Schreiben und dem Reisen. Besonders die britische Lebensart und der englische Humor haben es ihr angetan. Sie lebt mit ihrem Mann und zwei Katzen in Hamburg.

Penelope will in Shaftesbury eine Partnervermittlungsagentur eröffnen, sehr zum Erstaunen der Dorfbewohner, die der Überzeugung sind, dass es sich dabei um eine Tarnung handeln muss und Penelope eigentlich Privatdetektivin ist. Gleich am ersten Tag gerät sie zudem mit Sam aneinander, Tierarzt und alleinerziehender Vater der neugierigen kleinen Lilly. Als Penelope beobachtet, wie eine Frau überfahren wird, will sie Shaftesbury am liebsten wieder verlassen. Doch sie muss sich eingestehen, dass ihr die Dorfbewohner ans Herz gewachsen sind – und dass doch mehr Detektivin in ihr steckt, als sie dachte.

EMILY WINSTON

DER MORD CLUB VON SHAFTESBURY

Eine Tote bleibt selten allein

KRIMINALROMAN

atb aufbau taschenbuch

FSC
www.fsc.org
MIX
Papier | Fördert gute Waldnutzung
FSC® C083411

ISBN 978-3-7466-3966-6

Aufbau Taschenbuch ist eine Marke der Aufbau Verlage GmbH & Co. KG

1. Auflage 2023

Umschlaggestaltung und Motive www.buerosued.de, München
Satz LVD GmbH, Berlin
Druck und Binden CPI books GmbH, Leck, Germany
Printed in Germany

www.aufbau-verlage.de

PROLOG

Sie beendete die Eintragung in ihrem Heft und schraubte den Füllfederhalter zu. So vielen Menschen hatte sie auf diese Welt geholfen, und jede Geburt vermerkte sie sorgfältig in ihrer Kladde. Ebenso wie die Namen der Mutter, des Vaters, soweit er bekannt war, und die Umstände der Geburt. Es war ihre Chronik von Shaftesbury. Sie zog die Häkelstola vor der Brust zusammen und erhob sich. Jetzt kam der schwierige Teil. Ächzend bückte sie sich und hob die lose Bodendiele an, um das Heft darunter zu verstauen. Die Stola legte sie aufs Bett und schlüpfte unter die warme Bettdecke. Sie schlief sofort ein und hörte nicht, wie jemand die Eingangstür aufhebelte und leise das Haus betrat.

MITTWOCH

Penelope St. James hasste alles, was ein Fell oder Gefieder trug. Sie liebte Designerkleidung, nannte eine Handtaschensammlung von Louis Vuitton ihr Eigen und war schnell gelangweilt von Gesprächen über das Wetter, das politische Tagesgeschehen und die jüngste Rosenzüchtung. Sie brauchte die Luft im Innern einer Boutique zum Atmen und den Krach von Londons Straßen, um sich lebendig zu fühlen. Und sie war ehrgeizig. Sehr ehrgeizig. Nur aus diesem einzigen Grund befand sie sich jetzt hier. In einer Tausend-Seelen-Gemeinde im Nirgendwo. In Shaftesbury.

Penelope lehnte die Stirn gegen die kühle Fensterscheibe. Auf der Herfahrt hatte sie eine alte Dame nach dem Weg zu ihrem neuen Zuhause gefragt. Die alte Dame hatte mit ihrem Stock irgendwohin gedeutet und gesagt: »Hinter dem Dorfanger links.« Penelope hatte erst mal auf ihrem Smartphone nachsehen müssen, was ein verdammter Anger war. Aber natürlich hatte sie kein Netz gehabt und schließlich noch einen Bauern auf seinem Trecker und eine Gruppe kickender Jungs fragen müssen. Inzwischen wusste sie, dass »Anger« das Synonym für das »Ende der Welt« war – wenn nicht gar für das »Ende des Lebens« –, auch wenn das Wörterbuch meinte, es handele sich um einen grasbewachsenen Dorfplatz.

Sie trank einen Schluck Kaffee. Seit geschlagenen fünf Minuten sah sie schon aus dem Fenster und hatte keine Menschenseele gesehen. Nur eine Katze war langsam über den Anger geschlendert.

Penelope schloss für einen Augenblick die Augen. Vielleicht war es falsch gewesen herzukommen. Nicht vielleicht, bestimmt! Was zum Teufel sollte sie hier? Wie sollte sie hier jemals erfolgreich sein? Sie stellte sich Jeremy vor, der jetzt in seinem Büro in London saß und sich ins Fäustchen lachte, weil sie ihm auf den Leim gegangen war. »Was?«, würde er lachend fragen, wenn sie wutentbrannt in sein Büro stürmte. »Das war ein Witz, Penny! Ich hätte nie gedacht, dass du darauf hereinfällst und dich in diesem Kaff einmotten lässt.« Und dann würde er wieder ernst werden und sagen: »Aber eines ist dir doch wohl klar: Wenn du dich so leicht hinters Licht führen lässt, bist du als mein Kompagnon nicht geeignet.« Und das war es, was sie wollte: Partnerin des »Golden Sunshine und Luxury Club« werden, der exklusivsten Partnervermittlungsagentur Englands. Der Ansammlung von Luxus, Geld und Macht, von Earls, Unternehmensbossen und gut aussehenden Menschen. Der Crème de la Crème. Als sie Jeremy nach seinen Plänen gefragt hatte, hatte er nur milde gelächelt und gesagt: »Penny, Schätzchen, London ist abgegrast. Wir tauschen die Leute hier doch nur noch durch. Jeder war schon mal mit jedem verheiratet. Nein, wir müssen raus aufs Land. Dort leben die Reichen und Gebildeten einsam und allein in ihren riesigen Herrenhäusern und warten darauf, dass wir ihnen eine schöne Frau vermitteln.« Sie hatte entgegnet, dass in Shaftesbury nur eine Handvoll Menschen lebe. »Eine Handvoll, aber mit den höchsten Einkünften und den größten Vermögen«, war Jeremys Antwort gewesen. »Wir müssen raus aufs Land, zurück zur Natur, direkt zu den Menschen. Die Zeiten, in denen sich alles nur noch im Netz abspielt, sind vorbei. Die Leute begreifen allmählich, dass sie einander brauchen, dass eine Berührung, ein Blick viel wichtiger sind als mindestens drei Balken auf dem Smartphone.

Penelope schnaubte. Von drei Balken konnte man hier nur träumen. Auf dem Friedhof neben der Kirche kriegte man mit viel Glück einen Balken, allerdings auch nur, wenn man das Handy hoch über den Kopf hielt. Aber wie zum Teufel sollte sie so in ein Handy sprechen?

Seufzend wandte sie sich vom Fenster ab und ließ den Blick durch den Raum schweifen. Die Agentur hatte dieses Cottage von einer

Erbengemeinschaft gemietet. Eine alte Dame hatte hier das Zeitliche gesegnet, und genau so sah es auch aus. Vermutlich war ihr Tod jahrelang unentdeckt geblieben, und sie war zu Asche zerfallen, die sich als Staub auf das Mobiliar, den Kaminsims und die Bücher gelegt hatte. Penelope schüttelte sich bei dem Gedanken. Auf der Herfahrt war sie durch die sogenannte Main Road gekommen und hatte dort aus dem Augenwinkel einen Kramladen gesehen. Die hatten hoffentlich Putzmittel und einen anständigen Wischmopp. Zuerst musste sie sich aber der Einrichtung der Agentur widmen. Penelope schlüpfte in ihr dunkelblaues Kostüm, die blauen Pumps und verließ eine halbe Stunde später das Haus.

Mit ihrem Mini umrundete sie den Dorfanger, bog nach rechts ab, ließ die Kirche links liegen und landete in der Shaftesbury Lane. Hier einen Parkplatz zu finden, war nicht besonders schwer. Ganze drei Wagen parkten am Straßenrand. Ein grüner Landrover, ein roter Sportwagen und ein schwarzer Porsche Cayenne. Kein Trecker, kein zerbeulter Kleinwagen. Vielleicht hatte Jeremy recht, und hier lebten ausschließlich reiche Leute. Auf alle Fälle würde sie das als Erstes überprüfen, ehe sie sich die Mühe machte, den ehemaligen Zeitungsladen von Mrs Middlecroft in eine Partneragentur zu verwandeln.

Die Agenturräume befanden sich in einem roten Backsteingebäude, das Schaufenster war mit blauschwarz gestrichenen Säulen eingefasst. Nachdem sie ausgestiegen war, betrachtete sie die Fassade und stellte sich das beleuchtete Schild vor, das sie bestellt hatte. In goldenen Lettern würde dort Golden Sunshine und Luxury Club stehen.

Ein junger Mann kam vorüber, an der Leine führte er einen riesigen Hund. Das zottelige Tier blieb vor der Tür zur Agentur unvermittelt stehen, ließ sich nieder und machte einen riesigen Haufen. Penelope öffnete den Mund, um den Hundeführer aufzufordern, die Hinterlassenschaft zu beseitigen, aber ehe sie auch nur einen Ton sagen konnte, trat der Mann samt Hund durch die Tür zur Tierarztpraxis nebenan. Das war unglaublich! Neben der funktechnischen Abgeschiedenheit war ihr die direkte Nachbarschaft zu der Tierarztpraxis ohnehin ein Dorn im Auge. Eine Tierarztpraxis bedeutete Tiere und – wie sie vor einer Minute gesehen hatte – auch Hundehaufen. Auf keinen Fall würde sie diese Respektlosigkeit hinnehmen, damit sich solche Unsitten gar nicht erst manifestieren konnten.

Mit großen Schritten ging sie zur Praxis hinüber, an der ein Schild hing. *Dr. Samuel Bower.* Wütend riss sie die Tür auf und fand sich in einem gefliesten Vorraum wieder, in dem auf den Stühlen entlang der Wände die Hälfte der Einwohner von Shaftesbury saß. Auf dem Schoß und zu ihren Füßen jeweils ein Tier von gefühlt jeder Gattung. War das hier der Vorhof zur Arche Noah? Sie ließ den Blick über die Leute schweifen, aber der junge Mann mit dem Hund war nicht darunter. Penelope ging zum Empfangstresen hinüber.

»Entschuldigen Sie, ich bin Penelope St. James, Ihre neue Nachbarin«, erklärte sie der jungen blonden Frau. »Einer Ihrer Patienten hat eben vor meine Tür gekackt.«

»Einen Augenblick«, erwiderte die Frau, ohne von ihrem Bildschirm aufzusehen.

»Hören Sie, ich suche nur den jungen Mann, der hier eben hereingekommen ist. Wo finde ich ihn?«

»Moment, ich bin gleich für Sie da.«

Penelope atmete ein, um sich für einen längeren Vortrag zu wappnen. Hinter ihr öffnete sich die Tür, und eine kleine alte Lady trat neben Penelope an den Tresen.

Die Sprechstundenhilfe sah hoch. »Ah, Mrs Gladstone.« Sie sprang auf und beugte sich über den Tresen, um die alte Frau zu umarmen. »Es tut mir so leid. Wirklich. Geoffrey war so ein Lieber …«

»Danke, das ist nett, dass Sie das sagen«, erwiderte Mrs Gladstone.

Penelope räusperte sich. »Mir tut es auch leid um Ihren Mann.«

Mrs Gladstone löste sich aus der Umarmung und wandte sich Penelope zu. »Mein Mann? Der ist seit fünfzehn Jahren tot.«

»Ach so. Ich dachte, Geoffrey …«

»Geoffrey war Mrs Gladstones Main Coone Kater«, erklärte die Sprechstundenhilfe. »Ein wunderschönes Tier, das schon eine Menge Preise eingeheimst hat.«

Penelope nickte. Ein Kater. Natürlich. Hier war es offenbar völlig normal, dass man wegen eines toten Tieres aus dem Häuschen geriet.

»Verstehe«, sagte sie. »Um noch mal auf den jungen Mann zurückzukommen …«

»Das ist wirklich schlimm«, sagte die Sprechstundenhilfe zu Mrs Gladstone, ohne Penelope zu beachten.

»Ach, na ja, er war eben alt, aber er war das Einzige, was ich noch hatte. Jetzt liegt er unter der alten Eiche im Garten. Neben meiner Bella.« Mrs Gladstone seufzte. »Jetzt gibt es nichts mehr, wofür es sich zu leben lohnt.«

»Sagen Sie doch so etwas nicht! Wir finden bestimmt eine andere Katze, die zu Ihnen passt.«

Die Lady schüttelte den Kopf. »Nein, meine Liebe. In meinem Alter schafft man sich kein Tier mehr an. Deshalb bin ich auch hier. Ich habe draußen im Wagen noch Futter, Näpfe und Spielzeug. Vielleicht gibt es jemanden, der die Sachen gebrauchen kann.«

»Das ist eine ganz reizende Idee.« Die junge Frau kam hinter dem Tresen hervor. »Ich helfe Ihnen, die Sachen reinzutragen.«

Fassungslos sah Penelope zu, wie die junge Frau den Arm um die schmalen Schultern der Alten legte und mit ihr die Praxis verließ. Unglaublich. Penelope sah sich um. Irgendwohin musste dieser Kerl mit dem kackenden Hund ja verschwunden sein. Neben dem Tresen gab es nur einen Gang, der in die hinteren Räume der Praxis führte. Entschlossen ging sie darauf zu und riss die erstbeste Tür auf. Die sollten sie hier gleich mal kennenlernen! Sie würde sich diese Behandlung nicht gefallen lassen.

***

Sam legte das blaue OP-Tuch mit der Öffnung über die rasierte, zarte Bauchhaut und nahm ein Skalpell zur Hand. Vorsichtig schnitt er die dünne Haut ein. Auf keinen Fall durfte er zu tief einschneiden. Die Hautschichten am Bauch der Ratte waren nur sehr dünn, und er wollte keine Organe verletzen. Er beendete eben den Schnitt, als die Tür zum OP-Raum aufgerissen wurde und eine blaugewandete Furie hereinstürmte. Erschrocken zog er die Hand zurück. Er hätte das arme Tier vor Schreck beinahe erstochen.

»Ah, hier bin ich offenbar richtig. Sind Sie Dr Bower? Ich suche diesen Ker…«

Die Frau blieb abrupt stehen. Ihr Blick fiel auf das Skalpell, auf das Tier auf dem OP-Tisch, dann sah sie ihn an und sank zu Boden.

»Ups«, sagte das kleine Mädchen, das ihm assistierte. »Was war das denn?«

Sam unterdrückte ein Fluchen. Die Hände in OP-Handschuhen, vor sich eine narkotisierte Ratte mit geöffneter Bauchdecke, war er so gut wie handlungsunfähig.

»Heather!«, brüllte er. Und als seine Sprechstundenhilfe nicht hereinkam, noch einmal: »Heather!«

Das Mädchen sah ihn aus großen Augen an. »Soll ich?«

Er machte eine Bewegung mit dem Kinn in Richtung der am Boden liegenden Frau. »Guck mal, ob du Blut siehst, Lilly.«

Lilly kniete sich neben den Kopf der Frau und betrachtete sie. Dann zog sie die Augenlider hoch und legte ihre Finger auf den Puls der Frau. In Augenblicken wie diesen war er unheimlich stolz auf seine Tochter. Ein kleines Mädchen von acht Jahren, das erste Hilfe leisten konnte. Mit einem Auge behielt er den Monitor im Blick, der die Vitalfunktionen der Ratte überwachte. »Und?«, fragte er.

»Sieht okay aus. Ihr Puls ist auch in Ordnung.«

»Leg ihr eine Decke unter den Kopf und deck sie mit einer anderen zu.«

Lilly stieg über die Frau. »Komisch. Dabei ist nicht mal Blut zu sehen«, stellte sie fest, während sie die Anweisungen ihres Vaters befolgte.

»Und jetzt komm erst mal her«, sagte Sam. »Die Ratte kann nicht ewig in Narkose bleiben. Die Frau wird gleich wieder zu sich kommen.«

Vorsichtig zog er die Ränder der Bauchöffnung auseinander. Mit einer Pinzette holte er vorsichtig die Eileiter heraus, dann nahm er ein Stück Garn und legte es um einen von ihnen.

»Warum schneidest du es nicht mit der Schere durch?«, fragte Lilly.

»Wenn ich es auf diese Weise durchtrenne, blutet es weniger.« Sam legte auch bei dem zweiten Eileiter einen Garnfaden an. Anschließend nähte er den Bauchschnitt wieder zu. Lilly sah ihm aufmerksam zu, während sie mit einem Auge die Narkosemaske im Blick behielt. Kleintiermasken waren für Ratten zu groß, weshalb er einen Gummihandschuh über die Öffnung gezogen und die gespannte Fläche kreuzförmig eingeschnitten hatte. Der Kopf der Ratte steckte in diesem Loch, und es konnte kein Narkosegas entweichen. Seine Tochter war schon ein ziemlicher Anästhesieprofi. Natürlich hatte auch Sam den Überwachungsbildschirm im Auge, aber Lilly war inzwischen schon so weit, dass sie Abweichungen schnell erkannte und Alarm schlug. Und in Notfällen stand Heather vom Empfang zur Verfügung. Meistens jedenfalls.

Sam nahm das OP-Tuch ab, Lilly zog den Kopf der Ratte aus der Maske. Die ganze Operation hatte keine fünfzehn Minuten gedauert.

»Warum musste sie überhaupt kastriert werden?«, fragte Lilly.

»Weil Ratten zu hormonell bedingten Tumoren neigen. Rose hatte schon mal eine Geschwulst, und ihre Besitzerin will weitere Tumore vermeiden.«

Lilly nahm das noch narkotisierte Tier vorsichtig auf und hielt es in ihren kleinen Händen. »Sie ist süß. Kann ich auch eine Ratte?«

Sam antwortete gar nicht auf diese Frage. Jedes Tier, dem Lilly begegnete, löste in seiner Tochter diesen Reflex aus. Wenn es nach ihr ginge, hätten sie bereits einen Zoo.

»Du überwachst den Aufwachvorgang, und ich befasse mich mit unserem bewusstlosen Eindringling.«

Sam zog das Tuch vom Kopf, das er sich in Piratenmanier umgebunden hatte, so dass seine braunen, von einzelnen grauen Strähnen durchzogenen Haare zum Vorschein kamen. Er beugte sich zu der Frau hinunter, die auf dem Steinboden lag. Plötzlich machte er sich Sorgen, weil sie nicht gleich aus ihrer Ohnmacht aufgewacht war. Hoffentlich hatte sie sich nicht am Kopf verletzt. Er kniete sich neben sie und schob eine Hand unter ihren Hinterkopf. Eine Verletzung oder eine Beule konnte er nicht ertasten. Sie war eine hübsche junge Frau. Ihr schmales Gesicht war von braunen Locken umgeben. Sie hatte lange Wimpern, der Mund war blutrot geschminkt. In ihrer eleganten Aufmachung passte sie in seine Praxis wie ein Diamant in einen Kuhstall. Sam erschrak, als sie plötzlich die Augen aufschlug und ihn ansah.

»Hi«, sagte er erleichtert. »Keine Sorge. Ich bin Arzt, Sie sind nur in Ohnmacht gefallen.« Sie blinzelte ein paarmal und machte dann Anstalten aufzustehen. Sam fasste ihren Ellenbogen und half ihr. Sie griff sich an die Stirn.

»Ich bin ein bisschen durcheinander«, sagte sie. »Irgendwie bin ich hergekommen, weil ein Hund vor meine Tür gemacht hat, und ab dann habe ich einen Filmriss.«

»Hm«, machte Sam. Offenbar war sie tatsächlich noch ein wenig durcheinander. »Ihre Pupillen sind nicht erweitert. Ich denke nicht, dass Sie eine Kopfverletzung haben, aber vorsichtshalber sollten Sie sich erst mal setzen.«

»Daddy«, rief Lilly. Sie kam zu ihnen und hielt ihm die Ratte hin. »Sie wacht auf! Guck mal, sie sieht noch ganz verschlafen aus. Ist sie nicht niedlich?«

»Ja, sehr schön«, sagte Sam.

»Oh Gott«, sagte die Frau. »Ist das eine Ratte?«

»Ja, sie ist toll, oder?«

Die Frau schien Lillys Begeisterung nicht zu teilen. Sam spürte einen Zug an seiner Hand, mit der er ihren Ellenbogen hielt. Schnell packte er zu, um zu verhindern, dass sie erneut umkippte.

»Hier.« Sam reichte der Frau einen Becher Tee. Er hatte sie auf das Sofa im Aufenthaltsraum gelegt. Sie war noch immer blass und schwach auf den Beinen. Er half ihr, sich aufzusetzen, dann umfasste sie den Becher mit beiden Händen.

»Also, es tut mir jetzt wirklich leid, dass ich hier so ein Theater gemacht habe.«

»Wegen Hundekacke«, fasste Lilly, die auf dem Drehstuhl vor dem PC saß, kurz zusammen.

Ein kurzes Lächeln erhellte das Gesicht der Frau. »Richtig.« Sie trank einen Schluck Tee. »Warum machen Menschen so etwas?«

»Was? Ihre Hunde vor anderer Leute Tür ihr Geschäft verrichten lassen oder Ratten halten?« Sam zog sich einen Stuhl heran. »Ratten sind sehr gut als Haustier geeignet. Handzahm und freundlich.«

»Ich dachte eher, warum sie ihnen Namen geben.«

»Na, weil sie Familienmitglieder sind. Sie sagen ja auch nicht zu Ihrem Mann: Mann, komm her!« Sam grinste. »Oder doch?«

Lilly kicherte.

Die Frau nahm einen weiteren Schluck Tee. »Aber *Rose*?«, entgegnete sie mit schwacher Stimme.

Sam zuckte mit den Schultern. »Ein Name wie jeder andere.«

Die Tür zum Aufenthaltsraum wurde geöffnet, und Heather sah herein. »Entwarnung.«

»Danke, Heather. Ich mache gleich weiter.« Sam wandte sich der Frau zu. »Also, der Hundehaufen ist weg. Bill hatte es ein wenig eilig, weil er mit Sir Henry nicht zu spät zu dessen Reha-Termin kommen wollte.«

Heather hatte die Tür nicht wieder geschlossen, und der Golden Retriever Boss nutzte die Gelegenheit, um sein Herrchen zu begrüßen. Er war ausgesetzt worden, und Sam hatte ihn vor einigen Jahren aufgenommen. Wie er praktisch jedem zweiten Tier ein neues Zuhause gewährte, um zu verhindern, dass es auf der Straße leben oder ein trauriges Dasein im Tierheim fristen musste. Schwanzwedelnd ließ der Hund sich von Sam den Kopf kraulen, ehe er sich Penelope zuwandte. Wie es seine Art war, leckte er ihr zur Begrüßung freundlich den Handrücken ab.

»Ah.« Sie zog hektisch die Hand zurück. Sam schob den Hund ein wenig beiseite.

»Sir Henry ist vermutlich dieses zottelige Ungetüm, das … das …«

»Das vor deine Tür gekackt hat.« Lilly war nie um Worte verlegen.

»Genau, das ist Henry.« Sam legte der Frau eine Hand auf das Knie und zog sie gleich wieder zurück. Eine unpassende Geste. »Hören Sie, ich muss weitermachen, Mrs …«

»O, Entschuldigung. Ich habe mich gar nicht vorgestellt. Penelope St. James. Und natürlich müssen Sie weitermachen.« Sie sah sich nach einer Abstellfläche für ihren Teebecher um. »Ich werde jetzt gehen.«

»Nein, bleiben Sie noch einen Augenblick. Immerhin waren Sie bewusstlos. Trinken Sie Ihren Tee, und legen Sie Ihre Beine noch eine Weile hoch, damit Ihr Kreislauf wieder in Schwung kommt. Lilly wird Ihnen Gesellschaft leisten.«

»Vielen Dank, Dr. Bower.«

»Gern geschehen.« Sam verließ den Raum.

Lilly hopste vom Drehstuhl. »Willst du vielleicht die Ratte noch mal sehen?«

»Äh, ehrlich gesagt nicht so gern. Ich glaube, ich bleibe einfach noch eine Weile hier sitzen.«

Penelope sah sich in dem Raum um. Es war eine leicht chaotische Mischung zwischen einem Büro- und einem Aufenthaltsraum. An einer Pinnwand hingen Fotos von allen möglichen Tieren und Menschen. Vermutlich Patienten und ihren Besitzern. Auf dem Schreibtisch lagen Papierstapel, ungeöffnete Briefumschläge und Behandlungsinstrumente. Eine Zange und eine ziemlich große Pinzette. Der Hund lag zu Penelopes Füßen, hechelte und ließ sie keinen Augenblick aus den Augen.

»Boss passt auf dich auf«, stellte Lilly fest.

»Das ist wirklich sehr nett.« Penelope zog ihre Füße ein wenig dichter zum Sofa heran. Auf ihrem Rock bemerkte sie bereits cremefarbene Hundehaare.

»Also, Lilly.« Penelope schob sich zur Sofakante vor. »Vielen Dank für eure erste Hilfe. Ich werde jetzt wieder rübergehen.«

»Alles klar. Ich geh mal nach der Ratte gucken.«

Penelope nickte. »Mach das. Gute Besserung für … Rose.«

»Danke.« Lilly flitzte aus dem Zimmer, und Penelope folgte ihr auf den Gang.

Das Wartezimmer war immer noch proppenvoll. Ihr Blick fiel auf eine Wand mit weiteren Fotos. Dr. Bower schien als Tierarzt ziemlich beliebt zu sein. Vielleicht lag es aber auch daran, dass er der einzige Tierarzt weit und breit war.

Penelope konnte nur hoffen, dass ihr theatralischer Auftritt sich nicht herumsprach. Aber die Wartenden waren in Gespräche untereinander oder mit ihren Tieren vertieft und beachteten sie überhaupt nicht.

Als sie die Tür zu ihren neuen Agenturräumen aufschloss, fragte sie sich, warum sie so überreagiert hatte, und sie musste sich eingestehen, dass sie von der neuen Situation erheblich gestresst war. Sie musste praktisch von null anfangen, eine neue Agentur und einen Kundenstamm aufbauen, Akquise betreiben und sich dann auch noch in diesem Tal der Ahnungslosen eingewöhnen. Immerhin hatte sie Jeremys finanzielle Unterstützung im Hintergrund. Anders wäre das gar nicht zu schaffen.

Mrs Middlecrofts ehemaliger Zeitungsladen war an Schlichtheit kaum zu überbieten. Ein Ladengeschäft vorn, ein weiterer Raum nach hinten raus, in dem sich die alte Dame aufgehalten hatte, wenn keine Kunden kamen, ein winziges Klo und eine kleine Pantry. Als Penelope das erste Mal dagewesen war, kam die alte Dame aus dem hinteren Raum nach vorn geschlurft, und die lauten Stimmen aus dem Fernseher verrieten, dass die Geschäfte nicht gut liefen. Wenn sie sich recht erinnerte, war es bei ihrem zweiten und dritten Besuch ebenso gewesen. Na ja, irgendeinen Grund musste es ja geben, warum Mrs Middlecroft den Laden geschlossen hatte. Die Türglocke ging, und Penelope, die etwas angewidert das Klo inspizierte, ging nach vorn.

Ein älterer Herr mit Hut und Stock stand im Laden und sah sich um. »Die jüngste Ausgabe von ›My Rose and I‹ haben Sie wohl nicht?«

Penelope war irritiert. Außer nackten Wänden hatte der Laden praktisch nichts zu bieten. »Nein, ich fürchte nicht.«

Der Mann nickte nachdenklich. »Dachte ich mir.«

Da er keine Anstalten machte, den Laden zu verlassen oder das Gespräch fortzusetzen, ging Penelope ein paar Schritte auf ihn zu. »Mrs Middlecroft hat den Zeitungsladen geschlossen, wissen Sie?«

»Ja, sicher, natürlich, das weiß ich. Aber ich dachte, sie hört auf, und dann macht jemand anders weiter.« Er sah sie aus seinen blassblauen Augen an. »Sie machen hier nicht zufällig einen Zeitungsladen auf?«

»Nein, tut mir leid. Ich werde hier eine Partnervermittlungsagentur eröffnen.«

Er sah sie an und sah sie an. Nach einer Minute hatte er den Blick noch immer nicht abgewandt.

Penelope rang die Hände. »Eine Partnervermittlung, wissen Sie? Also, falls Sie vielleicht eine Partnerin suchen …?«

O Gott, dachte sie. Was rede ich da? Dieser Kerl gehört nun wirklich nicht zu meiner bevorzugten Klientel, und dann wäre es praktisch das siebte Weltwunder, für ihn eine Frau zu finden. Die geeignete Kandidatin musste entweder Schnecken als Vorfahren haben oder so spritzig sein, dass es für zwei reichte.

Er kniff die Augen zusammen. »Sie meinen eine Frau?«

Penelope schluckte. Dieses Gespräch lief gründlich schief. Am Ende des Tages würde man sich erzählen, dass eine durchgeknallte Irre vorhatte, in Mrs Middlecrofts Zeitungsladen ein Bordell zu eröffnen.

»Eine Frau im Sinne von einer Partnerin fürs Leben. Jemanden, der Ihre Interessen teilt, mit dem Sie ins Theater oder ins Konzert gehen können.«

Jetzt sah er sie an, als habe er noch nie davon gehört, dass man ins Theater oder Konzert gehen könnte. Nach einer Weile schob er sich den Hut ein wenig aus der Stirn. »Klingt nicht schlecht«, sagte er schließlich. »Was haben Sie denn da im Angebot?«

Für einen Moment schloss sie die Augen. Im Angebot, hatte er gesagt. Im Angebot. Penelope riss sich zusammen. »Wissen Sie, es geht darum, erst einmal herauszufinden, was für ein Mensch Sie sind, um dann feststellen zu können, wer zu Ihnen passt. Ihre Interessen, Ihre Leidenschaften, alles, was Sie ausmacht.«

»Oh, das ist einfach«, antwortete er überraschend schnell. »Wenn Sie Rosen liebt, ist sie die Richtige.«

Die Antwort brachte sie zum Lachen. »Gut, ich werde das im Hinterkopf behalten.«

»Die Rose ist das eleganteste Geschöpf im Garten, wissen Sie? Und dabei so robust. Haben Sie schon mal eine Orchidee in einem Garten gesehen?« Er schüttelte den Kopf, und sein faltiger Hals geriet in Bewegung. »Viel zu überkandidelt. Sie verträgt keine Temperaturschwankungen und überlebt nur unter den künstlich hergestellten Bedingungen eines Gewächshauses. Und alles, was Sie sonst noch so sehen im Garten, mag zwar nett anzuschauen sein, aber eine Dahlie bringt niemals einen solchen Duft hervor wie *Alec's Red* oder *Anna Pavlova*.«

Das war ein unerwartet enthusiastischer Vortrag, und er sagte ziemlich viel über die Leidenschaft des alten Herrn aus.

»Und so jemanden, der diese Rosen liebt, gibt es hier nicht?«, fragte Penelope.

Der Mann winkte ab. »Ach was, die wenigsten haben echte alte Rosensorten in ihrem Garten. Alles nur im Gartencenter für wenig Geld zusammengekauft und pflegeleicht. Aber eine Rose braucht mehr als Wasser. Sie braucht Liebe.«

»Lassen Sie mir Ihre Karte da«, sagte Penelope spontan. Irgendwie interessierte dieser Rosenenthusiast sie, und es würde eine Herausforderung sein, eine ebenbürtige Partnerin für ihn zu finden. Den Gedanken, dass sie sich eigentlich auf die begüterten Bewohner beschränken wollte, verschob sie vorerst in den Hintergrund. Das hier war eine echte Aufgabe.

Der Mann holte ein ledernes Etui aus der Innentasche eines Jacketts und zog eine auf cremefarbenem Karton gedruckte Visitenkarte hervor.

Earl Vincenz Blackmore, las sie. Da war ihr ja gleich ein potentieller Kunde ins Haus gestolpert.

»Wie Sie sehen, bin ich noch nicht eingerichtet, Mr Blackmore, aber wenn es Ihnen recht ist, suche ich Sie …« Penelope überflog den Aufdruck auf der Karte, »suche ich Sie in Blackmore Manor auf, und wir besprechen die Angelegenheit.«

Der Earl steckte das Etui zurück. »Tun Sie das, meine Liebe.« Er lüpfte den Hut. »Dann vielen Dank.«

»Gern geschehen. Bis bald.«

Penelope sah ihm nach, wie er die zwei Stufen vor dem Laden hinunterging und sich dann nach links wandte. Ein Earl, dachte sie. Mein erster Kunde ist ein Earl.

***

Penelope beendete das Telefonat und sah sich um. Skurril beschrieb nicht einmal ansatzweise die Art und Weise, in der sie ihre Geschäfte in Shaftesbury begann. Sie saß auf einem Friedhof, der neben einer Kirche aus grob behauenen Steinen auf einem Hügel lag. Ihren Laptop hielt sie auf den Knien, neben sich auf der Bank lagen einige Papiere und ihr Füllfederhalter. Natürlich hätte sie lieber in ihrem neuen Büro gearbeitet, aber dort gab es noch nicht einmal Mobiliar – und weder einen Telefon- noch einen Internetanschluss. Und der freundliche Mitarbeiter der Telefongesellschaft, mit dem sie soeben gesprochen hatte, hatte ihr keine großen Hoffnungen darauf gemacht, dass sie in absehbarer Zeit Anschluss an die digitale Außenwelt haben würde. Er hatte doch sehr häufig erwähnt, dass Shaftesbury in dem ländlichen, eher schwach ausgeprägten Breitbandkabelnetz nur eine untergeordnete Rolle spielte. Es hatte ein bisschen so geklungen, als würden sie bei der Telefongesellschaft erst mal auf der Landkarte nachsehen müssen, wo dieser winzige Ort überhaupt lag. Sie fragte sich wirklich, was Jeremy sich dabei gedacht hatte, sie hierher zu schicken. Und sich selbst musste sie fragen, warum sie sich so unvorbereitet in dieses Abenteuer gestürzt hatte. Einer der Gründe war natürlich die Aussicht auf eine Partnerschaft in der Geschäftsleitung. Und Jeremy war nicht mehr der Jüngste, so dass Penelope sich berechtigte Hoffnungen machte, irgendwann allein die Leitung des Golden Sunshine and Luxury Club in London zu übernehmen. Shaftesbury war nur eine Station auf dem Weg dorthin. Möglicherweise hatte bei ihrer Entscheidung auch eine Rolle gespielt, dass ihr Leben in London mit langen Arbeitstagen, wenig Freizeit und hin und wieder einem Treffen mit Freunden doch recht eintönig geworden war.

Aus der geöffneten Flügeltür der Kirche klang Orgelmusik. Sie kannte das Stück nicht, auf dem Gebiet war sie keine Expertin, aber hierher passte es irgendwie. Die steinernen Grabsteine standen alle ein wenig krumm und schief auf dem grasbewachsenen Hügel, vor einigen waren kleine mit Blumen gefüllte Vasen abgestellt worden, andere waren voller Unkraut. Unten auf dem Weg vor der niedrigen Kirchenmauer ging eine ältere Dame entlang, mit der einen Hand zog sie einen Einkaufsroller hinter sich her, in der anderen Hand hielt sie eine Leine. Wegen der Mauer konnte Penelope nicht sehen, was sich am anderen Ende der Leine befand. Es musste ein winziger Hund sein.

Wahnsinn, dachte Penelope. Ich bin hier nicht nur, was den Internetanschluss angeht, weit entfernt von der Zivilisation. In der letzten halben Stunde war ein Mensch vorbeigekommen. Für heute hatte sie jedenfalls alles erledigt, was möglich war. Die Büroeinrichtung würde morgen geliefert werden – zumindest wenn der Lieferant den Weg nach Shaftesbury fand –, und sie hatte den Telefonanbieter für die Dringlichkeit des Anschlusses sensibilisiert. Solange sie kein

Internet hatte, konnte sie nicht einmal die Homepage aktualisieren und die Profile der Kunden erstellen.

Seufzend klappte Penelope den Laptop zu, stand auf und sammelte ihre Papiere ein. Welche Kunden eigentlich?

Der Weg zur Straße führte sie an der Kirchentür vorüber, aus der jetzt erstaunlicherweise völlig andere Musik erklang. Jetzt spielte der Organist etwas, das für den Gottesdienst vermutlich ungeeignet war. Aber gab es einen besseren Ort, um »Stairway to Heaven« zu spielen?

In Margret Hazeldines Gemischtwarenladen schien eine Art Dorfversammlung stattzufinden. Zwei alte Damen standen vor dem Kassentresen. Eine der beiden war die Frau mit dem Einkaufsroller, der mit aufgeklappter Lasche neben ihr stand. Ihren Hund, ein winziges weiß-braun geschecktes Tier, hatte sie vor dem Geschäft am Fahrradständer angebunden. Die andere Frau trug einen gefüllten Einkaufskorb über dem Arm. Hinter dem Kassentresen stand eine Frau um die fünfzig. Sie trug Jeans und einen grauen Pullover und wirkte gar nicht wie eine ländliche Ladeninhaberin. Bei Penelopes Eintreten stellten die Frauen das Gespräch ein und sahen ihr entgegen. Penelope konnte die Blicke, die über ihr Kostüm, die Tasche mit dem Laptop und die Pumps glitten, geradezu spüren.

»Hallo«, grüßte sie.

»Guten Tag, meine Liebe«, sagte die Dame mit dem Einkaufsroller.

»Einen schönen guten Tag«, grüßte die Frau mit dem Korb. »Sie machen einige Einkäufe? Gefallen Ihnen Ednas Räume?«

Tja, hier wurde man beim Betreten eines Kramladens also erst einmal ausgefragt.

»Ja, ich brauche einige Dinge.«

Die Frau hinter dem Tresen lächelte und deutete auf die Dame mit dem Korb. »Sarah führt auf Blackmore Manor den Haushalt. Mrs

Blixen hat früher unsere Dorfschule geleitet. Und ich bin Laura, hallo.«

»Hallo. Freut mich. Ich bin Penelope St. James.«

»Edna Middlecroft hatte ihren Zeitungsladen neben der Praxis von Dr. Bower. Dort, wo Sie jetzt ein Geschäft eröffnen werden«, stellte Sarah fest.

Penelope nahm an, dass in dieser Mitteilung eine Frage impliziert war. »Ja, ich weiß. Ich habe Mrs Middlecroft in ihrem Geschäft besucht.«

»Werden Sie auch Zeitschriften verkaufen?«, wollte Sarah wissen.

»Nein«, antwortete Penelope. »Ich werde eine Partneragentur eröffnen.«

Sie hätte auch sagen können, dass sie vorhatte, eine Raketenabschussrampe auf dem Dorfplatz zu errichten. Alle starrten sie aus großen Augen an.

Es war also wirklich eine völlig beknackte Idee, und die Reaktion der Dorfbewohnerinnen bestätigte Penelope in ihrer Meinung.

»Es soll etwas Besonderes werden«, fügte sie hinzu.

Sarah nickte. »Tatsächlich.«

»Vielleicht könnten Sie sich bei der Gelegenheit um den alten John kümmern«, schlug Mrs James vor. »Er hockt da in seiner windschiefen Hütte und kommt nur heraus, wenn ihm das Bier ausgegangen ist.«

Penelope zog die Lippen ein. »Tja, wie gesagt, es soll etwas Besonderes werden«, wiederholte sie. Und der biertrinkende John mit der windschiefen Hütte würde ganz sicher nicht zu ihren Kunden ge hören. »Hm, weshalb ich eigentlich da bin …«, versuchte sie das Gespräch in andere Bahnen zu lenken.

»Was brauchen Sie?«, erkundigte sich Laura freundlich.

»Putzmittel, Staubwedel, etwas, um den Boden zu reinigen.«

Sarah nickte wissend. »Das glaube ich. Die Aasgeier haben sich bestimmt nicht einmal die Mühe gemacht, Staub zu wischen.«

»Wie?«, fragte Penelope irritiert.

»Na ja, Priscilla hatte gewiss noch nie im Leben einen Lappen in der Hand, und Ben würde ein Haus eher abreißen und ein neues bauen, als es zu putzen.«

Sarahs Erklärung half Penelope in keiner Weise weiter.

»Priscilla war schon eine außerordentlich schlechte Schülerin. Faul wie die Sünde, und Ben …« Die alte Lehrerin Mrs Blixen winkte müde ab. »Orthographiekenntnisse zum Davonlaufen, na ja.«

»Priscilla und Ben haben das Cottage, in dem Sie jetzt wohnen, von ihrer Großmutter Matilda geerbt«, erklärte Laura.

»Ah, richtig. Tatsächlich ist es ziemlich staubig.«

Laura kam hinter ihrem Tresen hervor. »Kommen Sie. Ich zeige Ihnen, wo Sie alles finden, was Sie brauchen.«

Der kleine Laden bot in zahlreichen Regalen, die kreuz und quer zu stehen schienen, eine unermessliche Fülle an Waren. Als Penelope schon glaubte, nie mehr aus diesem Labyrinth herauszufinden, hatte Laura ihr Ziel erreicht und deutete auf ein ansehnliches Angebot an Wischlappen, Flaschen mit Putzmitteln, Eimern, Schrubbern und Besen. Penelope versorgte sich mit dem Nötigsten, und auf dem Weg zur Kasse blieb sie am Weinregal und an einer kleinen Truhe mit Tiefkühlware stehen.

»Diese fertigen Pizzen haben ja eine Unmenge an Kalorien«, stellte Sarah mit Blick auf Penelopes Einkäufe fest.

Kochen gehörte nun definitiv nicht zu Penelopes Fähigkeiten. »Im Augenblick muss es schnell gehen«, redete sie sich heraus.

»Für schnelle und gute Mahlzeiten eignet sich auch das Pub sehr gut«, stellte Laura fest und tippte den ersten Preis in die Kasse. »Allerdings muss man gewappnet sein.« Sie grinste. »Es kann schon mal vorkommen, dass das Essen kalt wird über die vielen Fragen, die einem dort gestellt werden.«

Penelope musste lächeln. Das bedeutete wohl, dass man als Gegenleistung für ein gutes Essen ins Kreuzverhör genommen wurde. Möglicherweise war dieses Gespräch hier nur ein kleiner Vorgeschmack gewesen.

Nachdem sie ihre Einkäufe bezahlt und verpackt hatte, verabschiedete sich Penelope. Wenig später riss sie alle Fenster des kleinen Cottages auf, trug die Teppiche nach draußen, ging mit dem Staublappen über alle Flächen, putzte die Fenster und wischte die Böden sogar unter den zahlreichen Kommoden. Um den Kopf hatte sie sich ein Tuch gebunden und am Hinterkopf zusammengeknotet, und nach einer Weile stellte sie fest, dass ihr die körperliche Arbeit sogar Spaß machte. Ihr Londoner Apartment wurde von einer Putzfrau sauber gehalten. Penelope hatte seit Jahren keinen Staubsauger mehr bedient, aber hier war alles anders, hier machte ihr die Tätigkeit direkt Freude.

***

Sam leerte sein Bierglas und stellte es auf dem Tisch ab. »Es ist schon spät, Lilly. Du solltest jetzt ins Bett gehen.«

Wie immer verzog seine Tochter das Gesicht. »Jetzt schon?«

»Okay, du kannst noch so lange aufbleiben, bis ich die Küche aufgeräumt und nach den Tieren gesehen habe. Aber dann ist endgültig Feierabend ohne weitere Diskussion.«

»Na schön.« Lilly rutschte von ihrem Stuhl. »Dann gucke ich noch ein bisschen fern.«

Er sah ihr zu, wie sie sich auf dem Sofa einrollte, eingekuschelt in die weiche Wolldecke. Sie nahm die Fernbedienung vom Couchtisch und stellte zielsicher das Fernsehprogramm mit den Cartoons an. Lilly war sein Ein und Alles. Er liebte seine Tochter abgöttisch, schließlich war sie das Beste, was er hatte. Aber diese Szene heute mit der Frau, die in Ohnmacht gefallen war, hatte in ihm wieder einmal die alte Sorge geweckt, dass er ihr zu viel zumutete. Eine Achtjährige sollte keine Erste Hilfe leisten müssen, auch wenn sie die Situation ziemlich souverän gemeistert hatte. Aber er hatte die Operation an Rose nun einmal nicht unterbrechen können. Und andererseits konnte es natürlich nicht schaden, wenn Lilly sich in Unglücksfällen auskannte. Diesmal war noch alles gut gegangen, aber Sam hatte immer Angst davor, dass irgendwann mal etwas passierte und er nicht rechtzeitig zur Stelle sein würde. Vielleicht war er auch einfach nur überfürsorglich.

»He Daddy, nicht träumen.«

Er lächelte ihr zu und stellte die Teller zusammen. Nachdem er den Geschirrspüler eingeräumt hatte, strich er Lilly übers Haar und ging nach unten. Nach Jessicas Tod hatte er das gemeinsame kleine Häuschen aufgegeben und die Wohnung über der Praxis bezogen. Das sparte ihm die Fahrtzeit von zu Hause in die Praxis, und er war immer anwesend, wenn Lilly heimkam. Und in Notfällen war er sofort erreichbar.

Sam schloss die Tür zur Praxis auf und machte Licht. Im Augenblick war nur ein Tier über Nacht bei ihnen. In einem der hinteren Räume waren an einer Wand Käfige angebracht, in denen die Tiere unter Beobachtung standen. Dort hatte er eine Art Babyphone installiert, das ihn über eine App darüber unterrichtete, ob alles in Ordnung war. Jedenfalls, wenn er ein Netz hatte. Deshalb verschaffte er sich immer vorsorglich noch selbst ein Bild von dem Zustand seiner Patienten. Verschlafen sah ihn sein Namensvetter Sam an. Ein Beagle, der von einem Auto angefahren worden war und einen Beinbruch erlitten hatte. Sam hatte ihn am Vormittag operiert und den Bruch mit Drähten gerichtet. Vorsorglich hatte er den Oberschenkelknochen, der kurz unterhalb des Hüftgelenks gebrochen war, mit Schrauben und einer externen Schiene fixiert. Er öffnete die Käfigtür und kraulte die weichen Schlappohren des Hundes, der den Kopf genüsslich in seine Handfläche schmiegte.

»Morgen kriegst du eine Halskrause und kannst wieder nach Hause«, sagte Sam zu ihm. Er füllte den Futternapf und gab frisches Wasser in eine Schale, dann schloss er die Tür wieder. Er schaltete das Licht aus und verließ die Praxis durch die Eingangstür.

Die kleine Dorfstraße war abends um neun menschenleer, nur erhellt von den Straßenlaternen und den beleuchteten Fenstern der Häuser. Die Räume neben der Praxis waren dunkel. Mrs St. James war offenbar schon nach Hause gegangen. Er hatte sie gar nicht danach gefragt, was für eine Art Geschäft sie eröffnen wollte. Sie sah definitiv nicht aus wie jemand, der einen Zeitungsladen aufmachte. Dann schon eher eine Boutique, aber dafür war Shaftesbury wohl kaum der geeignete Ort. Sam versicherte sich, dass alle Türen abgeschlossen waren, und stieg die Treppe wieder hoch. Wie er erwartet hatte, war Lilly vor dem Fernseher eingeschlafen. Er wickelte sie aus der Decke und trug sie in ihr Bett hinüber. Sorgfältig deckte er sie zu und lehnte die Tür an. Er schenkte sich ein Glas Rotwein ein und setzte sich in seinen Ohrensessel. Ebenso zielsicher wie seine Tochter fand er das richtige Programm. Er hatte ebenfalls seinen Lieblingssender, auch wenn nicht jeder wissen musste, dass er für sein Leben gern kitschige Liebesfilme sah.

DONNERSTAG

Penelope wachte auf, als die Morgensonne durch die frisch geputzten Fenster in ihr Schlafzimmer fiel. Sie beschloss, die Streifen auf dem Glas zu ignorieren. Dass sie keine Superhausfrau mehr werden würde, damit konnte sie leben. Und immerhin konnte man durch die Fenster wieder hinaussehen, nachdem sie eine millimeterdicke Schicht aus Staub und Dreck entfernt hatte. Zufrieden schnupperte sie an der geblümten Bettwäsche, die nach dem Weichspüler mit Rosenduft roch. Am Vortag hatte sie noch aus dem hinterletzten Winkel Staub herausgeholt und sich dabei mit der Einrichtung des Cottages allmählich angefreundet. Die in Gold und Petrol gestreifte Tapete wirkte heute Morgen viel frischer, und die gelben Rosen auf der antiken Kommode neben dem Fenster hatte sie aus dem eigenen Garten geholt. Sie, Penelope St. James, hatte eigenhändig Rosen geschnitten. Wer hätte das gedacht. Die lose Bodendiele, die sie bei der Putzaktion entdeckt hatte, nervte sie ein bisschen, aber sie hatte erst einmal einen blauen Läufer darübergelegt. Vielleicht fand sie einen Handwerker, der die Diele befestigen konnte. Der konnte sich auch gleich mit dem Boiler im Bad befassen, der nur dann warmes Wasser spendete, wenn ihm danach war. Oder vielleicht wenn der Mond im siebten Haus stand. Was wusste sie schon vom Seelenleben eines Wasserboilers. Das Auswischen des Kühlschranks jedenfalls hatte ihr verdeutlicht, dass ihr Einkauf in Mrs Hazeldines Gemischtwarenladen noch nicht ausgiebig genug ausgefallen war. Sie musste heute unbedingt noch einmal hin und wenigstens einige Grundnahrungsmittel besorgen. Immerhin hatte sie an Kaffeepulver gedacht.

In ihrem hellblauen Seidenpyjama tappte sie auf nackten Füßen in die Küche, bei deren ersten Anblick sie beinahe in Ohnmacht gefallen war. Die Schränke waren zu Zeiten ihrer Großmutter modern gewesen, und der Herd wurde mit Holz befeuert. Aber dann hatte sie daran gedacht, dass die Menschen heutzutage mit sehr viel Aufwand neuem Mobiliar ein schäbiges Äußeres verpassten. Diese Mühe konnte sie sich sparen. Während sie darauf wartete, dass der Wasserkessel kochte, machte sie sich Gedanken darüber, wie sie der Küche noch einen etwas wohnlicheren Anstrich verleihen konnte. Die geflieste Fensterbank eignete sich hervorragend für Töpfe mit Kräutern. Ihr Blick fiel in den Vorgarten, der selbst in ihren Augen einen bemitleidenswerten Eindruck machte, und Penelope war nicht gerade für ihren grünen Daumen berühmt. Vielleicht würde sie über ihren Schatten springen und ein wenig Unkraut zupfen müssen. Es sei denn, sie fand jemanden, der sich ein bisschen dazuverdienen wollte.

Als plötzlich ein Gesicht vor dem Fenster erschien, aus dem sie zwei große Augen erschrocken ansahen, machte Penelope eine unbedachte Bewegung und riss die Kaffeedose von der Arbeitsfläche. Hektisch sprang sie ein Stück beiseite.

»Scheiße!« Während sie sich das Kaffeepulver von den Füßen schüttelte, hob sie den Blick und sah nach draußen, aber dort war nichts zu sehen. Außer dem pflegebedürftigen Vorgarten, den sie durch das streifige Fenster sah. Kurz kniff sie die Augen zusammen. Hatte sie sich geirrt und sah Gespenster? Nein. Penelope schüttelte den Kopf. Sie war sich hundertprozentig sicher, dass sie dort draußen jemanden gesehen hatte. Na ja, ziemlich sicher. Sie öffnete den Besenschrank und nahm den kleinen Handbesen und das Kehrblech heraus, um den verschütteten Kaffee aufzukehren.

Weil der Wasserboiler an diesem Morgen guter Dinge war, befand sich Penelope eine halbe Stunde später frisch geduscht auf dem Weg in die Agentur. Das immerhin war ein Vorteil von Shaftesbury: kein Gedränge in der U-Bahn, keine Staus, keine Parkplatzsorgen und ein phänomenal kurzer Arbeitsweg. Gut gelaunt schloss sie die Tür zur

Agentur auf. Heute würde das Mobiliar geliefert werden, und am späten Vormittag hatte sie noch einen Telefontermin mit dem freundlichen Mitarbeiter der Telefongesellschaft, weshalb sie noch einmal auf den Friedhof gehen musste. Penelope lächelte. Das Leben hier in Shaftesbury war wirklich skurril, aber sie war auf dem besten Weg, sich daran zu gewöhnen.

Kurz darauf sah sie Lilly vor ihrem Schaufenster vorübergehen. Sie trug einen Schulranzen auf dem Rücken und winkte ihr zu. Penelope winkte zurück. Die Begegnung mit dem kleinen Mädchen rief ihr die unschöne Szene am Vortag in der Tierarztpraxis in Erinnerung. Es würde sie einige Überwindung kosten, aber später musste sie hinübergehen und sich noch einmal für ihren unmöglichen Auftritt entschuldigen.

In den nächsten beiden Stunden war allerdings nicht daran zu denken. Der große Laster des Büroeinrichters versperrte die schmale, mit Kopfstein gepflasterte Straße, und plötzlich schien die Main Road zu einem Highway mutiert zu sein. Niemals hätte Penelope gedacht, dass Shaftesbury so viele Einwohner hatte, und Autos hatte sie bisher praktisch nie gesehen. Aber in diesen zwei Stunden mussten sich die Fußgänger alle zwischen dem Lastwagen und den Schaufenstern vorbeizwängen, allerdings nicht ohne einen Augenblick zu verweilen und das Treiben im Innern des ehemaligen Zeitschriftenladens zu betrachten. Und der Verkehr staute sich in Nullkommanichts in beide Richtungen. Penelope hatte inzwischen alle Hände voll damit zu tun, die Möbel an die richtigen Plätze zu dirigieren und dafür Sorge zu tragen, dass die schwarz lackierten Flächen keine Kratzer davontrugen.

Als Penelope mittags Mrs Hazeldines Gemischtwarenladen betrat, empfing Laura sie mit den Worten: »Ah, kann ich ein Autogramm haben?«

»Wieso?«

Laura, die gerade Konserven in ein Regal einsortierte, erhob sich geschmeidig. »Sie sind der erste Mensch in Shaftesbury, der es geschafft hat, hier einen Verkehrsstau zu verursachen und damit innerhalb von zwei Tagen zu einer Berühmtheit zu werden.«

»O Gott! Ich wollte gar nicht so viel Aufhebens machen.«

Laura klopfte sich ein wenig Staub von der Hose. »Tja, dafür dürfte es jetzt zu spät sein. Inzwischen gibt es Stimmen, die der Meinung sind, dass Sie gar keine Partneragentur eröffnen wollen. Die Spekulationen schießen ins Kraut. Wir hatten heute Mutmaßungen, dass es in Wahrheit ein Inkassobüro oder ein Detektivbüro wird. Mrs James denkt, Sie wären eine verdeckte Topagentin.« Laura trat hinter ihren Verkaufstresen. »Heißt Ihr Arbeitgeber MI5?«

»Machen Sie Witze?«

»Ich persönlich würde so weit nicht gehen.« Laura sah Penelope aus zusammengekniffenen Augen an. »Ich denke eher, dass Sie eine verdeckte Ermittlerin sind. Oder auch Privatdetektivin. Und die Agentur dient als Tarnung.«

»Detektivin?«, fragte Penelope irritiert.

»Zu tun gäbe es genug«, wandte Laura ein.

»Tatsächlich?«

»Allerdings. Es ist immer noch völlig unklar, wer die Samen der Ackerwinde in den Vorgärten verteilt.«

»Was?«

Laura winkte ab. »Ich kenne mich mit Pflanzen nicht aus. Aber die sollen fiese Wurzeln haben und alles andere abtöten.«

»Das ist sicher nicht schön«, bestätigte Penelope. »Aber ich kann Ihnen versichern, dass ich nicht deshalb hier bin.«

»Sie wollen wirklich eine Partneragentur eröffnen?« Laura klang enttäuscht.

»Ja, tut mir leid«, entschuldigte sich Penelope.

»Klingt interessant. Meinen Sie, es würde sich auch für mich jemand finden?«

Penelope sah Laura überrascht an. Laura war eine attraktive Frau, und Penelope hatte angenommen, dass sie einen Mann und vielleicht erwachsene Kinder hatte.

Laura winkte ab. »Kein Problem. Ich bin seit fünf Jahren Single. Eilt überhaupt nicht.«

»Fünf Jahre?«, entfuhr es Penelope.

Laura grinste. »Tja, klingt wie eine lange Zeit, aber ehrlich gesagt bin ich ganz zufrieden. Der Gedanke daran, dass Sie mit Ihrer Agentur eine Veränderung in mein Leben bringen könnten, beunruhigt mich total.«

Penelope lächelte. »Also, meinetwegen müssen wir Ihr Leben nicht groß umkrempeln.«

»Da bin ich echt beruhigt. Sarah hat schon Pläne geschmiedet. Sie findet, dass Luke gut zu mir passen würde.«

»Luke?«

»Luke betreibt das ›Golden Horse‹.«

»Den Pub?«, fragte Penelope nach. »Aber dazu brauchen Sie mich doch nicht«, stellte sie fest.

»Sag ich doch. Abgesehen davon glaube ich nicht, dass Luke an mir interessiert ist.«

Penelope fühlte sich plötzlich auf dem falschen Fuß erwischt. »Warum? Sie sind eine attraktive, kluge Frau.«

»Er ist zehn Jahre jünger.« Laura spielte mit einer knisternden Tüte voller Fußballsticker herum.

»Tja, aber Sarah muss doch einen Grund dafür haben, weshalb sie meint, dass sich dieser Luke trotz des Altersunterschieds für Sie interessiert.«

Laura zog eine Schulter hoch. »Vielleicht. Sie findet es merkwürdig, dass er in meinen Laden kommt, um Butter zu kaufen, zwei Stunden später, um ein Pfund Kaffee mitzunehmen, und schließlich kurz vor Ladenschluss für eine Flasche Mineralwasser.«

»Mineralwasser?« Penelope schüttelte den Kopf. »Laura! Der Mann betreibt einen Pub. Er hat den ganzen Keller voller Mineralwasser.«

»Sie glauben also auch, dass etwas dran ist?«

Penelope seufzte. »Sie sollten der Wahrheit ins Auge sehen. Ist er hässlich? Hat er einen Buckel?«

»Nein, er sieht ziemlich gut aus. Kennen Sie den Schauspieler Pierce Brosnan? So etwa in jung.«

Penelope riss die Augen auf. »Warum stehen Sie dann noch hier herum? Schließen Sie den Laden und gehen Sie in den Pub.«

»So einfach ist das nicht«, wandte Laura ein.

»Warum nicht? Wo liegt das Problem?«

Das Knistern verstärkte sich, die Tüte mit den Stickern rutschte plötzlich vom Tresen auf den gefliesten Boden des Geschäfts und landete vor den Füßen eines Mannes, der eben den Laden betrat. Er trug handgenähte Budapester. Penelope ließ den Blick über seinen grünen Anzug nach oben gleiten. Aus einem gut geschnittenen Gesicht sahen blaue Augen sie amüsiert an.

»Laura«, sagte der Fremde und bückte sich. »Ihnen ist da etwas entglitten.« Er reichte Laura die Stickertüte.

»Danke.« Laura griff danach. »Was kann ich für Sie tun, Mr Hammond?«

»Ich brauche etwas von Ihrem guten Wein, meine Liebe. Ich habe heute Abend Gäste.« Mr Hammond wandte sich an Penelope. »Ich will mich aber auf keinen Fall vordrängeln.«

Sie winkte ab. »Kein Problem.« Sie nahm sich einen der kleinen Körbe neben dem Kassentresen. »Ich bin ohnehin hier, um einzukaufen, nicht um zu schwatzen.«

Mr Hammond bedachte sie mit einem außerordentlich charmanten

Lächeln. Dieser Mann war wirklich die Sahneschnitte unter den Einwohnern Shaftesburys. Und er kam ihr ziemlich bekannt vor. Wie auch immer. Während Laura den Wein verkaufte, füllte Penelope ihren Korb mit Kaffee, Brot, Tee, Käse, Joghurt und Porridge. Und etwas Schokolade. Nervennahrung konnte sie hier weiß Gott gebrauchen.

Penelope schaute auf, als die Tür geöffnet wurde. Der junge Mann, der die Agentur betrat, war groß und dünn, seine schwarze Jeans fand keinen Halt an seinem mageren Körper, auf den Knien prangten große Löcher, unter seinem schlabbrigen Strickpullover blitzte ein bunt bedrucktes Shirt hervor, und Penelope fragte sich, wie er den großen schwarzen Ring in sein Ohrloch gekriegt hatte. Das musste doch weh tun.

»Hi.«

»Äh, hi«, sagte Penelope. Nie und nimmer würde sie eine Frau für ihn finden. Genau genommen war Earl Blackmore bisher der einzige erfolgversprechende Kandidat. »Was kann ich für Sie tun?«

»Die Frage ist eher, was ich für Sie tun kann«, entgegnete der junge Mann.

»Tatsächlich?« Da war sie aber mal gespannt. »Da bin ich aber mal gespannt.«

»Ich bin Eddi, und ich installiere Ihren Telefonanschluss«, verkündete er.

Penelope reckte die Faust. »Yes!« Sie ließ die Faust sinken. »Und Internetzugang?«, fragte sie hoffnungsvoll.

Er zog ein Klemmbrett unter dem Arm hervor. »Davon steht hier nichts. Sie müssten auf unsere Webseite gehen und einen Antrag stellen.« Eddi sah sich im Büro um, das aus Mobiliar und Wänden bestand. Und Strom. Aber den sah man nicht. »Damit sieht's schlecht aus, wie?«

Penelope nickte und setzte eine kummervolle Miene auf, was ihr nicht schwerfiel. Ohne Internetzugang kein Zugang zur Webseite.

»Hm.« Er kratzte sich am Kopf und blätterte durch die Formulare auf seinem Klemmbrett.

»Vielleicht können wir da irgendwo noch ein Kreuz machen?«, schlug Penelope vor.

»Ich glaube, ich muss kurz in der Firma anrufen.« Eddi zog sein Handy aus der Gesäßtasche.

»Zum Telefonieren müssen Sie auf den Friedhof gehen«, erklärte Penelope ihm, als er die Stirn runzelte.

Der Blick, den er ihr zuwarf, war vieldeutig.

Entschuldigend hob sie die Schultern.

»Klingt plausibel«, sagte er. »Das Problem ist, dass es noch keinen Breitbandkabelanschluss nach Shaftesbury gibt.«

Penelope verzog schmerzlich das Gesicht. »Und da kann man gar nichts machen?«

»Doch, sicher. Die Straße von hier bis London aufgraben und Glasfaserkabel verlegen.«

Penelope ließ sich auf die Ecke des Schreibtisches sinken. Das war doch alles nicht zu fassen. Was hatte Jeremy eigentlich vor? Hier draußen gab es kein Telefon, keinen Internetanschluss und keine reichen Leute. »Und jetzt?«

»Jetzt geh ich kurz auf den Friedhof und checke die Lage. Bleiben Sie inzwischen bitte hier.«

Penelope lächelte schwach. Wohin hätte sie gehen sollen? Sie konnte nur hoffen, dass der junge Mann in seinem Outfit nicht die Toten erschreckte. Penelope erklärte ihm den Weg zur Kirche und sah ihm nach. Und hoffentlich begegnete er nicht Mrs James. Er würde ihren Hund zu Tode erschrecken, und die ehemalige Schulleiterin würde ihn nachsitzen lassen.

* * *

»Hi Daddy.«

Lilly schlang die Arme um Sams Hals, der gerade Mrs Columbines Mops Valentine untersuchte. Sie war wohl nicht einverstanden mit der Unterbrechung und warf ihr einen missbilligenden Blick zu.

»Hi Schatz. Wie war es in der Schule?«

Seine Tochter zog die dünnen Ärmchen aus den Gurten ihres Schulranzens. »Toby ist ein Kotzbrocken. Sonst war es ganz okay.« Sie pfefferte den Ranzen in die Ecke des Behandlungsraumes. »Kann ich noch mal nach Rose sehen?«

»Kannst du, Schatz, aber nimm deinen Ranzen mit und geh dann nach oben. Wir essen gleich.«

»Okay.« Sie nahm die Schultasche auf und verschwand.

Mrs Colombine hüstelte, und Sam lächelte ihr verbindlich zu. Die übergewichtige Dame und ihr Hund waren ein Beispiel dafür, dass Hund und Herrchen sich immer ähnlicher wurden, je länger sie beisammen waren. Sam stellte sich vor, dass die beiden ihre Mahlzeiten gemeinsam einnahmen und dass diese Mahlzeiten in erster Linie aus Lammbraten mit Porridge und brauner Soße bestanden. Es war kein Wunder, dass der arme kleine Kerl schnaufte wie nach einer Bergbesteigung. Er sah aus wie eine Fellkugel auf Beinen. So ähnlich wie Mrs Colombine. Die war allerdings stärker geschminkt.

»Der Hund wiegt zu viel, Mrs Colombine. Deshalb atmet er schwer. Und das Übergewicht ist auch die Ursache für seinen Diabetes.«

Mrs Colombine schnalzte mit der Zunge. Sam nahm an, dass Dr. Fennary, der Dorfarzt, ihr dasselbe gesagt hatte.

»Warum machen Sie beide nicht eine …« Sam brach ab und verbesserte sich: »Warum machen Sie mit Valentine keine Diät?« Auch nicht viel besser. »Der Hund muss Diät halten, Mrs Colombine. Dann wird es ihm in Nullkommanichts besser gehen. Heather wird …«

In diesem Augenblick wurde die Tür zum Behandlungszimmer aufgerissen.

»Dr. B.«, sagte Heather. »Wir haben einen Notfall.«

Sam bemerkte den jungen Mann hinter seiner Sprechstundenhilfe. Er hatte ein stark geweitetes Ohrläppchen, in dem etwas Schwarzes steckte. Das musste ziemlich schmerzhaft sein. Sam wollte gerade richtigstellen, dass er *Tier*arzt war, als Heather ein Stück beiseitetrat und den Blick auf den jungen Mann freigab. Er hielt etwas Kleines mit rötlichem Fell in den Händen. Mrs Colombine schnaufte, Valentine bellte, und Sams Blick fiel auf Penelope, die hinter dem jungen Mann stand.

»Es ist ihm direkt vor die Füße gefallen«, sagte sie.

»Ja, es plumpste aus dem Baum vor mir auf den Boden. Auf dem Friedhof, wissen Sie? Ich musste telefonieren.«

»Das ist ein Eichhörnchen«, stellte Sam fest. »Nur wenige Tage alt.«

»Ich glaube, sein Bein ist gebrochen«, sagte der junge Mann.

»Okay, Heather. Röntgen und dann den OP vorbereiten.« Sam wandte sich an Mrs Colombine, die die Unterbrechung plötzlich nicht mehr so schlimm zu finden schien. Vermutlich dachte sie, Sam würde das mit der Diät vergessen.

»Ich bringe Ihnen heute Abend einen Diätplan vorbei«, sagte er zu ihr. »Bitte entschuldigen Sie, aber Sie sehen, dass wir einen Notfall haben.«

Heather war mit dem kleinen Patienten bereits im Röntgenraum verschwunden. Sam ging in sein Büro und rief oben in der Wohnung an.

»Wann kommst du?«, fragte Lilly.

»Es gab einen Notfall, Schatz. Kannst du dir schnell selbst etwas zu essen machen?«

»Ich koche Spaghetti.«

»Gut, aber pass auf mit dem heißen Wasser.«

»Klaro, ich mach mir Tomatensoße dazu.«

»Nein Liebes, vielleicht nimmst du einfach ein wenig Parmesan.«

»Das auch. Ich koch für dich mit.« Sie legte auf.

Für einen Augenblick schloss Sam die Augen. Das letzte Mal, als Lilly Tomatensoße gekocht hatte, war anschließend eine Renovierung der Küche notwendig gewesen. Na ja, würden sie die Küche eben rot streichen. Sam zog Latexhandschuhe über und ging in den Röntgenraum.

***

Am Nachmittag war Penelope völlig entnervt. Eddi hatte nach dem Zwischenfall mit dem Eichhörnchen schnell weitergemusst zu einem anderen Kunden mit dem Ergebnis, dass Penelope immer noch keinen Telefonanschluss hatte. Ganz zu schweigen von einem Internetzugang. Stattdessen hatten sie gemeinsam das verletzte Eichhörnchen zu Dr. Bower gebracht. Eddi hatte vorgeschlagen, dass sie es hinübertragen könne, während er weiterarbeitete, aber das hätte bedeutet, dass sie das Tier hätte anfassen müssen, und das kam nun einmal nicht infrage.

Traurig sah sie sich in der Agentur um. Genau genommen war es gar keine Partneragentur. Es war einfach ein ehemaliger Zeitschriftenladen, in dem superschicke Möbel standen. Mehr nicht. Penelope war mit so viel Enthusiasmus in dieses Abenteuer aufgebrochen, sie hatte Pläne geschmiedet und ein Konzept erarbeitet, wonach sie bereits nach einer Woche etwa zehn Paare vermittelt haben müsste. Und was hatte sie tatsächlich gemacht? Eine verstaubte Hütte auf Vordermann gebracht und einen Verkehrsstau verursacht. Super, Penelope. Du bist eine Meisterin deines Fachs.

Nachdenklich nahm sie ihre Tasche auf. Dieser Schönling mit den blauen Augen hatte ihr Gespräch in Mrs Hazeldines Gemischtwarenladen genau in dem Augenblick unterbrochen, in dem Laura ihr erklären wollte, warum die Sache mit diesem Pierce Brosnan-Verschnitt

Luke nicht so einfach war. Und es lag nun einmal in ihrer Natur, Menschen zusammenzubringen. Und wenn die beiden sich füreinander interessierten, brauchte es vielleicht nur einen kleinen Anstoß. Und wenn sie hier schon nichts ausrichten konnte, dann möglicherweise vor Ort, selbst wenn sie dazu einen Pub aufsuchen musste.

Dafür, dass es nachmittags um viertel nach vier war, erschien ihr das Golden Horse recht gut besucht. An einem Tisch saß ein Paar über eine Wanderkarte gebeugt und trank Bier, an einem weiteren Tisch spielten vier ältere Männer Skat, und am Ende des Tresens saß eine einsame alte Gestalt. Und hinter dem Tresen stand er. Okay, Penelope hätte ihn nicht auf Anhieb mit Pierce Brosnan verglichen, aber er sah gut aus. Gut geschnittenes Gesicht, dunkelbraunes Haar mit einem Stich ins Rötliche, ein paar Sommersprossen und sehr dunkle Augen. Er trug ein schwarzes Shirt mit einem Aufdruck der Band ACDC auf der Brust, über der Schulter hing ein Geschirrhandtuch. Eben stellte er dem alten Mann am Tresen ein Bier hin.

»Hier, John.«

Das war also vermutlich der einsame John mit der windschiefen Hütte, aus der er nur herauskam, wenn ihm das Bier ausging.

»Oh, die Sonne geht auf.«

Luke lächelte. Und sofort wirkte der düstere Pub etwas freundlicher.

»Hi«, grüßte Penelope. Sie erklomm mit einigen Schwierigkeiten einen Barhocker und legte ihre Laptoptasche auf den Tresen.

»Sie sind die geheimnisvolle Lady, die irgendetwas mit unserem verschlafenen Shaftesbury vorhat, oder?« Er hatte sich vor ihr auf dem Tresen abgestützt und sah auf sie herunter.

»Ich bin Penelope St. James und möchte gern etwas trinken.«

»Ich bin Luke, und Sie können von mir alles haben, was Sie wollen. Whiskey, Bier, Hühnersuppe.«

»Könnte ich einen Tee haben?«

»Mann, Sie gehen aber ran. Ist das nicht ein bisschen stark für einen gewöhnlichen Nachmittag?«

»Es geht nicht anders«, erklärte Penelope, die sich nach einer Tasse Darjeeling sehnte.

»Okay, ich mache einen Löffel braunen Zucker rein, damit die Sache mehr peppt.«

»Danke.« Penelope sah ihm zu, wie er mit geübten Handgriffen Wasser kochte, losen Tee in ein Sieb gab und einen kleinen Keks auf die Untertasse legte. Er wirkte jungenhaft und doch ernst bei dem, was er tat. Sie versuchte, sich ihn neben Laura vorzustellen, und das gelang ihr eigentlich gut.

»So, Lady, nun mal raus mit der Sprache. Was haben Sie vor, hier in Shaftesbury?«, fragte Luke, als er ihr den Tee hinstellte.

»Ich will eine Partneragentur eröffnen. Das ist kein Geheimnis.«

»Tja, aber die Leute denken, dass mehr dahinter steckt.«

»Dann irren sich die Leute.« Penelope knabberte an dem Keks herum.

»Schade.« Er stützte das Kinn auf einer Hand ab. »Wir könnten hier eine Privatdetektivin prima gebrauchen.«

»Jetzt fangen Sie auch noch an.«

»Wieso? Wer sagt das noch?«

Eine bessere Brücke hätte er ihr wohl nicht bauen können. »Laura. Laura sagt das.« Penelope ließ ihn keine Sekunde aus den Augen, während sie den Namen sagte.

»Soso. Laura.« Sein Blick verklärte sich kaum merklich, und Penelope hatte die Antwort auf die Frage, ob er einfach nur ein vergesslicher Mann war, der seine Einkäufe schlecht organisierte und deshalb dreimal in den Laden musste, oder ein verliebter Mann.

»Hm.« Penelope nickte. »Laura«, wiederholte sie. »Ist ziemlich nett. Und klug. Und sie sieht gut aus, nicht?«

Luke grinste. »Stimmt.«

Penelope betrachtete ihre Fingernägel. »Merkwürdig, dass sie noch Single ist.«

»Ich dachte, Sie eröffnen eine Agentur, aber offenbar machen Sie auch Hausbesuche.«

»Wenn mir interessante Fälle vor die Nase kommen, mache ich gern eine Ausnahme.«

Sie lächelten einander an, und Penelope hatte das Gefühl, dass sie soeben einen Freund in diesem verlorenen Ort gefunden hatte. Sie fragte sich, warum sie nicht schon früher ins Golden Horse gegangen war.

»Wissen Sie, das mit Laura und mir ist nicht so einfach«, bekannte er erstaunlich offen.

»Das habe ich schon mal gehört.« Penelope hob die Tasse und trank einen Schluck Tee.

»Daran können Sie sehen, dass etwas dran ist.« Luke rieb mit dem Geschirrtuch über den polierten Tresen. »Ich habe vor ziemlich langer Zeit mal eine unbedachte Äußerung gemacht, an die ich mich nicht mal mehr erinnern konnte, aber ihr Frauen habt ja ein Gedächtnis wie ein Elefant.«

Penelope hob eine Augenbraue.

»Wollen Sie wissen, was ich gesagt habe?« Luke stellte das Polieren ein.

»Hmm«, machte sie ungeduldig.

»Okay, ich habe mal in einer fröhlichen Runde gesagt, dass ich mir ein Leben ohne eigene Kinder nicht vorstellen kann.«

Das brachte Laura, die vermutlich nur noch mit göttlicher oder ärztlicher Hilfe schwanger werden würde – und auch dann wären die Erfolgsaussichten zweifelhaft – in eine schier ausweglose Situation.

»Und Sie haben das klargestellt?«

Er lächelte. »Woher wollen Sie wissen, dass Laura mir wichtiger ist, als Kinder es wären?«

»Weil Sie den Kinderwunsch als unbedachte Äußerung bezeichnet haben, an die sie sich in Lauras Gegenwart nicht mehr erinnern konnten.«

Luke nickte. »Sie haben was von einer Privatdetektivin an sich.«

»Ich habe nichts weiter als ein gutes Gehör.«

Er legte den Kopf schief. »Ich habe versucht, ihr klarzumachen, dass sich meine Meinung in diesem Punkt geändert hat und dass sie mir wichtiger ist als eine Kinderschar.«

»Sie glaubt Ihnen nicht, wie?«

»Sie denkt, dass ich es nur sage, um sie rumzukriegen.«

»Aber so ist es nicht.«

»Nein, so ist es nicht«, sagte er ernsthaft.

»Gut.« Penelope stellte die leere Teetasse ab. Sie glaubte ihm, und wenn sich die Gelegenheit ergab, würde sie mit Laura reden.

»Schön, jetzt haben wir die ganze Zeit über mich gesprochen. Wie steht es mit Ihnen?«

»Oh, ich habe mehr als genug zu tun und keine Zeit für Kinder.«

»Interessant, aber so persönlich wollte ich gar nicht werden«, stellte Luke klar. »Ich habe eher daran gedacht, dass Sie bei dem guten alten Sam in Ohnmacht gefallen sind. Und dann würde ich gern wissen, wie Ihnen Ihre Unterkunft gefällt. Sie wohnen doch im Cottage von unserer alten Mathilda, Gott hab sie selig.«

»Der Umstand, dass ich mit Tieren nichts anfangen kann, hat sich also bereits herumgesprochen.«

Luke stützte beide Ellenbogen auf dem Tresen auf. »Sie können also mit Tieren und Kindern nichts anfangen«, fasste er zusammen.

»Klingt nicht sehr positiv, wie?«

»Hm. Wie würden Sie sich denn beschreiben, also nur für den Fall, dass Sie für sich selbst einen Partner suchen müssten?«

»Ehrgeizig, neugierig auf Menschen und modebewusst.«

Luke sah sie nur an.

»Sie versuchen das gerade mit Shaftesbury in Einklang zu bringen, habe ich recht?«, fragte Penelope.

Er nahm ihre leere Tasse weg. »Fällt mir zugegebenermaßen schwer.«

»Tja, was also mache ich hier?«

»Vielleicht noch eine Tasse Tee trinken?«, schlug er vor.

»Und vielleicht mir ein Bier bringen!«, meldete sich John vom Ende des Tresens. »Nur weil hier eine hübsche Lady sitzt, brauchst du deine Stammgäste nicht gleich zu vernachlässigen«, beschwerte er sich.

Luke stellte die Tasse in das Spülbecken und füllte den Wasserkocher erneut, ehe er in aller Ruhe ein Bier zapfte. »Bist du jemals zu kurz gekommen, John?«

»Ständig. Kaum kreuzt hier jemand auf, der dich aus hübschen Augen ansieht, vergisst du alles um dich herum.«

Luke wehrte ab. »Nun übertreib mal nicht, John.«

Penelope wartete geduldig ab, bis das Bier gezapft war. Dieser Pub hatte eine beruhigende Wirkung auf sie. Das Licht war schummrig, an den holzgetäfelten Wänden hingen alte Drucke und Fotografien, es roch schwach nach Zigarettenrauch, ein wenig nach Bier, und über allem lag das leise Gemurmel der Gäste. Der perfekte Ort für eine Meditation.

»Soll ich Sie ein bisschen in Ruhe lassen?«, fragte Luke, als er ihr eine frische Tasse Tee hinstellte. Offenbar hatte er die Wirkung des Pubs auf ihren Gemütszustand bemerkt.

»Nein, ich unterhalte mich gern mit Ihnen. Zu Hause habe ich ja niemanden zum Reden.«

»Wie gefällt Ihnen Mathildas Cottage?«

»Oh, seitdem ich den Dreck aus den Ecken geholt habe, schon

ziemlich gut. Ich nehme an, dass ich mich allmählich mit dem Garten befassen sollte.«

»Und es macht Ihnen nichts aus?«

»Was?«

»Na ja, dass Mathilda in ihrem Bett im Cottage gestorben ist.«

Penelope, die gerade die Teetasse angehoben hatte, stellte sie so hastig ab, dass der Tee überschwappte. »Was?«

Luke schlug sich die Hand vor den Mund. »Sorry, ich dachte, das wüssten Sie.«

»Das hat mir niemand gesagt«, flüsterte Penelope.

»Das sieht Priscilla und Ben ähnlich. Sonst hätten sie vermutlich nie einen Mieter gefunden.«

Penelope guckte grimmig. »Sie entschuldigen mich. Ich muss dringend nach Hause.« Die dampfende Teetasse ließ sie achtlos auf dem Tresen zurück.

* * *

Als Sam nach der Operation an dem kleinen Eichhörnchen in die Wohnung hochging, war er ziemlich fertig. Der Tag war anstrengend gewesen. Die Behandlung der Tiere beinhaltete auch immer zugleich eine Behandlung der Menschen, denen sie gehörten. So wie bei Mrs Colombine. Und die Operation hatte ihm den Rest gegeben. Die Knochen des wenige Tage alten Eichhörnchen-Babys waren winzig. Sein linkes Vorderbein war tatsächlich gebrochen gewesen, und die Knochen wieder zusammenzufügen hatte ihn an die Arbeit eines Uhrmachers denken lassen. Jetzt lag das winzige Wesen in der riesigen Sauerstoffbox, um sich von dem Stress der Narkose und der Operation zu erholen. Nachher würde er noch einmal nach ihm schauen und es vermutlich über Nacht mit nach oben nehmen. Es machte einfach keine Geräusche, die das Babyphone überhaupt übertragen würde. Außerdem musste es regelmäßig die Flasche kriegen.

Schnell durch die Wohnung flitzende Schritte bestätigten seinen Verdacht, dass Lilly seine Abwesenheit genutzt hatte, die Zeit statt mit Schularbeiten mit Fernsehen zu füllen.

Sie schaffte es nur bis zur Küche.

»Hi Daddy«, begrüßte sie ihn etwas außer Atem. »Soll ich dir die Spaghetti warm machen?«

Er nahm sie in den Arm und küsste sie aufs Haar. »Was gab's denn im Fernsehen?«

»Prinzessin Lillyfee. Und wir haben so gut wie keine Hausaufgaben auf.«

Sam hob sie hoch und setzte sie auf die Arbeitsfläche. »Ich wärme mir die Nudeln selbst auf. Dann machen wir deine Hausaufgaben, und anschließend bringen wir Mrs Colombine den Diätplan für Valentine. Sie soll nicht glauben, dass das Durcheinander in der Sprechstunde dazu führt, dass ich ihren übergewichtigen Mops vergesse.«

Lilly schaukelte mit den Beinen. »Was gab es denn für einen Notfall?«

»Ein Eichhörnchen. Es ist aus dem Nest gefallen und hat sich ein Vorderbein gebrochen.« Sam nahm eine Pfanne aus dem Schrank und stellte sie auf den Herd.

»Wie süß!«, kreischte Lilly. »Kann ich ein Eichhörnchen?«

Er warf ihr einen Blick zu, dann gab er ein wenig Olivenöl in die Pfanne. Er briet die restlichen Spaghetti, die noch ziemlich al dente waren. Vermutlich hatte Lilly wegen des Fernsehprogramms nicht genug Geduld dafür aufgebracht, sie lange genug kochen zu lassen. Dann gab er die Tomatensoße dazu. Während er aß, machte Lilly ihre Hausaufgaben, bei denen sie so gut wie keine Hilfe brauchte. Aber er genoss die gemeinsame Zeit mit seiner Tochter, und er wusste gern, was sie in der Schule lernte und was sie so dachte. Denn während sie in ihren Heften schrieb, stand ihr Mundwerk keinen Augenblick still. In ihrer Gesellschaft brauchte man weder Radio noch Fernseher.

Boss wartete geduldig ab, bis alles erledigt war, anschließend gaben sie dem Eichhörnchen die Flasche, dann nahm er den Diätplan vom Schreibtisch, rollte ihn auf und steckte ihn in die Innentasche seiner Jacke, und Lilly und er machten sich auf zum Gassigehen.

Erwartungsgemäß war Mrs Colombine über den Grund seines Besuches nicht sehr erfreut, und nur widerwillig gab sie ihm das Versprechen, sich an den Plan zu halten.

Auf dem Heimweg kamen sie an Mathildas altem Cottage vorbei.

»Hier wohnt Mrs St. James«, stellte Sam mit Blick auf den Vorgarten fest.

Lilly zog ihre Hand aus seiner und öffnete die Gartenpforte. »Wollen wir sie besuchen?«

Seine Tochter hielt sich nicht gern an vorgegebene Wege, machte einen Satz über die Rosenrabatten, überquerte den Rasen und lief zu einem der Fenster an der Vorderfront. Mit den Ellbogen stemmte sie sich auf der Fensterbank hoch, bis ihre Füße in der Luft baumelten, und sah hinein. Auch an Etikette hielt Lilly sich nicht gern.

»Sie ist hier drin«, erklärte Lilly ihrem Vater, der gerade auf die alte englische Art an der Tür klopfte. »Sie stellt ihr Bett um. Vielleicht steht es auf einer Wasserader.«

Lilly klopfte ans Fenster, und kurz darauf öffnete Mrs St. James die Haustür.

Sie sah ein wenig derangiert aus. Ihre Haare waren unordentlich, sie trug eine fleckige Bluse mit hochgekrempelten Ärmeln, und ihre Strumpfhose hatte eine Laufmasche.

Ihre angestrengte Miene entspannte sich bei seinem Anblick etwas. »Oh, Dr. Bower.«

»Sam«, stellte er klar. »Ich habe den Eindruck, wir kommen ungelegen. Es sei denn, wir können Ihnen beim Umräumen helfen. Lilly hat den Umstand, dass Ihre Vorhänge nicht zugezogen sind, genutzt und gesehen, dass Sie Ihr Bett umstellen.«

Penelope blies sich eine Haarsträhne aus der Stirn. »Es ist unglaublich, wissen Sie? Ich habe heute erfahren, dass in diesem Bett, in dem ich schlafe, eine Frau gestorben ist.« Sie schnaubte und schüttelte den Kopf.

»Das stimmt. Das ist uns allen bekannt, und ich hatte irgendwie angenommen, Sie wüssten es auch. Tut mir leid.«

»Also Sie müssen sich wirklich nicht dafür entschuldigen. Aber diese beiden Geschwister, die mir das Cottage vermietet haben, hätten vielleicht ein Wort darüber verlieren können.«

»Ja, das hätten sie. Aber Priscilla und Ben sind nicht gerade für ihr Feingefühl bekannt. Also, wenn Sie wollen, dann helfe ich Ihnen, das Bett rauszutragen.«

»Das wäre toll.« Sie hielt ihm die Tür auf, und Boss nutzte die Gelegenheit, um ins Haus zu laufen.

»Entschuldigung«, sagte Sam, der von Penelopes Abneigung gegen Tiere inzwischen wusste.

Sie winkte ab. »Ist auch schon egal.«

Er folgte ihr ins Schlafzimmer, in dem das alte Eichenbett von Mathilde quer im Raum stand. »Es wird nicht durch die Tür passen«, gab er zu bedenken.

Sie drängte sich an ihm vorbei. »Dann sehe ich nach, ob es im Schuppen eine Axt gibt.«

Sam öffnete den Mund, aber sie war bereits draußen. Sein Blick fiel auf eine grinsende Lilly, die das Schauspiel immer noch durch das Fenster verfolgte.

Er traf Penelope im Schuppen an, wo sie sich durch einen Berg von Gartengeräten wühlte.

»Ich schlage vor, wir nehmen einen Kuhfuß und brechen das Stirn- und das Fußteil ab. Dann können wir die Einzelteile durchs Fenster hinauswerfen«, schlug er vor.

Sie drehte sich zu ihm um, und Sam gefiel der Augenblick, in dem sie sich ganz nahe waren. Es war schummrig im Schuppen, und sie war immer noch so aufgebracht, dass er Angst hatte, Funken würden sprühen und das Holz entzünden.

»Sie müssen mich für überspannt halten«, stellte sie fest.

»Na ja, wenn Sie heute erst erfahren haben, dass Mathilda in ihrem Bett gestorben ist, ist das nachvollziehbar.«

Penelope seufzte. »Und ich habe so gut in diesem Bett geschlafen, wissen Sie?«

»Das ist ein bisschen makaber, das gebe ich zu. Andererseits ist Mathilda auf eine Art von dieser Welt gegangen, die wir alle uns wünschen. Sie war über achtzig Jahre alt, ist abends schlafen gegangen und am nächsten Morgen einfach nicht wieder aufgewacht.« Sam legte ihr die Hand auf den Unterarm. »Ich weiß, dass das nichts an dem Umstand ändert, dass sie gestorben ist, aber es war vermutlich ein angenehmer Tod.«

»Ich verstehe, was Sie sagen wollen, aber könnten wir jetzt trotzdem nach diesem Kuhfuß suchen?«

Sam grinste. »Klar.«

Er fand einen Kuhfuß, und sie kehrten ins Haus zurück, wo sie das Bett zerlegten und die Teile aus dem Fenster in den Vorgarten wuchteten.

»Die Frage ist nur, worauf Sie heute Nacht schlafen werden«, sagte Sam mit einem Blick auf den Holzstapel auf dem Rasen.

»Auf der Couch. Oder von mir aus auch auf dem nackten Boden. Hauptsache nicht mehr in diesem Bett.«

Sam nahm seine Jacke, die er an den Türknauf des Schranks gehängt hatte, und durchquerte den Raum. Er stolperte über den Läufer.

»Ach, das ist die lose Bodendiele«, entschuldigte sich Penelope und fasste ihn an der Schulter. »Ist Ihnen etwas passiert?«

»Nein, aber das ist lebensgefährlich.« Er schob den Läufer beiseite. »Die sollten wir befestigen. Vielleicht finden wir im Schuppen Nägel und einen Hammer.«

Wenig später kniete er auf dem Boden im Schlafzimmer. Mehrmals versuchte er, die Diele in die Lücke einzupassen, aber sie schnellte immer wieder hoch.

»Merkwürdig. Das passt irgendwie nicht. Etwas scheint darunter zu sein.« Mit dem Kuhfuß löste er auch das andere Ende der Diele und nahm sie ganz heraus. »Nanu.« Er fingerte eine Weile herum und hielt dann ein kleines schwarzes Heftchen in der Hand.

Lilly, die Geheimnisse zehn Meilen gegen den Wind roch, tauchte plötzlich auf und nahm es ihm aus der Hand. »Eine Kladde«, rief sie begeistert.

Boss ließ sich von der Aufregung um den Fund anstecken und beschnupperte den Fund aufgeregt. Vielleicht gefiel ihm auch einfach der muffige Geruch des Alten.

Sams Blick fiel auf Penelope, die die Szene entgeistert betrachtete.

»Lilly, gib das Heft bitte Mrs St. James, und dann bringst du Boss nach draußen. Ich befestige inzwischen das Brett.«

Penelope schüttelte den Kopf. »Ich brauche dringend einen Drink.«

Sam nagelte die Diele wieder fest und fand sie dann im Wohnzimmer vor einem Bartischchen wieder, wo sie sich gerade einen Whiskey genehmigte. Das Glas war immer noch gut gefüllt, und er nahm an, dass sie sich einen Doppelten eingeschenkt hatte. Sie reichte ihm ein zweites Glas. »Cheers.«

»Cheers. Sie hatten einen anstrengenden Tag, wie?«

»Ich hatte einen unglaublichen Tag. Der Techniker, der mir einen Telefonanschluss legen sollte, fiel aus, weil er ein Eichhörnchen gerettet hat. Dann war ich im Pub, anschließend habe ich ein Bett zerlegt, den Fußboden aufgebrochen und ein altes Vokabelheft gefunden.« Sie sah ihn aus dunklen Augen an. »Wissen Sie, wie meine Tage in London aussahen? Ich habe Profile unserer wohlhabenden

Kunden erstellt und Hausbesuche in Notting Hill gemacht. Ich habe Kostüme getragen und sah nicht eine Sekunde aus wie eine Vogelscheuche.« Ihr Blick wurde zerknirscht. »Aber wissen Sie was? Dieser Tag heute hat mir irgendwie gefallen.« Sie setzte das Glas an die Lippen und kippte den Inhalt in einem Zug hinunter.

Sam trank sein Glas ebenfalls aus. »Dann herzlich willkommen in Shaftesbury.«

Auf dem Heimweg hörte Sam gar nicht auf das, was Lilly ohne Unterlass über das unerwartete Abenteuer plapperte. Er hatte Penelope bereits bei ihrer ersten Begegnung attraktiv gefunden, und das, obwohl sie bewusstlos gewesen war. Aber heute, leicht derangiert, mit Spinnenweben im zerzausten Haar und vor Zorn rot gefärbten Wangen, da war sie einfach nur schön gewesen. Und sie hatte etwas in ihm berührt, das er ganz tief in seinem Innern versteckt hatte. Sam konnte wirklich nur hoffen, dass er nicht dabei war, sich zu verlieben.

FREITAG

Am nächsten Morgen wachte Penelope mit schrecklichen Rückenschmerzen auf. Das geblümte Sofa war einfach zu kurz, und sie hatte das Gefühl, ihre Wirbelsäule habe eine Zickzackform angenommen. Gebückt wie eine alte Frau schleppte sie sich in die Küche. Sie stellte den Wasserkocher an und sah in den Vorgarten. Zu dem Unkraut gesellte sich jetzt auch noch ein Berg altes Holz. Genau genommen wurden die Dinge nicht besser, sondern immer schlimmer.

Als erneut unvermittelt das Gesicht vor dem Fenster auftauchte, das ihr schon am Tag zuvor aufgefallen war, erschrak sie. Und da sie eben dabei war, den Kaffee aufzugießen, schwappte das kochende Wasser über, und Penelope sprang rasch ein Stück beiseite. Der kurze Moment, in dem sie den Blick nicht aufs Fenster gerichtet hielt, reichte aus, und das Gesicht war verschwunden, als sie wieder hinschaute.

»Scheiße!«

Wenn sie in besserer Verfassung gewesen wäre, wäre sie zur Tür hinaus geflitzt, aber bis sie dort ankäme, wäre auch die langsamste Schnecke aus dem Salat gekrochen.

Immerhin ließ der Wasserboiler sie nicht im Stich, und Penelope genoss das heiße Wasser auf ihrem schmerzenden Rücken. Währenddessen ging sie in Gedanken ihren Tagesplan durch, zu dem sich noch der Kauf eines neuen Bettes gesellt hatte.

An diesem Morgen nahm sie den Wagen, weil sie den Weg zur Agentur nicht in einer akzeptablen Zeitspanne hätte zurücklegen können. Sie hatte kaum die Räume aufgeschlossen und die Agentur betreten, als der Lieferwagen vor dem Haus hielt, der etwas brachte, was ihre Laune ziemlich hob: die Leuchtreklame mit dem Namen der Agentur.

Eine Stunde später wurde das verschlafene Shaftesbury von einem goldgelben Schild erhellt: Golden Sunshine und Luxury Club.

Das auffällige Schild stimmte Penelope zuversichtlich. Jetzt war weithin zu sehen, was sie hier tat. Dass sie hier war! Okay, »weithin« war in diesem Zusammenhang ein dehnbarer Begriff, aber es war wohl kaum zu leugnen, dass künftig auf Penelopes Kosten große Teile der Main Road von Shaftesbury beleuchtet wurden.

Mit sich im Reinen setzte sie sich hinter ihren Schreibtisch, auf dem noch immer ein Festnetzanschluss und Internetzugang fehlten, aber sie wollte nicht undankbar sein. Immerhin hatte sie Strom.

Als die Ladentür geöffnet wurde, sah sie auf. Eine korpulente Frau betrat die Agentur. Ihre Lider waren blau geschminkt, die Lippen karmesinrot angemalt, und offenbar hatte sie ein wenig der roten Farbe auch auf ihre Wangen aufgetragen. Sie trug ein geblümtes Kleid, darüber eine lange Strickjacke. An einer Leine führte die Dame einen schnaufenden Mops.

»Ich nehme erst einmal eine halbe Stunde und dann, wenn es geht, eine Zehnerkarte mit Rabatt.«

Penelope war noch viel zu fasziniert von dem Anblick ihrer riesigen funkelnden Ohrhänger, um überhaupt nur ein Wort zu begreifen. Erst als die Frau sie ungeduldig ansah, fragte Penelope sich, wo sie diese Naturgewalt schon mal gesehen hatte und vor allem, wovon sie sprach.

Die Frau sah sich suchend um. »Ich wundere mich allerdings, wo Sie die Bänke aufgestellt haben.«

Penelope stand auf, kam um den Tisch herum und begrüßte ihre potentielle Kundin.

»Guten Tag, ich bin Penelope St. James. Was kann ich denn überhaupt für Sie tun?«

»Machen Sie auch Nägel und Spa?«

»Oh, ich fürchte, hier liegt ein Missverständnis vor«, entgegnete Penelope. Das beleuchtete Schild hatte offenbar einen falschen Eindruck hervorgerufen. Die Leute dachten jetzt nicht mehr, dass sie eine Detektei eröffnen würde, sondern ein Sonnenstudio. Sie rückte der Dame einen Besucherstuhl zurecht.

»Bitte nehmen Sie erst einmal Platz.«

Der Mops ließ sich schnaufend neben seinem Frauchen auf dem Boden nieder. Einen Augenblick befürchtete Penelope, dass sie beide nur mit Mühe wieder hinausbefördern würde können.

»Ein Missverständnis?«, fragte die Frau.

»Mrs …« Penelope hob fragend die Augenbrauen.

»Colombine.« Die Frau deutete nach unten. »Das ist Valentine.«

»Schön, Mrs Colombine, Ihren Worten entnehme ich, dass Sie dachten, dies wäre so etwas wie eine Wellnessoase. Tatsächlich ist es eine Partneragentur.«

»Tatsächlich?« Mrs Colombine blickte sie fragend an.

»Ja, ich vermittle Partner mit gehobenen Ansprüchen.«

Mrs Colombine starrte Penelope unverwandt an, nur Valentine ließ ein kurzes Ächzen hören.

»Interessant«, sagte sie schließlich.

»Darf ich fragen, in welchen familiären Verhältnissen Sie leben, Mrs Colombine?«

»In alleinlebenden, meine Liebe. Mein erster Mann Herbert war ein notorischer Fremdgänger, John hat Skatabende meiner Gesellschaft vorgezogen und Julius die Gesellschaft unserer Nachbarin.«

Penelope verzog schmerzlich das Gesicht. »Wie unschön. Das waren sicher drei sehr grässliche Scheidungsverfahren.«

»Scheidung?« Mrs Colombine schüttelte den Kopf. »Sie sind allesamt verblichen. Ich habe mich daraufhin in tierische Gesellschaft begeben. Valentine bringt mehr Loyalität und Treue auf als alle drei Ehemänner zusammen.«

Penelope schämte sich nicht gerade für den Gedanken, der ihr prompt durch den Kopf schoss, aber sie hielt doch einen Augenblick inne. War der Verdacht, dass ihr eine männermordende Matrone gegenübersaß, abwegig oder begründet? Mrs Colombine schien ihre Gedanken lesen zu können.

»Herbert meinte, er käme mit zwei Stunden Schlaf pro Tag aus. Na ja, neben seiner vielen Arbeit und den Affären kam er ja auch kaum zum Schlafen. John hat die Verluste beim Kartenspielen mit zu viel Wodka runtergespült, und Julius hat die Auseinandersetzung mit dem Ehemann der Nachbarin nicht überlebt.«

Penelope war sprachlos. »Vielleicht möchten Sie einen Kaffee?«, fragte sie, nachdem sie sich gefasst hatte.

»Warum nicht? Haben Sie vielleicht ein wenig Gebäck da?«

Die kleine Pantry im hinteren Teil der Geschäftsräume bot nicht viel, aber seit kurzem beherbergte sie einen glänzenden Kaffeeautomaten. Mit zwei Tassen Kaffee kehrte Penelope in den Ladenraum zurück. Auf der Untertasse für ihre Besucherin lag ein kleiner Schokoladenkeks. Der Keks war verschwunden, ehe Mrs Colombine auch nur einen Schluck Kaffee getrunken hatte.

Penelope deutete auf den Hund. »Möchte Valentine vielleicht ein wenig Wasser?«

»Sicher.« Mrs Colombine beugte sich über den Mops und kraulte ihn zwischen den Ohren. »Ich glaube, er hätte auch keine Einwände gegen einen Keks.«

»Meinen Sie, dass das gut für ihn ist?«

»Ach, ein Keks wird schon nicht schaden.«

Der dicke Mops sah nicht aus, als sei das der erste Keks, den er futterte. Aber wer war sie, dass sie der Frau Ernährungstipps für ihren Hund gab? Und sie wusste, wenn sie damit anfing, würde sie sich nicht zurückhalten können und gleich bei der Frau und ihrer Ernährung weitermachen. Also holte sie zwei weitere Kekse und verteilte sie an Hund und Frauchen.

»Tut mir leid, dass das Firmenschild einen falschen Eindruck hervorgerufen hat.« Penelope setzte sich wieder und musterte die Frau. Allein mit dem Theobromin der Schokolade ließ sich der freundliche Gesichtsausdruck von Mrs Colombine nicht erklären.

»Diese Partneragentur interessiert mich.«

»Äh ja.« Penelope setzte ein verbindliches Lächeln auf. »Wollen Sie es vielleicht doch noch mal mit einem Mann probieren?«

Mrs Colombine seufzte tief und herzergreifend. »Bis ich eben vor ihrer Ladentür stand, hätten Sie mich mit diesem Gedanken verjagen können, aber wissen Sie …« Sie warf einen Blick auf Valentine, der nach dem Genuss des Schokoladenkekses in einen komatösen Schlaf gefallen war. »Aber er ist ein Hund.«

Penelope, die aufgestanden und sich über den Tisch gebeugt hatte, um einen Blick auf den Hund zu werfen, setzte sich wieder. Fünf Worte, aber sie sagten alles über das Leben der Frau aus. Vielleicht sollten Kalorien und Make-up nur ein eher inhaltsleeres Leben kaschieren.

»Haben Sie vielleicht eine Bilderkartei?«

Mrs Colombine war wie der Earl Blackmore ein eher schwieriger Kandidat. Die Dame sah sich auf Penelopes Schreibtisch um.

»Bräuchten Sie nicht irgend so ein Computerdings dafür?«

Penelope verzog das Gesicht. »Sie sagen es. Allerdings gibt es noch leichte technische Anlaufschwierigkeiten.«

»Ja, sieht so aus.« Mrs Colombine nahm ihre Kaffeetasse auf.

»Aber das ist kein Problem.« Penelope nahm einen Schreibblock und ihren Füllfederhalter zur Hand. »Das Wichtigste bei der Partnersuche sind ohnehin Sie. Erzählen Sie mir mal von sich.«

***

Sam setzte den Wellensittich in seinen Käfig zurück, und Heather hob den kleinen Drahtkäfig an.

»Sie können ihn jetzt Mrs Hunter zurückbringen. Schnabel und Krallen sind gekürzt, und sie soll ihm einen Wetzstein am Gitter anbringen.«

»Wird gemacht. Haben Sie übrigens gesehen?«

»Was denn?« Sam zog sich das Tuch vom Kopf. »Bringen Sie gleich noch den Behandlungstisch in Ordnung? Danach können Sie Mittag machen.«

»Die neue Beleuchtung von Shaftesbury«, ließ ihn Heather wissen, ohne auf seine Anweisungen einzugehen.

»Welche Beleuchtung?«

»Von Mrs Sunshine.« Heather grinste breit. »Sie versteht es wirklich, Aufmerksamkeit zu erregen. Dabei fand ich ihren Auftritt hier im OP schon ziemlich gut.« Sie warf ihrem Chef einen letzten Blick zu und ließ dann die Tür zum Behandlungsraum hinter sich zufallen.

Er verstand kein Wort, aber Sam nahm an, dass seine Sprechstundenhilfe von seiner neuen Nachbarin sprach. Der Gedanke an sie ließ sein Herz höher schlagen. Vielleicht sollte er sich diese phänomenale Leuchtquelle mal ansehen. Schien ja bemerkenswert zu sein. Sam schlüpfte in seine Lederjacke und trat auf die Straße. Heather hatte recht. Über dem Nebeneingang hing ein überdimensionierter Leuchtkörper mit der interessanten Aufschrift Golden Sunshine und Luxury Club.

Was zum Teufel war das?

Eine Bewegung im Innern des Ladens lenkte seine Aufmerksamkeit von dem Schild ab. Penelope St. James stand am Schaufenster, strich sich eine Strähne hinter das Ohr und lächelte ihm zu. Er wusste nicht, was heller strahlte, ihr Lächeln oder die Leuchtreklame. Jetzt deutete sie nach oben und hob dann fragend die Schultern. Sam reckte den Daumen in die Luft. Penelope winkte ihn herein.

»Nicht zu hell?«, fragte sie, als er eintrat.

»Ziemlich hell, aber wenn Sie damit Aufmerksamkeit erregen wollen, haben Sie Ihr Ziel erreicht.« Sam sah sich um. Nach einer Boutique sah es hier nicht aus. Eher nach einem Büro.

»Tja, stellt sich nur die Frage, inwiefern ich Aufmerksamkeit errege.«

»Wie?«

»Offenbar verwirre ich die Leute mit meinem Firmenschild. Die jüngste Vermutung war ein Sonnenstudio.«

»Interessant. Ich habe gehört, Sie hätten ein Einrichtungsstudio aufgemacht.«

»Das ist mir neu«, stellte Penelope fest. »Möchten Sie einen Kaffee?«

»Gern.«

»Setzen Sie sich doch.«

Sam setzte sich und sah sich um. Es gab überhaupt keinen Anhaltspunkt dafür, was sie hier vorhatte. Sie stellte ihm eine Tasse Kaffee hin. Den Keks von der Untertasse steckte er sich in den Mund. Das war sein Mittagessen.

»Sie kommen auch nicht drauf, oder?«

»Worauf?«

»Na ja, was ich hier aufziehen will.«

»Ehrlich gesagt nicht. Ich glaube, Earl Blackmore wünscht sich den Zeitschriftenladen zurück.«

»Das stimmt. Und ich gehe inzwischen davon aus, dass ich damit mehr Erfolg hätte.«

Sam hob die Augenbraue.

»Ich habe kein Telefon. Und ein Internetzugang scheint für mich unerreichbar zu sein.«

»Tja, was genau haben Sie denn hier vor?«

»Eine Partneragentur.«

Sie wirkte auf ihn plötzlich verzagt. So als sei sie sich ihrer Sache gar nicht mehr sicher. Und Sam war verwirrt. »So etwas wie eine Partnervermittlung?«

Ihr Gesicht sah aus, als würde sie gleich anfangen zu weinen.

»Das klingt wirklich interessant«, bemühte er sich, ihre Stimmung aufzuhellen.

»Es klingt, als hätte ich nicht mehr alle Tassen im Schrank.«

»So krass würde ich es nicht formulieren.«

»Es klang wie eine gute Idee, als mein Chef mir damals vorgeschlagen hat, hier eine Niederlassung zu eröffnen. Aber jetzt bin ich plötzlich nicht mehr so sicher. Dabei dachte ich, dass die Leuchtreklame alle Unklarheiten beseitigt.«

Sam grinste. »Und jetzt hat das Licht die Verwirrung erst komplett gemacht?«

»So ungefähr.«

»Ihr Plan klingt doch sehr Erfolg versprechend. Sie müssen wir davon unbedingt mehr erzählen.« Sam rutschte ein wenig auf dem Stuhl herum. »Vielleicht bei einem Abendessen?« Jetzt war es raus.

Penelope lächelte verlegen. »Das wäre nett. Nur wenn ich einen Wunsch äußern dürfte, dann vielleicht nicht im Golden Horse.«

Sam grinste. »Verstehe ich gar nicht. Dort ist es nett und immer gut besucht.«

Sie grinste ebenfalls, und es gefiel ihm, dass sie nicht einfach nur lächelte. Die Frau hatte Humor.

»Und wie laufen die Geschäfte?«

»Oh, es kamen schon jede Menge Menschen herein, die auf die Sonnenbank wollten oder eine Zeitschrift über Rosen kaufen und die als potentielle Kunden wieder hinausgingen.«

»Der Earl vermisst Mrs Middlecroft vermutlich. Sie haben sich blendend verstanden. Rosen war ihr gemeinsames Thema.«

»Jetzt fühle ich mich schlecht.«

»Tut mir leid«, sagte Sam. »Aber es liegt ja nicht an Ihnen. Edna wollte den Laden schließlich nicht mehr weiterbetreiben.« Er sah sich um. »Und es gibt also Probleme mit dem Anschluss an den Rest der Welt? Das überrascht mich nicht. Unser Telefon funktioniert auch nur, wenn die Sonne scheint, und das Internet hängt von Umständen ab, die wir noch nicht durchschaut haben.« Sam sah sie an. »Hilft Ihnen nicht wirklich weiter, wie?«

Sie schüttelte den Kopf. »Aber es ist tröstlich, dass ich nicht allein bin.«

»Der Earl war hier?«, fragte er nach.

»Na ja, er hat mich gefragt, ob ich eine bestimmte Zeitschrift führe. Irgendetwas mit Rosen. Morgen Nachmittag besuche ich ihn, und wir gucken mal, ob ich eine Frau für ihn finde.«

»Wenn Sie das schaffen, sind Sie gut. Er ist ein netter Kerl, aber ein wenig verschroben.«

»Er ist eine Herausforderung«, gab Penelope zu. »Genauso wie Mrs Colombine.«

»Sie war auch hier?«, fragte er erstaunt.

Penelope wiegte den Kopf. »Wie gesagt, versehentlich.«

»Verstehe. Sie war wohl diejenige mit der Sonnenbank. Tja, also wie gesagt, ich wünsche Ihnen viel Erfolg. Sie haben es in der Hand, sich einen Na…« Sam wurde durch das Läuten der Türglocke unterbrochen. Lilly kam herein.

»Dad, was machst du denn hier?«

Sam streckte die Hand nach ihr aus und gab ihr einen Kuss. »Ich unterhalte mich mit Mrs St. James.«

»Suchst du eine Frau?«

Sam schluckte. »Nein, wie kommst du darauf?«

»Na ja, weil es die hier im GSLC gibt.«

»Wo?«

»Im Golden Sunshine und Luxury Club«, wiederholte Lilly und

unterlegte ihre Worte mit einer kleinen Melodie und einer Tanzbewegung.

Sam machte der Vortrag seiner Tochter verlegen, aber Penelope kicherte, und Lilly verbeugte sich.

»Wenn ich mal einen Jingle brauche, würdest du dann einspringen?«, fragte Penelope.

»Klar, kann ich gern machen.« Lilly kletterte auf Sams Schoß. »Wenn du willst, könnte ich versuchen, Rose in die Show mit einzubauen.«

»Darauf würde ich, glaube ich, gern verzichten«, murmelte Penelope.

»Du machst dir nicht so viel aus Ratten, oder?«

»Nein, nicht besonders.«

»Okay.« Sam schob Lilly sanft von seinem Schoß und stand auf. »Wir lassen Mrs St. James jetzt in Ruhe.«

»Na schön.«

»Hast du Hausaufgaben auf?«

Sie schüttelte den Kopf. »Kaum der Rede wert.«

»Dann werden wir uns diese Belanglosigkeit nach dem Mittagessen mal ansehen«, entgegnete er.

Sam bugsierte Lilly zur Tür und wandte sich noch einmal zu Penelope um. »Ich hole Sie um sieben ab, okay?«

»Okay.« Sie stand auch auf und winkte ihm zu. Und als sein Herz einen kleinen Hüpfer machte, wusste er, dass er sich nicht geirrt hatte.

Es gab vermutlich niemanden, der sich so häufig auf dem Friedhof von Shaftesbury herumtrieb wie sie. Jedenfalls bekam Penelope hier nie eine Menschenseele zu Gesicht. Sie kannte sich einfach nicht gut genug aus auf Friedhöfen. Bisher hatte sie sich stets anlassbezogen auf ihnen aufgehalten, also bei Beerdigungen. Und wenn man es genau nahm, war sie wieder anlassbezogen hier, wenn auch der Anlass ein anderer war. Sie wollte telefonieren. Und weil heute offenbar ihr

Glückstag war und ihr Smartphone drei Balken anzeigte, nutzte sie die Gelegenheit, um Jeremy mal über die neuesten Ereignisse in Kenntnis zu setzen.

»Darling!«, begrüßte er sie überschwänglich. »Wie schön, von dir zu hören. Dummerweise habe ich gerade ganz, ganz wenig Zeit.«

»Geht auch schnell«, warf Penelope hastig ein. So einfach würde er sie nicht loswerden. »Es gibt hier logistische Probleme.«

»Penny? Die Verbindung ist so schlecht. Ich kann dich kaum hören.«

»Das ist kein Wunder, Jeremy! Ich bin auf dem Friedhof.«

»Schätzchen, als ich dich das letzte Mal gesehen habe, sahst du aus wie das blühende Leben.« Sein Lachen dröhnte durch die Leitung.

»Witzig, Jeremy. Ich meine es ernst. Die Geschäfte kommen hier ganz schlecht in Gang. Shaftesbury ist funktechnisch vollständig unerschlossen.«

»Das ist doch für dich alles gar kein Problem, Liebes. Also, ich muss dann jetzt auch mal. Schreib mir doch eine E-Mail.«

Dann war die Leitung tot. Penelope knurrte wütend. Wenn das mal ginge! Sie warf das Handy auf die Bank. So ein Mistkerl! Schickte sie hier raus in die Pampa und machte sich dann auch noch über sie lustig. Penelope kochte vor Wut. Dummerweise war heute Freitag, und der gute Jeremy war am Wochenende nie in der Agentur. Wenn sie ihn also erwischen und zur Rede stellen wollte, musste sie sich bis Montag gedulden, und im Augenblick war sie nicht sicher, ob ihr das gelang. Sie stützte sich auf der Sitzfläche der Bank ab und sah sich um. Das war doch irre. Wenn sie klug war, baute sie ihre Leuchtreklame ab und kehrte nach London zurück. Edna Middlecroft konnte wieder Zeitschriften verkaufen, und alle wären glücklich und zufrieden. Kein Bewohner von Shaftesbury würde sie vermissen. Penelope lehnte sich zurück und verschränkte die Arme vor der Brust. Und dieses Orgelgedudel machte sie ganz krank. Jeden Vormittag hockte irgendwer in der Kirche und spielte religiöses Zeug. Das war für ihre

Stimmung keineswegs hilfreich. Sie sehnte sich nach einem wummernden Bass oder danach, auf einen Sandsack einzuschlagen. Plötzlich brach das Orgelspiel ab. Penelope legte den Kopf in den Nacken und blickte in den Himmel. Strahlend blau und wolkenfrei. Die Luft war warm, ein sanfter Windhauch strich ihr über das Gesicht. Wenn sie alle Ärgernisse verdrängte, war es genau genommen gar nicht so schlecht in Shaftesbury. Hier war es ruhig, und es gab nicht allzu viele Menschen. Die Luft war deutlich besser als in London. Wenn sie jetzt noch Internetzugang hätte, könnte sie wenigstens online in ihren liebsten Shops stöbern. Wenn sie ehrlich war, zeigten sich schon gewisse Entzugserscheinungen. Ihre Finger wollten kühle Seidenstoffe spüren, schmalgeschnittene Jacketts betasten und mit Goldfäden durchwirkte marineblaue Shirts auswählen. Penelope bewegte die Zehen in ihren Jimmy Choo Pumps. Wie gern würden ihre Füße mal wieder in nagelneue Wildlederpumps von Ralph Lauren schlüpfen. Sie schloss die Augen und versuchte, sich an das Gefühl in London zu erinnern. Okay, sie lebte zwar noch, aber die Lebensqualität hier war … Penelope verzog den Mund. Schlechter? Eigentlich nicht. Anders vielleicht. Sie hatte hier eine ganze Menge interessanter Leute kennengelernt. Die Sorte Menschen, von denen man in London nicht viele antraf.

Erschrocken riss Penelope die Augen auf und machte beinahe einen kleinen Satz von der Bank, als ein rockiges Riff über den Friedhof klang, das sie bisher nur auf einer Gitarre gehört hatte. Das Riff wurde zweimal wiederholt, dann erkannte Penelope den Rocksong »Highway to Hell«.

Blackmore Manor war umgeben von einer wunderschönen Parkanlage – und von einer Mauer. Penelope hielt vor dem zwei Meter hohen Gartentor und genoss einen Augenblick lang die Pracht. Wer hätte das gedacht, dass der hagere alte Mann mit dem schäbigen Anzug in so einem großzügigen Anwesen lebte? Sie jedenfalls nicht, und ihr Zorn auf Jeremy verrauchte ein klitzekleines bisschen.

An dem rechten der beiden gemauerten Torpfosten entdeckte sie einen unscheinbaren Klingelknopf, den sie drückte. Es dauerte einen Augenblick, dann sprach eine weibliche Stimme zu ihr.

»Guten Tag, Mrs St. James. Bitte kommen Sie herein.«

Die beiden Flügel der Pforte öffneten sich, und Penelope sprang schnell in den Wagen. Der Kies knirschte unter den Rädern ihres Minis, als sie die Auffahrt hochfuhr. Sie fuhr im Schritttempo, um die wunderschönen Rosenbeete auf beiden Seiten zu bewundern. Dagegen nahm sich ihr unkrautverseuchter Garten mit dem hölzernen Scheiterhaufen armselig aus. Als sie den Blick wieder nach vorn richtete, sah sie im letzten Moment etwas bunt Glitzerndes vor sich und trat auf die Bremse. Was war das? Penelope erhob sich ein wenig von ihrem Sitz. Ein Pfau? Ein Pfau! Vor ihrem Wagen schlug ein Pfau mit türkis schimmerndem Federkleid ein riesiges Rad. Dabei hob er den Schnabel ein wenig in die Höhe und machte den Eindruck, als würde er durch den nachmittäglichen Besuch sehr gestört.

Penelope ließ sich in den Sitz zurücksinken. Ein Pfau. Okay. Sie warf einen Blick über die Schulter, setzte den Wagen ein wenig zurück und machte einen kleinen Bogen um das Tier herum. Es bewegte sich kein bisschen. Jedenfalls so lange, bis Penelope den Wagen vor dem Herrenhaus zum Stehen brachte und sich im selben Augenblick die Tür öffnete. Die Haushälterin Sarah erschien auf der Schwelle und fuchtelte wild mit den Armen.

»Weg da, Erwin!«, rief sie. »Mach, dass du in deine Voliere kommst!«

Penelope stieg aus. »Erwin?«

Sarah hob die Schultern. »Ein eitler Pfau«, sagte sie, und beide Frauen lachten.

Erwin klappte sein Rad ein und zog dann ein wenig beleidigt mit wippendem Federschweif von dannen.

Sarah kam die Eingangsstufen herunter. »Der Kerl hat ein gutes Gehör. Sobald er die Pforte aufgehen hört, kommt er heran und macht sich wichtig.« Sie machte eine einladende Bewegung ins Innere des Hauses. »Bitte, kommen Sie herein. Der Earl erwartet Sie schon. Er hat sogar seinen besten Anzug aus dem Schrank geholt. Seit Sie Ihr Kommen angekündigt haben, ist er ganz aus dem Häuschen.« Sie beugte sich vertraulich zu ihr herüber. »So ähnlich wie Erwin.«

Arm in Arm gingen sie ins Haus, und Penelope wurde ganz warm ums Herz. Sarah war eine angenehme Frau, anders als Penelope im Gemischtwarenladen bei ihrer Bemerkung über die Pizza gedacht hatte. Sie durchquerten eine beeindruckende Halle mit Rüstungen, Schwertern und Gemälden an den Wänden.

»Der Earl wollte gleich mit Ihnen in der Bibliothek eine Whiskeyverkostung machen, aber ich konnte ihn dazu überreden, dass sie zuerst im Salon eine Kleinigkeit zu sich nehmen.«

»Dafür bin ich Ihnen sehr dankbar«, entgegnete Penelope. »Es ist nicht so, dass ich keinen Whiskey mag, aber ich habe heute noch gar nichts gegessen.«

Sarah blieb abrupt stehen und betrachtete Penelope von oben bis unten. »Tss, Sie müssen mehr essen, meine Liebe. Sonst werden Sie das Leben hier in Shaftesbury nicht durchstehen.«

Da hatte sie möglicherweise recht, und tatsächlich verspürte Penelope ein leichtes Hungergefühl. Als Sarah die Tür zum Salon öffnete, bot sich Penelope der Anblick eines reich gedeckten Tisches, auf dem sich sämtliche Leckereien eines Teesalons versammelt zu haben schienen. Penelope entdeckte englische Madeleines mit Kokosflocken und Zierkirschen, Teigröllchen mit Sahne, Gurkensandwichs, Shortbread, Makronen und Zitronentörtchen.

»Ich bin im Himmel«, flüsterte Penelope.

»Setzen Sie sich. Der Earl wird gleich da sein. Er wollte noch nach Charles Rennie Mackintosh sehen. Nehmen Sie Earl Grey, Ceylon oder lieber grünen Tee?« Sarah rückte ein Sesselchen zurecht. »Oder wäre Ihnen ein Lapsang Souchong lieber?«

Penelope sank in den zierlichen Sessel. »Ich weiß nicht«, hauchte sie.

»Na, ich mache mal drei Kannen zur Auswahl. Sie nehmen dann einfach das, was Ihnen am besten schmeckt.«

»Gewiss.« Penelope ließ den Blick über die Wände schweifen, die mit rotem Brokat bespannt waren und an denen zahlreiche Stiche hingen. Die Nachmittagssonne brachte eine Menge silberner Kerzenleuchter, Bilderrahmen und Kunstgegenstände zum Funkeln. Das hier war das Paradies. Es musste doch möglich sein, für den Earl eine passende Frau zu finden. Vor ihrem inneren Auge erschien eine elegante, kulturell interessierte Rosenliebhaberin. So etwas musste es doch geben.

»Ah, da sind Sie schon.« Earl Vincenz Blackmore hatte den Salon betreten. »Sarah sagte, Sie würden gern eine Kleinigkeit zu sich nehmen.«

Penelope erhob sich. »Unter einer Kleinigkeit verstehe ich etwas anderes. Guten Tag, Earl Blackmore.«

»Vincenz für Sie, meine Liebe. Und Sie müssen nicht denken, dass die gute Sarah mir diese Zuwendung jeden Tag angedeihen lässt.« Er knöpfte das Jackett auf und setzte sich. »Ich kann froh sein, wenn ich eine Scheibe Trockenbrot kriege.«

Das leise Klirren von Geschirr kündigte die Rückkehr der Haushälterin an, die auch schon mit einem Teewagen hereinkam.

»Sie tun mir von Herzen leid«, sagte sie in Richtung ihres Dienstherrn, dessen letzte Bemerkung sie offenbar gehört hatte.

Der Earl schnalzte mit der Zunge. »Gestern habe ich Sie gebeten, mal wieder Ihre Schokoladentorte zu backen, und das haben Sie mir verweigert.«

Sarah schenkte Penelope Tee ein. »Sie wissen selbst am besten, was Dr. Fennary über Ihre Cholesterinwerte gesagt hat«, bemerkte sie ungerührt. »Solche Werte wären für den ein oder anderen Diktator ein Grund, den dritten Weltkrieg anzufangen.« Sie wandte sich an Penelope. »Das ist jetzt ein Lapsang. Probieren Sie sich durch.«

»Vielen Dank für alles, Sarah.«

»Gern.« Sarah drückte kurz ihre Schulter und verließ den Raum.

»Ein wenig aufmüpfig, die Gute«, stellte der Earl missmutig fest.

»Es machte aber den Anschein, als hätte sie Ihr Wohl im Blick. Und wir müssen wohl heute nicht verhungern.«

»Sie scheinen so etwas wie ein ausgleichendes Wesen zu haben.« Der Earl nahm sich ein Gurkensandwich und biss herzhaft hinein. »Greifen Sie zu, denken Sie aber daran, dass das Ganze nachher noch mit ein wenig Whiskey getränkt werden muss.«

»Sie haben es wunderschön hier.« Penelope nahm sich ebenfalls ein Sandwich. »Ihr Park ist prachtvoll.«

Der Earl seufzte. »Ich kann das alles hier nur noch am Laufen halten, indem ich Führungen zulasse.« Er warf Penelope einen vorwurfsvollen Blick zu. »Fremde Besucher im eigenen Haus. Können Sie sich das vorstellen?«

»Ich kann mir vorstellen, dass das nicht sehr angenehm ist. Auf der anderen Seite ist es doch schön, dass Sie diese Möglichkeit haben, Ihr Anwesen zu erhalten.«

Er warf ihr einen Blick zu, dem Penelope sehr wohl entnehmen konnte, dass das nichts an der Belästigung änderte.

»Vermutlich beschränken Sie die Besichtigungen auf einen Teil des Herrenhauses.«

»Selbstverständlich. Diese Hottentotten kommen nur in den Ostflügel. In meinen Räumen will ich keinen von diesen Barbaren sehen.«

»Und wer macht die Führungen?«

»Leonard. Ein ehemaliger Geschichtslehrer. Wenn Sie dem fünf Minuten zugehört haben, schlafen Sie ein.«

»Hm, wie schade. Sind die Führungen denn gut besucht?«

Er schüttelte den Kopf. »Das geht so. Könnten mehr Besucher sein. Ich rechne jedes Mal damit, dass Sarah abends nach so einer Führung einen vom Schlaf übermannten Besucher im Haus findet und aufscheucht. Die werden das sicher nicht weiterempfehlen.«

»Wo werden die Führungen denn angeboten?«

»In der Tourismuszentrale. Die legen dort Broschüren aus.«

Penelope nahm sich ein Zitronentörtchen. »Sie könnten doch im Internet mit einem virtuellen Rundgang durch Ihren Park und den Ostflügel die Besucher neugierig machen. Und Sie könnten Lesungen von englischen Kriminalromanen durchführen. Und vermutlich ließen sich auch Führungen durch Ihren Park arrangieren.« Ihr Blick begegnete dem des Earl. »Keine gute Idee?«

»Ich bin nicht sicher. Es klingt interessant. Könnten Sie da etwas machen?«

»Äh, eigentlich bin ich ja wegen der Partnervermittlung da.«

Er winkte ab. »Ich bin gar nicht so sicher, ob ich hier eine weitere Frau im Haus haben will. Eigentlich reicht mir Sarah schon.«

Penelope musste lachen. »Sarah ist Ihre Haushälterin. Ich dachte eigentlich eher an eine Lebensgefährtin für Sie.«

Der Earl sah nachdenklich auf die geschlossene Tür, durch die Sarah verschwunden war. »Genau genommen sind wir bereits seit vierzig Jahren Lebensgefährten. Solange befindet sie sich schon in meinen Diensten.«

Penelope verspeiste gerade eine Makrone. »Das spricht für Sarah. Sie scheint eine angenehme Gesellschaft zu sein.«

Der alte Mann machte ein unwirsches Geräusch. »Geht so. Sie redet mir ein wenig zu viel in meine Ernährung hinein. Und in meine Kleidung. Wenn ich es recht überlege, auch in meinen Tagesablauf.«

»Für mich klang es recht fürsorglich. Sarah macht sich Gedanken um Ihre Gesundheit.«

Earl Blackmore nahm sich ein Teigröllchen und leckte die herausquellende Sahne ab. »Das ist nicht nötig. Mit meiner Gesundheit ist alles in Ordnung.« Er wischte sich die Hände an einer Serviette ab. »So, meine Liebe. Jetzt mache ich Sie mit Charles Rennie Mackintosh bekannt, und anschließend nehmen wir einen Schluck Wasser des Lebens.«

Penelope sah ihn verständnislos an.

»Whiskey, meine Liebe. Das Wasser des Lebens.«

***

Sam strich Lilly das Haar aus der Stirn. »Bist du sicher, dass du alleine zurechtkommen wirst?«

Sie machte ein empörtes Gesicht. »Ich bin doch kein Baby mehr.«

Er zog ihr die Decke bis unter die Nasenspitze. »Aber du bist meine Kleine. Das Einzige, was ich habe, und ich habe immer Angst um dich.«

Lilly kämpfte sich aus der Decke hervor und schlang ihre Arme um seinen Hals. »Musst du nicht. Ich liege hier doch ganz kuschelig und sicher in meinem Bett.«

Sam drückte sie an sich. »Das will ich hoffen. Ich werde den Fernseher morgen früh fragen, ob er heute Nacht arbeiten musste.«

Sie kicherte und ließ ihn los. »Ich würde niemals nachts fernsehen«, verkündete sie ernsthaft und legte sich wieder hin. »Und was ist mit dem Eichhörnchen?«

Er stupste mit dem Zeigefinger gegen ihre Nasenspitze. »Da hast du meine Schwachstelle entdeckt. Das muss ich mitnehmen. Immerhin braucht es alle zwei Stunden sein Fläschchen.«

»Im Restaurant?«, fragte sie erstaunt.

»Ich werde es unter meinem Jackett in einem Beutel tragen und es auf dem Klo füttern.«

»Ist das denn erlaubt?«

»Weiß ich auch nicht.« Sam deckte sie wieder zu. »Wir machen ja beide manchmal Dinge, die nicht erlaubt sind.«

»Wichtig ist nur, sich nicht erwischen zu lassen«, erklärte Lilly ernsthaft.

»Na ja, ganz so ist es nicht. Wir sprechen morgen früh darüber.«

Lilly drehte sich auf die Seite und schloss die Augen. »Genau, das wird ein sehr ernsthaftes Gespräch.«

Sam gab ihr einen Kuss auf die Stirn. »Richtig. Das wird es. Dein Handy liegt hier auf dem Nachttisch. Wenn etwas ist, rufst du mich sofort an.«

»Mach ich«, antwortete sie verschlafen.

»Gute Nacht.«

»Nacht.«

Sam zog die Tür ihres Schlafzimmers ran und löschte das Licht im Flur. Er ging hinunter in die Praxis, holte das Eichhörnchen und verstaute es vorsichtig in einem Beutel, den er vor der Brust tragen konnte. Es hatte sich recht gut entwickelt und bereits einige Gramm zugenommen.

Dann setzte er sich in seinen Wagen und fuhr zu Penelope St. James' Cottage. Zu seiner Verwunderung war alles dunkel. Er stieg aus und klopfte, und als nichts geschah, ging er zum Wohnzimmerfenster. Er legte die Hände an die Schläfen und versuchte, durch die bleigefasste Scheibe hineinzusehen. Drinnen brannte kein Licht, und es dauerte eine Weile, bis er etwas erkennen konnte. Penelope schien auf dem Sofa zu liegen, zugedeckt mit einer Decke. Sam war enttäuscht. Offenbar hatte sie ihre Verabredung vergessen. Er hob die Hand, um an die Scheibe zu klopfen, aber dann ließ er sie wieder sinken. Vielleicht war es besser so. Schließlich hatte er mit Lilly und der

Praxis genug zu tun, und eine Beziehung brachte doch immer Schwierigkeiten. Und würde er nicht jede Frau mit Jessica vergleichen? Ihr Tod war so unerwartet gewesen. So als wäre er abrupt aus einem wunderschönen Traum herausgerissen worden. Wenn das Adrenalin noch durch die Blutbahnen schoss und das Herz laut wummerte. Sein Adrenalinpegel war immer noch hoch.

Erschrocken fuhr er zurück, als das Fenster aufgerissen wurde.

»Dr. Bower. Sam!« Penelope sah entzückend aus. Die Haare ungeordnet, Falten vom Kopfkissen auf der Wange. »Es tut mir leid, ich bin eingeschlafen.« Sie fuhr sich durch die Haare. »Wissen Sie, ich habe Charles Rennie Mackintosh kennengelernt. Und anschließend Henry McKenna.«

»Wow.« Mehr brachte er als Reaktion nicht zustande.

»Kommen Sie, ich lasse Sie rein.«

Sie schloss das Fenster, das Licht im Haus ging an, und kurz darauf wurde die Haustür geöffnet. Penelope stand in der Tür und drückte den Handballen gegen die Stirn. »Dieser McKenna ist mir nicht gut bekommen.«

»Auch auf die Gefahr hin, indiskret zu sein. Wer ist dieser mysteriöse Mr Mackintosh? Und wer ist McKenna?«

»Whiskey.« Penelope ging in die Küche. »Also Charles Rennie Mackintosh ist eine Rose und McKenna ein Whiskey.« Sie runzelte die Stirn. »Oder war es andersrum?« Sie griff nach dem Wasserkocher. »Wenn ich nicht schon genug intus hätte, würde ich vorschlagen, dass wir einen Drink nehmen. Aber im Augenblick ist eine Tasse schwacher Tee besser für mich. Sie können gern einen Drink haben.«

Sam setzte sich an den Küchentisch. »Tee ist in Ordnung für mich. Wo haben Sie diese Sachen kennengelernt?«

»Ich war heute bei Earl Blackmore.« Penelope stellte den Kocher an und füllte Teeblätter in eine Kanne. »Das Problem ist mein Büro.

Also, der fehlende Internetanschluss. Jedenfalls habe ich heute einen Besuch in Blackmore Manor gemacht. Eigentlich, um dem Earl Informationen darüber zu entlocken, welche Frau zu ihm passt. Aber er hat mich durch seinen Park geschleift und anschließend mit Whiskey abgefüllt.« Sie wandte sich um und lehnte sich gegen den Geschirrschrank. »Es tut mir leid, dass ich unsere Verabredung verschlafen habe. Ich wollte mich nur einen Augenblick ausruhen und muss dann eingeschlafen sein.«

»Kein Problem.«

»Wenn Sie mir fünf Minuten geben, bin ich gleich wieder bei mir. Ein bisschen Farbe ins Gesicht, und dann kann es losgehen.«

Sam sah ihr zu, wie sie den Tee aufgoss. »Wenn es Ihnen nicht passt, können wir unser Abendessen gern verschieben.«

»Nein, wirklich nicht. So ein paar Rosen können mich ja nicht derart aus der Bahn werfen.«

Er grinste. »Die Rosen vielleicht nicht, aber der Whiskey.«

Penelope stellte zwei Tassen auf den Küchentisch und schenkte Tee ein. »Genau genommen habe ich auch schon genug Tee getrunken. Sarah hat drei verschiedene Teesorten aufgegossen. Falls man mal sehr hungrig und durstig ist, wäre ein Besuch in Blackmore Manor die Lösung.« Sie setzte sich ihm gegenüber.

»Der Earl sucht eine Frau?«, fragte er.

Penelope legte die Hände um ihre Tasse. »Bis er in meinen Laden stolperte, um eine bestimmte Rosenzeitschrift zu bestellen, nicht.«

»Das spricht für Ihre Geschäftstüchtigkeit.«

»Seit ich in Shaftesbury lebe, würde ich niemals auf den Gedanken kommen, meinen Namen und das Wort geschäftstüchtig in einem Atemzug zu verwenden.«

»So schlimm?«

Sie stützte das Kinn auf. »Sehen Sie mich an. Es ist Freitagabend, ich bin völlig derangiert, habe Kreuzschmerzen und einen Kater.«

»Ich dachte immer, in London freut man sich auf einen verkaterten Abend?« Er grinste.

»Witzig.«

»Ich bemühe mich immer, humorvoll rüberzukommen. Sagten Sie nicht neulich noch, dass Sie es gar nicht so schlecht finden, in Shaftesbury zu leben?«

»Das war gestern. Ich bin dazu berechtigt, meine Meinung täglich zu ändern.«

Er lächelte sie an. Sie gefiel ihm. Penelope war witzig und ein netter Kumpeltyp. Und selbst wenn sie im Augenblick nicht gestylt war, sah sie doch hinreißend aus. »Geht's wieder?«

»Meine Lebensgeister kehren zurück.«

»Haben Sie inzwischen ein neues Bett?« Ein Satz, den man furchtbar gern wieder in den Mund zurücksaugen würde, nachdem er einem entschlüpft war. »Wegen der Rückenschmerzen ...«

»Nein, ich bin nicht dazu gekommen. Ehrlich gesagt weiß ich gar nicht, woher ich eines kriegen sollte. Ich dachte schon daran, in den Wald zu gehen und mir einen Baum zu schlagen. Mit ein bisschen Geschick kriege ich es vielleicht hin, mir ein Bett zu schnitzen.«

»Ich habe eine bessere Idee.« Sam sah auf seine Armbanduhr. »Sie kriegen fünf Minuten, und wir fahren nach Chesterfield. Die haben da ein kleines Möbelgeschäft. Einverstanden?«

»Einverstanden. Bin gleich wieder da.«

Penelope öffnete den Wasserhahn und hielt beide Hände darunter. Das kalte Wasser in ihrem Gesicht war eine Wohltat. Aber als sie die Augen öffnete und in den Spiegel sah, erkannte sie, dass das Gefühl nur äußerlich war. Sie sah aus wie eine übermüdete Schnapsdrossel. Mit einem Handtuch rubbelte sie sich das Gesicht, bis sie wieder Farbe bekam. Dann benutzte sie Eyeliner, Mascara und Lippenstift, was sie aussehen ließ wie ein Zombie, der in einen Farbtopf gefallen war. Dafür, farblich abgestimmte Kleidung auszuwählen, fehlte ihr der Nerv, weshalb sie sich für eine schwarze Chinohose und eine schwarze Bluse entschied.

Sam saß auf dem Sofa und hatte immer noch seine braune Wildlederjacke an. Er sah auf, als sie den Raum wieder betrat. »Hey, Sie sehen toll aus.«

Penelope schlüpfte in einen Blazer. »Und Sie sind ein wohlerzogener Charmeur.« Sie streckte ihm die Hand hin. »Wollen wir?«

»Gern.«

Sie hatte den Eindruck, dass er ein wenig Mühe damit hatte, vom Sofa aufzustehen, und wunderte sich etwas.

Sam fuhr einen großen Jeep, in dem es ein wenig nach Tieren roch. Unauffällig schob Penelope die Nase in das Tuch, das sie sich um den Hals geschlungen hatte und das nach ihrem Lieblingsparfum roch.

»Tut mir leid, dass es hier drinnen wie im Pumakäfig riecht.« Sam legte einen anderen Gang ein. »Das bleibt leider nicht aus, wenn man ständig Tiere transportiert.«

»Ist schon okay«, sagte sie und atmete flach.

Sam grinste. »Sie sind wirklich eine tapfere Frau.«

Sie fuhren über endlose Landstraßen, und als Penelope sich zu fragen begann, wann sie ihr Ziel erreichen würden, hielten sie vor einem unscheinbaren Möbelhaus mitten auf dem Land. »Ich denke, dass wir hier ein geeignetes Bett für Sie finden werden. Mit einer harten Matratze gegen Kreuzschmerzen«, stellte er fest, während er sich abschnallte.

Sam stieg irgendwie merkwürdig aus dem Wagen aus. So, als litte er selbst unter Rückenschmerzen. Er warf Penelope einen zwinkernden Blick über das Wagendach zu und steuerte dann den Eingang an.

Offenbar hatte man sie erwartet. Die Bettenabteilung befand sich im Erdgeschoss direkt hinter dem Eingang, und zwischen zwei Doppelbetten standen drei in ein Gespräch vertiefte Verkäufer. Als Sam sie ansprach, korrigierte Penelope ihren ersten Eindruck. Die drei warteten nicht auf Kunden, sondern auf den Feierabend. Alle drei sahen wie auf Kommando auf die Uhr, als Sam auf sie einredete. Penelope blickte sich um. Das Möbelgeschäft war nicht übermäßig groß und das Angebot übersichtlich. Nicht so üppig wie in London, aber für einen Möbelladen auf dem Land gar nicht mal so schlecht. Es gab ein Einzelbett mit Metallrahmen, eines, das aussah wie ein Holzgestell mit Matratze und einen Futon. Penelope seufzte. Als sie gesagt hatte, dass es ihr egal wäre, welches Bett sie bekam, hatte sie gelogen. Keines dieser Betten löste einen Kaufreiz in ihr aus, geschweige denn den Drang, sich hineinzulegen. Das Dumme war, dass das alte Bett der verstorbenen alten Dame ganz entzückend gewesen war. Mit zauberhaften Schnitzereien und aus elegantem Mahagoniholz. Es hatte nur den grauenvollen Nachteil gehabt, dass darin eine alte Frau gestorben war. Und jetzt lag es als ein Haufen Sperrholz in ihrem Vorgarten.

Ihr Blick wanderte zu Sam hinüber. Der zog den Reißverschluss seiner Lederjacke herunter, warf einen Blick in den Ausschnitt seiner Jacke und zog den Reißverschluss wieder hoch. Dann hob er den Daumen. Penelope lächelte ihm zu. Eine Lautsprecherdurchsage verkündete, dass es auf sieben Uhr zuging und das Geschäft in wenigen Minuten schließen würde. Alle Kunden wurden gebeten, zur Kasse zu gehen. Wenn ihr Einkauf erfolgreich sein sollte, musste sie sich jetzt entscheiden. Andernfalls konnte sie sich den Gang zur Kasse schenken. Penelope öffnete den Mund, um dem Verkäufer, der an ihr vorübereilte, mitzuteilen, dass sie sich für den Futon entschieden hatte, aber er hatte an diesem Freitagabend wenige Sekunden vor Feierabend offenbar andere Pläne. Penelope seufzte. Sie würde einfach noch ein paar Nächte auf dem Sofa verbringen.

»So, ich habe das Lager angewiesen, das Modell an die Warenausgabe zu bringen.« Der Verkäufer, der es eben noch eilig gehabt hatte, war von irgendwoher wieder aufgetaucht und drückte ihr einen Zettel in die Hand. »Wenn Sie dann so freundlich wären, zur Kasse zu gehen?« Er schob sie sanft in Richtung Ausgang. »Wir schließen gleich.«

Penelope warf einen Blick auf den Beleg in ihrer Hand. *Summernight Dream* stand dort. Kaufpreis: fünfhundert Pfund.

»Wollen wir?« Sam sah sie fragend an.

»Was wollen wir?«

»Bezahlen und dann essen gehen. Ich könnte einen Happen vertragen.«

»*Summernight Dream*?«

»Beknackter Name, finde ich auch. Aber Hauptsache Sie schlafen gut darin. Ich finde Ihre Wahl gut.«

»Meine Wahl? Aber ich habe doch gar nichts ausgesucht. Ich wollte gerade den Futon nehmen.«

»Ach, haben Sie sich in letzter Minute doch noch anders entschieden?«

Sie sah ihn verständnislos an.

»Weil ich den Eindruck hatte, dass Ihnen *Summernight Dream* gefällt.«

»Woran meinen Sie das erkannt zu haben?«

Sam blieb vor ihr stehen und stemmte die Hände in die Hüften. »Weil Sie mir ein Zeichen gegeben haben. Und unter uns gesagt kam auch gar nichts anderes infrage.«

»Was für ein Zeichen?«

»Ein positives.«

Penelope schüttelte den Kopf. »Ich habe Ihnen kein positives Zeichen gegeben.«

»Nicht?«

»Entschuldigen Sie.« Der Verkäufer fasste sie beide am Ellenbogen. »Ich muss Sie jetzt wirklich bitten. Wir sind schon über die Zeit.«

»Selbstverständlich.« Sam steuerte zielstrebig auf die letzte geöffnete Kasse zu. Kopfschüttelnd folgte Penelope ihm. Sie musste unbedingt daran denken, beim nächsten Einkauf mit Sam einiges zu beachten: nicht kurz vor Ladenschluss losgehen und genau auf ihre Mimik und Gestik achten. Und sich Gedanken darüber machen, warum Sam seine Jacke ständig auf- und wieder zumachte.

Penelope zahlte und war kaum durch die Tür, als hinter ihr bereits abgeschlossen wurde. Das war der Augenblick, in dem sie sich nach einem Drink sehnte. Freitagabends in London traf sie sich immer mit ein paar Freunden oder Kollegen auf einen Drink, um über die Erfolge der vergangenen Woche zu sprechen und das Wochenende einzuläuten. Hier in Shaftesbury stand sie Freitagabend auf einem dunklen Parkplatz und hatte ein Bett namens *Summernight Dream* gekauft. Ein Auto hielt direkt vor ihr.

»Kommen Sie, steigen Sie ein.« Sam beugte sich über den Beifahrersitz und öffnete die Tür. »Ihr Bett habe ich schon abgeholt.«

Während sie in Gedanken versunken auf dem Parkplatz gestanden hatte, hatte Sam bereits das Bett abgeholt. Aus der Kofferraumtür ragte ein langes Paket hervor, an dem ein roter Wimpel flatterte. Auf ihr neues Bett war sie wirklich mal gespannt.

Sam hatte ein wunderschönes Lokal in Little Magnolia ausgesucht. Zwischenzeitlich war die Sonne untergegangen, und die erleuchteten Fenster luden in das warme und behagliche Innere ein. Skeptisch betrachtete Penelope die ungesicherte Fracht.

»Machen Sie sich keine Sorgen. In Little Magnolia ist noch nie etwas weggekommen.«

Penelope nickte. »Okay.« Sie würde es tatsächlich bedauern, wenn sie niemals erfahren würde, was für eine Art Bett sich hinter dem Begriff *Summernight Dream* verbarg.

»Kommen Sie.« Sam bot ihr den Arm, und sie hakte sich ein.

Gedämpfte Gespräche und Gelächter, unterlegt von Klaviermusik, empfingen sie. Auf den Tischen standen Kerzen, und Penelope spürte die Unterarmmuskeln unter dem rauen Leder von Sams Jacke. Als Alternative zu einer Londoner Bar gar nicht mal schlecht. Ihnen wurde ein kleiner Tisch in einer ruhigen Ecke am Fenster zugewiesen. Penelope hängte ihren Blazer über die Rückenlehne, während Sam ihr gegenüber am Tisch Platz nahm. Und seine Jacke anbehielt.

»Ist Ihnen kalt?«, fragte sie.

»Nein. Ja.« Sam hatte sich kaum gesetzt, als er wieder aufsprang. »Bitte werfen Sie schon mal einen Blick in die Karte. Ich bin sofort wieder da.«

Nachdenklich sah sie ihm hinterher, als er eilig im Herrenklo verschwand. Irgendetwas stimmte mit dem Tierarzt heute nicht.

»Was darf ich Ihnen als Aperitif bringen?«

Ein Kellner reichte ihr die Getränkekarte.

»Ich nehme einen Swimmingpool«, erklärte Penelope, ohne in die Karte zu sehen.

Der Kellner betrachtete sie nachdenklich. »Einen Swimmingpool«, wiederholte er.

»Kokosnusscreme, Ananassaft, Wodka, Rum und Blue Curaçao«, erklärte Penelope. »Und falls Sie eine finden können, dann noch eine kandierte Kirsche obendrauf.«

Der Mund des jungen Mannes formte sich zu einem O.

»Die muss aber nicht sein.«

Diese Mitteilung schien ihn nicht allzu sehr zu beruhigen. »Okay.« Er wandte sich ab und verschwand hinter einer kleinen Bar.

Penelope sah sich um. Abgesehen von zwei Vierertischen gab es nur Zweiertische, und man hätte fast den Eindruck gewinnen können, dass Dr. Sam Bower mit dieser Verabredung irgendetwas im Schilde führte.

Denk nicht wie eine alte Jungfer, wies Penelope sich in Gedanken zurecht. Dass du ihm nicht egal bist, ist jetzt keine allzu große Überraschung, und umgekehrt geht es dir doch genauso. Er war so ganz anders als das, was man üblicherweise Freitagabend in einer Londoner Bar traf.

»Cheers, Madam.« Der Kellner stellte Penelope ein hohes schlankes Glas mit einer giftgrünen Flüssigkeit hin. Er hatte, vermutlich irgendwo im hintersten Winkel einer Schublade, noch ein Schirmchen aufgetrieben und eine Olive aufgespießt.

»Danke.« O Gott, das Getränk sah scheußlich aus und war von einem Swimmingpool meilenweit entfernt.

Sam kehrte vom Klo zurück. »Hey, das sieht interessant aus.« Er wandte sich an den Kellner, der unschlüssig neben dem Tisch stehen geblieben war. »Ich nehme ein Bier.«

»Also, was trinken Sie da?«, fragte Sam mit Blick auf ihr Glas.

»Ich habe keine Ahnung. Bestellt habe ich einen Swimmingpool, aber das Ganze hat eher Ähnlichkeit mit einem Froschteich.«

Sam grinste von einem Ohr zum anderen. »Möglicherweise hätte ich deutlicher darauf hinweisen müssen, dass wir hier in einem sehr bodenständigen Lokal gelandet sind. Ich glaube, von Cocktails verstehen sie hier nicht so viel.«

»Das glaube ich auch.« Penelope beugte sich über den Tisch. »Da gehört Blue Curaçao hinein, und ich habe den Eindruck, dass sie das durch Pflanzenschutzmittel ersetzt haben.«

Sam machte eine Kopfbewegung zu der Begonie auf dem Fensterbrett. »Schütten Sie das Zeug da hinein, und wir bestellen Ihnen noch ein Bier.«

»Das geht nicht«, wisperte Penelope. »Die arme Pflanze wird augenblicklich eingehen, und wir fliegen auf.«

Der Kellner brachte Sams Bier, und Sam öffnete den Mund, um etwas zu sagen, als er plötzlich blass wurde, den Mund wieder schloss und aufsprang. »Entschuldigung.«

Er verhielt sich wirklich merkwürdig. Penelope nahm das Schirmchen von ihrem Glas und zupfte mit den Zähnen die Olive ab. Nachdem sie sie verspeist hatte, setzte sie die Lippen an den Rand des Glases und nahm einen winzigen Schluck. Augenblicklich schossen ihr die Tränen in die Augen, und sie rang nach Luft.

»Ist alles in Ordnung, Madam?« Der Kellner war herbeigeeilt und machte bei Penelopes Anblick einen hilflosen Eindruck.

Penelope versuchte tief einzuatmen. »Ich …«, machte sie, aber sie brauchte die Luft zum Atmen und konnte nicht sprechen.

»Vielleicht wenn Sie die Arme hochstrecken.«

Er fasste ihre Hände und hob sie hoch, und tatsächlich wurde es etwas besser. Luft strömte in ihre Lunge, und sie konnte wieder normal atmen. »Entschuldigen Sie.« Penelope hatte die Aufmerksamkeit aller Anwesenden auf sich gezogen. Vermutlich war es ein Wunder, dass noch niemand einen Krankenwagen gerufen hatte.

Plötzlich stand Sam neben ihr. »Ist alles in Ordnung?« Er sah sich irritiert um. »Was ist denn los?«

»Es gab einen kleinen Zwischenfall mit Ihrer Gattin«, erklärte der Kellner. »Ich hoffe, dass es jetzt besser geht?«

Beide Männer sahen Penelope fragend an.

»Ja, danke.« Penelope senkte verschämt den Blick. »Vielleicht wollen wir lieber gehen?«, raunte sie Sam zu.

»Klar, wenn Ihnen das lieber ist, machen wir das sofort.« Er zog sein Portemonnaie aus der Hosentasche, reichte dem Kellner einen Schein, legte Penelope eine Hand auf den Rücken und ging mit ihr nach draußen. So schnell hätte er ihrem Vorschlag auch nicht zu folgen brauchen.

»Ehrlich gesagt bin ich froh, dass Sie vorgeschlagen haben zu gehen«, sagte Sam, als sie draußen in der kühlen Luft vor dem Lokal standen. »Es gab da nämlich einen kleinen Zwischenfall.«

»Ja, ich hatte schon den Eindruck, dass etwas nicht stimmte. Ist mit Ihnen alles in Ordnung?«

Er wiegte den Kopf. »Mit mir schon. Aber mit meinem Beifahrer nicht.« Er zog den Reißverschluss seiner Jacke ein Stück herunter. »Unser kleiner Sportsfreund hat gerade seine Blase auf meinem Hemd entleert.«

Penelope beugte sich über den Ausschnitt von Sams Lederjacke und entdeckte den winzigen Kopf des kleinen Eichhörnchens, das der junge Mann vom Telefonanbieter auf dem Friedhof gefunden hatte. »Ach du Schreck«, sagte sie und hob den Blick. »Sie haben es dabei?«

»Na ja, es muss alle zwei Stunden seine Flasche kriegen, deshalb konnte ich es nicht zu Hause lassen. Das mit dem Füttern hat auch ganz gut geklappt. Was ich nicht bis zu Ende bedacht habe, ist, dass am anderen Ende auch wieder etwas herauskommt.«

»Darf man denn einfach so ein Eichhörnchen mit ins Restaurant nehmen?«, fragte Penelope.

»Ich habe keine Ahnung, aber Sie glauben gar nicht, wie froh ich darüber bin, dass Sie für ein wenig Ablenkung gesorgt haben.«

Penelope sah in seine dunklen Augen, dann wandte sie den Blick ab und ließ ihn über die kaum befahrene Straße schweifen, an deren einen Ende das Möbelhaus lag, in dem sie ihr neues Bett gekauft hatte. In ihrem Innern löste sich etwas auf, das sie schon eine ganze Weile mit sich herumtrug. Ein Knoten aus ein bisschen Ärger über Jeremy, ein wenig Zukunftsangst, Irritation über die merkwürdigen Menschen hier draußen auf dem Land, und das Ganze zusammengezurrt von der Frage, ob sie hierher gehörte, ob sie hier überhaupt sein wollte. All das löste sich auf, und die Bestandteile überschlugen sich in ihrem Innern, begannen zu blubbern wie nach einer chemischen Reaktion, und das Blubbern stieg auf und kam als ein Prusten aus ihrem Mund, das schließlich in ein herzhaftes Lachen überging.

Etwas irritiert sah Sam zu, wie in Penelope eine Wandlung vor sich zu gehen schien. Er war mit dem Vorsatz vom Klo zurückgekehrt, sie zum Gehen zu bewegen. Es war nicht sehr witzig, mit einer von Eichhörnchenpipi feuchten Hemdbrust zu Abend zu speisen, aber nach dem Desaster mit ihrem Drink hatte er fest damit gerechnet, dass sie irgendwie ausflippen und ihm hier auf dem Parkplatz eine Szene wegen des Eichhörnchens machen würde. Aber jetzt schüttete sie sich aus vor Lachen. Sie krümmte sich, hielt sich den Bauch und trat von einem Bein aufs andere, als müsste sie dringend zur Toilette. Nach einer Weile beruhigte sie sich etwas, trocknete sich japsend die tränennassen Augen, aber als sie ihn ansah, begann sie erneut zu lachen, und in seinem Innern breitete sich ausreichend Wärme aus, um den Pipifleck auf seinem Hemd zu trocknen. Jedenfalls fast. Er gab ihr noch eine Minute.

»Geht's wieder?«

»Tut mir leid.« Sie japste wieder, atmete tief ein. »Wirklich. Ich wollte nicht albern sein.« Sie räusperte sich. »Peinlich, ich weiß.« Sie räusperte sich erneut. Dann sah sie ihn an, und ihre Miene verzog sich erneut.

»Nächstes Mal nehme ich auch diesen Froschlaichdings, den Sie da eben getrunken haben.«

»Kann ich nicht empfehlen«, sagte sie bemüht ernsthaft. »Das Zeug schmeckte schrecklich. Ich glaube, damit kann man jemanden töten, ohne Spuren zu hinterlassen.« Sie atmete tief ein. »Wissen Sie was, Sam? Das ist mein bestes Date seit langem.«

SAMSTAG

Sam stand auf, schlurfte ins Bad und ging dann in die Küche. Dort nahm er den Wasserbehälter vom Kaffeeautomaten ab, der sich ungewöhnlich schwer und warm anfühlte, und ging zum Wasserhahn.

»Dad.«

Das Ding war im Nullkommanichts voll, und er stellte das Wasser ab und setzte den Behälter wieder ein. Anschließend nahm er den Filterbehälter aus der Maschine und stellte fest, dass das feuchte Kaffeepulver darin leichte dampfte. Er warf ihn in den Müll und setzte eine neue Filtertüte ein.

»Dad.«

Er schaufelte einen Löffel Kaffeepulver hinein, dann noch einen …

»Dad!«

»Moment, ich verzähle mich sonst.«

Lilly, die am Küchentisch gesessen und gemalt hatte, stellte sich neben ihn und zog die Kaffeekanne aus der Maschine. Erstaunlicherweise war sie voll heißem, frisch gekochtem Kaffee.

»Wie hast du das so schnell hingekriegt?«, fragte Sam ratlos.

»Dad.« Lilly nahm ihm den Kaffeelöffel aus der Hand. »Setz dich mal hin. Ich mach das schon.«

Weisungsgemäß setzte er sich an den Küchentisch. Er stützte die Ellenbogen auf den Tisch und verschränkte die Hände im Nacken.

»Hier.« Lilly stellte ihm einen Becher hin. »Ich hab mal die Milch weggelassen.«

»Sehr aufmerksam von dir«, erklärte Sam der Tischplatte.

Lilly kletterte auf ihren Stuhl und malte weiter. Sam hob den Blick. Im Augenblick war sie damit beschäftigt, einen vorgedruckten Apfel auszumalen.

»Du kannst anfangen.«

Sam legte die Unterarme auf die Tischplatte. Das war eine ausgesprochen anstrengende Bewegung. »Womit?«

»Mit dem ernsthaften Gespräch.«

»Was?«

»O Mann, Daddy.« Lilly schüttelte den Kopf. »Ich glaube, du wirst alt. Du kannst dir von gestern Abend bis heute Morgen nicht mal merken, dass du mir heute die Leveten lesen wolltest.«

»Wen?«

»Le-ve-ten.« Der Apfelstiel wurde braun ausgemalt.

»Leviten.«

»Ach so.« Und bekam ein grünes Blatt.

»Worum ging's da noch mal?« Sam zog den Becher zu sich heran.

»Darum, sich nicht erwischen zu lassen.«

»Wobei?«

Seufzend legte Lilly den Stift weg. »Ist alles okay mit dir? Magst du den Kaffee nicht?«

»Doch, bestimmt.« Sam nahm einen Schluck. Er war ziemlich stark. Genau das Richtige in seiner Verfassung. »Gut. Würde es dir etwas ausmachen, wenn wir das ernsthafte Gespräch verschieben? Vielleicht auf morgen?«

»Kein Problem«, gab Lilly sich großzügig. »Hast du heute andere Pläne?«

Hatte er. Erst mal musste er seine Lebensgeister wiederfinden. Alle zwei Stunden geweckt zu werden, um einem Eichhörnchenbaby die Flasche zu geben, war ziemlich anstrengend. Besonders nach einer langen, arbeitsreichen Woche. »Wie spät ist es?«

Lilly warf einen Blick auf die Küchenuhr an der Wand. »Gleich zehn.«

»Zehn?« Hektisch drehte Sam sich zur Wand und warf dabei den Kaffeebecher um.

»Dad!« Lilly sprang auf und riss ein Küchenhandtuch vom Haken, mit dem sie den Kaffeesee eindämmte.

»Tut mir leid, Liebes. Ich bin einfach noch nicht ganz wach.«

»Schön.« Sie nahm einen sauberen Becher aus dem Schrank, schenkte Kaffee ein und drückte ihn ihrem Vater in die Hand. »Du kannst jetzt duschen.«

»Gut. Mache ich.«

Er gab noch rasch dem Eichhörnchen die Flasche, duschte dann zwei Minuten heiß, zwei Minuten kalt und zog sich Jeans und ein Sweatshirt an.

»Willst du mitkommen?«, fragte er, während er das winzige Tier in dem Beutel vor der Brust verstaute. Den hatte er noch in der Nacht gewaschen und auf der Heizung getrocknet. Das Hemd vom Vorabend lag in der Wäschetruhe.

»Wohin?«

»Zu Penelope. Wir haben ihr gestern noch ein Bett gekauft, und ich habe versprochen, es aufzubauen.«

»Kann ich meine Malsachen mitnehmen?«

»Na klar. Und hinterher kaufen wir auf dem Markt ein und kochen etwas. Okay?«

»Okay.« In Windeseile hatte Lilly ihre Stifte in das bunte Federmäppchen geworfen und klemmte sich das Malbuch unter den Arm. »Kann losgehen.«

»Gut.« Sam nahm das Täschchen mit dem Zubehör für das Eichhörnchen. »Und vielen Dank noch mal für den Kaffee.«

»Gern geschehen.« Lilly hüpfte vor ihm die Treppe hinunter, gefolgt von Boss. Sam legte die Hand über den kleinen Beutel, damit das Tier nicht darin herumschlackerte. Und in seinem Innern fühlte es sich an, als rollte eine Kugel aus Gold hin und her. Glücklicher als er an diesem Morgen war, konnte ein Mann nicht sein.

Penelope drückte das Kreuz durch und machte sich auf den Weg in die Küche. Im Flur stolperte sie über einen Karton, weil sie vergessen hatte, dass dort die Bestandteile ihres neuen Betts darauf warteten, zusammengebaut zu werden. In der Küchentür blieb sie abrupt stehen. Heute nicht! Diesmal würde sie sich von dem unbekannten Eindringling in ihrem Vorgarten nicht überrumpeln lassen. Sie lehnte sich gegen die Flurwand und tastete im Innern der Küche nach dem Lichtschalter. Ha! Diesmal würde sie den Fenstergucker überrumpeln. Er sollte ruhig denken, dass sie sich wie jeden Morgen in der Küche aufhalten würde. Auf nackten Füßen tappte sie durch das Wohnzimmer, wo sie leise die Flügel des französischen Fensters öffnete. Sie setzte einen Fuß auf die Terrasse und zog ihn gleich wieder zurück. Die Pflastersteine waren noch eiskalt, und das Gras war von Tau benetzt. Aber jetzt war nicht die Zeit für Zimperlichkeit. Auf Zehenspitzen tapste sie über die Terrasse, bog auf den schmalen Steinweg neben dem Haus ab und drückte sich an der Hauswand entlang bis zum Vorgarten. Vorsichtig linste sie um die Ecke. Der Vorgarten sah schlimm aus. Selbst sie als Nichtgärtnerin sah, dass die Hecke geschnitten, verblühte Rosenblüten abgeknipst und ein Stapel altes Holz entsorgt werden mussten. Auf der anderen Seite konnten sich die Eigentümer darum kümmern. Diese Priscilla und ihr Bruder, die sich bisher nicht allzu sehr darin hervorgetan hatten, ihr den Aufenthalt so angenehm wie möglich zu machen. Penelope sollte dringend einen Blick in ihren Mietvertrag werfen. Aber dazu war im Augenblick keine Zeit. Sie musste diesen Eindringling überraschen. Sie kniff die Augen zusammen und fokussierte die Hecke. Durch die würde er wohl kommen, denn dann musste er nur über das Gras im Vorgarten gehen und konnte direkt ins Küchenfenster sehen. Okay, seit neuestem musste er einen Holzstapel umrunden, aber das dürfte ihn wohl nicht davon abhalten, das zu tun, was er offenbar jeden Morgen tat. Penelope hob einen Fuß und rieb ihn am Fußspann des anderen. Ihre Zehen waren beinahe abgefroren. Hoffentlich kam dieser Knilch bald. Sie hatte keine Lust, sich die Füße abzufrieren oder eine Erkältung zu kriegen. Hinter sich hörte sie ein Geräusch und drehte sich um, aber dort war nichts zu sehen. Nur der Garten mit dem Gemüsebeet und dahinter die beginnenden Pferdeweiden. Penelope drehte sich wieder um und rieb den anderen Fuß. Dieser Ort hatte eine merkwürdige Wirkung auf sie. Vermutlich sollte sie sich Sorgen um ihre geistige Gesundheit machen. Auf der anderen Seite war es doch so, dass sie hier in Shaftesbury keineswegs auffiel. In London wäre ihr Verhalten hingegen ein Grund, sie einzuweisen. Möglicherweise bedeutete das aber auch, dass sie die letzten Jahre am falschen Ort gelebt hatte und schon immer nach Shaftesbury gehörte. Penelope rieb sich über die Stirn. Entweder lag es am fehlenden Kaffee oder an ihren kalten Füßen, dass sie solche Gedanken hatte. Hinter sich hörte sie wieder ein Geräusch und drehte sich um, und tatsächlich stand dort eine Gestalt. In der Bewegung erstarrt. Penelope wollte einen Schritt auf die Gestalt zumachen, aber dann hörte sie hinter sich Stimmen und Gelächter und war nur für einen kurzen Augenblick abgelenkt. Als sie wieder nach hinten sah, war die Gestalt verschwunden.

»Scheiße!« Penelope lief den Steinweg entlang durch das Gemüsebeet, aber der Fremde war verschwunden. Sie blieb stehen.

»Alles okay?«

Langsam wandte Penelope sich um. Sam stand an der Hausecke, die Hand auf Lillys Schulter, neben ihnen ihr Hund. Penelopes Blick fiel auf ihre Füße, die in irgendetwas Glitschigem standen. Sie hob einen Fuß aus dem Salatkopf, in den sie hineingetreten war.

Sam grinste sie an. Dieser Mann hatte am Vorabend Eichhörnchenurin auf dem Hemd gehabt. Damit dürften sie wohl quitt sein.

»O Gott.« Sie ging auf den Rasen und wischte ihre Füße ab. »Wir müssen hinten hineingehen.«

»Was hast du gemacht?«, fragte Lilly, als sie das Wohnzimmer betragen. »Ist das dein Morgenritual?«

»Im Salatbeet stehen und mir die Füße abfrieren? Nicht wirklich.« Penelope schloss die Flügel der Terrassentür und ging zum Heizkörper, um die Temperatur höher zu drehen. »Ich erzähle euch das gleich. Aber erst mal muss ich unter die Dusche. Ich sehe aus wie eine Vogelscheuche.«

»Wie eine Vogelscheuche, die die Krähen aus dem Salat vertreibt«, bestätigte Lilly.

Penelope lächelte. »Danke, du bist sehr charmant.«

»Lilly!« Sam rollte mit den Augen. »Tut mir leid.«

»Schon okay«, gab Penelope zurück.

»Was ist charmant?«, fragte Lilly, während Boss es sich auf dem Läufer vor dem Kamin gemütlich machte.

»Das erkläre ich dir, während wir Frühstück machen.« Sam hob eine Brötchentüte hoch. »Wir haben etwas mitgebracht.«

»Danke. Ich bin gleich zurück.«

Penelope stieg die Treppe hoch, duschte und kehrte wenig später in Jeans, Sweatshirt und dicken Socken an den Füßen in die Küche zurück. Die beiden hatten inzwischen den Frühstückstisch gedeckt. Sam hatte den Beutel mit dem Eichhörnchen vor der Brust und gab dem Tierbaby die Flasche.

»Ich hoffe, das ist okay«, sagte er entschuldigend.

Penelope setzte sich an den Tisch und machte eine wegwerfende Handbewegung.

»Das ist in Ordnung. Ich habe mich schon dran gewöhnt, dass immer ein Tier in Ihrer Nähe ist.«

Lilly schob ihr einen Kaffeebecher hin. »Der Salat ist hinüber«, stellte sie fest.

Penelope lächelte sie an. »Ich weiß. Das tut mir auch leid.« Sie legte beide Hände um den heißen Becher.

»Und warum hast du ihn plattgetreten?«, ließ Lilly nicht locker.

»Das war ein Versehen.« Sie senkte den Blick. »Eigentlich war ich auf der Suche nach jemandem, der jeden Morgen in mein Küchenfenster sieht.«

»Ein Spanner?«, rief Lilly laut.

Sam wölbte seine Hand um den Kopf des Eichhörnchens, damit es keinen Hörschaden bekam. »Woher kennst du solche Ausdrücke?« Gleichzeitig warf er Penelope einen besorgten Blick zu.

»Das ist es eben. Ich weiß nicht, was er will. Wenn ich ihn zu fassen gekriegt hätte, hätte ich ihn gefragt. Oder es zumindest versucht.«

»Jeden Morgen?«, fragte Sam.

»Ja, immer wenn ich in der Küche bin und meinen Kaffee kochen will.« Penelope wiegte den Kopf. »Na ja, so lange bin ich ja noch nicht da, aber an den letzten beiden Tagen habe ich ihn entdeckt.«

»Und heute wolltest du ihm eine Falle stellen«, schlussfolgerte Lilly.

»Ja, so etwas Ähnliches.«

»Spannend. Wir müssen einen Plan aushecken und den Garten in Schichten überwachen.«

Penelope grinste, aber Sam schüttelte den Kopf. »Lilly, das ist kein Spaß. Du machst hier überhaupt nichts.«

»Tut mir leid, dass ich davon angefangen habe«, begann Penelope. »Ich wollte auf keinen Fall …«

Sam hob die Hand. »Schon gut. Wir sind hier eingedrungen und nicht umgekehrt. Und Lilly muss lernen, dass es Dinge gibt, die sie nichts angehen und die gefährlich werden können.«

Lilly schmollte und schob die Hände unter die Achseln.

»Nun sei nicht beleidigt, Schatz. Du weißt, dass es Dinge gibt, die nichts für Kinder sind.«

»Ja, und das sind immer die spannenden Sachen«, motzte sie.

»Dein Vater hat recht, Lilly, aber wir finden etwas anderes, womit wir uns beschäftigen können. In Ordnung?«

»Na schön. Kann ich was malen?«

»Natürlich.« Sam stellte das Fläschchen ab. Dem Eichhörnchen fielen die Augen zu, und er verstaute es vollständig in dem Beutel. »Vielleicht sollten wir wieder gehen. Wir bringen hier nur Unruhe in Ihr Haus und dann auch noch Tiere.«

»Und Brötchen, Sam. Nun regen Sie sich mal nicht auf. Es ist alles in Ordnung. Ich bin schon groß.« Sie grinste. »Und außerdem kommen Sie hier nicht eher weg, bis mein Bett aufgebaut ist.«

»Ach, das Bett.« Das hatte Sam tatsächlich vergessen. »Okay, Lilly. Du kannst was machen. Du nimmst das Eichhörnchen und gehst nach drüben ins Wohnzimmer und malst.«

»Kein Ding.« Lilly hopste von ihrem Stuhl, ließ sich von ihrem Vater die Kordel mit dem Beutel über den Kopf streifen und legte dann die Hände darum. Vorsichtig verließ sie die Küche.

»Es tut mir wirklich leid, dass ich diese dumme Geschichte vor Lilly erwähnt habe«, begann Penelope erneut. »Ich habe nicht schnell genug geschaltet.«

»Das ist wirklich nicht Ihre Schuld. Wir sind schließlich direkt in Ihre Observation geplatzt. Und das ist alles auch gar kein Problem, ich muss nur immer aufpassen, dass Lilly keine Dummheiten macht.«

»Wie zum Beispiel mir zu helfen und sich auf die Lauer zu legen.«

Sam streckte sich. »Sehr angenehm, mal ohne Eichhörnchen vor dem Bauch herumlaufen zu können. Ich habe eine leise Ahnung davon, wie es sich anfühlen muss, schwanger zu sein.«

Penelope grinste.

»Okay.« Sam legte die Handflächen auf den Tisch. »Dann will ich meine neu gewonnene Freiheit mal nutzen und meine gesamte Energie in den Aufbau von *Summernight Dream* stecken.«

Er verschwand im Schlafzimmer, und Penelope machte sich daran, die Küche aufzuräumen. Sie kochte einen Becher Kakao und ging ins Wohnzimmer hinüber, wo Lilly auf dem Teppich vor dem Couchtisch saß und malte. Boss lag immer noch vor dem Kamin, das Eichhörnchen baumelte vor Lillys Bauch. Es war ein friedliches Bild, und als das Mädchen aufsah, lächelte Penelope ihm zu.

»Möchtest du einen Becher Kakao?«

Lilly nickte.

Penelope stellte den Becher auf den Tisch und betrachtete Lillys Kunstwerk. »Was malst du denn da?«

»Das hier ist dein Haus, und das ist der Verbrecher.« Sie deutete auf eine schwarze Gestalt.

Penelope schluckte. »Hör mal, Lilly. Du erinnerst dich doch daran, was dein Vater gesagt hat.«

Lilly nickte.

»Wie soll ich es sagen …« Penelope brach ab.

»Du meinst, wir zeigen ihm das Bild besser nicht?«

»Ich meine, wir legen dieses Bild weg, und du malst ein neues. Eines ohne Verbrecher. Und dann musst du unbedingt vergessen, was hier heute Morgen los war. Dein Vater hat recht. Das ist nichts für kleine Mädchen.«

Lilly legte den Kopf in den Nacken. »Papa hat immer so Angst um mich.«

»Ja, weil er dich liebt. Und du musst auch unbedingt auf das hören, was er dir sagt.«

Das kleine Mädchen seufzte.

»Er meint es gut mit dir, und er hat auch das Recht dazu, dir Sachen zu verbieten. Verstehst du das?«

Lilly nickte.

»Okay, dann machen wir jetzt einen Deal.« Penelope zog das Papier zur Seite, so dass das nächste weiße Blatt auf dem Block zu sehen war. »Ich würde mich freuen, wenn du mir ein Bild von dem Eichhörnchen malst.«

Lilly sah Penelope nachdenklich an. »Aber das ist ein Tier, und die magst du doch nicht.«

Penelope grinste. »Da kannst du mal sehen, wie sehr ich mich über ein von dir gemaltes Bild freuen würde.«

Sie ging zur Zimmertür und drehte sich noch einmal um. Lilly machte sich gerade mit Feuereifer an ihr nächstes Gemälde. Sie war wirklich ein ganz entzückendes kleines Mädchen, und sie konnte Sams Sorge um sie verstehen. Blieb noch die Frage, was eigentlich mit Lillys Mutter war. Aber um das zu klären, war wohl heute nicht der geeignete Zeitpunkt.

Aus ihrem Schlafzimmer hörte sie Hämmern und Klopfen, unterbrochen von Gerumpel und Flüchen. Vorsichtig riskierte sie einen Blick ins Zimmer. Zu ihrer Überraschung war Sam ziemlich weit gekommen mit dem Aufbau. Gerade brachte er die rechte Seitenwand des Bettes an. Penelope fragte sich allerdings, warum die vier Eckpfosten beinahe bis zur Decke reichten.

»Hey.« Sam sah kurz zu ihr hin, aber dann rutschte ihm das Brett aus der Hand. »Scheiße!«

»Kommen Sie, ich fasse mit an.« Penelope hielt das eine Ende des Seitenteils fest, während Sam es auf der anderen Seite befestigte. Nach weiteren zehn Minuten war das Bett aufgebaut.

»Sie sind wirklich ein Künstler«, stellte Penelope fest.

»Moment.« Sam hob die Hand. »Das Beste kommt noch.«

Da war sie aber mal gespannt. Sam öffnete einen kleinen Karton und zog daraus eine endlose Menge von Tüll heraus. Penelope machte große Augen, während Sam unter dem Stoffberg verschwand. Es dauerte eine Weile, bis er sich zurechtfand und den Stoff am Bett anbrachte.

Penelope lächelte. »Ich glaube, ich weiß jetzt, warum es *Summernight Dream* heißt.«

»Bisschen viel Tüll, wie?« Sam fuhr sich durch die Haare.

»Es hilft definitiv gegen einen Moskitoangriff.« Penelope zog die Unterlippe ein.

»Sie dürfen gern lachen«, ermunterte Sam sie und brach selbst in Lachen aus, in das Penelope einfiel.

»He, was ist denn hier los?« Lilly erschien in der Schlafzimmertür und blieb abrupt stehen. »Oh, das ist toll«, sagte sie ehrfürchtig.

»Ja, ein Traum von einem Bett«, stellte Penelope fest. »Ein Sommernachtstraum.«

»Kann ich auch so ein Bett haben?«, fragte Lilly mit leiser Stimme.

Penelope fing Sams Blick auf. »Du kannst meines hin und wieder benutzen.«

»Darf ich es jetzt mal ausprobieren?« Lilly warf Penelope einen fragenden Blick zu.

»Na klar.«

Lilly fasste Penelopes Hand. »Mit dir zusammen.«

»In Ordnung. Du steigst von rechts ein, ich von links.«

Beide schoben auf ihrer Seite den Tüll des Himmelbetts beiseite und krabbelten in das Bett. Lilly sehr vorsichtig, weil sie immer noch das Eichhörnchen vor sich hertrug. Sie lehnten sich beide gegen das Kopfteil.

Penelope sah sich um. »Tatsächlich nicht schlecht. Mal was anderes.«

Lilly schmiegte sich in Penelopes Armbeuge. »Genau das Richtige, um darin etwas vorgelesen zu kriegen.«

»Im Ernst?«

»Klaro. Kannst du bitte ein Buch aussuchen?«

Penelope stieg aus dem Bett. »Im Wohnzimmer gibt es ein Regal, aber ich habe noch nicht nachgesehen, was sich darin befindet.«

In der Schlafzimmertür schob sie sich an Sam vorbei, der vorsichtig ihre Hand nahm. »Danke«, flüsterte er.

»Ich danke auch fürs Zusammenbauen«, erwiderte Penelope leise. »Sie müssen mich jetzt entschuldigen, ich muss ein Buch aussuchen.«

Lächelnd ließ er ihre Hand los.

Penelope überflog die Buchrücken der zahlreichen Werke in dem Regal, das eine gesamte Wand des Wohnzimmers bedeckte. Ein Krimi war wohl nicht so angezeigt, historische Romane ebenso wenig, Kochbücher und Bücher über Geburtshilfe auch nicht. Aber es gab einige Märchenbücher. Penelope schnappte sich eines und kehrte ins Schlafzimmer zurück.

Während sie vorlas, räumte Sam die Kartons weg und fütterte das Eichhörnchen.

Es war Mittag, als Sam Lilly zum Aufbruch mahnte.

»Na schön.« Widerwillig verließ Lilly das Bett. »Aber das machen wir wieder, nicht wahr?«

»Natürlich«, sagte Penelope und kletterte auf der anderen Seite aus dem Bett. »Das machen wir.«

»Am besten gleich morgen.«

»Langsam, Lilly. Morgen lassen wir Penelope mal in Ruhe.«

»Aber morgen muss sie doch in die Kirche gehen.«

»In die Kirche«, quiekte Penelope.

»Ja, du weißt doch. Nur die Straße runter. Da bist du ganz schnell. Wenn die Kirchenglocken läuten, gehst du einfach los. Allerdings weiß man nicht genau, wann sie läuten«, erklärte Lilly. »Manchmal ist der Pfarrer spät dran, dann läutet er sie etwas später.«

Penelope hob die Augenbrauen. Sie war zuletzt an Weihnachten in der Kirche gewesen, und das zugegebenermaßen auch eher aus nostalgischen denn aus religiösen Gründen. In Shaftesbury hatte sie es nur bis zum Friedhof gebracht.

»Ich weiß nicht …«

»Genau genommen hat Lilly recht«, sprang Sam seiner Tochter zur Seite. »Jedenfalls müssen Sie hinterher ins Golden Horse kommen zur Gemeindeversammlung.«

»Gemeindeversammlung?«, fragte Penelope.

»Ja, es geht um denjenigen, der heimlich die Samen der Ackerwinde in den Vorgärten verteilt.«

»Davon habe ich schon mal gehört.«

»Klar, das ist auch ein existentielles Problem für Shaftesbury«, fuhr Sam fort. »Gerade in Anbetracht des Kräuterbüschelwettbewerbs.«

»Des was?«

»Na ja, du musst die außergewöhnlichsten Kräuter sammeln und zu einem sehr hübschen Strauß zusammenbinden«, erklärte Lilly. »Und der schönste Strauß kriegt einen Preis.«

»Oh, das klingt … phantastisch«, stimmte Penelope wenig begeistert zu.

Sam nahm Lillys Hand. »Tja, ich sage nur: Willkommen in Shaftesbury. Wir lassen nichts aus. Also dann bis morgen.«

»Bis morgen«, sagte Penelope etwas lahm. »Und vielen Dank für den Summernight Dream.«

SONNTAG

Der junge Prinz kam auf einem Schimmel angeritten, die Edelsteine in seiner Krone funkelten im Sonnenlicht. Er kam immer näher, und eine Mischung aus Freude und Ehrfurcht ergriff sie. Endlich würde er sie mitnehmen. Aber was war das? Was war da am Schweif des Pferdes befestigt und wurde durch den staubigen Sand gezogen? Ein Schleier? Ein Brautschleier. Er schien unendlich lang zu sein und bewegte sich. Es war merkwürdig, so als wäre etwas darunter verborgen, was herumzappelte. Je näher der Prinz herankam, desto unruhiger wurde das, was sich unter dem Schleier befand. Ein Windstoß erfasste den Tüll und ließ ihn hochfliegen, und dann konnte sie sehen, was darunter war: eine riesige Schar von Eichhörnchen purzelte durcheinander, und dann liefen die kleinen Tiere los und kamen direkt auf sie zu.

Schweißgebadet schreckte Penelope aus dem Schlaf hoch. Ihr Herz raste, und sie warf die Bettdecke zurück. Unter einem sanften Schlaf in ihrem neuen Himmelbett hatte sie etwas anderes verstanden. Und was war das für ein nervtötender Krach? Ihr Blick fiel auf den Wecker auf dem kleinen Nachtschränkchen. Es war kurz nach zehn am Sonntagmorgen, und der Krach war das Läuten der Glocke von St. Joseph's.

Penelope wusste natürlich, dass es auf dem Land dazu gehörte, sich in die Dorfgemeinschaft einzufügen. Gerade sie als Gewerbetreibende sollte sich nicht aus der Gemeinschaft ausgrenzen. Verdammt!

Im Expressgang durchlief sie ihr Morgenritual, bürstete sich die Haare, strich sie sich hinter die Ohren und setzte den roten Hut auf. In einem schwarzen Hemdblusenkleid und ihren Römersandalen machte sie sich zwanzig Minuten später auf den Weg. In diesem Outfit würde sie in London allenfalls durch das Treppenhaus huschen, um den Müll runterzubringen, aber hier musste es für den Kirchgang ausreichen.

Sie erreichte die Kirche um kurz vor halb elf, so dass sie mit den letzten Kirchgängern hineinschlüpfen konnte. An diesem Morgen war der Pfarrer offenbar besonders spät dran, was ihn Penelope recht sympathisch machte. Sie rutschte mit einigen anderen in die letzte Reihe. Während ihr Blick über die Hinterköpfe der Anwesenden schweifte, dachte sie noch einmal an ihren Traum und versuchte sich einzureden, dass er überhaupt nichts mit Sam zu tun hatte, auch wenn der Prinz ihm ziemlich ähnlich gesehen hatte – nur trug Sam keine Krone. Die Unmenge an Tüll an ihrem neuen Bett und dieses verflixte Eichhörnchen hatten offenbar eine Fehlreaktion in ihrem Gehirn ausgelöst.

Sobald die Gemeindemitglieder sich erhoben, sangen oder beteten, tat Penelope es ihnen automatisch nach. Schließlich sprach der Pfarrer das Schlussgebet, und unter dem Klang eines weiteren Orgelspiels verließen die Dorfbewohner die Kirche. Der Pfarrer stand am geöffneten Kirchenportal und verabschiedete seine Schäfchen. Als er Penelope die Hand gab, stellte sie fest, dass er ziemlich alt sein musste. Und möglicherweise roch sie auch einen guten Cognac und Zigarrenrauch. Vielleicht lag darin der Grund für seine Verspätung.

Sam stand mit Lilly ein paar Meter entfernt auf dem Rasen, Lilly winkte ihr zu, und Penelope ging zu den beiden hinüber.

»Ich glaube, der Pfarrer hat eine gute Zigarre und einen Schluck Courvoisier dem Gottesdienst vorgezogen«, wisperte Penelope zur Begrüßung.

Sam grinste, Lilly zupfte sie am Ärmel. Sie beugte sich zu dem Mädchen hinunter.

»Weißt du, dass Daddy das Eichhörnchen mit in den Gottesdienst genommen hat?«, sagte sie leise.

»Uh, das ist aber ein ziemlich großes Geheimnis«, antwortete Penelope. »Davon sagen wir besser niemandem etwas.«

Lilly nickte. »Ja, sonst lesen sie uns die Leveten.«

»Leviten«, stellte Sam klar. »Ich freue mich, dass Sie gekommen sind.«

»Ja.« Penelope richtete sich wieder auf. »Dabei hätte ich fast verschlafen.«

»Das liegt an *Summernight Dream*«, vermutete Sam. »Hoffentlich haben Sie etwas besonders Schönes geträumt.«

Penelope hielt ihren Hut fest und wandte sich um, damit Sam nicht sah, wie ihr die Röte in die Wangen stieg.

Ihr Blick fiel auf Mrs Colombine, die den Hals reckte, was sie aussehen ließ wie eine kastanienförmige Person mit Giraffenhals. Sie hatte sich heute ziemlich herausgeputzt und trug ein opulentes Kleid in schrillem Pink. Ihr Mops trug zur Feier des Tages eine schwarze Schleife um den Hals und wurde plötzlich ruckartig in die Länge gezogen, als sein Frauchen sich ohne Rücksicht auf ihn in Bewegung setzte. Penelope folgte ihr mit dem Blick. Sie ging schnurstracks auf einen gut aussehenden Mann zu, der eben um die Ecke der Kirche verschwand. An sein Ohr hielt er ein Handy, und vermutlich nutzte er die Gelegenheit, um zu telefonieren, wenn er schon mal auf dem Friedhof war. Er kam Penelope bekannt vor, und dann fiel ihr ein, dass sie das schon einmal gedacht hatte. Merkwürdig. Sie winkte Sam und Lilly zu, die sich auf den Weg zum Pub machten.

Eine vertraute Stimme riss sie aus ihren Gedanken.

»Penelope, wie schön, Sie wiederzusehen.«

Sie wandte sich um. Laura stand vor ihr. Sie trug ein graues Kleid.

»Hi.« Penelope deutete auf die Kirche. »Dieser Mann, der da eben um die Ecke verschwunden ist … Er war neulich in Ihrem Laden. Wer ist das?«

Laura machte keine Anstalten, in die Richtung zu schauen, in die

Penelope deutete. »Sie haben endlich damit angefangen, stimmt's?«, fragte sie stattdessen aufgeregt.

»Womit?«

»Sie haben die Ermittlungen aufgenommen.«

»Wie?«

Laura legte Penelope die Hand auf den Unterarm. »Wir sind ganz unter uns. Sie können es mir gern verraten«, wisperte sie.

»Ich verstehe kein Wort.«

»Sie haben Mr Hammond in Verdacht, richtig?« Laura zwinkerte ihr verschwörerisch zu.

»Laura!« Penelope versuchte, sich ihre Ungeduld nicht anmerken zu lassen. »Ich will einfach nur wissen, wer dieser gut aussehende Kerl ist, der da hinten so hektisch telefoniert.« Der Mann hatte sich inzwischen ein Stück von der Kirche entfernt und ging zwischen den Grabsteinen auf und ab.

»Tja, das ist auch ein Sahneschnittchen«, stellte Laura seufzend fest, nachdem sie sich nun doch umgedreht hatte. »Nigel Hammond, der Arzt, dem die Frauen vertrauen.«

»Er ist Arzt?«

Laura schüttelte den Kopf. »Sie gucken kein Fernsehen, oder? Er spielt die Hauptrolle in einer Arztserie.«

»Ah, dann habe ich ihn schon mal im Fernsehen gesehen. Allerdings verfolge ich die Serie nicht.«

»Meine Mutter liebt die Reihe.« Laura atmete schwer. »Nachdem ich den Laden geschlossen habe, gehe ich immer zu ihr nach oben und schaue eine Folge mit ihr. Das ist praktisch der Anfang vom Ende meines Lebens.«

»Warum? Er sieht gut aus.«

»Er ist ein Fernsehschauspieler«, stellte Laura fest.

»Aber hier steht er live und in Farbe.«

Laura schnalzte mit der Zunge.

»Allerdings wirkt er nicht so sympathisch wie Luke«, fuhr Penelope fort.

Laura öffnete den Mund, aber ehe sie etwas sagen konnte, wurde sie von einem etwa fünfzigjährigen Mann unterbrochen. Er trug eine weiße Hose und ein weißes kurzärmeliges Hemd und wirkte wie ein richtiger Arzt.

»Entschuldigung. Ich bin auf der Suche nach Ihrer Lordschaft. Sie haben ihn nicht zufällig gesehen?«

»Ach Gott, ist er schon wieder weggelaufen?«

Der Mann nickte und sah sich um. »Es gab ein technisches Problem auf dem Schloss, das sämtliches Personal gebunden hat, und diese Gelegenheit hat er genutzt.«

Laura schüttelte den Kopf. »Es tut mir leid. Der Gottesdienst ist auch erst seit zehn Minuten zu Ende, und in der Zeit haben wir niemanden gesehen.«

»Alles klar. Danke.« Der Mann wandte sich ab und setzte seine Suche auf dem Friedhof fort.

»Seine Lordschaft?«, fragte Penelope.

»Lord Finncliff. Bei ihm wurde vor einem halben Jahr Demenz diagnostiziert«, erklärte Laura. »Ausgebrochen ist die Krankheit wohl schon viel früher. Es sei denn, sie schreitet mit riesigen Schritten voran. Seit einer Weile läuft er manchmal weg. Ich glaube, es ist schon das dritte Mal.«

»Du meine Güte.« Penelope sah Laura an. »Ein technisches Problem auf dem Schloss«, wiederholte sie die Worte des Pflegers. »Ich habe hier noch nie ein Schloss gesehen.«

»Sie kommen nicht genug heraus. Hinter dem Hügel am Dorfende beginnen die Ländereien des Schlossherrn.«

»Hu«, staunte Penelope. »Ein richtiger Schlossherr in Shaftesbury.«

Laura hakte sich bei ihr unter. »Ja, wir haben hier einiges zu bieten.

Und jetzt gehen wir in den Pub. Schließlich wollen wir einen guten Platz bekommen.«

Sam und Lilly schlossen sich ihnen an. Auf dem Weg versuchte Penelope, noch einen Blick auf Nigel Hammond zu werfen, aber er war verschwunden.

Das Golden Horse hätte an diesem Sonntagvormittag die Bezeichnung Bienenstock verdient. Es war Penelope ein Rätsel, wie all die Menschen, die sie eben noch auf dem Kirchhof gesehen hatte, vor ihr das Pub erreichen konnten. Nahezu alle Tische waren besetzt, und Luke trug ein Tablett von der Größe eines Fassbodens über dem Kopf und stellte geschickt auf jedem Tisch frisch gezapftes Bier ab.

»Ale?«, fragte Penelope mit gerunzelter Stirn.

»Ale«, bestätigte Laura und nahm mit viel Schwung ein Glas von dem Tablett.

Luke hielt einen Augenblick inne, sah Laura zu, die das Glas in einem Zug halb leer trank, und wechselte dann einen Blick mit Penelope. Die hob vergnügt eine Augenbraue. Luke zwinkerte ihr zu und ging weiter.

»He, haben Sie gerade mit Luke geflirtet?«, fragte Laura.

»Keineswegs. Ich habe nur einen Darjeeling bestellt.«

»Wie?« Laura sah Penelope fragend an. »Ich habe kein Wort gehört.«

»Ich habe auch nichts gesagt.«

Wie aufs Wort kehrte Luke an ihren Tisch zurück und reichte Penelope eine Tasse Tee.

»Ich glaube das nicht«, sagte Laura kopfschüttelnd.

»Leider muss ich wieder«, sagte Luke.

Penelope nahm das winzige Makronenplätzchen von der Untertasse und steckte es sich in den Mund. Sie ließ den Blick über die Anwesenden schweifen. Einige Gesichter erkannte sie wieder. Beispielsweise das der ignoranten Sprechstundenhilfe von Sam und das von Mrs Gladstone, die den Rest ihres Lebens weder mit Menschen noch mit Tieren verbringen wollte. Sie sah die drei Damen, die sie aus Lauras Laden kannte und von denen ihr die Haushälterin von Blackmore Manor, Sarah, fröhlich zuwinkte. Penelope winkte zurück.

»Na, schon Freunde gefunden?« Laura lächelte ihr zu.

»Ich weiß nicht«, erwiderte Penelope. »Möglicherweise.«

»Okay Leute«, meldete sich ein junger Mann zu Wort, den Penelope noch nicht kannte. »Ich eröffne hiermit die Gemeindeversammlung und bitte dafür um Ruhe. Eure Gespräche über den Sonntagsbraten könnt ihr nachher führen, wenn ihr einander die Fotos eurer Enkel zeigt. Jetzt geht's um das Wesentliche. Um das, was unsere Dorfgemeinschaft in ihrem Innersten bedroht und uns das zu rauben versucht, was uns am wichtigsten ist.«

»Du meine Güte«, flüsterte Penelope. »Geht es nicht auch eine Nummer kleiner?«

»Pst«, machte Laura.

»Ich spreche von …« Der junge Mann ließ den Blick über die Anwesenden schweifen. »Der Ackerwinde.«

Penelope hatte abwesend in ihrer Tasse gerührt und dabei möglicherweise ein paar Geräusche verursacht, jedes Mal, wenn der Teelöffel gegen das Porzellan schlug. Laura legte ihr jedenfalls eine Hand auf den Unterarm und sandte bedeutungsvolle Blicke in Richtung des Redners. Der musterte Penelope aus zusammengekniffenen Augen.

Sie senkte den Blick. »Verzeihung.«

»Die Ackerwinde«, wiederholte der junge Mann.

Penelope beugte sich zu Laura hinüber. »Wer ist das?«, wisperte sie.

»Das ist Dorian Grey, unser Briefträger«, flüsterte Laura.

Penelope schluckte, dann sah sie Laura an. »Im Ernst?«

Laura versuchte, nicht zu grinsen, was ihr nicht besonders gut gelang.

Penelope verzog das Gesicht, aber in ihrem Innern brodelte wieder ein Lachanfall, der sich seinen Weg nach draußen bahnte, und sie machte diesmal keine Anstalten, ihn zu unterdrücken. Man konnte es Laura nicht verübeln, dass sie in das Gelächter einfiel.

Der Briefträger im weißen T-Shirt verschränkte die muskulösen Arme vor der Brust und guckte missmutig. Eine Hälfte der Versammlung stimmte in das Lachen mit ein, die andere missbilligte die Störung der Versammlung.

»Haben wir es dann?«, fragte Dorian.

Penelope konnte nur mit der Hand winken, während sie mit der anderen versuchte, das Lachen in ihren Mund zurückzuschieben.

Dorian, der am Tresen lehnte, nahm sein Bierglas auf und trank einen Schluck.

Penelope räusperte sich. »Es tut mir leid. Entschuldigen Sie bitte die Störung. Machen Sie weiter.«

»Gern. Ist ja auch besser, als wenn alle in Tränen ausbrechen. Also, wo waren wir stehengeblieben?«

»Bei der Ackerwinde«, rief Penelope, um sich dann wieder die Hand vor den Mund zu schlagen.

»Richtig. Die Ackerwinde. Eine sehr heimtückische Pflanze«, fuhr der Briefträger fort. »Die knotigen, verdickten Wurzelstränge bilden im Boden ein dichtes Netzwerk. Und wie bei der Hydra treiben neue Sprossen, wenn die Pflanze nur oberflächig gejätet wird.« Er warf einen vielsagenden Blick auf einen kräftigen Mann in einer grünen Latzhose. »Auch wenn das einige einfach nicht zur Kenntnis nehmen wollen. Und …«

Der Mann mit der Latzhose unterbrach den Briefträger. »Bei dir klingt es immer so, als wäre die Ackerwinde ein nutzloses Unkraut.«

»Sie ist ein Unkraut«, erwiderte Dorian.

»Die Ackerwinde ist eine sehr nützliche Pflanze, geradezu ein Wetterprophet. Wenn das Wetter abkühlt, schließen und öffnen sich die Blüten, und bei Regenwetter öffnen sie sich gar nicht erst.« Der Mann stemmte die Fäuste in die Hosentaschen.

»Martin, wenn ich wissen will, wie das Wetter wird, schalte ich BBC ein oder werfe einen Blick in den Himmel. Dazu brauche ich keine zerstörerische Pflanze, die nur einen Tag lang blüht.«

»Sie ist eine Pflanze, ein Gottesgeschenk, und sie darf nicht mit Stumpf und Stiel ausgerottet werden, Dorian. Dazu hast du kein Recht.«

Dorian Grey kniff die Augen zusammen und musterte Martin mit einem Blick, den er kurz zuvor Penelope gewidmet hatte. »Möchtest du uns vielleicht etwas sagen, Martin? Eventuell, dass du für die Verbreitung der Ackerwinde sorgst?«

Ein Raunen ging durch den Pub.

»Ich will, dass du nicht immer so abfällig über die Geschenke sprichst, die Gott uns macht«, überging Martin zornig die Anschuldigung. »Das ist genauso wie damals, als du einen Trupp losgeschickt hast, um die Eselsdistel auszurotten. Dabei ist sie eine Schönheit!«

»Sie ist eine Distel, Martin. Und wir haben hier keine Esel. Jedenfalls keine mit grauem Fell, die das Zeug runterkriegen würden.«

Einige der Männer lachten. Die Frauen waren zwiegespalten, was ihre Solidarität anging. Galt sie dem jungen gut aussehenden Briefträger oder Martin, der wie ein großer unsicherer Bär dastand?

»Du musst immer alles ins Lächerliche ziehen«, sagte Martin leise.

»Es mag sein, dass die Ackerwinde ein Gottesgeschenk ist«, lenkte Dorian ein. »Aber Katzenminze, Clematis und Rittersporn sind es auch, und sie haben keine Chance gegen die Ackerwinde. Im Übrigen hat jeder das Recht, in seinem Vorgarten das zu säen, was er möchte. Er muss es nicht hinnehmen, dass irgendein floraler Terrorist ihm Unkraut, Entschuldigung, Ackerwindesamen in den Vorgarten wirft.« Dorian hatte sich in Hitze geredet, Martin sank erschöpft auf seinen Stuhl.

»Okay.« Dorian sah sich um. »Hat jemand eine Idee, wer der Übeltäter sein könnte?«

Einige schüttelten den Kopf, andere betrachteten ihre Fingernägel. Offenbar wusste niemand, wer die Vorgärten verunzierte. Oder es wollte niemand sagen.

»Sie!«, rief plötzlich jemand. Penelope wandte den Kopf und erkannte Mrs Gladstone, die mit dem Finger auf sie deutete.

»Wer, ich?«, fragte sie erschrocken.

»Sie haben doch gerade ein Detektivbüro eröffnet. Da können Sie das doch wohl im Handumdrehen herausfinden, wenn Sie beim MI5 waren.«

Penelope blinzelte. »Wie bitte?«

»Das ist so nicht richtig«, meldete sich Luke zu Wort. »Mrs St. James hat eine Partnervermittlungsagentur eröffnet«, stellte er klar.

»Tatsächlich?«, sagte Martin.

Penelope schloss die Augen. Was war nur los, dass sie in dieser Gemeindeversammlung ständig im Mittelpunkt stand, obwohl sie überhaupt nichts zu dieser Ackerwindengeschichte beizutragen hatte?

»Na, da hat sie doch so was wie einen detektivischen Spürsinn«, rief Mrs Gladstone.

Und sie stand nicht nur im Mittelpunkt, sie wurde auch noch so behandelt, als sei sie nicht anwesend. Penelope seufzte.

»Können …«, brüllte Dorian, um dann etwas leiser fortzufahren: »Können wir uns jetzt bitte wieder auf die Ackerwinde konzentrieren.«

»Sehr gute Idee«, stimmte Penelope zu.

Dorian warf ihr einen strafenden Blick zu. »Wer meldet sich also freiwillig?«

»Wozu?«, entfuhr es Penelope.

Der Briefträger rollte mit den Augen. »Wir brauchen eine Morgenwache. Wir haben herausgefunden, dass die Samen der Ackerwinde im Morgengrauen in den Vorgärten ausgesät werden.«

»Ha!«, entfuhr es Penelope.

Ganz langsam wandte sich Dorian ihr zu und seufzte dann bedeutungsschwer.

Penelope hob abwehrend die Hände. »Tut mir leid, tut mir leid, tut mir leid. Es ist nur so, dass in meinem Vorgarten morgens regelmäßig ein Unbekannter auftaucht und kurz darauf einfach wieder verschwindet.«

»Nein!«, rief jemand.

»Und wer ist es?«, fragte ein anderer.

»Das weiß ich nicht. Ich habe ihn noch nicht erwischt. Es geht immer alles so schnell, dass ich nichts erkennen kann. Einfach ein blasses Gesicht.«

»Das müssen Sie aber. Dann ist der Fall aufgeklärt«, stellte jemand fest.

Auf dem Gesicht des Briefträgers zeigte sich ein breites Grinsen. »Wie schön. Da haben wir ja den besten Weg zur Lösung des Problems gefunden.« Dorian nahm sein Bierglas vom Tresen, leerte es in einem Zug und hielt es dann Luke hin. »Noch eins«, sagte er.

»Nicht so schnell«, rief jemand, dessen Stimme Penelope bekannt vorkam.

Sie reckte den Hals und entdeckte John aus der windschiefen Hütte. Er saß auf seinem üblichen Platz am Tresen.

»Na John, soll sie dir gleich noch eine Frau besorgen?«, fragte Dorian.

»Sie soll sich einfach nur beeilen.«

»Moment mal«, meldete sich Penelope zu Wort. Nicht nur, dass sie einen aberwitzigen Auftrag der Dorfgemeinschaft aufs Auge gedrückt bekommen hatte, jetzt sollte sie diesen Auftrag auch noch im Nullkommanichts erledigen?

»Sonst wird es nichts mit der Kräuterbüschelweihe«, schloss John.

Penelope seufzte.

»Da hat sie recht«, stimmte Mrs Gladstone zu. »Ich bin nicht gewillt hinzunehmen, dass mein *Piper auritum* durch die Ackerwinde zerstört wird. Das ist nicht gottgefällig!«

Penelope legte sich die Hand an die Stirn.

»Piper was?«, rief prompt jemand.

»*Piper auritum*«, wiederholte Martin. »Ein Pfeffergewächs aus der Gattung der Einfurchenpollen-Zweikeimblättrigen.«

»Ich glaube, ich sterbe«, flüsterte Penelope.

Laura grinste. »Na, schon die Nase voll von Shaftesbury? Dabei ist das noch gar nichts.«

»Dann möchte ich nicht wissen, wie es ist, wenn etwas los ist«, gab Penelope leise zurück.

»Schön«, schloss Dorian die Diskussion. »Dann wird sich Mrs St. James eben etwas ranhalten, und am kommenden Sonntag können wir alle unsere Kräuterbüschel weihen lassen.«

Laura warf einen Blick auf Penelopes leere Teetasse. »Das ist der Grund, weshalb hier alle etwas Stärkeres trinken. Sie werden auch noch dahinkommen.«

»Mrs St. James?« Dorian warf ihr einen auffordernden Blick zu.

Penelope machte eine abwehrende Handbewegung. »Ja, ja, schon gut. Natürlich. Ich liefere Ihnen den Verbrecher so bald wie möglich.« Sie stand auf und sah sich um. »Sie müssen mich jetzt entschuldigen. Ich habe zu tun.«

Kurz darauf stand Penelope vor der Tür der Golden Horse und atmete tief durch. Diese sogenannte Gemeindeversammlung war so aberwitzig gewesen, wie man es sonst nur im Fernsehen sah – und sie, Penelope, hatte sich mittendrin befunden. Sie brauchte jetzt ein wenig Zeit für sich, deshalb hatte sie sich von Laura verabschiedet und Sam und Lilly nur kurz zugewunken. Die beiden saßen mit einem jungen Ehepaar und deren Tochter am Tisch. Lillys Aufmerksamkeit war von dem Geschehen so absorbiert, dass sie nichts von ihrer Außenwelt mitbekam. Sam hatte ein wenig enttäuscht ausgesehen, als Penelope gegangen war, und schnell die Hand mit abgewinkeltem Daumen und Zeigefinger ans Ohr gehalten. Penelope hatte ihm zum Zeichen dafür, dass sie verstanden hatte, kurz zugenickt. Über seinen Anruf würde sie sich freuen, abgesehen davon würden sie sich am Montag ohnehin sehen.

Aber jetzt genoss sie erst mal die Einsamkeit und die Ruhe. Nur eine leichte Brise zog durch die Straße, und nachdem die Tür des Pubs hinter ihr zugefallen war, war auch das Stimmengewirr verklungen. Das alles hier war ungewohnt für sie. In London schlief sie sonntags lange, joggte und traf sich anschließend mit ihren Freunden zu einem späten ausgedehnten Brunch. Okay, lange ausschlafen war hier nicht, die Frühstückszeit war in Shaftesbury schon seit Stunden vorüber, aber joggen könnte sie.

Zu Hause schlüpfte sie in ihre Leggins, ein bauchfreies Tanktop und ihre Laufschuhe. Als sie wieder auf die Straße trat, wurde ihr bewusst, dass sie sich seit ihrer Ankunft in Shaftesbury nur in ihrem kleinen Kosmos aufgehalten hatte, der aus ihrem Cottage, dem Büro und dem Friedhof bestand. Das war nicht viel, und sie hatte so eine Ahnung, als hätte die Umgebung dieser beschaulichen Ortschaft noch mehr zu bieten. Einen kurzen Eindruck hatte sie am Freitag bekommen, als sie mit Sam ihr Bett gekauft hatte. Sam. Noch etwas, worüber sie nachdenken musste. Sie wandte sich nach links und lief los.

Von Osten kommend führte eine Main Road durch Shaftesbury. Sie führte über ein kleines Bächlein, das von einer Steinbrücke mit Bögen überspannt wurde. Die Main Road wurde nur an einer einzigen Stelle von einer anderen Straße gekreuzt. Auf dem nach Norden führenden Ende lag die Kirche St. Joseph's, an dem nach Süden führenden Ende lagen der Dorfanger und Penelopes Cottage. Und jetzt war noch die Frage, wohin die Shaftesbury Lane, wie sie hieß, führte. Penelope stellte die Stoppuhr ein und lief los.

Es war herrlich! Die Luft war warm und sauber, anders, als sie es aus London gewohnt war. Penelope ließ die Luft in ihre Lunge strömen und lief mit großen Schritten durch die hügelige Landschaft. Es war wunderschön, die sanften Hügel waren saftig grün, es gab Baumgruppen. An einer Weggabelung stand ein Hinweisschild nach Middlesbrough. Penelope überquerte die Straße und folgte dem schmalen unbefestigten Weg, der auf beiden Seiten von einer Hecke begrenzt war. Wenn ihr jetzt ein Auto entgegenkäme, würde sie sich mit einem Sprung über die Hecke in Sicherheit bringen müssen. Nach etwa einer halben Meile führte eine Holzbrücke über einen schmalen Bach. Einige Meter vor der Brücke verringerte Penelope das Tempo und ging zügig zu Fuß weiter. Auf der Brücke hielt sie die Stoppuhr an und stützte die Ellenbogen auf dem hölzernen Geländer ab, um die Aussicht zu genießen. In London hatte sie ständig die Ohrstöpsel ihres iPhones in den Ohren und hörte Musik, hier in Shaftesbury genoss sie die Stille und das Vogelgezwitscher. Sie hätte es sich früher nie vorstellen können, aber das Leben auf dem Land hatte auch seine Vorteile. Von dort, wo sie stand, hatte sie einen guten Blick auf Shaftesbury und konnte den Kirchturm von St. Joseph's sehen. Jetzt interessierte sie allerdings dieses Middlesbrough, sie wollte wissen, wohin dieser Weg führte.

Penelope wandte sich gerade vom Brückengeländer ab, als sie ein ungewöhnliches Geräusch hörte. Es klang wie schweres Atmen, brach dann ab und setzte wieder ein. Penelope, deren verschwitzte Haut von der Laufpause allmählich abkühlte, lief ein Schauer über den Rücken. Sie sah sich um, konnte aber außer einem recht dichten Uferbewuchs und grüner Wiese nichts erkennen. Aber der Laut erklang erneut, und sie konnte nicht ignorieren, dass in ihrer unmittelbaren Nähe ein Lebewesen war, das möglicherweise Hilfe brauchte. Sie ging von der Brücke, hielt sich an einem Pfosten fest und machte einige vorsichtige Schritte den Abhang hinunter. Das Atemgeräusch wurde jetzt lauter, und hinzukam ein Winseln.

»Scheiße!«, sagte Penelope und zog ihr Handy aus dem Täschchen ihrer Laufhose.

***

Sam war nicht ganz bei der Sache. Pippa und Matt berichteten ausführlich von dem Umbau ihrer Küche. Ein ohnehin nicht allzu spannendes Thema, aber es lag nicht nur daran. Er bedauerte, dass er nicht schnell genug reagiert hatte, als Penelope das Golden Horse verlassen hatte. Er hätte aufspringen und ihr einen Besuch in Mrs Winterbottoms Café vorschlagen sollen. Aber es war ihm nichts Besseres eingefallen, als ihr ein dämliches Zeichen zu machen, dass er sie anrufen würde. Teeniemäßig bis peinlich war das gewesen. Lilly schien sich über die Gestaltung ihres Sonntags keine Gedanken zu machen. Sie war mit ihrer Freundin Julie in ein intensives Gespräch über Pferde vertieft. Er war froh, als das Handy in seiner Hosentasche vibrierte. Ein Notruf käme ihm jetzt recht. Sein Herz hüpfte, als er sah, wer ihn anrief.

»Penelope, hallo.«

»Sam, können Sie herkommen? Hier liegt ein verletzter Hund.«

Sam sprang auf und nahm die Jacke von der Stuhllehne. »Was ist passiert?«

»Ich weiß nicht«, antwortete sie zögerlich. »Er liegt auf der Seite. Ich sehe Blut, und er atmet nicht regelmäßig.«

»Haben Sie etwas dabei, was sie über ihn legen können, um ihn zu wärmen?«

»Hm, ja … okay.«

»Gut, wo sind Sie?«

Er ließ sich den Weg beschreiben und hatte sofort die Brücke vor Augen.

»Ich bin gleich da.« Er beendete das Gespräch. »Lilly, es gibt einen Notfall. Kannst du bei Pippa und Matt bleiben? Ich rufe dich so bald wie möglich an und sage dir, wie es weitergeht. Behältst du dein Handy im Blick?«

»Alles klar, Dad.«

Er gab ihr einen Kuss auf die Stirn, verabschiedete sich von seinen Freunden und lief nach draußen. Vor dem Golden Horse sprang er in seinen Wagen und raste in hohem Tempo die Straße am Dorfanger runter. Kurz vor der Abzweigung nach Middlesbrough bremste er. Das Heck scherte ein wenig aus, als er um die Kurve fuhr. Vor der Brücke hielt er an und sah sich um. Er vermutete Penelope unten an der Böschung. Zu seiner Überraschung stand sie einige Meter weiter auf der Straße.

»Sam! Ich bin hier. Schnell.«

Als sie vor ihm stand, schluckte er. Penelope trug einen Sport-BH und eine Laufhose. Sie schien ihm viel aufgebrachter zu sein als bei ihrem Telefonat. Am Telefon hatte sie einigermaßen gefasst geklungen, jetzt wirkte sie aufgelöst und hilflos.

»Ich habe schon einen Krankenwagen gerufen. Dort hinten liegt eine verletzte Frau.«

»Eine Frau? Und der Hund?« Sam sah sich um.

»Der liegt dort bei der Brücke. Bitte kommen Sie.«

Während er ihr im Laufschritt folgte, zog er seine Jacke aus und reichte sie ihr. »Hier, ziehen Sie die an.«

Die Frau lag in einer Ausbuchtung der unbefestigten Fahrbahn, in die ein Fahrer ausweichen konnte, wenn ihm ein Wagen entgegenkam. Ihr linkes Bein sah aus, als sei es gebrochen, ihre Strumpfhose war zerrissen, und sie blutete an beiden Schienbeinen. Am Kopf hatte sie ebenfalls eine blutende Wunde.

»Sie ist nicht bei Bewusstsein«, sagte Penelope. »Ich wusste nicht, was ich mit ihr machen sollte, deshalb habe ich sie vorsichtshalber nicht bewegt.« Sie zitterte am ganzen Körper. Ihre Stimme klang brüchig.

»Sie haben alles richtig gemacht«, beruhigte Sam sie.

Er kniete sich neben die Frau und hob ihre Augenlider. Ihr Blick flackerte, ihre Atmung war sehr flach, der Puls schlug unregelmäßig. Sam war froh, als er die Sirene des Krankenwagens hörte. Er konnte hier nicht viel ausrichten. Die Frau musste dringend ins Krankenhaus.

Er stand wieder auf. »Okay, bleiben Sie hier bei der Frau. Ich sehe nach dem Hund.«

»Er liegt von hier aus gesehen auf der linken Seite hinter der Brücke.«

»Schaffen Sie das?«, fragte er besorgt. Penelope sah ein wenig blass aus.

»Natürlich. Ich schaffe das.«

Sam lief über die Brücke und kletterte die Böschung hinunter. Unter einem schwarzen Tanktop lag ein schwarz-weiß gefleckter Terrier. Es fiel dem Tier schwer, den Kopf zu heben. Er klopfte schwach mit dem Schwanz auf den Boden.

»He Kleiner, es wird alles gut«, sagte Sam. Er zog das Top herunter und fuhr mit der flachen Hand über den Brustkorb des Tieres. Vermutlich waren einige Rippen gebrochen. Das Tier musste auf alle Fälle geröntgt werden, um festzustellen, ob es innere Verletzungen hatte. Sam zog sein Hemd aus und wickelte den Hund fest hinein. Dann kletterte er mit ihm die Böschung hinauf und legte das Tier vorsichtig auf die Rückbank. Der Krankenwagen näherte sich von der Main Road, und Sam setzte sein Auto auf der anderen Seite der Fahrbahn zur Hälfte auf die Böschung, wenig später raste der Krankenwagen an ihm vorbei. Er stieg wieder aus und lief schnell zu Penelope, wo der Notarzt sich nun um die verletzte Frau kümmerte. Sie tauschten kurz ihre Daten mit der Besetzung des Krankenwagens aus und besprachen, was geschehen war. Dann wurde die verletzte Frau auf einer Trage in den Krankenwagen geschoben, ehe er rückwärts bis zur Main Road zurücksetzte.

»Kommen Sie, Penelope. Ich bringe Sie schnell nach Hause.«

»Wie geht es ihm?«, fragte Penelope mit einem Blick auf den Hund, als sie auf der Beifahrerseite einstieg.

»Nicht sehr gut. Ich muss ihn in der Praxis röntgen.« Er zog sein Handy heraus und reichte es Penelope. »Können Sie Lilly anrufen und ihr sagen, dass ich sie jetzt abhole und dass wir vielleicht eine Operation durchführen müssen?«

»Lilly?« Penelope aktivierte das Display. Lillys Nummer war die erste unter Sams Favoriten. »Kann das nicht Ihre Sprechstundenhilfe machen?«

»Sie ist übers Wochenende bei ihrer Mutter.«

Penelope stellte eine Verbindung her.

»Hi Dad.«

»Hier ist Penelope, hallo Lilly. Dein Vater bittet dich, vor dem Golden Horse auf ihn zu warten. Er braucht dich für eine Operation.«

»Okay, bis gleich.« Lilly beendete das Gespräch.

Verdutzt gab Penelope Sam das Handy zurück. »›Okay?‹«, wiederholte sie. »Eine Zehnjährige sagt ganz gelassen ›okay‹, wenn sie zu einer Operation gerufen wird. Sie ist mir haushoch überlegen«, stellte sie kopfschüttelnd fest.

»Eine Achtjährige«, korrigierte Sam automatisch.

Penelope warf einen Blick über die linke Schulter auf den Hund. »Glauben Sie, er schafft es?«

»Hunde sind hart im Nehmen. Wenn er keine inneren Blutungen hat, bekommen wir ihn wieder auf die Beine.« Sam war froh, dass sie nicht nach der Frau gefragt hatte. Deren Aussichten waren nach seiner Einschätzung nicht so gut.

»Was, glauben Sie, ist geschehen?«, fragte Penelope.

»Ein Autounfall, schätze ich. Wie haben Sie die Frau gefunden?«

»Na ja, als Sie gesagt haben, dass ich den Hund wärmen soll, hab ich mein Top ausgezogen und ihn damit zugedeckt.« Penelope sah aus dem Fenster. »Und dann hockte ich da unten neben dem Hund.« Sie warf ihm einen Blick von der Seite zu. »Ich. Mit einem Hund.«

»Hab ich verstanden. Sie haben sich heute ziemlich taff gezeigt.«

»Ich habe wirklich Angst gehabt und nach Ihnen Ausschau gehalten. Außerdem war mir kalt. Deshalb bin ich auf und ab gelaufen.« Penelope schlug sich die Hand vor den Mund. »Und da lag plötzlich die Frau. Ich habe zuerst nur ihr Bein entdeckt. Es war ganz furchtbar.«

»War sie noch bei Bewusstsein?«

Penelope schüttelte den Kopf. »Nein, sie lag da mit dem verdrehten Bein, und ich dachte, sie wäre tot. Meinen Sie, jemand hat sie und den Hund angefahren?«

»Ja, das nehme ich an. Der Hund hat sich vermutlich ein paar Meter weggeschleppt, um sich in Sicherheit zu bringen.«

»O Gott, das ist alles so schrecklich.«

Sie waren bei Penelopes Cottage angelangt. »Kochen Sie sich eine Tasse Tee und erholen Sie sich von dem Schock. Ich rufe Sie nachher an.«

Penelope stieg aus. »Viel Glück für den kleinen Kerl«, sagte sie, dann schlug sie die Beifahrertür zu.

MONTAG

Es war bereits Vormittag, als Penelope die Tür zum Golden Sunshine and Luxury Club aufschloss. Sie hatte grauenvoll geschlafen. Genau genommen hatte sie überhaupt nicht geschlafen und sich nur in ihrem Himmelbett von einer Seite auf die andere geworfen. Ständig waren ihr die verletzte Frau und der kleine Hund erschienen.

Sie warf den Schlüssel auf den Schreibtisch und ließ sich in ihren Schreibtischstuhl fallen. Diese Agentur mochte nicht laufen, aber es passierte genug anderes in Shaftesbury. Ächzend erhob sie sich wieder aus dem Stuhl und ging in den kleinen Raum hinter dem Laden zur Kaffeemaschine.

Als sie die Türglocke hörte, seufzte sie. Sosehr sie ihren Beruf liebte, im Augenblick fehlte ihr der Sinn dafür, zwei Menschen zueinanderzubringen.

Mit einer Tasse starken Espresso ging sie nach vorn in den Ladenraum. Dort stand ein gut aussehender blonder Mann in Jeans und Lederjacke. Mit seinem markant geschnittenen Gesicht wäre er das Aushängeschild für den Golden Sunshine and Luxury Club. Für ihn eine Frau zu finden, sollte kein Problem sein.

»Guten Tag, Mrs St. James? Philip Farnsworth, Chief Inspector City of London Police.«

»Polizisten aus London herzuschicken ist offenbar leichter, als ein Breitbandkabel hierher zu verlegen«, plapperte Penelope drauflos.

Er fuhr sich durch die Haare und sah verwirrt aus. »Wie?«

»Vergessen Sie's.« Penelope gab ihm die Hand. »Penelope St. James. Was kann ich für Sie tun?«

Er hatte einen kräftigen Händedruck und ein angenehmes Lächeln. »Können wir uns vielleicht setzen?«

»Natürlich, bitte.« Penelope stellte ihre Tasse ab. »Möchten Sie auch einen Espresso?«

»Haben Sie auch eine Tasse Tee?«

»Einen Augenblick.«

Penelope brühte Tee auf und legte einen Keks auf die Untertasse.

»Es geht um den Verkehrsunfall gestern auf der Straße nach Middlesbrough«, begann Farnsworth, als er die Tasse entgegennahm.

»Oh.« Penelope setzte sich. »Ich fürchte, ich kann dazu nicht viel sagen.«

»Was können Sie mir denn sagen?«

Penelope berichtete ihm, dass sie die Gemeindeversammlung verlassen und beschlossen hatte, joggen zu gehen.

»Ist das Ihre übliche Laufstrecke?« Farnsworth nahm den Teebeutel aus der Tasse und legte ihn auf der Untertasse ab.

»Ich lebe erst seit einer Woche hier. Diese Strecke bin ich zum ersten Mal gelaufen. Ich wollte sie mal ausprobieren.«

»Verstehe. Dann sind Sie zufällig auf die Frau gestoßen.«

»Nein, ich habe zuerst den Hund gefunden. Auf der kleinen Brücke habe ich eine Pause gemacht und das Winseln gehört. Dann habe ich Sam angerufen. Dr. Sam Bower.« Penelope deutete nach links. »Er ist hier der Tierarzt. Er hat mir gesagt, was ich tun soll, und sich dann ganz schnell auf den Weg zu mir gemacht.«

»Und was haben Sie getan?«

»Mein Oberteil ausgezogen und den Hund damit zugedeckt. Ich hab's nicht so mit Tieren, und außerdem wollte ich Sam auf die Stelle, wo der Hund liegt, aufmerksam machen, deshalb bin ich zur Straße hochgegangen, um auf ihn zu warten.«

»Und dort haben Sie die Frau gefunden.«

»Ja, es war schrecklich. Wie geht es ihr?«

Farnsworth, der eben die Teetasse anheben wollte, zog die Hand zurück. »Es tut mir leid, Ihnen sagen zu müssen, dass die Frau die Nacht nicht überlebt hat.«

Penelope schlug die Hand vor den Mund. »Oh nein«, flüsterte sie. »Das ist furchtbar. Jemand überfährt sie einfach und lässt sie dann liegen?«

Farnsworth räusperte sich und schien ihrem Blick auszuweichen. »Hm, ja.«

Penelope erholte sich langsam von dem schrecklichen Schock, aber ihr war sein Zögern bei seiner Antwort nicht entgangen.

»Hat sie auf dem Weg von Ihrem Cottage bis zur Brücke ein Fahrzeug überholt?«, fragte der Inspector.

»Nein. Ich habe niemanden bemerkt. Weder mit Auto noch ohne.« Penelope sah ihn aufmerksam an. »Das war kein normaler Autounfall, oder?«

Farnsworth hob seine Teetasse an und nahm sich Zeit. »Es gibt keine Bremsspuren.« Er wiegte den Kopf. »Es handelt sich allerdings um eine Schotterstraße, auf der Spuren schwer nachweisbar sind. Aber wenn beispielsweise der Hund vor den Wagen gesprungen wäre, hätte der Fahrer abrupt gebremst. Der Schotter wäre weggeschleudert worden, und man könnte festen Sand darunter sehen.«

»Und solche Spuren gab es nicht«, stellte Penelope fest.

Farnsworth schüttelte den Kopf.

»Die Frau lag in der Fahrbahnbucht zum Ausweichen eines entgegenkommenden Fahrzeuges. Es spricht doch viel dafür, dass sie sich an die Seite gestellt hat, um einen Wagen vorbeizulassen.« Penelope sah den Beamten fragend an. »Oder ist sie durch den Aufprall mit dem Fahrzeug dahin geschleudert worden?« Sie hob die Hand. »Sagen Sie nichts. Sie sind die Polizei und stellen die Fragen.«

»Nein. Nein, es gibt keine Spuren dafür, dass die Frau dorthin geschleudert wurde.«

Penelope war überrascht darüber, dass er ihr die Auskunft so bereitwillig gab. Und seine Antwort machte sie nachdenklich. »Aber das würde doch bedeuten, dass …«

Er nickte. »Dass die Frau absichtlich überfahren wurde.« Farnsworth erhob sich und legte seine Visitenkarte auf den Tisch. »Falls Ihnen doch noch etwas einfällt, rufen Sie mich bitte an.«

»Natürlich, aber ich glaube nicht, dass ich Ihnen noch mehr dazu sagen kann.« Penelope drehte die Karte in den Händen. »Es war alles schon vorbei, als ich kam.« Sie brachte den Inspector zur Tür. »Diese Frau, hat sie Familie?«

»Sie war alleinstehend, aber ihr Vater lebt noch. Der Tod seiner Tochter hat ihn natürlich sehr mitgenommen.«

Penelope seufzte. »Hat er jemanden, der sich um ihn kümmert?«

Farnsworth stand dicht neben ihr. »Es ist sehr ungewöhnlich, dass sich jemand in einer derartigen Situation nach Angehörigen erkundigt.«

Penelope schluckte. »Ich hoffe nicht, dass Sie daraus irgendwelche Schlüsse ziehen.«

Er lächelte. »Nur den, dass Sie eine mitfühlende Frau sind, Mrs St. James. Auf Wiedersehen.«

»Auf Wiedersehen.«

Durch das Schaufenster sah Penelope dem Inspector nach, der ihr noch einen Blick zuwarf, ehe er in seinen Wagen stieg. Deshalb bekam sie nicht mit, wie jemand die Tür aufzudrücken versuchte.

»Huch«, machte sie und fuhr herum.

»Dorian«, stellte der Briefträger, den sie am Vortag schon im Pub kennengelernt hatte, grinsend klar. Er trug seine Dienstuniform mit einer Schirmkappe und zog einen großen Briefumschlag aus seiner Umhängetasche.

»Natürlich. Dorian. Ich war mit meinen Gedanken woanders.«

Er grinste anzüglich und nickte in Richtung Straße. »War ja auch ein schmuckes Kerlchen, das sie hier zu Besuch hatten.«

Penelope beabsichtigte nicht, ihm mitzuteilen, dass es sich bei dem schmucken Kerlchen um einen Inspector handelte. Viel mehr interessierte sie der große Briefumschlag. Sie deutete darauf. »Ist der für mich?«

»Ist er.« Dorian übergab ihr den Umschlag. »Ich wollte mich danach erkundigen, ob Sie den Eindringling heute Morgen gestellt haben.«

Der Briefumschlag war von der Telefongesellschaft. Penelope ging zum Schreibtisch und nahm den Brieföffner zur Hand.

»Penelope?«

»Hm?« Sie sah auf. »Entschuldigung. Ich war mit den Gedanken …«

»Woanders«, beendete er den Satz für sie.

Penelope hörte gar nicht zu, weil sie in das Schreiben der Telefongesellschaft vertieft war. Man bedaure, dass es zu Schwierigkeiten bei der Installation des Telefonanschlusses gekommen sei, und sicherte zu, die Angelegenheit baldmöglich zu Penelopes Zufriedenheit zu klären. Dafür und für den von ihr gewünschten Internetanschluss seien nur noch einige zusätzliche Angaben erforderlich. Penelope blätterte durch die Anlagen. Es war ein umfangreicher Stapel von Formularen.

»Was fällt denen ein!«, schimpfte sie. »Warum muss ich eine Zeichnung meines Geschäfts mit den Anschlüssen anfertigen, wenn die nicht einmal in der Lage sind, eine Leitung nach Shaftesbury zu legen. Ohne Leitung sind meine Anschlüsse ohnehin überflüssig.«

Sie hob den Blick. Dorian sah sie mit hochgezogenen Augenbrauen an.

»Das interessiert Sie vielleicht gar nicht«, stellte Penelope fest. »Wie war noch mal die Frage?«

»Die Frage war, ob Sie den Eindringling mit der Ackerwinde gestellt haben.«

Es dauerte einen Augenblick, bis Penelope sich gefasst hatte. Seit der Gemeindeversammlung vom Sonntagmorgen war so viel geschehen, dass sie ihren Auftrag völlig verdrängt hatte. Und erst jetzt fiel ihr auf, dass sie an diesem Morgen den Eindringling nicht gesehen hatte. »Ich glaube, er war heute nicht da.«

»War er nicht da oder haben Sie ihn nicht gesehen?«, fragte Dorian mit einem leicht gereizten Unterton.

Penelope verzichtete darauf, ihn darüber aufzuklären, dass sie, wenn sie den Eindringling nicht gesehen hatte, nicht wissen konnte, ob er nicht aufgetaucht war oder sie ihn einfach verpasst hatte.

»Ich weiß nicht, Dorian.«

»Penelope, Sie haben diese Aufgabe übernommen, und wir wollen doch nicht, dass die Kräuterbüschelweihe gefährdet wird.«

»Nein, das wollen wir nicht«, stimmte Penelope zu und warf den Brief auf den Schreibtisch. »Ich gelobe Besserung.«

»Gut.« Dorian sah zufrieden aus. »Ich muss dann auch weiter. Briefe austragen.«

»Ja, das ist wohl Ihre Profession«, sagte Penelope nicht ohne einen gewissen Sarkasmus.

»Meine Profession ist die Geschichte«, korrigierte Dorian. »Abgebrochenes Geschichtsstudium.«

»Tatsächlich? Warum haben Sie keinen Abschluss gemacht?«

Dorian hob die Schultern. »Meine Mutter wurde krank, und ich bin zu ihr nach Shaftesbury gezogen. Na ja, und wie es dann immer so ist ... Um mich über Wasser zu halten, habe ich den Job als Briefträger angenommen.«

»Und dabei ist es dann geblieben.« Penelope spielte mit dem Brieföffner herum. »Und wofür interessieren Sie sich am meisten?«

»Im Studium haben mich die Tudor-Epoche und das Elisabethanische Zeitalter interessiert, aber seit ich hier lebe, fasziniert mich Lokalgeschichte.«

Penelope hob eine Augenbraue. »Sie kennen sich damit aus, was in Shaftesbury los war?«

»So kann man es sagen.«

»Lesen Sie zufällig gern?«

»Wie?«

»Bücher. Krimis.«

»Bisher eigentlich eher Biographien und so, aber hin und wieder rutscht auch mal ein Krimi in meinen Bücherstapel.«

»Wie lange haben Sie jeden Tag damit zu tun, Briefe auszutragen?«

»Bis zum Mittagessen bin ich üblicherweise fertig.« Dorian legte den Kopf schief. »Warum wollen Sie das alles so genau wissen?«

»Haben Sie heute Mittag Zeit? Wir könnten uns im Golden Horse treffen, und ich erzähle Ihnen von meinem Plan.«

»Klingt interessant. Okay. Zwei Uhr?«

»Zwei Uhr.« Penelope stand auf, ging zur Tür und öffnete sie. »Bis später.«

* * *

Es war kurz nach halb zwei, als Penelope den Lebensmittelladen betrat.

»Oh hallo, unsere Ackerwindenermittlerin«, begrüßte Laura sie mit einem Grinsen.

»Hören Sie bloß auf. Inzwischen ist so viel geschehen, dass mir der Kopf schwirrt.« Penelope sah sich suchend um. »Ich brauche Brot.«

Laura wandte sich zu dem Regal hinter dem Verkaufstresen um. »Weißbrot oder lieber etwas Dunkles?«

Penelopes Blick fiel auf den Zeitungsständer. Die Presse würde doch wohl über den Verkehrsunfall berichten. Oder? Sie nahm die Tageszeitung aus dem Ständer und studierte die Titelseite, doch sie fand keine Meldung über den Unfall. Penelope schlug den Regionalteil auf. In einer schmalen Randnotiz wurde darüber berichtet, dass es auf der Straße nach Middlesbrough zu einem tödlichen Verkehrsunfall gekommen sei. Das Opfer, die siebenundfünfzigjährige Maureen O. aus Middlesbrough, sei in der Nacht von Sonntag auf Montag ihren schweren Verletzungen erlegen. Ihre Kollegin Rita M. sagte, dass sie mit Maureen eine liebenswerte Arbeitskollegin und Freundin verloren habe.

»Penelope?«

»Wie?« Penelope sah auf. »Oh, natürlich bezahle ich die Zeitung.«

Laura trat neben sie. »Geschenkt. Was fesselt denn Ihre Aufmerksamkeit?« Sie reckte den Hals. »Verkehrsunfall. Oh, der war ja ganz in der Nähe.«

»Ja, gestern Nachmittag. Ich habe die Frau gefunden, als ich die Straße entlangjoggte.«

»Wirklich? Das ist ja schrecklich! Und da hat sie noch gelebt?«

»Sie war nicht bei Bewusstsein. Eigentlich habe ich zuerst ihren Hund gefunden. Er wurde offenbar auch angefahren.«

»Das tut mir sehr leid.«

»Sam kümmert sich um das Tier.«

Laura schüttelte den Kopf. »Wer so etwas macht und dann einfach weiterfährt, ist wirklich ein Schwein.«

Offenbar ging sie von Fahrerflucht aus, ebenso wie Penelope es zunächst getan hatte. Aber sie würde ihr nicht sagen, was sie von Inspector Farnsworth erfahren hatte. Zum einen wollte sie keine Panik schüren, zum anderen sollte sie wohl besser keine ihr anvertrauten Interna ausplaudern. Penelope schlug die Zeitung zu. »Ich nehme ein Roggenbrot und die Zeitung. Und dann muss ich weiter.«

Laura schob die Unterlippe vor und kehrte hinter den Tresen zurück. Sie packte einen Laib Brot ein und reichte ihn Penelope.

»Wie viel macht das?«

»Drei fünfzig.«

»Haben Sie sich gestern noch mit Luke unterhalten?«, fragte Penelope, als sie ihr die Münzen gab.

»Habe ich. Wir sind heute verabredet.« Laura ließ das Geld in die Kassenschublade fallen und schob sie mit der Hüfte zu. »Im Restaurant in Little Magnolia.«

»Dann wünsche ich Ihnen viel Spaß. Aber wenn ich Ihnen einen Rat geben darf: Bestellen Sie dort auf keinen Fall einen Swimmingpool.«

»Sie waren auch schon im Hort der einsamen Herzen?«

Penelope klemmte sich die Zeitung unter den Arm. »Wo?«

»Mich würde viel mehr interessieren, mit wem Sie da waren. Möglicherweise mit unserem Freund, dem Tierarzt?«

»Ach, so meinen Sie das. Na ja, ich wollte mit ihm nicht unbedingt auf dem Präsentierteller im Golden Horse sitzen.«

»Sehen Sie, da haben wir etwas gemeinsam. Ich möchte auch nicht so gern, dass John mit uns am Tisch Platz nimmt.«

»Dann komme ich am besten morgen wieder und kaufe noch etwas ein, dann können Sie mich auf den neuesten Stand bringen.« Penelope ging zur Ladentür. »Aber jetzt muss ich dringend los.«

»Alles klar. Dann bis morgen«, verabschiedete Laura sie.

In der Ladentür stieß Penelope mit Mr. Hammond zusammen. »Oh, Entschuldigung. Ich habe nicht aufgepasst.«

»Das war meine Schuld«, entschuldigte sich der gut aussehende Mann.

Penelope schenkte dem Schauspieler ein Lächeln. »Ich würde mich gern noch länger mit Ihnen über die Schuldfrage unterhalten, aber ich muss dringend weg.«

Hammond trat zur Seite. »Ich kann es kaum erwarten, wieder mit Ihnen zusammenzutreffen.« Seine blauen Augen blitzten.

Penelope drängte sich an ihm vorbei und trat auf die Straße.

***

Sam schloss die Tür der Praxis hinter dem letzten Patienten an diesem Vormittag.

»Wir machen jetzt erst mal Mittag, Heather. Ich sehe eben nach unserem Unfallopfer, und dann gehe ich nach oben.«

»Ist in Ordnung.« Heather fuhr den PC herunter und nahm ihre Handtasche aus der Schreibtischschublade. »Bis nachher.«

Sam ging den Flur entlang und sah nach dem Terrier, den er in der Sauerstoffbox untergebracht hatte. Die Röntgenaufnahme hatte ergeben, dass der Hund keine inneren Verletzungen und nur zwei gebrochene Rippen hatte. Das war wirklich erstaunlich. Allerdings war sein rechter Hinterlauf gebrochen, und Sam hatte ihn in einer aufwendigen Operation gerichtet und mit Schrauben stabilisiert. Der kleine Hund erholte sich jetzt von den Folgen des Eingriffs. Als Sam die Tür der Box öffnete, hob das Tier etwas den Kopf. Er war noch schwach, sein Schwanz klopfte leicht auf die Decke, mit der die Box ausgelegt war. Sam kraulte ihn hinter den Ohren.

»Na, Kleiner, geht's dir besser?«

Der Hund stupste mit seiner Schnauze sein Handgelenk an.

»Offenbar«, beantwortete er seine Frage selbst. Wenn er Lilly fragen würde, würde sie ihn sofort behalten wollen. Boss tapste in den Raum, stellte sich neben Sam und rieb sich an seinem Bein. Mit der freien Hand strich Sam seinem Hund über den Kopf. »Na, mein Alter. Du musst nicht eifersüchtig sein.«

Der Golden Retriever wurde unruhig, und kurz darauf öffnete jemand leise die Tür des Behandlungsraums. Vorsichtig und ohne ihren Ranzen in die Ecke zu pfeffern, wie sie es sonst tat, schlüpfte Lilly herein. Sofort hob der Terrier den Kopf ein wenig höher, und auch die Schläge seiner Rute waren jetzt kraftvoller. Es war kein Wunder, dass das kleine Wesen Lilly mehr Sympathie entgegenbrachte als Sam. Er hatte dem Tier bei der Untersuchung und der Gabe von Injektionen Schmerzen verursacht. Lilly hingegen hatte nicht nur während der äußerst schwierigen Operation am Sonntagnachmittag assistiert, sondern war dem Tier auch während der Aufwachphase bis zum Sonntagabend nicht von der Seite gewichen. Sam hatte sie praktisch mit Gewalt ins Bett und am Morgen in die Schule zwingen müssen. Und wieder war er hin- und hergerissen zwischen dem Stolz auf seine Tochter und der Sorge, dass er ihr zu viel aufbürdete. Selbstverständlich war Lillys Erwartung, dass das Tier künftig bei ihnen bleiben würde, damit ins Unermessliche gestiegen.

»Hallo Kleiner«, begrüßte Lilly den Hund, der leise winselte, während sie ihn kraulte.

»He, ich bin auch noch da«, beschwerte sich Sam scherzhaft.

»Hallo Dad. Wie geht es ihm?«

»Schon ziemlich gut. Da er keine inneren Verletzungen hat, besteht keine Lebensgefahr. Es muss nur alles wieder zusammenwachsen.«

Und damit ging es dem Tier erheblich besser als seinem Frauchen. Am Vormittag war ein Chief Inspector dagewesen und hatte sich nach dem Unfall erkundigt, aber Sam hatte ihm nicht viel berichten können. Er hatte sich einfach bemüht, die Auffindesituation so detailliert wie möglich zu beschreiben, obwohl er genau genommen durch die Sorge um den Hund, den Zustand der Frau und nicht zuletzt durch die aufgewühlte Penelope etwas abgelenkt gewesen war.

»Das war eiskalter Mord«, erklärte seine Tochter, während sie das Ohr des Hundes kraulte.

»Wie bitte?«

»Sagt Gemma. Sie kommt immer über die Straße von Middlesbrough zur Schule, und sie sagt, dort war alles mit diesem Plastikband von der Polizei abgesperrt, und das machen die nur, wenn einer umgebracht wurde.«

Sam kratzte sich am Kopf. Jetzt wollte er nichts Falsches sagen, aber ehe er sich überhaupt etwas zurechtlegen konnte, fuhr Lilly bereits fort.

»Sie sagt, dass jemand mit einem dicken SUV zu schnell auf der schmalen Straße unterwegs war und erst den Hund und dann die Frau überfahren hat. Die ist tot, weißt du. Die Wucht des Aufpralls war offenbar zu stark.«

»Sagt wer?«

»Gemmas Vater. Und er sagt auch, dass es keine Anzeichen von Bremsspuren gibt, also hat jemand voll auf die Frau zugehalten.«

»Und Gemmas Vater ist bei der Polizei?«

»Nein, er ist Landvermesser, und er ist selbst schon ein paarmal beinahe über den Haufen gefahren worden.«

Oh Mann. Sam konnte sich vorstellen, wie Gemma ihren Mitschülern naseweis einen Vortrag über die Erkenntnisse ihres Vaters gehalten hatte. Das Schlimme war nur, dass dieser Landvermesser vermutlich recht hatte.

»Und diese Frau stammt aus Middlesbrough, sagt Gemma. Ihr Vater kennt sie aus dem Rathaus.«

»Tatsächlich?« Jetzt wurde Sam doch neugierig. Es war natürlich nicht in Ordnung, seine Tochter weiter auszufragen, obwohl er sie doch eigentlich von diesem Vorfall fernhalten wollte, aber andererseits war das Kind ohnehin in den Brunnen gefallen.

»Und was hat sie dort gearbeitet?«

Lilly hob die Schultern. »Das wusste Gemmas Vater nicht.«

Sam nickte. Das passte zu so einem wie Gemmas Vater. Gerüchte verbreiten, aber keine Fakten kennen.

»Daddy?«

»Hm?«

»Ich hab bei Laura zwei Tiefkühlpizzen gekauft. Kannst du sie schnell warm machen, und wir essen dann hier bei Foxy?«

»Bei wem?«

Lilly sah ihn an und rollte mit den Augen.

»Ich wusste nicht, dass der Hund Foxy heißt«, sagte Sam entschuldigend.

»Das weiß ich auch nicht, aber ich nenne ihn jetzt so, damit wir nicht immer ›der Hund‹ sagen müssen.«

»Ach so.«

»Also könntest du die Pizza kurz in den Ofen schieben? Ich habe Hunger.«

Sam atmete aus. Möglicherweise war seine Tochter dabei, sich zu einer starken Persönlichkeit zu entwickeln. Gnade dem Mann, der sie einmal zur Frau bekam.

»Natürlich.« Er nahm den Ranzen auf, den Lilly in den Türrahmen gestellt hatte. »Bin gleich zurück.«

Einen Moment betrachtete er die Szene. Neben Lilly, die sich intensiv mit dem Hund – Foxy – befasste, saß an ihr Bein geschmiegt Boss, und alle drei machten einen zufriedenen Eindruck. Offenbar störte er hier nur, und er hatte ja ohnehin etwas zu tun. Pizza auftauen.

***

Penelope schob die Tür zum Golden Horse mit der rechten Hand auf. Unter dem linken Arm klemmte die Zeitung, in der Hand hielt sie das Brot.

»Mrs Sunshine. Welche Ehre«, begrüßte Luke sie.

»Guten Tag, Luke.« Penelope sah sich um. Dorian saß an einem Fenstertisch in der Ecke und hob verunsichert die Hand, um sie gleich wieder zurückzuziehen. Hoffentlich hielt er das Ganze hier nicht für ein Date. »Was gibt es heute Mittag zu essen?«, fragte sie Luke.

»Shepherd's Pie.« Luke warf sich ein Geschirrhandtuch über die Schulter. »Musste schnell gehen«, entschuldigte er sich.

»Einen Salat haben Sie wohl nicht?«

Luke grinste von einem Ohr zum anderen. »Meinen Sie das ernst?«

Penelope winkte ab. »Vergessen Sie's. Ich nehme eine Kinderportion vom Pie.« Sie ging zu Dorian hinüber und legte Zeitung und Buch auf dem Tisch ab. »Hallo.«

»Hallo.« Dorian fuhr sich mit der Hand in den Nacken.

»Ist alles in Ordnung?« Penelope setzte sich.

»Äh, Mrs St. James …«

Penelope hob die Hand. »Dorian, machen Sie sich keine Sorgen. Ich habe Ihnen einen Vorschlag für eine Geschäftsidee zu machen.« Es irritierte sie, dass er einen beinahe erleichterten Eindruck machte. Sie hob fragend die Augenbraue.

»Es ist nur so …« Dorian griff nach dem Salzstreuer, der umkippte und einen Teil seines Inhalts über das karierte Tischtuch verstreute. »Scheiße!«

Penelope legte ihre Hand auf seine. »Dorian, bitte beruhigen Sie sich. Das hier ist ein Geschäftsessen. An Ihnen habe ich kein Interesse.« Sie zog ihre Hand zurück. »Also, nicht in so einem Sinne, wenn Sie verstehen, was ich meine. Ich wollte Sie nicht verletzen.«

»Das ist schon in Ordnung. Ich wollte vermeiden, dass es zwischen uns ein Missverständnis gibt.«

»Sehr gute Idee. Also, dann können wir zum Punkt kommen.«

Dorian grinste. »Gute Idee.«

»Ich nehme an, Sie kennen Earl Blackmore?«

»Klar. Wer kennt ihn und seinen eitlen Pfau Erwin nicht.«

»Der Earl möchte gern Führungen im Schloss veranstalten. Also, es werden schon welche gemacht, aber er hat offenbar den Eindruck, dass sie etwas anregender gestaltet werden könnten. Ich glaube, derjenige, der die Führungen im Augenblick macht, heißt Leonard.«

Auf Dorians Gesicht zeigte sich ein erleichtertes Lächeln. Offenbar entspannte er sich jetzt, wo er wusste, worum es ging. »Leonard weiß eine Menge, aber er kann sein Wissen nicht vermitteln. Es war spannender, das Telefonbuch zu lesen als eine Stunde Geschichtsunterricht bei ihm zu haben.«

»Er hat hier unterrichtet?«

»Ja, an der Mittelschule. Er wusste einfach alles.«

Luke stellte zwei Keramikschalen mit dem Shepherd's Pie vor sie auf den Tisch. Penelope war sich sicher, dass üblicherweise kein Petersilienstängel auf dem Gericht prangte. Vielleicht hatte Luke das Bedürfnis, ein bisschen Glanz in seinen Laden zu bringen.

»Danke, das riecht lecker«, lobte Penelope das Gericht.

Dorian schnupperte. »Das ist ordinärer Shepherd's Pie. Kein Gourmetgericht.«

Luke gab dem Briefträger einen spielerischen Schlag in den Nacken.

Nachdem er wieder hinter seinen Tresen zurückgekehrt war, stachen Penelope und Dorian ihre Gabeln in ihre Pastete. Tatsächlich schmeckte sie gar nicht mal schlecht.

»Also, dieser Leonard hat ein umfassendes Wissen, und Sie sind ein guter Redner.«

Dorian winkte ab, aber Penelope schüttelte den Kopf. »Nein, nein, Sie sind gut! Sie haben die Gemeindeversammlung hier sehr souverän geleitet und es sogar geschafft, mich dazu zu verdonnern, den Ackerwindentäter zu suchen.« Sie nickte ihm zu. »Sie haben mich ziemlich gut reingelegt.«

»Reingelegt, ich weiß nicht.« Dorian wiegte den Kopf. »Ich habe Sie von der Notwendigkeit überzeugt, diesen Fall aufzuklären.«

»Einverstanden. Also, es würde Ihnen doch gewiss gelingen, diese trockene Materie in eine spannende Führung zu verwandeln, oder?«

Dorian zuckte mit den Schultern. »Ja, vermutlich.« Er kniff die Augen zusammen. »Meinen Sie?«

»Ja, das meine ich. Hätten Sie Lust dazu? Auf keinen Fall möchte ich mich in diese Führungen hineindrängen, aber offenbar fehlt Leonard das gewisse Etwas, um die Teilnehmer zu fesseln. Vielleicht könnte er das Hintergrundwissen bieten und Sie seinen Vortrag etwas entstauben.«

»Klingt nicht schlecht. Aber warum interessieren Sie sich dafür?«

Penelope hob die Schultern. »Dem Earl wäre damit gedient, und vielleicht liegt es einfach in meiner Natur, Menschen zusammenzuführen und Dinge zu optimieren. Für die Menschen sind persönliche Geschichten, insbesondere von Menschen aus der Umgebung, interessant. Vielleicht gelingt es Ihnen beiden, geschichtliche Fakten mit Persönlichem aufzupeppen.«

Dorian aß eine Weile mit Genuss weiter. »Nur mal so für mich zum besseren Verständnis: Wohin führt das Ganze?«

Penelope legte ihre Gabel ab. »Das Ganze führt zum Erhalt von Blackmore Manor und möglicherweise auch dazu, dass bei Ihnen brachliegende Talente gefördert werden.«

»Aha? Und welche wären das?«

Penelope steckte ein weiteres Stück Pastete ab. »Meiner Meinung nach verfügen Sie über eine unterhaltsame Ader. Und Sie haben etwas an sich, das die Menschen fesselt.«

Es war Dorian anzusehen, dass er allmählich Gefallen an dem Plan fand.

»Wir müssen nur unbedingt dafür sorgen, dass Leonard sich nicht überfahren und hinausgedrängt fühlt. Deshalb ist es wichtig, dass wir uns einen guten Plan überlegen.«

Nachdenklich kaute Penelope eine Weile und sah aus dem Fenster.

»Hm. Ich werde drüber nachdenken.« Dorian nahm die Serviette zur Hand und wischte sich den Mund ab.

Penelope tippte sich mit der Gabel gegen die Lippen. »Erst gibt es eine Führung, vielleicht etwa eine Stunde, anschließend eine kleine Pause mit Snacks und Getränken, und dann folgt zum Abschluss eine Lesung. Wir könnten verschiedene Themenabende anbieten.«

»Puh.« Dorian lehnte sich zurück. »Das klingt nach einer Menge Arbeit.«

»Da Sie mir gesagt haben, dass Sie immer mittags mit Ihrer Arbeit fertig sind, dürfte es kein Problem für Sie sein, sich ein Konzept auszudenken.«

Dorian grinste. »Jetzt haben Sie aber mich reingelegt.«

Penelope sah ihn ganz ruhig an.

»Nicht schlecht«, fuhr Dorian fort. »Ich persönlich glaube ja nicht, dass Sie eine Detektei aufgemacht haben. Sie machen eher so etwas, wo Sie die Leute verkuppeln.«

»Der Golden Sunshine and Luxury Club ist eine gehobene Partnervermittlungsagentur«, entgegnete Penelope würdevoll. »Es geht um das Zusammenbringen von Menschen mit denselben Ansichten und Interessen. Verkuppeln klingt, als würde man zwei Bahnwaggons aneinanderhängen.«

»Alles klar«, sagte Dorian. »Wie auch immer. Die Sache interessiert mich.« Er gab Luke ein Zeichen, aber Penelope winkte ab.

»Sie sind eingeladen.«

Dorian stand auf und nahm seine Uniformjacke von der Rückenlehne seines Stuhls. »Sie entschuldigen mich? Ich habe eine Menge zu tun.«

»Sehr gern.« Penelope wollte sich dem Rest ihrer Pastete widmen, als Luke an ihren Tisch trat.

»Was haben Sie mit dem armen Dorian gemacht? Ihn in die Flucht geschlagen?«

»Er hat nur etwas Dringendes zu erledigen. Kann ich dann zahlen?«

»Selbstverständlich.« Luke stellte die benutzten Keramikschalen zusammen und schlug die von Dorian verstreuten Salzkörner mit dem Geschirrhandtuch vom Tisch.

»Und sagen Sie, Luke. Gibt es hier in Shaftesbury jemanden, der sich besonders gut mit historischen Romanen und Krimis auskennt?«, fragte Penelope, während sie ihr Portemonnaie aus der Handtasche nahm.

»Man kann uns Bewohnern von Shaftesbury eine Menge nachsagen, Mrs St. James, aber Unbelesenheit gehört nicht dazu. Wir haben hier einen Buchclub, der – wie es der Zufall will – jeden Montagabend tagt, also auch heute.«

Penelope sah auf. »Tatsächlich. Und dieser Buchclub, wo trifft er sich?«

»Bei Mrs Winterbottom«, antwortete Luke und nahm ihr Geld entgegen. »Hinter der Kirche die Straße hoch. Also nicht weit von Ihnen.«

Penelope zog den Reißverschluss ihrer Tasche zu und erhob sich. »Ist es nicht schön, wie sich die Dinge manchmal fügen?«

Luke grinste. »Viel Spaß heute Abend im Buchclub.«

Penelope blieb dicht vor ihm stehen. »Viel Spaß heute Abend im Restaurant in Little Magnolia.«

»Oh Mann, hier bleibt aber auch nichts geheim.«

Penelope grinste. »Man kann den Bewohnern von Shaftesbury eine Menge nachsagen, aber zu wenig Mitteilsamkeit gehört nicht dazu.« Sie ließ ihn stehen und ging nach draußen.

***

Die Pizza aßen Lilly und Sam im Personalraum der Praxis. Sam ignorierte, dass hin und wieder ein Stück mit Käse und Salami von Lillys Teller den Weg in Boss' Maul fand. Den Nachmittag verbrachte Sam dann damit, einem Chinchilla die Zähne zu kürzen, zwei Kater zu kastrieren und die Bissverletzung am Hinterlauf eines Hundes zu versorgen – und darüber hinwegzusehen, dass Lilly ihre Hausaufgaben im Behandlungsraum in Sichtweite der Sauerstoffbox machte. Er hätte es ohnehin nicht verhindern können, und so ersparte er sich endlose Diskussionen. Und versagte wieder einmal auf ganzer Linie bei der Erziehung seiner Tochter.

Er desinfizierte eben die Bisswunde von Mrs Childs Beagle Troy, als Heather ins Behandlungszimmer hereinsah.

»Dr. Bower?«

»Hm.« Der Beagle lag flach auf dem Behandlungstisch, die schlabbrigen Ohren neben sich auf der metallenen Tischoberfläche ausgebreitet. Sam hatte Mrs Child vorgeschlagen, Troy eine kleine Betäubungsspritze zu verabreichen, aber die resolute Frau hatte abgewunken. Troy sei nicht sehr empfindlich, hatte sie festgestellt. Tatsächlich hatte sie die Wunde nur durch Zufall entdeckt, nicht weil der Hund irgendwelche Beeinträchtigungen gezeigt hätte. »Was gibt's?«

»Ich habe in Middlesbrough angerufen. Wegen des Hundes.«

»Foxy«, sagte Sam automatisch.

Heather runzelte die Stirn. »Man sagte mir dort, dass der Hund Holmes heißt.«

Sam seufzte. Er hatte vielleicht eine Diskussion mit Lilly über die Umstände ihrer Hausaufgaben vermieden, jetzt stand ihm eine andere über das Schicksal des Hundes ins Haus. Natürlich würde jemand Anspruch auf das verletzte Tier erheben. »Und?« Er sah auf.

»Ich habe mit einer Kollegin der Toten gesprochen. Sie sagt, die tote Frau hätte mit ihrem Vater zusammengelebt. Ich habe die Adresse aufgeschrieben.«

»Danke, Heather. Ich kümmere mich später darum.«

Sie schloss die Tür.

Sam erwartete, dass Mrs Child sich danach erkundigte, von wem die Rede war, aber sie schwieg. Der Beagle ließ die Behandlung gelassen über sich ergehen. Vermutlich konnte sich der ein oder andere Mensch von seiner Gelassenheit eine Scheibe abschneiden. Mrs

Child bezahlte die Behandlung in bar bei Heather und trug dann Troy zur Tür hinaus.

Sam drückte sich noch eine Weile an der Rezeption herum und schob einige Patientenkarten hin und her, dann fasste er sich ein Herz.

Lilly lag der Länge nach auf einem Behandlungstisch, hatte die Ellenbogen aufgestützt und las Foxy aus einem ihrer Aufsätze vor.

Er strich ihr über den Kopf. »Hi Liebes.«

»Hi Dad.«

»Wie geht es Foxy?« Sam öffnete die Tür der Sauerstoffbox. Der Hund schaffte es inzwischen, sich mit einiger Mühe aufzusetzen. »Besser«, beantwortete er seine Frage selbst.

»Ja, ich habe eine Geschichte über einen verletzten Hund geschrieben, der von einem Tierarzt behandelt wird und dem es dann besser geht.«

Sam schloss für einen Augenblick die Augen und kraulte die Ohren des Hundes. »Das ist schön, Liebes.«

Er schloss die Tür der Box und wandte sich zu Lilly um. »Heather hat ein bisschen herumtelefoniert. Diese Frau, die auf der Straße gefunden wurde, hat einen Vater. Heather hat mir die Anschrift gegeben.«

Lilly klappte ihr Heft zu. »Du meinst, wir müssen ihn erst fragen, ob wir Foxy behalten dürfen?«

O Mann, das war alles viel schlimmer als befürchtet. »Nun, ich meine, wir müssen Foxy zurückbringen.«

Lilly verzog das Gesicht. Dann seufzte sie aus tiefster Seele.

»Okay.« Sie drehte sich auf die Seite und rutschte vom Behandlungstisch. »Dann müssen wir das wohl machen.«

Es brach ihm das Herz. »Wir fahren erst mal hin und sehen uns um.« Vielleicht war man dort auch froh, wenn man nach dem Tod der Frau nicht auch noch einen verletzten Hund an der Backe hatte.

»Vielleicht sind die da auch froh, wenn die nicht auch noch einen verletzten Hund an der Backe haben.« Lilly stopfte ihr Heft in den Ranzen. »Jetzt, wo sein Frauchen tot ist.«

Manchmal beunruhigte ihn dieses Kind.

Wenig später saßen sie in seinem Jeep. Lilly angeschnallt auf der Rückbank, so wie es sich gehörte. Als sie in die Straße nach Middlesbrough einbogen und kurz vor der Brücke waren, verringerte Sam das Tempo. Die Bilder der toten Frau und des verletzten Hundes tauchten vor seinem inneren Auge auf. Und das Bild der verunsicherten Penelope.

»Hast du Foxy hier gefunden?«

»Hm.«

»Wo lag er denn?« Lilly streckte sich und sah aus dem Seitenfenster.

»Gefunden hat ihn ja eigentlich Penelope. Und er lag dort unten am Ufer. Vermutlich hat er sich nach dem Unfall dorthin geschleppt.«

»Der Arme. Von wo kam denn eigentlich das Auto?«

Gute Frage. »Ich hab keine Ahnung.« Sam hielt den Wagen an. »Allerdings wurde der Hund wohl als Erstes von dem Auto erfasst. Und die Frau stammte aus Middlesbrough. Deshalb glaube ich, dass der Fahrer aus Shaftesbury kam.«

»Dann muss es jemand aus Shaftesbury gewesen sein«, stellte Lilly fest.

»Lilly?«

»Hm?«

»Du sollst dir doch keine Gedanken über diesen Unfall machen.«

»Mach ich ja auch gar nicht.«

Es gab Antworten, zu denen man besser schwieg.

»Es könnte natürlich auch so gewesen sein, dass nur jemand durch Shaftesbury gefahren ist. Auf dem Weg nach Middlesbrough«, stellte Lilly fest.

Sam legte den Gang ein und fuhr los. »Guck mal, da hinten grasen Pferde.«

»Seh ich. Dieser Unfall ist doch am Sonntagvormittag gewesen.«

Sam atmete sehr schwer aus.

»Als die Gemeindeversammlung im Golden Horse war.«

»Lilly …«

»Ja, die Schafe seh ich auch. Wir müssten eine Liste von allen machen, die auf der Gemeindeversammlung waren. Und dann gucken wir, wer fehlte. Und dann überlegen wir, wer von denen, die fehlten, der Täter sein könnte.«

Er stoppte den Wagen und drehte sich zu seiner Tochter um. »Ich meine es ernst, Lilly. Das hier ist eine Sache für die Polizei, und wir befassen uns nicht damit.«

»Okay.«

Seine Tochter hatte den Bogen wirklich raus. Sie wussten beide, dass diese Zustimmung lediglich ein Lippenbekenntnis war. Sie schwiegen, bis Sam den Wagen vor einem kleinen Cottage am Rande von Middlesbrough parkte. Das aus grobem Stein errichtete Haus wirkte ein wenig heruntergekommen, der Vorgarten hatte schon lange keinen Gärtner mehr gesehen und wies Ähnlichkeit mit dem von Penelope auf. Lilly öffnete die Wagentür und rutschte auf den Fußweg.

»Na, hier sieht's aber aus«, stellte sie fest.

Sam stieg ebenfalls aus und schloss die Fahrertür. »Ja, hier könnte wirklich mal etwas gemacht werden.«

Er fasste Lillys Hand und ging zur Eingangstür. In den Ritzen zwischen den Steinen, mit denen der Weg ausgelegt war, wuchs Gras, die Rosen auf dem Beet, das die Rasenfläche begrenzte, waren verblüht. Sam betätigte den Türklopfer, und dann warteten sie.

»Es ist keiner da«, stellte Lilly fest und wirkte ein wenig zu erleichtert über diesen Umstand.

Aber aus dem Innern des Hauses waren tatsächlich keine Geräusche zu hören. Keine Schritte, kein Knarren von Holz und auch kein Klirren von Geschirr.

»Wir könnten ums Haus herumgehen und in die Fenster sehen«, schlug Lilly vor.

»Wir könnten auch wieder nach Hause fahren.« Sam hatte eigentlich erwartet, dass ihr dieser Vorschlag gefallen würde, weil damit jetzt und hier keine Entscheidung hinsichtlich Foxy alias Holmes gefällt werden musste. »Man sieht nämlich nicht in fremder Leute Fenster.«

»Außer bei Penelope. Aber die ist ja auch nicht fremd.«

Sam schüttelte den Kopf. »Na, komm. Wir fahren nach Hause.«

Ein roter Kleinwagen bog um die Ecke und hielt genau vor der offen stehenden Pforte. Eine Frau in den Fünfzigern stieg aus und schlug die Tür mit Schwung zu.

»Hallo«, rief sie. »Wollen Sie zu Henk?«

Auf der Seite ihres Wagens war die Aufschrift eines Pflegedienstes angebracht. Sam ging der Frau ein paar Schritte entgegen, aber sie eilte bereits auf das Haus zu.

»Ich bin Sam Bower, und das ist meine Tochter Lilly. Ich habe den Hund von Mrs Oliver behandelt.«

Die Frau blieb auf Sams Höhe stehen. »Ah, das ist gut. Wissen Sie, Mr Oliver geht es nicht besonders gut, und ich weiß ehrlich gesagt nicht, wie er sich jetzt auch noch um einen Hund kümmern soll.«

Sam ignorierte, dass Lilly bei diesen Worten den Druck ihrer kleinen Hand verstärkte.

»Ah, ich verstehe. Meinen Sie, wir könnten kurz mit ihm darüber sprechen?«

»Natürlich. Kommen Sie.« Die Frau öffnete die Haustür. »Hallo Henk, ich bringe Besuch mit.« Es roch nicht besonders gut in dem kleinen Häuschen, und Sam spürte, dass Lilly zögerte. Die Frage, ob sie lieber im Wagen warten wollte, verkniff er sich trotzdem. Er kannte die Antwort ohnehin.

»Pat«, vernahm Sam eine brüchige Stimme. Sie gehörte einem alten Mann in einem Rollstuhl. Er trug eine Jogginghose und ein fleckiges Poloshirt.

»Da bin ich.« Pat ging zu ihm. »Das ist Dr. Bower. Er kümmert sich um Holmes. Vielleicht wollen Sie kurz mit ihm sprechen, während ich das Abendessen zubereite.« Mit der Effizienz einer geübten Pflegekraft sammelte sie einige schmutzige Teller und Tassen ein. »Und dann müssen wir noch Ihren Blutdruck messen. Der hat mir gestern überhaupt nicht gefallen.«

Henk Oliver winkte ab. Er hatte dünne Arme, an denen der Stoff des Shirts herumschlabberte.

»Guten Tag, Mr Oliver.« Sam gab ihm die Hand. »Ich bin Sam Bower, und das ist meine Tochter Lilly. Unser herzliches Beileid zum Tod Ihrer Tochter.«

Der alte Mann begrüßte auch Lilly und tätschelte ihre kleine Kinderhand. »Ein liebes Mädchen. Bitte setzen Sie sich.«

Sam nahm auf einem Sofa Platz, Lilly schien in seiner Nähe bleiben zu wollen und drückte sich an die Seitenlehne des Sofas.

»Mr Oliver, was mit Ihrer Tochter passiert ist, tut uns sehr leid.«

Der alte Mann rieb sich über die Augen. »Ja, das ist schlimm. Jemanden zu überfahren und dann einfach weiterzufahren, ist ein schreckliches Verbrechen.« Er nahm die Hand herunter und warf Lilly einen Blick zu. »Aber das ist kein Thema, das vor einem kleinen Mädchen erörtert werden sollte.«

Sam nickte und nahm Lillys Hand. Er fragte sich, ob Henk Oliver wirklich nicht wusste, dass es sich nicht einfach nur um einen Verkehrsunfall mit Todesfolge gehandelt hatte oder ob die Polizei ihm die Ermittlungsergebnisse bisher verschwiegen hatte.

»Mr Oliver, bei dem Unfall wurde auch der Hund Ihrer Tochter schwer verletzt. Sein Hinterlauf ist gebrochen, aber ich konnte das operieren. Im Augenblick befindet er sich auf dem Weg der Besserung.«

»Er war Maureens Ein und Alles. Seit ihrer Scheidung hatte sie nur noch den Hund. Und mich.«

Pat rauschte herein. Sie klappte ein Tischchen an dem Rollstuhl aus und stellte einen Teller mit Schnittchen darauf. »Ich bin ein bisschen spät dran, deshalb müssen Sie heute gleichzeitig essen und sprechen.« Sie eilte noch einmal in die Küche und kehrte mit einem Becher Tee zurück. Vermutlich hatte Henk Oliver den ganzen Tag lang nichts zu tun, und die Mahlzeiten, die eine Unterbrechung eines eintönigen Tages bieten konnten, mussten dann in aller Eile eingenommen werden.

»Wenn wir stören, kommen wir gern ein andermal wieder«, sagte Sam.

»Nein, bitte bleiben Sie. Vielleicht können Sie mir mit dem Hund helfen. Ich kann ihn nicht hierbehalten.«

»Das ist kein Problem.« Lilly zog ihre Hand aus Sams und ging zu dem Rollstuhl hinüber. »Er kann bei uns bleiben.«

Mr Oliver lächelte sie an. »Tatsächlich. Bist du sicher, dass das auch die Meinung deines Vaters ist?«

Lilly nickte. Sie nahm die Serviette von dem Tisch und steckte sie in den Polokragen des alten Mannes. »Du musst die Serviette hier oben reinstecken, dann macht es nichts, wenn du kleckerst.«

»Danke.« Henk Oliver griff nach einem Stück Brot.

»Lilly hat recht, Mr Oliver. Foxy, äh … Ich meine Holmes kann bei uns bleiben.«

»Machen Sie das mit allen Tieren, die Sie behandeln?«, fragte der alte Mann kauend.

Sam grinste. »Nicht bei allen.«

»Verstehe. Diese kleine Dame hat vermutlich ein Wort mitzureden. So war meine Maureen auch einmal. Sie wusste sehr genau, wo es langgeht, und hat ihren Dickkopf durchgesetzt.«

Lilly ging zu einer Kommode hinüber, auf der ein Rahmen mit dem Foto einer jungen Frau stand. »Ist sie das?«

»Ja, da war sie gerade zwanzig geworden. Vier Jahre später hat sie geheiratet.«

»Und dann?«, fragte Lilly.

»Dann ist sie ausgezogen und hat mit ihrem Mann zusammengelebt. Ich glaube, sie waren nicht besonders glücklich. Maureen wollte immer gern Kinder haben, aber sie hat keine bekommen. Na ja, und dann hat ihr Mann eine andere Frau kennengelernt und sie verlassen.« Er nahm noch ein Stück Brot. »Der Begriff ›verlassen‹ ist in diesem Zusammenhang etwas irreführend. Er hat das Haus bekommen. Maureen ist dann wieder hier eingezogen.«

»Hast du dich nicht gefreut?«, fragte Lilly und drehte den Teebecher so, dass der Mann den Griff leichter ergreifen konnte.

»Ich glaube, du bist ein ziemlich kluges Mädchen für dein Alter. Aber vielleicht weißt du auch, dass sich Menschen verändern, wenn sie älter werden.«

»Das weiß ich«, stellte Lilly mit beängstigender Vehemenz fest. »Dad war früher viel fröhlicher, aber da hat meine Mum auch noch gelebt.«

Henk Oliver warf Sam einen verständnisvollen Blick zu. »Sie haben auch einen Menschen verloren, den Sie liebten«, stellte er fest. »Maureen war nicht mehr das fröhliche junge Mädchen von früher. Diese Ehe hat sie etwas bitter werden lassen. Aber natürlich war es eine schöne Sache, sie hier zu haben. Ich war sehr einsam, bis sie hier einzog. Jetzt ist das hier nichts mehr für mich allein. Ich werde in ein Pflegeheim umziehen müssen.«

»Und da kannst du deinen Hund ohnehin nicht mitnehmen.«

»Nein, Lilly, das kann ich nicht. Würdest du dich um ihn kümmern?«

»Klaro. Nicht wahr, Dad?«

»Natürlich.« Sam verspürte den dringenden Wunsch nach einem Drink. Dieses Haus atmete so viel Einsamkeit, das ihm schwer ums Herz wurde. Vielleicht musste er sein Leben einfach mehr wertschätzen. Er hatte Lilly, einen Beruf, den er liebte, und dann hatte er seit kurzem das Gefühl, sich zu verlieben. »Wir werden uns um Holmes kümmern. Können wir sonst noch etwas für Sie tun, Mr Oliver?«

»Vielleicht haben Sie mal Lust, mich in meiner neuen Umgebung zu besuchen, sobald ich einen Heimplatz gefunden habe.«

»Das machen wir. Wir schicken dir auch ein Foto von Holmes.«

Mr Oliver strich Lilly über die Wange. »Das wäre schön. Dein Vater ist sicher glücklich darüber, dass er dich hat.«

»Bin ich«, bestätigte Sam und stand auf.

Pat stand in der Wohnzimmertür, und es war offensichtlich, dass sie hier den üblichen Ablauf störten. »Wir müssen jetzt gehen. Machen Sie es gut, Mr Oliver.« Sam legte seine Visitenkarte auf das Tischchen des Rollstuhls. »Das ist meine Adresse.«

»Auf Wiedersehen. Und ich danke Ihnen dafür, dass Sie sich um Holmes kümmern.«

Sam nickte ihm zu, verabschiedete sich von Pat und schob Lilly zur Tür hinaus.

»Oh Mann, der ist aber ziemlich traurig«, stellte Lilly fest, bevor sie in den Wagen kletterte.

»Ja«, stellte Sam mit Blick auf das Cottage fest. »Das ist er.«

***

Es war ein milder Abend, aber ein Blick an den Himmel zeigte Penelope, dass Wolken aufzogen. Nach einer guten Woche mit schönstem Sommerwetter würde sie Shaftesbury morgen vielleicht einmal bei Regen erleben. Sie überquerte die Main Road und ging zur Kirche hoch. Sie hatte sich nicht angekündigt und hoffte, dass die Mitglieder des Buchclubs ihr das überraschende Auftauchen nicht übelnehmen würden. Penelope hatte keine Lust gehabt, ihren Besuch anzumelden. Es war ihr zu kompliziert erschienen, ihr Ansinnen am Telefon zu erläutern. Mrs Winterbottom lebte in einem herzigen kleinen Cottage, an dem Efeu emporrankte. Im Vorgarten blühten alle Arten von Blumen hinter einem Lattenzaun, und an der grün gestrichenen Haustür prangte ein Messingschild mit der Aufschrift *Lydia Winterbottom.* Penelope betätigte den Türklopfer.

Eine nicht besonders große rundliche Frau in einem geblümten Kleid öffnete ihr. Das graue Haar war im Nacken eingeschlagen, und an ihren Ohrläppchen baumelten wunderschöne Granatanhänger.

»Ja, bitte?«

»Mrs Winterbottom?« Penelope streckte der alten Dame die Hand entgegen. »Ich bin Penelope St. James.«

»Mrs St. James.« Das klang zumindest erfreut. Und als die alte Dame ihre Hand ergriff und die andere obenauf legte, wusste Penelope, dass es auch nicht nötig gewesen war, vorher anzurufen. »Kommen Sie doch bitte herein.«

»Es tut mir wirklich leid, dass ich unangemeldet bei Ihnen auftauche«, entschuldigte sie sich, als sie in einem winzigen Flur standen. Aus dem Wohnzimmer war das Schnattern mehrerer Frauen zu hören, und in der Tür erschien eine schwarze Perserkatze, die ihre Wange am Türrahmen rieb.

»Geronimo, husch«, machte Mrs Winterbottom, und der Kater verschwand in der Küche.

»Also, meine Liebe, machen Sie uns die Ehre und nehmen an unserem Clubabend teil?« Mrs Winterbottom rieb sich die Hände.

»Wenn ich darf, sehr gern. Es ist mir ein bisschen unangenehm, dass ich hier einfach so auftauche, aber ich habe heute Mittag erst davon erfahren, dass Sie immer montags Ihre Treffen haben. Und ich würde gern etwas mit Ihnen besprechen.«

Die alte Dame klatschte in die Hände. »Das klingt wundervoll, meine Liebe. Ich bin schon ganz gespannt. Wollen Sie uns einen Roman vorstellen?« Sie kam näher. »Vielleicht sogar etwas selbst Geschriebenes?«

Penelope winkte ab. »Um Gottes willen, Sie würden nicht lesen wollen, was ich geschrieben habe. Nein, es geht um etwas anderes.«

»Entzückend. Ich platze vor Neugier.« Sie deutete auf die Wohnzimmertür. »Bitte kommen Sie herein.«

Auf zwei cremefarbenen Sofas, die einander gegenübergestellt waren und deren Blumenmuster dem von Mrs Winterbottoms Kleid ähnelte, saßen insgesamt acht Damen, die bei Penelopes Eintreten zu sprechen aufhörten und aufsahen.

»Guten Abend«, grüßte Penelope in die Runde.

»Meine Lieben«, sagte Mrs Winterbottom. »Wir haben einen Überraschungsgast.«

Penelope machte eine beschwichtigende Geste. Auf keinen Fall wollte sie hier im Mittelpunkt stehen. »Bitte, lassen Sie sich von mir nicht stören.«

»Oh, meine Liebe. Sie bringen solchen Glanz in unsere Runde.« Mrs Winterbottom brachte ihr einen Stuhl. »Bitte setzen Sie sich.« Sie holte eine weitere Teetasse aus dem Schränkchen neben dem Fenster und schenkte Penelope Tee ein, während sie die Damen vorstellte. Penelope konnte sich die vielen Namen und Gesichter so schnell nicht merken. An einer Frau allerdings blieb ihr Blick hängen. Sie war einigermaßen überrascht, Sarah, die Haushälterin von Blackmore Manor, hier zu entdecken, aber möglicherweise bot sich damit auch die Chance für einen besseren Einstieg. Sarah nickte ihr freundlich zu. Ihre Anwesenheit machte Penelopes Vorhaben nicht leichter. Schließlich befand sie sich noch in der Planungsphase oder genau genommen beim Brainstorming. Earl Blackmore wollte sie mit ihren Plänen in dieser Phase noch gar nicht behelligen, allerdings war jetzt die Frage, ob seine Haushälterin ihr einen Strich durch die Rechnung machen würde. Wenn sie eine loyale Angestellte war, war das durchaus möglich. Wie auch immer, sie sollte erst einmal abwarten, wie sich die Sache entwickelte.

Penelope bemerkte, dass die Damenrunde sie abwartend ansah. Sie räusperte sich. »Vielen Dank, dass Sie mich hier anhören.«

Eine der Damen reichte ihr einen Teller mit Schnittchen. Schinken mit Gürkchen. Penelope lehnte ab. »Im Augenblick nicht. Vielen Dank.« Sie ließ den Blick über die Gesichter der wartenden Frauen schweifen. »Was ich sagen wollte: Ich habe gehört, dass Sie sich montags zu einem Literaturclub treffen.«

Die Damen nickten, eine hob die Teekanne an. »Noch ein Schluck Tee?«

»Jetzt nicht. Danke. Haben Sie vielleicht auch Kontakt zu den Autoren? Und zwar solchen, die auch Lesungen durchführen?«

»Selbstverständlich«, meldete sich Mrs Winterbottom zu Wort. »Zuletzt war die wunderbare Deliah Davis bei uns. Sie schreibt ganz entzückende Liebesromane.«

Kollektives Nicken.

»Und dann die herrliche Julie Miller. Ihre Mystery-Romane sind eine gelungene Mischung aus Spannung und Romantik.«

»Schön«, erwiderte Penelope. »Und wie sieht es denn mit Kriminalschriftstellern aus?«

Mrs Winterbottom beugte sich zu ihr vor. »Aber natürlich.« Sie deutete auf eine Frau mit perfekter Dauerwelle in den grauen Haaren. »Unsere Edith hier ist Spezialistin auf diesem Gebiet. Sie liest praktisch rund um die Uhr Krimis, und ihr Blog ist legendär.«

Diese Mitteilung irritierte Penelope. Ein Blog war doch nur mit einer Internetverbindung möglich. Es sei denn, Penelope hatte sich verhört, und diese Edith schrieb etwas in der Dorfzeitung.

Mrs Winterbottom wandte sich an die grauhaarige Lady. »Du hattest doch zuletzt diesen blutrünstigen Thriller auf dem Nachttisch. Wie hieß noch der Autor? Tim oder Jim Stanley?«

Ediths Augen leuchteten. »Tom Stanneck. Und er hat zuletzt einen Roman veröffentlicht, in dem in einem Schloss grauenvolle Morde an den Teilnehmern einer Führung verübt werden. ›Nachts im Schloss‹ heißt er. Ein Teilnehmer der Führung nach dem anderen wird verdächtigt, fällt dann aber als Tatverdächtiger aus, weil er auch ermordet wird. Als schließlich kaum noch jemand übrig ist, kann der letzte Teilnehmer das Rätsel lösen.«

Alle Augen waren gebannt auf Edith gerichtet. Die sah entspannt in die Runde.

»Edith!« Rief Mrs Winterbottom schließlich. »Nun spann uns doch nicht länger auf die Folter. Wer war es?«

»Na, die Haushälterin.«

»Uh«, machte Sarah.

»Das ist ja wunderbar!«, rief Penelope aus, und zog damit die Aufmerksamkeit auf sich. »Ich meine, das klingt wirklich interessant«, fügte sie etwas leiser hinzu.

»Allerdings«, meldete sich eine der Damen zu Wort. »Welche Tötungsarten kommen denn in dem Roman vor?«

»Na ja, einer wird mit dem Kerzenleuchter erschlagen, einer stürzt von der Galerie, und einer wird unter einer schweren Rüstung begraben«, erklärte Edith.

»Herrlich!« Penelope war begeistert. »Das ist genau das, was ich suche.«

»Tatsächlich?« Mrs Winterbottom rieb sich die Hände. »Wollen Sie einen Film drehen?«

»Ach!«, rief eine der Damen. »Dann haben Sie eine Filmproduktion aufgemacht? Ich hab mich schon gefragt, wer so eine bunte Leuchtreklame anbringt. So was kennen wir in Shaftesbury sonst gar nicht.«

Penelope atmete aus. »Nein, das ist keine Filmproduktion«, stellte sie klar. »Es handelt sich um eine Partnervermittlung der gehobenen Art. Aber um noch mal auf diesen Roman zurückzukommen.« Sie wandte sich an Edith. »Haben Sie Kontakt zu dem Schriftsteller?«

Edith bekam rote Wangen. »Nun, ich habe den Roman in meinem Blog besprochen und ihn auf mehreren Portalen rezensiert. Daraufhin hat sich Tom Stanneck persönlich bei mir bedankt.« Sie plierte mit den Augen wie ein verliebter Backfisch. »Ich würde zu gern mal an einer Lesung von ihm teilnehmen, aber damit hält er sich ausgesprochen bedeckt.«

»Ich kann mir nichts Schöneres vorstellen. Edith.« Penelope hielt einen Augenblick inne. »Ich darf Sie doch Edith nennen?«

»Gern, meine Liebe.«

»Edith, könnten Sie sich vorstellen, noch einmal Kontakt zu Tom Stanneck aufzunehmen und zu versuchen, ihn zu einer Lesung in Shaftesbury zu überreden?«

Penelopes Worten folgte eine gespannte Pause.

»Eine Lesung?«, flüsterte Edith schließlich ehrfürchtig.

»In Shaftesbury?«, fügte Mrs Winterbottom an.

»Genau genommen in Blackmore Manor«, ergänzte Penelope. »In Verbindung mit einer Führung, bei der hoffentlich niemand ums Leben kommt.«

Wie auf Kommando wich die Spannung aus dem Raum.

Eine Dame, die bisher kein Wort gesprochen hatte, winkte enttäuscht ab. »Das können wir diesem Schriftsteller nicht zumuten. Wenn Leonard eine Führung macht, schlafen die Leute ein. Da wäre es wirklich spannender, sie würden zu Tode kommen«, stellte sie mit einem unerwarteten Anflug von Humor fest.

»Tja, wissen Sie, dazu habe ich ebenfalls einen Plan.«

»So?« Mrs Winterbottom nahm sich ein Gurkenschnittchen. Es klang so, als könnte sie sich kein Gegenmittel für Leonards schläfrige Art vorstellen.

»Ich habe mit dem Briefträger gesprochen. Mit Dorian Grey.«

Penelope sah in lauter fragende Gesichter.

»Er sagt, dass er sich in der lokalen Geschichte gut auskennt, und ich finde ehrlich gesagt, dass er ein ziemlich interessanter Typ ist. Jemand, der andere für sich begeistern kann.«

Mrs Winterbottom machte ein merkwürdiges Geräusch, einige der Damen kicherten.

»Sie sehen das anders?«, fragte Penelope.

»Nun, wenn ich ehrlich sein darf, meine Liebe, liegen Dorians Talente nach unserer Kenntnis in erster Linie nicht direkt im historischen Bereich.«

»Tatsächlich? Sondern eher in welchem Bereich?«, erkundigte sich Penelope.

»Nun, wie soll ich es sagen?«, überlegte Mrs Winterbottom.

»Eher im femininen Bereich«, warf eine der Damen ein.

»Er forscht in der Damenwelt«, sagte eine andere.

»Er legt die jungen Dinger reihenweise flach«, schloss eine der Frauen kurz und knapp.

»Mildred!«, empörte sich Mrs Winterbottom, während die anderen kicherten.

»Verstehe«, sagte Penelope. »Aber vielleicht lässt ihm diese Beschäftigung trotzdem Zeit für die ein oder andere Führung. Er hat sich jedenfalls sehr interessiert gezeigt.«

»Das kann ich mir denken«, sagte Mildred.

»Was Mildred meint, ist, dass Dorian möglicherweise auch von Ihnen angetan ist. Sie haben ja ein sehr ansprechendes Äußeres, wenn ich das sagen darf.« Mrs Winterbottom legte eine Hand auf Penelopes Knie.

»Wie? Nein, ich weiß, dass Dorian Grey nicht an mir interessiert ist. Ich glaube, wir können ihm, was diese Führungen angeht, etwas mehr zutrauen.«

»Wenn Sie meinen, vielleicht sollten wir es mit ihm versuchen.« Mrs Winterbottom zog ihre Hand zurück und lehnte sich an die Rückenlehne. »Das klingt alles wirklich außerordentlich aufregend. Wie genau können wir Ihnen helfen? Abgesehen davon, dass Edith den Kontakt zu diesem Tim Stanley aufnimmt?«

»Tom Stanneck«, korrigierte Edith.

»Nun, die Lesung müsste organisiert werden. Im Blackmore Manor müssten wir, natürlich in Absprache mit dem Earl, einen geeigneten Raum finden, der müsste geschmückt werden, dann brauchen wir Werbung in den Zeitungen, Flyer müssen gedruckt werden.«

Mrs Winterbottom legte die Hände an die Wangen. »Ach, du meine Güte, das klingt nach einer Menge Arbeit.«

»Das wird es vermutlich werden«, bestätigte Penelope. »Und ich möchte Sie auf keinen Fall damit überfallen. Sie können das erst einmal in Ruhe miteinander besprechen.«

Mrs Winterbottom sah in die Runde. »Also, ich denke, ich kann da für alle sprechen. Sie haben uns sehr neugierig gemacht mit dieser Geschichte, und ich kann es kaum erwarten, mit den Vorbereitungen zu beginnen.«

Die Damen in der Runde nickten bestätigend.

»Schön, das freut mich.« Penelope erhob sich. »Dann lasse ich Sie jetzt erst einmal allein. Ich finde es toll, dass Sie das Projekt unterstützen wollen. Und ich danke Ihnen, Edith, dass Sie Kontakt zu Mr Stanneck aufnehmen wollen.«

»Oh, ich bin ganz aufgeregt«, rief Edith. »Ich werde gleich heute Abend eine E-Mail an ihn schicken.«

Penelope fasste den Arm der alten Dame. »Und sagen Sie, Sie haben wirklich Internetzugang?«

»Aber sicher. Überhaupt keine Probleme.«

»Tatsächlich«, stellte Penelope neidisch fest. »Wo wohnen Sie?«

»Drüben auf dem Hügel.«

»Und dann sollten wir eine Sondersitzung einberufen.« Mrs Winterbottom erhob sich und ging zu einem Schreibtisch hinüber. »Ich schlage vor, dass wir uns am Donnerstag erneut treffen. Was halten Sie davon, meine Damen?«

Diese Frage löste ein großes Geschnatter aus. Alle Frauen redeten durcheinander, und nach einigen Minuten hatten alle beschlossen, ihre üblichen Donnerstagstermine wie den Handarbeitsclub und den Blumenkurs sausen zu lassen. Das Projekt Lesung hatte Vorrang.

»Selbstverständlich würden wir uns freuen, Sie am Donnerstag ebenfalls hier zu sehen«, sagte Mrs Winterbottom. »Vielleicht können wir Ihnen dann schon erste Ergebnisse präsentieren.«

»Ich komme gern.« Penelope sah noch einmal in die Runde. »Vielen Dank für Ihre Unterstützung.« Ihr Blick blieb an Sarahs Gesicht hängen. »Ich möchte es Ihnen überlassen, Sarah, ob Sie dem Earl jetzt schon etwas erzählen wollen.«

Die Haushälterin schüttelte den Kopf. »Das werde ich nicht tun. Diese Aufgabe überlasse ich gerne Ihnen.«

Penelope grinste. »Verstehe. Das ist kein Problem. Ich wünsche Ihnen allen noch einen schönen Abend. Gute Nacht.«

Die Frauen verabschiedeten sich von ihr.

»Und Sie sind sich sicher, dass Sie keine Filme produzieren werden?«, erkundigte sich die Dame, die diese Frage bereits zu Beginn des Gesprächs gestellt hatte.

Penelope lächelte. »Ganz sicher.«

***

Sam schaltete das Licht aus und zog die Tür zu Lillys Zimmer bis auf einen kleinen Spalt zu. Das war schon immer so gewesen, und Lilly beharrte darauf, diese Tradition beizubehalten, auch wenn sie ansonsten nicht oft genug betonen konnte, dass sie doch kein Kleinkind mehr sei. Boss, der auf dem Bettvorleger gelegen und der Geschichte »Sally im Regen« gelauscht hatte, bis Lilly eingeschlafen war, wedelte mit der Rute und drückte sich an Sams Bein. Er tätschelte dem Retriever den Kopf.

»Mein Alter, uns stehen Veränderungen ins Haus.« Sie gingen in die Küche. »Aber das hast du dir vermutlich schon gedacht.«

Sam räumte den Küchentisch ab, während Boss sich seinem Napf widmete.

»Ich weiß, dass du im Augenblick ein bisschen zu kurz kommst«, erklärte Sam. »Aber der Hund wächst mit seinen Aufgaben.« Er stellte das Geschirr in die Spülmaschine und schenkte sich noch ein Glas Rotwein ein.

»Wie sieht's aus mit ›Notting Hill‹?« Sam suchte die DVD heraus und stellte den Fernseher an. »Wenn Hugh Grant auftaucht, müssen wir ja nicht so genau hinsehen. Wir gucken einfach mehr auf Mrs Roberts.«

Boss legte sich auf Sams Füße. Sam nahm einen Schluck Wein. Julia Roberts hatte gerade den kleinen Buchladen betreten, in dem Hugh Grant Reiseführer verkaufte. So oft hatte Sam diesen Film bereits gesehen, und jedes Mal war er ergriffen von der Szene, in der sich die beiden zum ersten Mal begegneten. Gerade weil er den Film bereits kannte und wusste, was die beiden noch erwartete. Aber an diesem Abend war etwas anders. Julia Roberts erschien ihm heute einfach nicht so schön wie sonst, Hugh Grant mit seiner schnöseligen Art ging ihm auf die Nerven, und überhaupt war der Gedanke, sich den Film bis zum Schluss anzusehen, heute keine schöne Vorstellung. Als er den Fernseher ausstellte, hob Boss verwundert den Kopf.

»Komm, mein Alter. Wir gucken nach Holmes, und dann gehen wir noch mal raus.«

Boss war im Nullkommanichts auf den Beinen und lief zur Wohnungstür. Das Wetter sollte umschlagen, weshalb Sam seine Jacke vom Haken nahm.

Der Terrier schlief in der Sauerstoffbox. Sam stellte ihm frisches Wasser hinein und füllte Futter in den Napf. Der Hund erholte sich prächtig, und er würde ihn morgen mit in die Wohnung nehmen. Vermutlich konnte er sich dabei schon auf das nächste Diskussionsthema mit Lilly einstellen, nämlich, dass der Hund nicht in ihrem Bett schlafen sollte. Sam rechnete mit ihrer Argumentation, dass der Hund krank war und deshalb ins Bett gehörte.

Es war ein wenig kühl und der Himmel bedeckt. Die Leuchtreklame vom Sunshine Club war abgeschaltet, was Sam ein wenig bedauerte. Er hatte sich an diese unpassende, aufdringliche Beleuchtung inzwischen gewöhnt. Sie gingen die Main Road hinunter, und Boss blieb an seiner Seite, auch als Sam von der gewöhnlichen Route abwich und nach links zum Dorfanger abbog. Aber nicht nur der Sunshine Club war an diesem Abend unbeleuchtet. Auch in dem kleinen Cottage, das Penelope bewohnte, brannte kein Licht, und Sam spürte Enttäuschung. Er hatte gehofft, Penelope über die neuesten Ereignisse unterrichten zu können. Vielleicht hätte sie ihn auf ein Glas Wein hereingebeten. Er seufzte.

»Okay Boss, einmal um den Anger, und dann gehen wir früh zu Bett. Wie sagte schon Scarlett O'Hara: Morgen ist auch noch ein Tag.«

DIENSTAG

Penelope schob die Tür ihres Cottage mit dem Fuß zu und ging in die Küche, wo sie die beiden Papiertüten auf dem Küchentisch abstellte. Ihr war danach, sich zu schütteln wie ein nasser Hund, aber stattdessen ging sie ins Bad und rubbelte sich die Haare trocken. Anschließend zog sie ihr Kostüm aus und hängte die Jacke auf einen Bügel. Penelope legte den Kopf schief, um den sie einen Handtuchturban gewickelt hatte, und betrachtete das Teil. Sie bezweifelte, dass die Folgen des Regens spurlos an dem Wollstoff vorübergehen würden.

Sie schlüpfte in eine graue Jogginghose und ein weißes Shirt. Jetzt würde sie sich erst mal eine Kanne Tee kochen und ihre Einkäufe auspacken. Sie fühlte sich ein wenig wie ein Schulschwänzer. Nachdem es den ganzen Tag junge Hunde geregnet und sich kein Mensch in ihr Büro verirrt hatte, hatte sie gegen sechzehn Uhr beschlossen, nach Hause zu gehen. Es war wohl nicht damit zu rechnen, dass kurz vor Ladenschluss noch ein steinreicher Adliger eine Partnerin suchte. Und ihre zahlreichen Versuche, Jeremy zu erreichen, waren erfolglos geblieben. Auf dem Rückweg hatte sie bei Laura einen Großeinkauf gemacht.

Zufrieden betrachtete sie die Flasche mit französischem Rotwein. Das würde ein formidabler Abend werden. Sie ganz allein mit einem Salat und einem kleinen Steak, dazu ein Glas Rotwein. Und sie würde zum ersten Mal ausprobieren, ob es in diesem Häuschen Fernsehempfang gab. Nachdem man nur auf dem Friedhof telefonieren konnte, fragte sie sich, wo man wohl fernsehen konnte.

Penelope legte gerade das Päckchen mit dem Fleisch in den Kühlschrank, als es an der Tür klopfte. Sie öffnete und zuckte erschrocken zurück, als sie den Besucher erkannte. Scheiße!

Hastig zog sie sich das Handtuch vom Kopf. »Mr Hammond.«

Der Schauspieler sah genauso blendend aus wie immer. Sein schwarzes gewelltes Haar glänzte im Schein des Flurlichts, um seine Augen hatten sich Lachfältchen gebildet. Das war eine erstaunliche Leistung in Anbetracht der Wetterverhältnisse, dachte Penelope.

Sie trat beiseite. »Bitte, kommen Sie herein.«

»Danke.« Er fuhr sich mit der Hand durchs Haar. »Ein scheußliches Wetter. Ich hoffe, Sie entschuldigen, dass ich Sie hier zu Hause überfalle. Ich stand beim Golden Sunshine und Luxury Club vor verschlossenen Türen, und Laura hat mir gesagt, dass Sie heute früher Schluss gemacht hätten.«

Penelope bemühte sich, weiterhin freundlich dreinzublicken, auch wenn sie sich furchtbar ärgerte. Am einzigen Tag, an dem sie die Agentur früher schloss, stand ein potentieller Kunde vor der Tür.

»Das tut mir leid. Ich habe gedacht, dass bei dem Wetter niemand auf den Gedanken kommt, den Partner fürs Leben zu suchen.«

»Das ist gar kein Problem. Ich hätte natürlich auch ein anderes Mal in Ihr Büro kommen können. Genau genommen ist es unverzeihlich, dass ich Sie stattdessen zu Hause überfalle.«

»Na ja, überfallen«, wiegelte Penelope ab. »Sie sind ja nicht bewaffnet.«

Sein Lächeln bekam etwas leicht Anzügliches, weshalb Penelope fortfuhr: »Ich mache mir gerade Tee und verstaue meine Einkäufe. Bitte nehmen Sie im Wohnzimmer Platz. Ich bringe Ihnen gleich eine Tasse, wenn Sie mögen.«

»Sehr gern. Danke.« Der Schauspieler war groß und musste ein wenig den Kopf einziehen, um sich nicht am Türrahmen zu stoßen. Penelope stellte den Wasserkocher an und verstaute die zu kühlenden Sachen im Kühlschrank. Den Rest würde sie später einräumen. Wenn Nigel Hammond – der Arzt, dem die Frauen vertrauen – im Haus war, war nicht die Zeit für Hausarbeit.

Sie eilte ins Schlafzimmer, machte sich in aller Eile einen Pferdeschwanz und zog sich eine dunkelblaue Wolljacke über, damit sie sich nicht so nackt vorkam. Anschließend goss sie den Tee auf, stellte Geschirr und einen Teller mit Keksen auf ein Tablett und trug alles ins Wohnzimmer hinüber. Hammond stand vor dem Bücherregal, eine Hand in der Hosentasche seiner Anzughose, mit der anderen fuhr er über die Buchrücken. Bei ihrem Eintreten wandte er den Kopf und lächelte ihr zu.

»Kann ich Ihnen helfen?«

Penelope deutete auf das Tischchen vor dem Sofa. »Vielleicht könnten Sie die Zeitschriften ein wenig beiseiteräumen.«

»Selbstverständlich.« Hammond schob die Illustrierten zusammen und legte sie auf ein anderes Tischchen, das zwischen einem Sessel und dem Sofa stand.

Penelope stellte das Tablett ab und knipste dann die Stehlampe in der Ecke und eine kleine Lampe auf der Fensterbank an. »Ein grässliches Wetter. Jetzt am Nachmittag ist es schon beinahe dunkel.«

»Umso schöner, wenn man sich in einem gemütlichen kleinen Cottage wie dem Ihren aufhalten kann.« Er deutete auf das Sofa. »Darf ich?«

»Natürlich.« Penelope schenkte Tee ein und schob den Keksteller zu ihm hinüber. »Ich hoffe, Sie sehen mir nach, dass ich nicht die in Shaftesbury üblichen Gastgeberqualitäten aufweise. Gurkensandwiches, Makronentörtchen und Shortbread.« Sie setzte sich in einen Sessel. »Sie wissen schon.«

Der Schauspieler nahm sich einen Keks und steckte ihn sich in den Mund. »Wissen Sie, ich mache mir nicht so furchtbar viel aus diesem englischen Getue. Die Kekse sind okay.«

Penelope war ein wenig überfordert mit der Situation. Ein berühmter Schauspieler in diesem muffigen Raum. Vermutlich war es ganz gut, dass die Beleuchtung nicht jede Ecke erhellte.

»Hübsch haben Sie es hier.«

Penelope lächelte. »Sie sind sehr charmant, Mr Hammond, aber hübsch ist nicht der Begriff, den ich für diesen Raum verwende. Ich habe das Cottage gemietet, und das ist die Einrichtung der verstorbenen Eigentümerin.« Sie sah sich um. »Wenn ich mit meinem Büro fertig bin, werde ich mich dem Cottage widmen.«

Hammond schenkte ihr ein Lächeln. »Das verstehe ich. Ohne Ihnen zu nahe treten zu wollen, wirken Sie ein wenig wie eine Prinzessin in einem verstaubten Museum.«

Penelopes Beruf war es, sich mit Menschen zu beschäftigen, und Nigel Hammond interessierte sie. Nicht unbedingt als Mann. Er weckte eher ihren Ehrgeiz, einen Blick hinter die Fassade zu erhaschen. Gut aussehend, wohlerzogen, charmant und erfolgreich. Und irgendwo gab es bei so einer geballten Ladung positiver Eigenschaften immer einen Haken.

Penelope zog die Füße auf die Sitzfläche und legte ihre Hände um ihre Teetasse. »Sie drehen im Moment gar nicht?«

Hammond schüttelte den Kopf. »Wir haben Drehpause. Die Aufnahmen für die neue Staffel beginnen im Herbst.« Er streckte sich und verschränkte die Hände im Nacken. »Noch einen Monat kann ich mich dem süßen Nichtstun hingeben. Im August beginnen wir dann mit den Außenaufnahmen für die dritte Staffel.«

»Dr Hammond, der Arzt, dem die Frauen vertrauen.«

»Das ist mein Spitzname. Mein Name im Film ist Dr Clifford. Aber meine weiblichen Fans haben ein paar Probleme damit, Fiktion und Wahrheit auseinanderzuhalten. Irgendwie ist dabei eine Vermengung meines echten Namens mit dem Bonmot aus der Serie herausgekommen.«

»Dr Hammond, der Arzt, dem die Frauen vertrauen«, wiederholte Penelope.

»Sie haben die Serie nie gesehen, oder?« Er grinste.

Penelope schüttelte den Kopf. »Ich gestehe, romantische Arztserien sind nicht so sehr mein Geschmack. Ich sehe ohnehin nicht so viel fern.«

Hammond deutete auf das Bücherregal. »Sie lesen.«

»Das sind auch noch alles Bücher der früheren Eigentümerin. Ich habe mich damit noch nicht befasst. Nur einige Bücher über Geburtshilfe habe ich gefunden.«

»Auch nicht Ihr Thema, wie?«

»Nicht ganz, nein.«

Eine Weile schwiegen sie beide, nur die Regentropfen, die gegen die kleinen bleigefassten Scheiben prasselten, waren zu hören. Penelope versuchte, sich zu entspannen, aber Hammond wirkte wie ein Fremdkörper in dem verstaubten Wohnraum. Sie hob die Teekanne an. »Möchten Sie noch?«

»Nein danke, ich will Ihre Zeit auch nicht über Gebühr beanspruchen.«

»Das ist schon in Ordnung. Möglicherweise hätte ich doch etwas gelesen, wenn Sie nicht gekommen wären.«

»Nun, ich wollte eigentlich auch nichts Berufliches von Ihnen.«

Penelope verschluckte sich beinahe an ihrem Tee.

»Ich wollte mich eigentlich danach erkundigen, ob Sie einmal mit mir in Chesterfield zu Abend essen würden.«

Auf diesen Frontalangriff war Penelope nicht recht vorbereitet. »Ja, warum nicht?« Vermutlich gab es etwa eintausend Frauen, die sich nichts sehnlicher wünschten, als diese Worte aus Hammonds Mund zu hören. Es war zwar nicht so, dass die Einladung bei ihr nichts auslöste, aber sie fiel auch nicht in Ohnmacht. »Sagen Sie, Mr Hammond …«

»Bitte sagen Sie Nigel.«

»Nigel, spielt Ihre Serie zufällig auch mal in einem Schloss?«

Der Schauspieler lächelte irritiert. »Es gab mal eine Sequenz in der zweiten Staffel, in der eine Schlossherrin eine Rolle spielte. Sie hatte ein nichteheliches Kind, was eine ganze Menge Probleme in ihrer adligen Familie verursachte.«

»Und konnte Dr. Hammond … äh … Dr. Clifford die Probleme dieser Dame lösen?«

»Selbstverständlich. Souverän und diskret wie immer.«

Penelope erwiderte sein Grinsen. »Klingt, als könne man von Ihnen noch etwas lernen. Vielleicht sollte ich die Serie doch einmal sehen.«

»Morgen Abend um zwanzig Uhr wird die nächste Folge ausgestrahlt. Passt es Ihnen am Donnerstag?« Hammond rieb sich die Oberschenkel.

»Das tut mir leid. Ich bin bereits verabredet.« Da hatte Penelope ihr wichtiges Date mit dem Buchclub. »Vielleicht am Freitag?«

»Ich bedaure zutiefst, aber ich bin am Wochenende in London. Es geht um Gespräche über eine neue Rolle, worüber ich noch nicht sprechen kann.«

»Das ist schade. Vielleicht wenn Sie zurückkehren.«

Hammond erhob sich. »Es wäre mir eine Ehre. Ich darf Sie in der kommenden Woche aufsuchen?«

Penelope stand auf. »Ich würde mich freuen, Nigel.« Sie stellte ihre Teetasse ab und warf einen Blick nach draußen. »Ich hoffe, Sie haben einen Schirm dabei.«

»Ich habe meinen Wagen am Dorfanger geparkt.«

Penelope folgte ihm in den Flur, wo Hammond sich zu ihr umdrehte. »Vielen Dank für den Tee. Ich sehe Sie nächste Woche.« Er gab ihr einen Kuss auf die Wange und verschwand dann in den Regen.

Was für ein merkwürdiger Auftritt. Mit seinem eigentlichen Anliegen war Hammond sehr spät herausgerückt, und genau genommen waren sie immer noch nicht verabredet.

***

Lilly war nach der Schule zu ihrer Freundin Julie gegangen, wo sie auch übernachten würde. Sam hatte sozusagen sturmfreie Bude, aber der Gedanke daran, den Abend allein in der Wohnung zu verbringen, war furchtbar. Ohne Lillys Anwesenheit fehlte ihm etwas, und außerdem lenkte ihn ihr Geplapper vom Grübeln ab. Nachdem er den letzten Patienten verabschiedet hatte, schloss er die Praxis. Er würde mit Boss einen Spaziergang machen, und es war durchaus möglich, dass sein Weg ihn am Dorfanger vorbeiführen würde. Er spannte einen Regenschirm auf und sprach beruhigend auf Boss ein, der keine großen Ambitionen zeigte, bei dem Wetter nach draußen zu gehen. Er lief immer einige Schritte vor Sam her, so als wolle er das Unangenehme schnell hinter sich bringen und so bald wie möglich wieder im warmen Wohnzimmer vor dem Kamin liegen.

Als sie von der Main Road in die Straße zum Dorfanger einbogen, sah Sam einen gut aussehenden Mann aus Penelopes Cottage kommen. Er lief durch den Regen zu einem BMW Cabrio, das am Dorfanger parkte, stieg ein und fuhr davon. Boss blieb stehen und wandte sich zu ihm um. Sam war irritiert. Wer zum Teufel war das? Mit wenigen Schritten war er bei der Tür des Cottage angelangt und klopfte.

Penelope öffnete ihm in Jogginghose und Strickjacke, die Frisur nicht so ordentlich, wie er sie kannte.

»Hi, ich hoffe, ich störe nicht.«

Ihr Blick wanderte von seinem Gesicht zu Boss, der wie ein begossener Pudel neben ihm auf der Fußmatte saß.

»Aber vielleicht ist es jetzt gerade schlecht«, fuhr Sam fort.

Sie schüttelte den Kopf. »Ach was, kommt rein.« Sie trat beiseite und griff nach cincm Handtuch, das auf einer Kommode lag. »Wir können ihn damit trocken rubbeln.«

»Sie hatten Besuch«, sagte Sam, während er Boss' Fell trocken rieb. Es hatte wie eine Feststellung klingen sollen, hörte sich aber in seinen eigenen Ohren wie der jämmerliche Versuch an, eine Antwort zu erhalten, die ihn nicht zum Weinen brachte. Als Penelope nicht antwortete, sah er auf. Sie stand immer noch an der Tür und sah durch das kleine Fenster nach draußen in den Regen.

»Einen ausgesprochen merkwürdigen Besuch«, stellte sie schließlich fest. »Kennen Sie diese Arztserie ›Dr. Hammond, der Arzt, dem die Frauen vertrauen‹?«

»Dr. Clifford«, korrigierte er automatisch. »›Dr. Clifford, der Arzt, dem die Frauen vertrauen.‹«

Langsam wandte sie sich zu ihm um. Und grinste. »Sie kennen die Serie? Und Sie gucken sie regelmäßig. Stimmt's?«

Das Hundefell war längst trocken. Es half nichts, er musste sich der peinlichen Situation stellen. Sam richtete sich auf. »Hin und wieder sehe ich sie. Also, Lilly und ich gucken sie. Manchmal. Nicht immer.«

»Ich glaube, am Freitag gibt's die nächste Folge«, sagte sie.

»Morgen. Mittwochs. Die Serie läuft immer mittwochabends«, stammelte er. Er hätte zu Hause bleiben sollen. Sich in irgendein Loch verkriechen, wo er sich jetzt hinwünschte. Penelope machte einen Schritt auf ihn zu und blieb so nah vor ihm stehen, dass er ihren Atem spürte. »Ist auf Ihrem Sofa noch Platz für eine dritte Person?«

Sam schluckte.

»Ich habe keine Ahnung, ob mein Fernseher funktioniert, und allmählich bin ich ziemlich neugierig auf diese Sendung. Alle Welt guckt sie, und der Hauptdarsteller will mich zum Essen einladen.«

»Der Besucher war Hammond?«, krächzte Sam. Gegen Nigel Hammond, den Nummer-eins-Schauspieler aus London, brauchte ein lausiger Landtierarzt wie er gar nicht erst anzutreten.

Penelope nickte und ging dann ins Wohnzimmer, wo er sie mit Geschirr klappern hörte. »Und ich frage mich, was er wirklich wollte.«

Boss lief schwanzwedelnd ins Wohnzimmer für den Fall, dass dort Essenreste übrig waren. Er folgte dem Hund und sah zu, wie Penelope Teegeschirr auf ein Tablett stellte.

»Was meinen Sie damit, was er ›wirklich wollte‹?«, fragte Sam.

»Er hat behauptet, dass er mich in der Agentur aufsuchen wollte, sein Besuch habe aber einen privaten Grund, weil er mich zum Essen einladen will.«

Sam nahm eine kleine steinerne Elefantenskulptur aus dem Bücherregal in die Hand und spielte damit herum. »Kann doch sein«, sagte er und bemühte sich um einen beiläufigen Tonfall.

»Natürlich kann das sein. Aber er hat nicht mal an dem Tee genippt, dann einen Keks verputzt, und er ist mit der Einladung herausgerückt, obwohl er gar keine Zeit hat.«

Irgendwie ließen ihre Worte Sams Herz ein wenig schneller klopfen. Möglicherweise stand hier nicht der nächste Fan von Nigel Hammond vor ihm. Er stellte den kleinen Elefanten wieder zurück, und als er aufsah, war Penelope verschwunden, ebenso wie sein Hund. Im nächsten Moment hörte er sie in der Küche mit jemandem sprechen.

Als er den beiden folgte, saß Boss neben ihr, klopfte mit der Rute auf den Boden und sah erwartungsvoll zu ihr auf. Penelope wusch das Teegeschirr ab und plauderte tatsächlich mit dem Hund.

»Wir müssen mal gucken, ob wir nicht doch etwas für dich finden«, erklärte sie. »Ich war nicht darauf eingerichtet, Besuch von einem Hund zu kriegen.«

Boss hechelte, seine Zunge hing seitlich aus dem Maul. Offenbar fuhr er ebenso auf ihre sanfte Stimmlage ab wie Sam.

»Kommen Sie ruhig rein«, forderte Penelope ihn auf und warf ihm über die Schulter einen Blick zu. »Sie haben mich schon so weit gebracht, dass ich mit einem Hund spreche.«

»Also, wenn es Sie beruhigt, das ist sehr gesund. Es senkt den Blutdruck.«

»Tatsächlich?«, fragte sie skeptisch. »Dann sollte ich mir wirklich einen Hund anschaffen, denn seit ich hier in Shaftesbury lebe, leide ich unter Bluthochdruck.«

»Boss!« Der Hund erhob sich auf Sams Befehl hin und legte sich zu seinen Füßen. »Wenn wir stören, gehen wir natürlich wieder«, sagte Sam.

»Sie können gern bleiben, wenn es Ihnen nichts ausmacht, dass ich nur ein mickriges Steak dahabe, das wir uns teilen müssten.« Penelopes Blick fiel auf den Hund. »Für uns drei ist es allerdings wohl zu klein.«

Als sie eine Dreiviertelstunde später am Küchentisch saßen, hatten sie den Salat mit Schafskäse aufgepeppt und das Steak in Streifen geschnitten und über dem Salat verteilt. Boss war leer ausgegangen und lag, die Schnauze flach am Boden, auf Sams Füßen. Zu Sams Erleichterung waren sie von dem Thema Nigel Hammond abgekommen, und er hörte Penelope zu, die von ihren Plänen für das Herrenhaus von Earl Blackmore berichtete.

»Ich wusste gar nicht, dass der Earl eine Frau sucht.«

»Sucht er auch gar nicht«, stellte Penelope klar. »Aber nachdem er sich versehentlich in die Agentur verirrt hat, ist in ihm irgendwie der Gedanke gereift, eine Lebensgefährtin zu finden, mit der er sein Interesse für Rosen teilen kann.«

»Klingt sehr romantisch. Sie sind ziemlich geschäftstüchtig.«

»Na ja, ich habe immer mehr das Gefühl, dass ich von meinem ursprünglichen Plan abrücke. Ich wollte eine exquisite Partnervermittlungsagentur eröffnen, und nun sehen Sie mich an, was aus mir geworden ist. Mein bestes Kostüm vom Regen ruiniert, kommunikationstechnisch von der Außenwelt abgeschnitten und zur Schnüfflerin in Sachen Ackerwinde degradiert.«

»Ich finde diese Ackerwindengeschichte ziemlich wichtig. Den Menschen hier im Ort bedeuten ihre Gärten eine Menge, und wenn jemand herumläuft und sie zerstört, stört er auch den Frieden im Ort.«

Penelope sah ihn an.

»Stimmt was nicht?«, fragte Sam.

»Ich weiß nicht.« Penelope runzelte die Stirn, was sie noch attraktiver aussehen ließ. »So habe ich das noch gar nicht betrachtet. Mir ist schon klar, dass ich mich in so einen Ort wie Shaftesbury einbringen muss, um keine Außenseiterin zu werden. Aber die Bedeutung dieser Sache mit der Ackerwinde hatte sich mir bisher nicht ganz erschlossen.«

»Das hat Dorian auch so gesehen«, sagte Sam.

»Wir haben uns schon wieder vertragen.« Penelope steckte sich ungerührt eine Gabel voll Salat in den Mund, ohne zu ahnen, dass Sam bei dieser Bemerkung erneut das Herz stehen blieb. Dorian Grey war der Casanova von Shaftesbury, und die Auswahl von Frauen, die in sein Beuteschema passten und halbwegs in der Nähe wohnten, war zahlenmäßig sehr begrenzt. Penelope war eine gut aussehende Frau und keine leicht einzunehmende Festung, also genau die richtige Herausforderung für den aufgeblasenen Briefträger.

»Er hatte ein wenig Angst davor, dass ich etwas von ihm wollen könnte«, fuhr Penelope fort. »Aber nachdem wir das Missverständnis aufgeklärt haben, können wir jetzt unseren Plan durchführen.«

Sams Hormone fuhren inzwischen Achterbahn. Die Nachricht, dass Dorian nicht an Penelope interessiert war und umgekehrt, beruhigte ihn, aber jetzt machte ihm der gemeinsame Plan zu schaffen.

»Aha«, sagte er, um nicht wie der allergrößte Blödmann dazustehen. Ganz genau verstand er nicht, was Penelope ihm dann erzählte. Es ging um eine Menge blutrünstiger Morde, die im Blackmore Manor geschehen würden, und um einen Typen namens Tom, der das Ganze zu verantworten hatte. Aber all das interessierte ihn gar nicht mehr so richtig, weil er einfach nur froh war, dass kein anderer Mann Interesse an Penelope zeigte. Es sei denn, dass dieser Tom so ein Kandidat sein könnte.

»Sie hören mir gar nicht richtig zu, oder?«

»Entschuldigung. Zugegebenermaßen bin ich mit meinen Gedanken abgeschweift.«

»Macht nichts.« Penelope hob die Weinflasche an und schenkte ihm nach. »Ist auch noch ein ungeordneter Haufen ungelegter Eier. Erst mal sehen, was daraus wird.«

Sam sah auf die Uhr. »Ich muss leider zurück und nach Foxy sehen, also nach Holmes.«

»Schade, aber macht nichts.« Penelope griff nach seinem Glas und trank einen Schluck daraus. »Ist es denn in Ordnung, wenn ich morgen Abend zum Fernsehen zu Ihnen komme?«

»Das wäre toll. Ich werde uns eine Kleinigkeit zu essen machen und dann machen wir es uns auf der Couch gemütlich.«

»Klingt gut.«

Sie standen vom Tisch auf, und Sam ging zur Haustür, wo er seinen Schirm aus der Ecke des Flurs nahm. »Vielen Dank für das Abendessen.«

»Gern geschehen.« Sie gab ihm einen Kuss auf die Wange. »Vielen Dank für Ihren Besuch.« Flüchtig strich sie Boss über den Kopf. »Bis morgen, Hund.«

Sam hatte das Gefühl, dass sein Hund Penelope ebenso selig ansah wie er selbst. Sie hatte ihn geküsst. Auf die Wange. Wow.

»Gute Nacht.«

Er trat in den kühlen Abend hinaus und wandte sich auf dem schmalen Weg noch einmal um. Penelope stand in der geöffneten Tür, die Strickjacke vor der Brust zusammengezogen, beleuchtet von dem Flurlicht. Er winkte ihr kurz zu, dann schloss sie die Tür.

MITTWOCH

Am Mittwochmorgen geschah ein Wunder. Auf Penelopes Schreibtisch in der Agentur stand ein Telefonapparat – und er funktionierte. Wenn sie den Hörer aufnahm, hörte sie den vertrauenerweckenden Dauerton, der anzeigte, dass dieser Telefonapparat im Zentrum des Nirgendwo von Cornwall mit der übrigen Welt verbunden war. Sie konnte mit ganz England telefonieren, mit Europa, mit der ganzen Welt! Ein paarmal gönnte sie sich das Vergnügen, den Hörer aufzulegen, nur um ihn wieder aufzunehmen und einigen Sekunden dem Ton zu lauschen. Als sie mit einem Kaffee aus der kleinen Teeküche in den Geschäftsraum zurückkehrte, läutete dieses Telefon, und Penelope machte vor Schreck einen kleinen Satz. Hektisch stellte sie die Kaffeetasse ab und riss den Apparat von der Aufladestation.

»Ja?«, brüllte sie in die Sprechmuschel, um im nächsten Augenblick mit den Augen zu rollen.

»Spreche ich mit Mrs St. James?«, fragte eine professionell klingende Stimme.

»Penelope St. James«, bestätigte sie. »Golden Sunshine and Luxury Club.«

»Wunderbar, dass ich Sie gleich am Apparat habe, Mrs St. James. Es gibt da etwas, das ich kurz mit Ihnen erörtern würde.«

»Mit wem spreche ich?«

»Mein Name ist Pettyfer. Ich kümmere mich um die Interessen von Mrs Middlecroft.«

»Ah, ja.« Penelope runzelte die Stirn. Die Interessen von Mrs Middlecroft, ihrer Vermieterin? »Ja, und worum geht es da?«

»Es ist mir ein wenig unangenehm, gleich mit der Tür ins Haus zu fallen, Mrs St. James, aber wissen Sie, meine Klientin ist auf die regelmäßigen Zahlungen des Mietzinses angewiesen.«

»Das verstehe ich, Mr Pettyfer, aber was ist denn das Problem?«

»Das Problem ist, dass die erste Zahlung des Mietzinses – nun ja, wie soll ich es ausdrücken? – ausgeblieben ist.«

»Ausgeblieben?«, wiederholte Penelope. »Sie meinen, die Miete wurde nicht überwiesen?«

»Ich fürchte ja.«

»Das ist merkwürdig. Ich werde sofort in der Hauptniederlassung anrufen und nachfragen, was da los ist. Bitte sagen Sie Mrs Middlecroft, dass sie sich keine Sorgen zu machen braucht. Vermutlich ist in der Buchhaltung irgendetwas schiefgegangen. Ich werde das sofort aufklären.«

»Dafür wäre ich Ihnen sehr verbunden, meine Liebe. Auf Wiederhören.«

»Auf Wiederhören«, sagte Penelope, allerdings hatte ihr Gesprächspartner bereits aufgelegt.

Penelope drückte kurz auf die Gabel, ohne den Hörer aufzulegen, und wählte Jeremys Nummer. Nach dem fünften Läuten wurde das Gespräch entgegengenommen, allerdings nicht von Jeremy, sondern von Sue, der Bürokraft.

»Hallo Sue, ich wollte eigentlich Jeremy sprechen.«

»Hi Penny, wie geht es dir?«

»Danke, ganz gut.«

»Wie kommst du zurecht mit den Adligen auf dem Lande? Haben die wirklich alle einen Spleen?«

Penelope lachte. »Einige ja«, bestätigte sie. »Also, ist Jeremy da? Er hat sein Telefon umgestellt.«

»Er ist zu einem Meeting und kommt heute auch nicht mehr rein. Sein Telefon stellt er seit einer Weile auf den Hauptapparat um.«

»Ich muss ihn sehr dringend sprechen. Meldet er sich zwischendurch mal?«

»Hin und wieder. Ich darf ihn nur im Notfall anrufen. Also, wenn's brennt oder das Finanzamt vor der Tür steht.«

»Gut, dann richte ihm bitte aus, dass das hier ein Anruf der Notfallstufe zwei ist. Ich muss ihn wirklich dringend sprechen.«

»Alles klar, ich geb's weiter. Ciao, Penny.«

»Ciao.« Nachdenklich legte Penelope den Hörer auf. Was war das für eine neue Masche von Jeremy, der ihr immer predigte, dass Erreichbarkeit das höchste Gut sei? Penelope wollte eben den Hörer wieder aufnehmen und die Telefongesellschaft anrufen, um sich nach ihrem Internetanschluss zu erkundigen, als die Türglocke bimmelte.

Eine ältere Dame stieg die letzte Stufe der Eingangstreppe herauf und sah sich interessiert um. Es dauerte einen Augenblick, bis Penelope das Mitglied des Buchclubs wiedererkannte.

»Hallo! Edith, richtig?«

»Hallo.« Edith betrat die Agentur und kam mit zügigen Schritten auf sie zu. »Tut mir leid, Sie zu stören, meine Liebe, aber ich habe da eine Neuigkeit, über die ich unbedingt mit Ihnen sprechen muss.«

Penelope fasste den Ellenbogen der alten Dame, die aufgeregt wirkte. »Kommen Sie, setzen Sie sich.« Sie schob Edith den Stuhl zurecht und nahm ihr die Handtasche ab, um sie auf den Boden zu stellen. »Eine Tasse Tee?«

»Ja, also ich weiß gar nicht, das ist wirklich verrückt, wissen Sie? Darauf wäre ich im Traum nicht gekommen.«

»Worauf?«, fragte Penelope irritiert.

»Was sagten Sie?«, fragte Edith.

»Ob Sie eine Tasse Tee möchten. Ist Ihnen Darjeeling recht?«

Edith atmete aus und legte sich die Hand auf die magere Brust. »Das wäre vielleicht ganz gut.« Sie beugte sich zu ihrer Tasche hinunter. »Und ich sollte eine von meinen Tabletten nehmen. Das Herz, wissen Sie?«

Penelope ging in ihre kleine Küche, um Wasser aufzusetzen. Sie hatte keine Ahnung, was die alte Dame so in Aufregung versetzt hatte, aber es wäre ihr lieb, wenn Edith nicht hier in der Agentur ihr Leben aushauchte. Sie kehrte gerade zurück in den Ladenraum, als Edith einen silbernen Flachmann in ihrer Handtasche verstaute. Offenbar hatte sie ihre Herztabletten mit einem guten Schluck Whiskey hinuntergespült. Wenn sie die Tablette nicht gleich ganz weggelassen hatte. Penelope stellte zwei Tassen Tee auf den Tisch.

»Geht es wieder?«

Edith nickte heftig. »Aber es ist wirklich eine ganz, ganz aufregende Sache.« Sie griff mit ihrer knochigen Hand nach der Teetasse und führte sie zum Mund. »Sie hätten wohl nicht zufällig ein kleines Schlückchen, um den Geschmack aufzubessern?«

»Das tut mir leid, nein.« Penelope war inzwischen so einiges gewohnt, was den Zweck ihres Sunshine Clubs anbetraf, aber die Vorstellung, dass es sich um einen Schnapsladen handeln könnte, hörte sie zum ersten Mal.

»Na ja, dann muss es eben so gehen.« Edith setzte die Tasse erneut an die Lippen. Als sie die Tasse abstellte, atmete die alte Dame heftig.

Penelope faltete die Hände auf dem Tisch und sah ihre Besucherin abwartend an.

»Ich dachte, ich komme lieber zu Ihnen, weil Sie ja doch hier so etwas wie …«, begann Edith und sah sich um. »Wie …« Sie brach ab.

»Edith, ich habe hier eine Partnervermittlungsagentur. Suchen Sie einen Mann fürs Leben?«

»Ich?«, rief Edith entrüstet. »Ich bin mit meinem Jocelyn seit mehr als fünfzig Jahren verheiratet! Ich brauche keinen weiteren Mann fürs Leben.«

»Was kann ich denn dann für Sie tun?«

Die alte Dame beugte sich vor und senkte die Stimme. »Wir sprachen doch im Buchclub über Tom Stanneck.«

»Den Krimiautor. Ich weiß«, bestätigte Penelope.

»Ich habe versucht, Kontakt zu ihm aufzunehmen. So wie wir es besprochen haben. Und das war keine leichte Sache.«

»Wenn es ein Problem ist, Edith, können wir uns ja auch einen anderen Autor suchen.«

Edith lehnte sich zurück. »Wenn Sie den Namen Tom Stanneck hören, was für ein Bild haben Sie dann vor Augen?«

»Einen etwa dreißigjährigen, sympathisch lächelnden braunhaarigen Typen«, antwortete Penelope nach kurzem Überlegen. Und wenn ich Internetanschluss hätte, könnte ich mir ein Foto von ihm ansehen, fügte sie in Gedanken hinzu.

»Tja«, triumphierte Edith. »Und damit liegen Sie falsch.«

»Er ist blond?«, fragte Penelope.

»Er«, sagte Edith, »ist eine Frau.«

»Tatsächlich?«

Die alte Dame nickte heftig. »Und sie ist nicht dreißig, sondern achtundsechzig und grauhaarig.«

»Nein, Sie scherzen.«

Edith schüttelte den Kopf. »Das ist mein voller Ernst. Ich habe im Verlag angerufen und wollte mit jemandem wegen der Lesung sprechen. Und sie haben mir gesagt, dass Tom Stanneck keine Lesungen macht.«

»Und woher wissen Sie dann, dass der Autor eine alte Lady ist?«

Edith rieb Daumen und Zeigefinger aneinander. »Weil ich mit dem jungen Mann am Empfang geplaudert habe. Ein Student, der jeden Cent brauchen kann. Ich weiß jetzt, dass sie in einer kleinen Villa in Notting Hill lebt, dass sie mit Vornamen Samantha heißt und einen Corgie hat.«

»Tja, und jetzt?« Penelope verschränkte die Arme vor der Brust. »Jetzt suchen wir uns am besten einen anderen Autor aus.«

Edith kniff die Augen zusammen. »Ich hatte erwartet, dass Sie ein bisschen kämpferischer sind und nicht gleich aufgeben, wenn sich ein winziges Problem auftut.«

Sie beugte sich über die Armlehne hinunter und hob ihre Tasche auf den Schoß. »Sie sollen sie finden, und dann machen wir eine bombastische Lesung im Blackmore Manor.« Sie erhob sich und ging zur Tür. »Ich verspreche Ihnen, das wird eine richtig fette Sache.«

Im nächsten Augenblick klingelte die Türglocke erneut, und Edith war verschwunden. Sprachlos sah Penelope ihr hinterher. Irgendwie hatte sich ihr Plan verselbständigt und war zu einem Bumerang geworden. Aber sie wollte dem Earl gern helfen.

Mittags setzte sich Penelope auf die Bank auf dem Friedhof und biss in ein Sandwich. Sie musste nachdenken. Irgendwie liefen die Dinge in eine komplett andere Richtung als geplant. Den eigentlichen Zweck ihrer Partnervermittlungsagentur nahm praktisch keiner der Einwohner von Shaftesbury ernst, stattdessen halsten die Leute ihr ein Projekt nach dem anderen auf. Sie sollte jemanden finden, der die Samen einer merkwürdigen Pflanze verbreitete, die Identität einer Autorin aufdecken, eine Schlossführung nebst Lesung organisieren, und dann gab es da noch eine Sache, die ihr persönlich am Herzen lag: Maureen Oliver. Diese arme Frau, die jemand einfach so überfahren hatte. Immer wieder schob sich ihr der Anblick der schwer verletzten Frau vor Augen. Selbst wenn es kein Mord gewesen war, hätte der Fahrer den Unfall auf alle Fälle bemerken müssen. Und trotzdem hatte er die arme Frau dort liegen lassen. Es machte Penelope zu schaffen, dass sie ihr letztlich nicht mehr hatte helfen können. Aber den Hund hatte sie retten können, immerhin. Die Polizei würde vermutlich nur über Spuren des Fahrzeugs an den Unfallfahrer herankommen. In Thrillern konnten sie anhand der Höhe der Beinverletzungen feststellen, welches Fahrzeug mit welcher Stoßstange in Betracht kam, und winzige Lackspuren reichten offenbar aus, um das dazugehörige Fabrikat zu ermitteln. Zu gern hätte Penelope den Inspector angerufen und ihn nach dem Stand der Ermittlungen gefragt, aber das ging wohl zu weit. Auf der Straße spazierte die ehemalige Dorfschullehrerin vorüber, in der Kirche spielte wieder jemand Orgel. Das alles war ihr in der kurzen Zeit schon richtig vertraut geworden. Penelope war niemand, der schnell aufgab, und es kam ihr auch nicht in den Sinn, ihre Zelte in Shaftesbury abzubrechen, ehe sie hier richtig Fuß gefasst hatte. Sie musste einfach nur ein Projekt nach dem anderen in Ruhe angehen und sich in Geduld fassen. Wenn sie logisch an die Sache heranging, konnte sie jedes Rätsel lösen. Sie hob die Hand und wollte von ihrem Sandwich abbeißen, als der Organist abrupt abbrach und andere Töne anschlug. Penelope brauchte einen Augenblick, bis sie die Melodie erkannte. Dann erschien vor ihrem inneren Auge James Bond, und ihr fiel der Titel ein: »Skyfall«.

* * *

Sam brachte Mrs Carter und ihren Labrador zur Tür. Die elegante Dame bedankte sich dafür, dass er den Splitter so schnell aus der Pfote des Tieres gezogen hatte, und wollte die Behandlung noch bezahlen. Aber ein Blick an die Rezeption zeigte Sam, dass Heather schon gegangen war, und die Mühe, ihre Kassenführung zu durchschauen, wollte er sich jetzt nicht machen. Er hatte Dringenderes zu tun.

»Das ist nicht nötig.« Sam öffnete die Tür und schob die Dame sanft hinaus. »Wir schicken Ihnen eine Rechnung. Gute Besserung.«

Der Labrador warf Sam noch einen dramatischen Blick zu. Sam meinte, darin Dankbarkeit, aber auch einen gewissen Vorwurf zu erkennen. Nach dem Motto: Hätte man das nicht auch etwas sanfter erledigen können? Der Hund wandte sich ab und humpelte mit seiner bandagierten Pfote von dannen, sein Frauchen im Schlepptau. Hunde waren wirklich ausgezeichnete Schauspieler. Man sollte über ein Theaterstück für Hunde nachdenken.

Sam schloss die Tür ab. Mittwochmittag. Das Glück war ihm hold, denn mittwochs war die Praxis nachmittags geschlossen, und er brauchte die freie Zeit dringend. Er ging in den Behandlungsraum, in dem Foxy untergebracht war. Lilly saß dort auf einem Stuhl, Boss lag auf ihren Füßen und der Terrier auf ihrem Schoß, während seine Tochter ihnen etwas vorlas.

»Lilly, du kannst hier mit den beiden noch ein bisschen sitzen bleiben.«

Sie ließ das Buch sinken und sah ihn fragend an.

Okay, das war strategisch keine Meisterleistung gewesen. Wenn man wollte, dass Lilly etwas tat, verlangte man von ihr das Gegenteil. Jetzt konnte er sich schon mal eine Erklärung für seine ungewöhnliche Ansage ausdenken.

»Und was machst du?«

»Ich gehe nach oben.«

Sie kniff die Augen zusammen. »Um was zu tun?«

»Och, nichts Besonderes. Vielleicht ein bisschen staubsaugen oder so.«

»Staubsaugen?«

Sam ging zu dem Schränkchen hinüber und tat so, als würde er die Fläschchen sortieren. »Das ist doch nichts Besonderes.«

»Also, wenn du an deinem freien Nachmittag staubsaugst, ist das schon etwas Besonderes. Willst du vielleicht auch Fenster putzen?«

»So weit würde ich nicht gehen.«

»Aber Staub wischen?«

»Also, das ist doch jetzt wirklich nicht wichtig, was ich genau mache. Wir wollen ja schließlich nicht im Dreck hausen.«

Als keine Erwiderung kam, wandte Sam sich um. Lilly hatte das Buch weggelegt und kraulte mit der einen Hand den Terrier und mit der anderen Boss, der sich aufgesetzt hatte, damit sie besser an seine Lieblingsstelle hinter dem Ohr ankam.

»Gut, ich gehe dann mal hoch.«

»Und zu essen gibt's auch nichts?«

»Doch, natürlich. Wenn du willst, mache ich dir eine Scheibe Brot.«

»Eine Scheibe Brot?«

»Du meine Güte, Lilly, was ist denn bloß los? Ich will nur ein bisschen Ordnung machen. Das ist doch jetzt wirklich nichts, worum man so ein Theater machen muss.«

Sie grinste ihn an. »Theater?«

Sam legte die Hand auf die Türklinke. »Wie gesagt, ich bin oben.«

»Gemma sagt, wenn die Menschen plötzlich Dinge tun, die sie sonst nie getan haben, dann ist was im Busch«, fuhr Lilly fort. »Entweder haben sie etwas verbrochen, oder sie haben noch etwas vor. Auf jeden Fall gibt es für jede Veränderung einen Grund.«

Sam gingen Gemma und ihr Vater, der Landvermesser, inzwischen gehörig auf die Nerven mit ihrer Klugscheißerei.

»Es ist wohl kaum so, dass ich noch nie staubgesaugt und gewischt hätte«, stellte er fest.

»Nö, aber du machst das sonst immer so nebenbei. Der Mittwochnachmittag ist dir normalerweise heilig.« Lilly hob den Terrier hoch und stand vom Stuhl auf. »Wenn du willst, helfen wir dir, dann sind wir fertig, wenn Penelope kommt.«

Sam schüttelte den Kopf. Dieses Kind war ihm mittlerweile wirklich haushoch überlegen. Lilly drängte sich an ihm vorbei durch die Tür. »Könntest du das Buch nehmen? Ich will es den beiden oben noch zu Ende vorlesen.«

Sie schleppte den verletzten Hund die Treppe hinauf, gefolgt von Boss. Seufzend nahm Sam das Buch und folgte ihr nach oben.

In der Wohnung machte er schnell ein paar Käsebrote zurecht, die als Mittagessen reichen mussten. Anschließend wirbelte er mit dem Staubsauger durch die Wohnung. Er saugte auch den Teppich vor dem Sofa gründlich, wo Lilly nur die Füße hochnahm, ohne die Lesung für die Hunde zu unterbrechen. Anschließend wischte er über die Möbel im Wohnzimmer und putzte das Bad. Dann brach er zum Gemischtwarenladen auf.

Als er eine halbe Stunde später zurückkehrte, las Lilly immer noch. Inzwischen lag sie langgestreckt auf dem Sofa, Foxy zwischen ihren aufgestützten Ellenbogen und Boss auf dem frisch gesaugten Teppich. Sie hatte offenbar gar nicht bemerkt, dass er weg gewesen war. Sam verstaute die Einkäufe in den Schränken und stellte dann Töpfe und Pfannen auf den Herd. Heute wollte er sich mal etwas mehr Mühe geben und etwas Aufwendigeres kochen als Spagetti mit Tomatensoße. Es war ja nicht so, dass er nicht kochen konnte. Er nahm sich nur einfach nie die Zeit dafür. Meistens sollte es schnell gehen, und dann kam eben nur etwas Einfaches dabei heraus. Heute hatte er sich für ein Steak mit Nusskruste, Rotweinschalotten und Kartoffelplätzchen entschieden. Die Schalotten ließ er in Rotwein vor sich hin köcheln, während er sich dem Kartoffelmus für die Plätzchen widmete. Sein Tun ließ Boss nicht unbeeindruckt. Er verließ seinen gemütlichen Platz vor dem Sofa und kam interessiert schnuppernd hinter die Küchenzeile.

»Heute gibt's ein ganzes Steak für Penelope«, erklärte Sam ihm. »Immerhin habe ich ihres gestern weggefuttert.« Er ging zum Kühlschrank hinüber. »Ah, und wie ich sehe, war ich so vorausschauend, drei Stück zu kaufen, so dass noch eines für dich abfällt.«

»Und was ist mit Foxy?«, rief Lilly.

Dieses Kind hatte Ohren wie ein Luchs. »Boss gibt ihm bestimmt etwas ab. Übrigens geht's nach dem Essen für Mädchen unter neun Jahren direkt ab ins Bett.«

»Weiß ich doch.« Lilly stand in der Küchentür. »Kleine Mädchen stören abends sonst.« Sie kam näher und lugte in den Topf mit den Schalotten und betrachtete die Schüssel mit dem Kartoffelmus. »Was wird das denn?«

Für seine Begriffe klang diese Frage ein wenig zu skeptisch. »Von den Schalotten kriegst du ohnehin nichts. Die sind mit Wein. Du kannst ein bisschen Fleisch und Kartoffelplätzchen kriegen.«

»Aha.« Sie verzog das Gesicht. »Kann ich auch Spagetti haben?«

Er schob sie aus der Küche. »Nein, kannst du nicht. Aber du kannst Hausaufgaben machen.«

Sam war ziemlich zufrieden mit seinem Abendessen. Leider fiel ihm erst ein, dass er sich noch hatte umziehen wollen, als es an der Tür läutete.

»Ich gehe schon«, rief Lilly aus ihrem Zimmer.

Sam huschte schnell ins Schlafzimmer, zog sein Shirt aus, warf es aufs Bett und holte ein blaues Poloshirt aus dem Schrank. Während er hineinschlüpfte, hastete er ins Bad, bediente sich am After Shave und ging in den Flur, um Penelope zu begrüßen.

»Hi.« Etwas verlegen fuhr er sich durch die Haare. Penelope sah wunderschön aus. Sie trug eine Jeans und dazu ein Twinset in Altrosa. Die Haare hatte sie hochgesteckt und einen betörenden Duft aufgelegt.

»Hallo.« Unbefangen reichte sie ihm eine Flasche Rotwein. »Es duftet köstlich. Eigentlich bin ich ja zum Fernsehen gekommen, aber es riecht hier, als sei eine Menge Rotwein beim Kochen draufgegangen.«

»Dad hat die Schalotten darin ertränkt«, erklärte Lilly und fasste Penelopes Hand. »Komm, du kannst mal gucken, wie es Foxy geht.«

Während er das Essen auftat, plapperte Lilly in einem fort. Sam stellte die Teller auf den Tisch und schenkte zwei Gläser Rotwein ein.

»Das ist echt toll«, lobte Penelope. »Ich war gar nicht darauf eingerichtet, dass wir auch etwas essen. Ich muss gestehen, dass ich vorsorglich eine Tüte Chips mitgebracht habe.«

»Die kannst du gern dalassen«, sagte Lilly. »Die esse ich morgen.«

Sam warf seiner Tochter einen Blick zu. »Im Ernst, Lilly.«

»Wieso? Muss sie doch nicht wieder mit nach Hause schleppen.«

Penelope lachte. »Genau. Es war schon ein ganzes Stück Arbeit, diese schwere Tüte voller Luft herzuschaffen.«

»Siehste.« Lilly spießte ein Kartoffelplätzchen auf. »Genau genommen ist das ja gebratenes Kartoffelmus.«

»Lilly geht gleich ins Bett«, verkündete Sam. »Sie hat morgen Schule.«

»Genau. Allerdings muss ich Foxy mitnehmen. Ich habe das Gefühl, dass es ihm nicht so gut geht.«

»Tatsächlich?«, fragte Sam schmunzelnd. »Und woran stellst du das fest?«

»Ich wette, er hat erhöhten Blutdruck und Schmerzen.«

Sam sah zum Sofa hinüber. Der Terrier hatte sich gemütlich in einer Wolldecke eingerollt und schnarchte laut. »Und ich würde sagen, du hast die Wette verloren.«

»Aber es ist gut für seinen Genesungsprozess, wenn er sich in der Nähe von Menschen aufhält.« Lilly rutschte vom Stuhl. »Wir lassen euch jetzt besser allein. Haben aber echt lecker geschmeckt, deine Kartoffelmuskekse. Ich putze mir jetzt die Zähne und gehe dann ins Bett.«

Lilly schnappte sich den verschlafenen Hund und zog dann mit Boss im Gefolge von dannen.

Schweigend aßen Penelope und Sam weiter. Ihm gefiel die Ruhe, die sich über sie beide senkte, und es war auch nicht unangenehm, dass keiner von ihnen sprach. Gedämpft war Lillys Stimme zu hören, die den Hunden einen Vortrag über die Wichtigkeit des Zähneputzens hielt, mit den Türen klapperte und dann in ihrem Zimmer verschwand.

»Darf ich Sie etwas fragen, Sam?«

»Natürlich.« Er nahm die Rotweinflasche und schenkte ihr nach.

»Was ist mit Lillys Mutter?«

Sam legte sein Besteck auf den Teller. »Jessica ist gestorben. Sie hatte ein unentdecktes Aneurysma.« Er empfand es nicht als unpassend, dass Penelope ihn nach ihr fragte, aber die Ereignisse wühlten ihn immer noch sehr auf, wenn er darüber sprach. »Heather kam eines Vormittags vor vier Jahren in die Praxis und sagte, dass Mr Barksdale angerufen habe. Das war Jessicas Arbeitgeber, und deshalb war ich sofort hellhörig. Warum sollte er mich anrufen, wenn Jessica doch gerade bei ihm war? Er sagte, dass sie einfach von ihrem Bürostuhl gefallen und bewusstlos geworden sei.« Sam hob den Blick und sah Penelope an. »Sie wurde sofort ins Krankenhaus gebracht, aber als sie dort ankam, war sie schon tot.«

Er spürte, wie Penelope ihre Hand über seine schob.

»Es vergeht eigentlich kein Tag, an dem ich nicht darüber nachdenke, wie es gewesen wäre, wenn ich sie noch einmal hätte sehen können. Noch einmal ihre warme Hand halten …« Sam legte seine andere auf Penelopes, so dass ihre zwischen seinen Händen lag. Es tat ihm gut, sie beschützen zu können, auch wenn das natürlich ein lächerlicher Gedanke war.

»Ich habe eine Stunde lang neben ihr gesessen, ihre Wange gestreichelt und ihr für die schönen gemeinsamen Jahre gedankt.«

Penelopes Augen hatten sich mit Tränen gefüllt, eine rann über ihre Wange. Mit dem Daumen wischte er sie zärtlich weg.

»Das ist jetzt vier Jahre her, und der Schmerz vergeht nicht. Er verändert sich. Sie ist mir nach wie vor präsent, und ich denke häufig an die schönen Momente mit ihr. Und daran, dass wir eigentlich noch weitere Kinder haben wollten. Lilly ist ihr sehr ähnlich, und ich bin Jessica dankbar dafür, dass sie mir Lilly geschenkt hat. Deshalb verwöhne ich dieses kleine Mädchen auch viel zu sehr, aber sie hat mit vier Jahren ihre Mutter verloren, und da finde ich, dass sie sich eine Sonderbehandlung verdient hat.«

Eine Weile saßen sie so da, ihre Hand immer noch auf seiner, und schwiegen.

»Also, um eines klarzustellen«, fuhr Sam nach einer Weile fort. »Es waren vier sehr harte Jahre, und ich habe sie auch gebraucht, um wieder im Leben zurechtzukommen. Aber ich denke, jetzt ist es Zeit für eine Veränderung.«

Penelope schniefte, dann lächelte sie ihn an. Sam fand sie wunderschön.

»Tut mir leid«, sagte er. »Uns gibt's nur mit Tieren und Altlasten.«

»Könnte ich vielleicht einen Brandy haben?« Penelope erhob sich. »Ich bin sofort wieder da.« Sie verschwand im Flur und war keine halbe Minute später wieder da. »Wo ist denn das Bad?«

»Erste Tür rechts.«

Während Penelope im Bad war, schenkte er zwei Brandy ein und stellte sie auf den Couchtisch. Sein Blick fiel aufs Sofa. Es war voller kurzer weißer Terrierhaare. Er sah es direkt vor sich, wie Penelope nach einem langen Fernsehabend vom Sofa aufstand, den Hintern voller Hundehaare. Er nahm die Decke, holte den Staubsauger und saugte das Sofa ab. Als er fertig war, bemerkte er, dass Penelope in der Tür stand und ihn grinsend beobachtete. Sie hatte ihr Make-up erneuert und war wieder ätherisch schön. Als sie geweint hatte, war ihre Schönheit anders gewesen, leicht brüchig.

»So etwas Nettes hat noch niemand für mich getan«, stellte sie fest und setzte sich.

Sam fuhr sich verlegen durchs Haar. »Tja, ich bringe mal den Staubsauger weg.«

Als er zurückkehrte, hielt sie die Fernbedienung in der Hand und studierte die Programmübersicht.

Sam setzte sich zu ihr aufs Sofa. Er hielt ein wenig Abstand, aber auch nicht zu viel. Sie ließen die Werbung über sich ergehen, und nach ein paar Minuten begann der Vorspann für ›Dr. Clifford, der Arzt, dem die Frauen vertrauen‹.

»Du meine Güte«, sagte Penelope.

Damit kommentierte sie diesen Angeber Hammond, der als Arzt verkleidet ein Lächeln in die Kamera schickte. Sam kannte keine einzige Frau, die diesem Blödmann im wirklichen Leben vertraut hätte. Auf ihn wirkte er wie eine Mischung aus Heiratsschwindler und Hochstapler.

»Tja, das ist der Ehrenbürger von Shaftesbury. Hat sich aus armen Verhältnissen bis in die Spitze der Fernsehprominenz emporgearbeitet«, kommentierte er.

Sam hob sein Brandyglas, und sie stießen an.

Es war wunderschön, mit Penelope fernzusehen. Sie quasselte nicht so viel wie Lilly, und sie brach auch nicht in Begeisterungsstürme aus, als dieser Hammond seinen ersten Patienten behandelte. Aber das Schönste war, dass sie im Laufe des Abends ihren Kopf an seine Schulter lehnte und er den Duft ihrer Haare einatmen konnte.

DONNERSTAG

Am Donnerstagmorgen schlug Penelope die Augen auf und blickte an die Decke ihres Himmelbetts. Nach dem Fernsehen hatten sie die Küche aufgeräumt und das Geschirr abgewaschen und sich dabei köstlich über Nigel Hammond amüsiert. Dieser Abend mit Sam hatte einfach Spaß gemacht. Er war so aufmerksam und witzig gewesen, und er konnte gut kochen und sah gut aus, und er war ein verletzlicher Mensch. Dieser tiefe Einblick in seine Seele, den er ihr gewährt hatte, ließ sie eine Verbundenheit zu ihm spüren, die sie bisher zu keinem anderen Menschen empfunden hatte. Zum Abschied hatte er ihr zwei Wangenküsse gegeben und ihr für den Abend gedankt. Es war eine Mischung gewesen zwischen der ersten Begegnung verlegener Teenager und der Gewissheit, dass sie noch sehr viel gemeinsame Zeit haben würden.

Penelope sah auf die Uhr. Aber trotzdem ging das Leben weiter, und jetzt war keine Zeit für sentimentale Gedanken. Sie sprang aus dem Bett, schlüpfte in ihren Bademantel und tappte in die Küche. Es war halb acht und damit Zeit für den morgendlichen Eindringling.

Während sie ihren Kaffee vorbereitete, konzentrierte sie sich auf das Geschehen vor ihrem Fenster. Kein einziger vorbeifliegender Vogel entging ihr. Und tatsächlich. Als sie sich Kaffee einschenkte, erschien das Gesicht vor dem Fenster. Hastig stellte sie die Tasse ab und lief durch den Flur nach draußen. Der Eindringling befand sich nicht mehr im Vorgarten, aber weit konnte er nicht sein. Penelope lief über den Gartenweg zur Straße, und dort sah sie auf der gegenüberliegenden Seite eine kleine hagere Gestalt in einem weißen Gewand.

»Ein Gespenst«, flüsterte sie. »Ein Gespenst, das die Ackerwindesamen verteilt.«

***

Lilly musterte das Toastbrot mit Schokocreme, das Sam ihr zubereitet hatte. Dann schweifte ihr Blick zum Kakaobecher.

»Ich hab ein bisschen Zucker reingetan. Das magst du doch so gerne.«

Sam drehte sich um und schenkte sich pfeifend eine Tasse Kaffee ein. Er nahm sich ein Croissant, das er auf seinem morgendlichen Rundgang mit Boss geholt hatte, und setzte sich. Foxy war für Spaziergänge noch nicht fit genug. Sam musste ihn für seine Geschäfte nach draußen tragen. Solange der Hinterlauf gebrochen war, konnte der Hund keine Treppen steigen. Die beiden Hunde teilten sich einen Napf, wobei Boss dem verletzten Kumpel fürsorglich den Vortritt ließ. Sams Blick fiel auf seine kleine Tochter, die ihn mit hochgezogener Augenbraue musterte.

»Was ist?«, fragte er.

»Werde ich geimpft, oder was ist los?«

»Wieso?«

»Na ja, so viele süße Sachen kriege ich sonst nur, wenn was Unangenehmes ansteht.«

»Ich kann dich beruhigen. Du kriegst das alles heute ohne Hintergedanken.«

»Okay.« Lilly biss vom Toastbrot ab.

Sie würde schon selbst drauf kommen, dachte Sam. Darauf, dass ihr Daddy bis über beide Ohren verknallt war und auch nicht vorhatte, diesen Umstand zu ignorieren. Ohne mit Penelope gesprochen zu haben, spürte er eine stillschweigende Übereinkunft mit ihr darüber, dass sie sich Zeit lassen würden. Nur das Ziel war klar. Und wenn Lilly gleich Gemma in der Schule von ihrem außergewöhnlichen Frühstück berichtete, würde die ihr ohnehin sofort erklären, dass ihr Daddy entweder jemanden umgebracht oder sich verliebt hatte. Und wenn es nicht Gemma war, dann ihr Vater, der blöde Landvermesser.

Nachdem er Lilly verabschiedet und aufgeräumt hatte, holte er das Eichhörnchen aus ihrem Zimmer. Natürlich hatte sie die Patenschaft für das arme Tier übernommen und fütterte es regelmäßig. Nur nachts ging er alle zwei Stunden leise hinüber und gab ihm die Flasche. Man musste kein Psychologe sein, um zu erkennen, dass Lillys ausgeprägter Mutterinstinkt auf dem frühen Verlust ihrer Mutter beruhte. Und wer war er, dass er ihr diese positive Eigenschaft austreiben wollte.

Er stieg die Treppe hinab in die Praxis, wo er Heather überschwänglich begrüßte, das Eichhörnchen in die Box setzte, wo es sich tagsüber aufhielt, ehe er sich auf den Weg zu seinem ersten Patienten machte. Das Leben war schön.

***

Als sie endlich in der Agentur ankam, war Penelopes Ärger über ihre eigene Blödheit allmählich verraucht. Warum zum Teufel war sie nicht so schlau gewesen, ihr Smartphone parat zu halten, um ein Foto des Täters zu machen? Jetzt hatte sie nur das Bild eines Gespenstes mit dürren O-Beinen vor Augen. Und nachdem die Aufregung allmählich abgeklungen war, war sie sich inzwischen gar nicht mehr so sicher, ob sie das alles wirklich gesehen oder sich nur eingebildet hatte. Mit einer Tasse Kaffee setzte sie sich an ihren Schreibtisch. Wenn sie jetzt Internetzugang hätte, würde sie ein paar Suchbegriffe eingeben und versuchen herauszufinden, was es mit dieser verdammten Ackerwinde auf sich hatte. Aber seit sie diesen ellenlangen Fragebogen ausgefüllt und abgeschickt hatte, herrschte Schweigen auf Seiten der Telefongesellschaft. Vermutlich dachten diese Leute, dass sie mit dem Telefonanschluss ihr Soll bereits erfüllt hatten. Oder sie arbeiteten sich noch durch ihre seitenweisen Angaben, von denen kein Mensch wusste, wozu sie gut waren. Sie stellte gerade die Kaffeetasse ab, als das Telefon läutete.

»Golden Sunshine and Luxury Club, Penelope St. James am Apparat, was kann ich für Sie tun?«, meldete sie sich.

»Ah, meine Liebe, wie schön, dass ich Sie erreiche. Pettyfer. Sie erinnern sich, wir hatten vor einigen Tagen das Vergnügen.«

Penelope schluckte. Vergnügen würde sie es nicht nennen, wenn der Vertreter ihrer Vermieterin sie regelmäßig nach der Miete fragte. »Mr Pettyfer, guten Tag. Sagen Sie nicht, dass das Geld immer noch nicht eingegangen ist.«

»Ich befürchte nein, meine Liebe. Gerade eben erhielt ich einen Anruf von Mrs Middlecroft. Sie hat ihren Bankauszug studiert und vermisst diesen Geldeingang doch, wie soll ich sagen, schmerzlich.«

»Hm. Ich habe bereits in der Zentrale nachgefragt, allerdings den zuständigen Kollegen nicht erreicht«, umschrieb Penelope den Umstand, dass Jeremy sich seit zwei Wochen verleugnen ließ. »Wissen Sie was, geben Sie mir Mrs Middlecrofts Kontoverbindung. Ich werde dann das Geld selbst überweisen und klären, dass so etwas künftig nicht mehr vorkommt.«

»Da wären meine Mandantin und ich Ihnen außerordentlich verbunden, meine Liebe. Einen schönen Tag noch.«

Penelope wünschte ebenfalls einen schönen Tag und legte dann auf. Jeremy würde etwas erleben. Wenn er vorhatte, sie hier in die Pampa zu schicken und am ausgestreckten Arm verhungern zu lassen, hatte er sich geschnitten. Bisher hatte sie sämtliche Kosten von ihrem Ersparten bezahlt, aber das würde sie nicht ewig mitmachen. Sie wählte die Nummer des Clubs in London, aber es läutete unendlich lange, ohne dass jemand abnahm. Allmählich kam ihr das alles merkwürdig vor. Sie wählte Jeremys Handynummer, aber er ging nicht dran. Als Nächstes wählte sie Sues private Nummer.

»Oh hi Penelope.« Sues Stimme klang ein wenig zögerlich, außerdem hörte es sich an, als hielte sie sich gerade an einem Bahnhof auf. Oder jedenfalls an einem Ort, an dem sich viele Menschen befanden.

»Hi Sue, wo bist du? Ich erreiche in der Agentur niemanden.«

»Tja, ähm … also, das ist so.«

»Was?«

Penelope verstand nichts mehr, weil Sues Stimme immer leiser wurde. Außerdem sprach sie offenbar mit jemandem. Endlich wurden die Hintergrundgeräusche leiser.

»Ich bin jetzt bei Starbucks.«

»Ach, und wer geht im Club in der Zwischenzeit ans Telefon?«

»Niemand. Ich bin nicht bei Starbucks, um Kaffee zu trinken, sondern um ihn zu verkaufen. Weißt du, sie brauchten dringend eine Aushilfe, und ich mache das, bis ich einen richtigen Job gefunden habe.«

Penelope hatte eine furchtbare Ahnung, was das bedeuten sollte, aber ihr Verstand weigerte sich noch, das Gehörte zu akzeptieren. »Du hast also aufgehört, beim Golden Sunshine and Luxury Club zu arbeiten?«

»Nein, der Golden Sunshine and Luxury Club hat aufgehört zu existieren«, antwortete Sue. »Aus, finito, we are closed forever.« Sue schwieg eine Weile. »Ich schätze, Jeremy hat dir das nicht gesagt, oder?«

»Geschlossen?« Penelope kam immer noch nicht mit. »Aber ich habe eben eine Niederlassung in Shaftesbury eröffnet«, sagte sie fassungslos. Oder ich bin gerade dabei, fügte sie in Gedanken hinzu.

»Hm«, war Sues einziger Kommentar.

Und Penelope spürte, wie ihr das Blut in den Adern stockte. War es möglich, dass sie derart naiv gewesen war? So naiv, dass es Jeremy gelungen war, sie auf dem Lande kaltzustellen und ihr die größten Probleme einzubrocken, um sie damit von dem Umstand abzulenken, dass er pleite war? Kein Geld hatte, um ihr Gehalt zu bezahlen? Und sie eine kostspielige Niederlassung eröffnen ließ, wohl wissend, dass er sie auf den Kosten sitzenlassen würde?

»Tja, also ich müsste dann zu meiner Schicht zurück«, sagte Sue, die Penelope ganz vergessen hatte.

»Natürlich. Wo ist Jeremy?«

»Weiß nicht. Nach den Anrufen des Vermieters und der Bank zu urteilen irgendwo in der Karibik.«

»So eine verdammte Scheiße! Okay, mach es gut, Sue.«

»Du auch. Tut mir leid.«

Penelope legte den Hörer auf und starrte aus dem Fenster auf die Straße von Shaftesbury. Sie wollte so gern sagen: Jeremy, du kannst mich mal! Wozu brauche ich dich überhaupt? Aber ihr Kopf spielte nicht mit. Ihre Gedanken fuhren Karussell, und es kam nichts Vernünftiges dabei heraus. Sie hatte eine überdimensionierte Leuchtreklame angebracht, die halb Shaftesbury erstrahlen ließ, sie hatte keinen Internetzugang, nur eine spleenige Landbevölkerung als potentielle Kundschaft, nebenan hausten Tiere, und sie hatte noch nicht einmal Startkapital. Und in dieser Situation machte sie sich Gedanken über die Samen einer seltsamen Pflanze. Penelope stützte den Kopf in die Hände und versuchte, ruhig zu atmen. Das alles war so irrsinnig, dass ihr niemand glauben würde.

Okay, du musst nachdenken, Penelope. Beruhige dich und denke nach.

Aber nachdenken ging hier nicht. Sie musste raus, irgendwohin, wo ihre Gedanken frei waren. Sie schnappte sich ihre kirschrote Tasche und stürmte nach draußen.

Wenig später fand sie sich auf der Bank auf dem Friedhof wieder. Glücklicherweise war ihr im Augenblick alles egal, und sie machte sich wirklich keine Gedanken darüber, was die Leute von ihr hielten. Sollten sie sie für morbide halten oder für gestört. Aber hier draußen hatte nicht nur ihr Handy einen guten Empfang. Hier konnten auch ihre Gedanken fließen. Der Organist schien sich heute Vormittag durch ein unliebsames Stück zu quälen, jedenfalls brach er mehrfach ab, wiederholte die Stelle, an der er gescheitert war, nur um ein Stück weiter wieder hängenzubleiben. Erstaunlicherweise störte das Penelope nicht, sondern beruhigte sie. Auch anderen Menschen gelang offenbar nicht alles. Weitere zehn Minuten später hatte der Musiker offenbar die Geduld verloren. Nach einer kurzen Pause schlug er ganz neue Saiten an und spielte »Knockin' on Heaven's Door«. Danach hörte er auf, und Penelope schloss die Augen und lauschte dem Rascheln der Blätter in den Bäumen.

»Oh, hi.«

Sie öffnete die Augen und hielt die Hand darüber, um das Gesicht der Gestalt vor ihr erkennen zu können.

»Hallo Luke«, grüßte sie den Wirt des Golden Horse.

»Alles okay mit Ihnen?«

»Nein.«

Er grinste. »Tag der Wahrheit, wie?« Er deutete auf die Bank. »Darf ich?«

»Bitte. Gott hält für jeden ein Plätzchen bereit.«

»Ich hätte Sie gar nicht für religiös gehalten«, stellte Luke fest.

»Bin ich auch nicht. Ich hab nur einen ruhigen Platz gesucht.«

»Soll ich wieder gehen?«

»Nein.«

Eine Weile schwiegen sie.

»Kommen Sie häufiger her?«, fragte Penelope.

»Jeden Tag, bevor ich den Pub öffne.«

»Ich hätte Sie auch nicht für religiös gehalten.«

»Bin ich auch nicht. Aber vormittags ist die einzige Zeit, in der ich üben kann.«

Penelope drehte sich zu ihm um. »Sie spielen die Orgel?«

»Ja. Haben Sie mir zugehört?«

»Bis ich meinen Festnetzanschluss hatte, habe ich Ihnen jeden Tag zugehört. Sie beenden die Übungsstunde immer mit einem Rocksong.«

Luke nickte. »Ich hab früher Keyboard in einer Band gespielt. Hier draußen gibt's keine Band, deshalb hab ich einen Kompromiss mit dem Pfarrer gefunden. Ich spiele sonntags im Gottesdienst die Orgel, wenn ich hin und wieder was Fetziges abliefern darf.«

»Aber immer mit kirchlichem Bezug«, stellte Penelope fest. »Sie haben ›Stairway to Heaven‹ gespielt, ›Knockin' on Heaven's Door‹ und ›Skyfall‹.«

»Sie haben gut zugehört. Ich sage ja, ich bin kompromissbereit.«

»Könnten Sie nicht im Pub eine Band gründen? Ich kann mir gar nicht vorstellen, dass es in Shaftesbury und Umgebung keine Musiker gibt.« Penelope schlug die Beine übereinander. »Vielleicht gibt es noch mehr von Ihrer Sorte, die früher in einer Band spielten und deren Talent jetzt darniederliegt.«

»Möglich.« Luke beugte sich vor und stützte die Ellenbogen auf die Knie. »Ich hab's noch nicht geschafft, mich dazu aufzuraffen, es in Erfahrung zu bringen.«

Penelope schlenkerte mit dem Fuß. Bei diesen roten Pumps war das Veloursleder an den Absätzen ziemlich abgenutzt. Sie brauchte dringend neue Schuhe. Ihr entging nicht, dass Luke ihre Fesseln bis hinauf zu ihrem Knie musterte, wo ihr rotes Hemdblusenkleid begann.

»Also, wollen Sie einem neugierigen Mann erzählen, was mit einer schönen Frau an einem Tag wie diesem nicht stimmt?«

»Wie viel Zeit haben Sie?«

Er wandte sich grinsend zu ihr um. »So schlimm?«

»Schlimmer. Ich bin eine Frau ohne Zukunft, ahnungslos und unbedarft.«

»Kann ich nicht bestätigen. Vielleicht haben Sie einfach nur ein Tief. So wie jeder von uns es mal hat.«

»Mit ein bisschen Mühe könnte ich mir das bestimmt einreden. Es ist nur so, dass mein Verstand es besser weiß.«

Luke sah auf die Uhr. »Ich muss rüber ins Golden Horse und das Mittagessen vorbereiten. Warum kommen Sie nicht mit und essen eine Kleinigkeit?«

»Nein danke, ich bleibe noch ein wenig hier sitzen.«

Er stand auf. »Ich kann Ihnen nur sagen, dass Sie eine talentierte Person sind. Ich hab zwar immer noch nicht ganz geschnallt, was Sie da in Ihrem leuchtenden Laden anstellen, aber Sie haben hier in diesen paar Tagen ganz schön was angeschoben. Laura spricht mit mir, Dorian schleppt ständig Bücher ins Pub und ackert sie durch und darf dabei nicht gestört werden, und kürzlich traf ich Mrs Colombine, die mir unter dem Mantel der Verschwiegenheit gebeichtet hat, dass sie Ihretwegen die Hoffnung auf eine weitere Ehe doch noch nicht begraben hat.« Er steckte die Hände in die Taschen seiner Jeans. »Vielleicht hilft Ihnen das bei Ihren Überlegungen weiter. Man sieht sich.«

Penelope sah ihm nach, wie er lässig zwischen den Grabsteinen davonschlenderte und dann auf den Gehweg trat und aus ihrem Blickfeld verschwand. Es lag ihr überhaupt nicht, angefangene Projekte mittendrin abzubrechen, und sie wollte auf keinen Fall die Menschen enttäuschen, denen sie möglicherweise Hoffnung auf einen Lebenswandel gemacht hatte. Abgesehen davon mochten neben ihrer Agentur zwar Tiere hausen, aber dort lebte auch ein ausgesprochen liebenswerter Mann, und Jeremy brauchte sich nicht einzubilden, dass sie das alles hier seinetwegen aufgeben würde. Penelope stellte die Füße auf die Erde und erhob sich. Es war Zeit, die Dinge in Angriff zu nehmen.

***

Mehrere Bewohner von Shaftesbury fragten sich an diesem Donnerstag, wo sich Penelope St. James aufhielt. Als Sam mittags in die

Agentur hinüberging, um ein wenig mit ihr zu plaudern, fand er die Ladentür verschlossen vor, der Schriftzug des Clubs war nicht beleuchtet. Und am Abend warteten die Damen des Buchclubs vergebens auf ihre Teilnahme an der außerordentlichen Sitzung.

Penelope hingegen hatte mittags ein paar Kleidungsstücke in ihren Koffer geworfen und sich mit ihrem Mini Richtung London aufgemacht.

Mit dem Aufzug fuhr sie nun in den fünften Stock des West Tower Buildings, in dem die Zentrale des Golden Sunshine and Luxury Clubs untergebracht war. Oder untergebracht gewesen war. Vermutlich musste sie künftig in der Vergangenheitsform denken. Immerhin war die Glastür nicht verschlossen, aber hinter dem Empfangstresen war kein Mensch zu sehen. Nur der Schriftzug von Englands exklusivster Partnervermittlungsagentur leuchtete golden an der Wand hinter dem Tresen. Von irgendwoher hörte Penelope Stimmen. In ihrem schwarzen Anzug mit verdeckter Knopfleiste fühlte sie sich jeder Begegnung gewachsen – auch einer mit Jeremy. Deshalb schritt sie beherzt auf dem steingrauen Veloursteppich aus. Penelope ging in Richtung der Stimmen, die aus Jeremys Büro kamen, aber soweit sie es erkennen konnte, war seine Stimme nicht darunter.

Bei ihrem Eintreten sahen die vier Männer in schwarzen Anzügen auf. Der Älteste unter ihnen fasste sich als Erster.

»Ah, guten Tag, meine Liebe. Ich muss Sie darauf hinweisen, dass die Agentur geschlossen ist. Sie müssten sich wohl nach einer anderen Partnervermittlungsagentur umsehen.«

Die vier Kerle hatten sich um Jeremys Schreibtisch gruppiert, auf dem sie den Inhalt seiner Schränke ausgebreitet hatten. Offenbar hatte sie die Männer bei etwas Ähnlichem wie Leichenfledderei gestört.

»Guten Tag«, sagte sie. »Mein Name ist Penelope St. James, und ich bin nicht auf der Suche nach einem Mann.«

Einer der Männer stieß einem anderen den Ellenbogen in die Rippen und nickte in Penelopes Richtung, dann tuschelte er ihm etwas ins Ohr.

»Oh«, sagte der Ältere schließlich. »Mrs St. James. Natürlich.« Der Mann kam hinter dem Tisch hervor und gab ihr die Hand. »Verzeihen Sie, meine Liebe. Ein Missverständnis meinerseits. Ich bin Theobald Fairmont, und ich wurde vom London Court zum Insolvenzverwalter für die Agentur bestimmt.« Er lächelte. »Möchten Sie sich setzen?«

»Nein, möchte ich nicht. Insolvenzverwalter?« Ihr Eindruck, dass die Geier über dem Aas kreisten, traf offenbar zu.

»Sie wissen nicht zufällig, wo sich Mr Jeremy Highland aufhält?« Mr Fairmont rückte ihr trotz ihrer Mitteilung, dass sie sich nicht setzen wollte, einen Stuhl zurecht.

»Der Laden ist pleite?«, fragte sie.

»Nun ja, kurz zusammengefasst könnte man es wohl salopp so formulieren.«

»Und Jeremy hat sich vom Acker gemacht?«

»Tja …« Theobald Fairmont blies die Backen auf und legte die Fingerspitzen aneinander. »Er ist derzeit jedenfalls nicht an den uns bekannten Orten aufhältlich und auch nicht erreichbar.«

»Dieses Schwein.« Penelope griff nach der Lehne des Stuhls und setzte sich jetzt doch. »Und Sie wickeln den Laden jetzt ab?«

»Wir verschaffen uns einen ersten Überblick, richtig. Vielleicht ein Tässchen Tee?«

»Nein, danke.«

Der junge Anwalt studierte etwas auf seinem Tablet und ging dann zu Fairmont hinüber, um ihm erneut etwas ins Ohr zu flüstern.

»Ich höre gerade, meine Liebe, dass bei Ihnen noch Gehaltszahlungen ausstehen.«

Penelope hob den Blick. »Bei mir stehen Gehaltszahlungen aus, und Jeremy schuldet noch die Miete für die neugegründete Niederlassung in Shaftesbury und die Bezahlung der Einrichtung, des Telefonanschlusses und des Schriftzuges über dem Eingang«, zählte sie auf.

Fairmont verzog das Gesicht, als hätte er starke Schmerzen. »Wie unglücklich, meine Liebe. Wissen Sie, die Konten der Agentur sind leer, und das bisschen, was noch da sein sollte, fehlt. Darüber hätten wir gern mit Mr Highland gesprochen. Bedauerlicherweise wissen wir nicht, wo er sich derzeit aufhält. Sie hätten nicht zufällig eine Ahnung?«

»Glauben Sie mir, es ist besser, wenn ich nicht weiß, wo sich Jeremy aufhält. Heißt das, dass ich auf den Kosten sitzenbleibe?«

»Wir würden das Mietverhältnis für die Niederlassung umgehend beenden und versuchen, die unbezahlten Dinge an die Lieferanten zurückzugeben. Damit werden diese armen Menschen vermutlich auf einem Teil der Kosten sitzenbleiben, aber das lässt sich dann nicht ändern. Besonders der Schriftzug ist wohl für Dritte kaum zu verwenden.«

Vor Penelopes Auge erschien die goldfarben leuchtende Schrift Golden Sunshine und Luxury Club, die seit Kurzem die Main Road von Shaftesbury erhellte und schon zu so manchem Missverständnis geführt hatte. Aber zugleich war ihre kleine Agentur auch ein Ort, an dem schon jetzt viele Ideen geboren waren und Projekte begonnen hatten. Sie würde das alles nicht aufgeben. Nicht wegen Jeremys Unfähigkeit.

Penelope erhob sich. »Hören Sie, Mr Fairmont. Wir machen einen Deal.«

»So?« Die beachtlichen Augenbrauen des ergrauten Rechtsanwalts rutschten Richtung Haaransatz.

»Ich kaufe Ihnen den Plunder für die Einrichtung der Niederlassung ab, steige in den Mietvertrag ein, und dafür erlasse ich Ihnen meine letzten Gehaltszahlungen. Wie klingt das?«

»Das, äh …« Fairmonts Blick wanderte zu seinem jungen Begleiter. Der nickte.

»Das könnten wir so machen«, stimmte Fairmont zu. »Wenn Sie wollen, setzt Benjamin etwas auf.«

»Gut.« Penelope reichte ihm ihre Visitenkarte. »Hier ist meine Adresse. Mich müssen Sie jetzt entschuldigen, ich habe etwas Dringendes zu erledigen.«

Eilig verließ sie die Agentur, den Ort, an dem sie so viele zufriedene Jahre verbracht hatte. Die Männer da drinnen mussten ja nicht wissen, dass sie auf die jüngsten Entwicklungen hin erst mal ein Paar neue Schuhe brauchte.

Eine Stunde später war Penelope vollkommen erschöpft, hatte ihre Nerven aber wieder unter Kontrolle. Sie stieß die Tür zu einem entzückenden Tearoom auf und setzte sich an einen kleinen runden Bistrotisch am Fenster. Die Papiertasche mit ihrem Einkauf stellte sie auf den Stuhl auf der gegenüberliegenden Seite des Tisches. So, als wäre es ein angenehmer Gesprächspartner. Die Tasche beherbergte einen Karton mit einem Paar sündhaft teurer Pumps mit Pailletten in Silber und verrückten Farben. Penelope hatte keine Idee, wann und bei welcher Gelegenheit sie die Schuhe jemals tragen sollte – es sei denn, sie lief sie auf dem morastigen Dorfanger ein –, aber es ging ihr einfach besser, seit sie mit der Tasche in der Hand die Boutique verlassen hatte. Die Mitteilung dieses Rechtsanwalts Fairmont, dass Jeremy sich verkrümelt und nichts als Schulden und verbrannte Erde zurückgelassen hatte, überraschte sie merkwürdigerweise nicht allzu sehr. Im Nachhinein kam ihr die Idee, ausgerechnet in Shaftesbury eine Niederlassung des Golden Sunshine und Luxury Clubs zu eröffnen, irrsinnig vor, und sie wunderte sich über sich selbst, weil sie nicht eher misstrauisch geworden war. Aber offenbar hatte ihr Ehrgeiz die mahnende Stimme in ihrem Hinterkopf zum Schweigen gebracht. Womit sie weitaus mehr haderte, war ihr spontaner Entschluss, auf Geld zu verzichten, ihren kleinen Laden in Shaftesbury zu behalten und künftig auf eigenen Beinen zu stehen. Mit ihrer Berufserfahrung und ihrem Auftreten wäre es vermutlich ein Leichtes, eine gut bezahlte Stelle in London zu erhalten. Es gab nur einen Haken an der Sache: Sie wäre dann in London. Und es war verrückt und für sie selbst völlig unverständlich, aber der Gedanke, ihre Zelte in Shaftesbury jetzt schon wieder abzubrechen und in die lärmende Großstadt zurückzukehren, erschien ihr nicht besonders reizvoll. Sie würde eine Reihe neuer Bekanntschaften verlieren und all das, was sie begonnen hatte, nicht zu Ende führen können.

Penelope bestellte bei der freundlichen Kellnerin eine Tasse Darjeeling und ein Schokoladen-Eclair und betrachtete eine Weile die vorüberhastenden Menschen. Sie alle hatten es eilig, mussten ein Ziel erreichen, hatten Termine. Bis vor kurzem war es ihr selbst ebenso ergangen. Niemals hätte sie sich tagsüber die Zeit genommen, um einfach in einem Tearoom zu sitzen und Löcher in die Luft zu gucken. Und dabei war das das Beste, was man tun konnte. Genüsslich verspeiste sie das Eclair und war ganz zufrieden mit ihrem Plan, künftig auf dem Lande zu leben und ab und zu nach London zu fahren, wenn es ihr dort draußen zu einsam wurde.

Es war inzwischen dämmrig geworden, und Penelope saß in ihrem Mini, den sie ziemlich kriminell am Straßenrand in Notting Hill geparkt hatte, und dachte nach. Notting Hill war ein lebhafter Stadtteil, in dem unzählige Menschen lebten. Sie könnte durch die Portobello Road schlendern und in den Läden herumstöbern, sie könnte allerdings auch die Augen nach einer alten Dame mit Hund offenhalten, die so tat, als wäre sie ein junger Mann, und die spannende Kriminalromane schrieb. Penelope glaubte nicht daran, dass sie es schaffen würde, die Identität der Autorin aufzudecken. Das hatten vor ihr bestimmt schon viele Menschen versucht. Hartnäckige Fans, verzweifelte Journalisten, Stalker. Aber es gab zwei Gründe, weshalb sie es dennoch versuchen wollte: Zum einen klang der Plot des jüngsten Krimis von Tom Stanneck so, als hätte die Autorin Blackmore Manor vor Augen gehabt, als sie schrieb. Zum anderen würde Edith Fergus, die alkohollastige Dame aus dem Buchclub, sich vermutlich vor Freude überschlagen, wenn Tom Stanneck eine Lesung abhielt. Und Penelope hatte das Gefühl, dass es ihr selbst Spaß machen würde, Edith Fergus und allen anderen Beteiligten dieses Projekts eine Freude zu machen. Vielleicht wäre das ohnehin eine Idee für den Sunshine Club. Nicht nur ausschließlich Partner fürs Leben zu vermitteln, sondern auch Events zu organisieren und Menschen zusammenzubringen.

Jemand klopfte an das Beifahrerfenster. Penelope sah auf und entdeckte einen Bobby, der sich herunterbeugte und in ihr Auto sah. Sie ließ die Scheibe herunter.

»Kann ich Ihnen helfen? Haben Sie sich verfahren?«

»Ich musste mich einen Moment orientieren. Ich war nicht ganz sicher, wohin ich fahren soll.«

»Hier können Sie nicht stehen, aber wenn Sie die zweite links abbiegen, finden Sie sicher einen Parkplatz, wo Sie dann in aller Ruhe nachdenken können.«

Penelope bedankte sich und ließ den Motor an. Sie fädelte sich in den Verkehr ein, ließ die erste Seitenstraße im wahrsten Sinne des Wortes links liegen und bog dann in die zweite Straße ein. Neben einem roten Briefkasten war tatsächlich ein freier Parkplatz. Sie holte ihr Smartphone heraus und googelte Tom Stanneck. Wie nicht anders zu erwarten, gab es im Netz keine Bilder von diesem Kerl, der ja eigentlich eine Dame war. Nur die Cover seiner zahlreichen Bücher waren abgebildet. Die alte Dame war wirklich eine Vielschreiberin. Persönliches war über den Autor ebenfalls kaum zu finden. Allerdings stieß Penelope auf ein drei Jahre altes Interview, in dem Stanneck berichtete, dass er in der Nähe der Portobello Road lebe und sich dort häufig aufhalte, um Ideen zu sammeln und Charaktere zu studieren. Und in einer weiteren Passage berichtete er, dass er in einer ruhigen Straße wohne. Das einzig Spannende sei ein Briefkasten, und er könne genau sagen, wer wann und wie häufig dort Briefe einwirft. Penelope hob den Blick. Und sah genau auf einen roten Briefkasten.

Auf der anderen Straßenseite wurde in diesem Moment die Haustür einer entzückenden Stadtvilla geöffnet, und ein beigefarbener Corgi hopste von der Eingangsstufe herunter auf den Gehweg. Er war angeleint, und am anderen Ende der Leine trat eine alte Dame aus der Tür. Sie trug ein beigefarbenes Kostüm, eine leicht lila schimmernde Dauerwelle und eine braune Lederhandtasche. Sie wandte sich um, um die Tür abzuschließen, und ging dann zur Straße und weiter zum Briefkasten. Während der Corgi geduldig wartete, zog sie einen Briefumschlag aus der Handtasche und warf ihn ein.

Penelope löste den Gurt und öffnete die Fahrertür.

»Mr Stanneck«, sagte sie. »Mr Tom Stanneck?«

Der Briefkastendeckel fiel klappernd zu. Der Corgi knurrte ein wenig, als Penelope näher kam.

»Guten Tag, mein Name ist Penelope St. James, und ich bin außerordentlich erfreut, Ihre Bekanntschaft zu machen.« Penelope war sich plötzlich ganz sicher, dass sie das Rätsel schneller gelöst hatte als gedacht.

Die alte Dame kniff die Augen zusammen. »Presse?«

»Nein, ich bin in ehrenvoller Absicht hier, und ich verspreche Ihnen, wenn wir beide nicht ins Geschäft kommen, dann vergesse ich auf der Stelle, dass ich Sie jemals getroffen habe.«

»Keine Presse.« Die alte Dame entspannte sich sichtlich. »Wissen Sie, Sie sind mir nicht aufgefallen, deshalb bin ich einfach aus dem Haus gegangen. Normalerweise kriege ich es mit, wenn jemand im

Wagen auf der Lauer liegt. Einmal bin ich fünf Tage nicht vor die Tür gegangen, weil hier so ein Kerl rumlungerte. Und den armen Lucifer musste ich in den Garten hinters Haus schicken.«

Der Corgi kläffte bei der Erwähnung seines Namens.

»Sie können sich auf mich verlassen. Ich bin …« Penelope brach ab. »Ach, wissen Sie, das ist eine lange Geschichte.«

»Schön. Dann sparen wir uns das Gassigehen.« Die alte Dame beugte sich zu dem Hund hinunter. »Pinkel mal an den Briefkasten, Lucifer. Das machst du doch so gerne, und dann muss das für heute genügen.«

Der Corgi gehorchte und hob das Bein.

»Kommen Sie, wir sollten hier nicht so lange auf der Straße herumstehen.«

Penelope folgte der Frau über die Straße, und eine Minute später befand sie sich im Hausflur des berühmten Autors Tom Stanneck alias … Tja, das wusste Penelope noch nicht so genau. Aber Edith Fergus würde sich bei der Nachricht erst mal ein Schlückchen genehmigen. So viel war sicher.

»Tässchen Tee?«, fragte ihre Gastgeberin.

»Gern.«

Der Eingangsbereich war winzig, aber dahinter zeigte sich das großzügige Innere des Hauses. Auf der rechten Seite lag eine Zimmerflucht, bestehend aus drei ineinander übergehenden Räumen, die jeweils durch eine Tür vom Flur aus betreten werden konnten. Penelope erkannte im Vorbeigehen eine Art Wohnraum, einen Salon und ganz zum Schluss ein Arbeitszimmer. Von dort aus hatte man einen herrlichen Blick in den kleinen Garten hinter dem Haus. Die Küche war ein wenig altmodisch, aber großzügig eingerichtet. Die Hausherrin ließ gerade Wasser in einen verbeulten Teekessel laufen.

»Wissen Sie«, sagte sie. »Ich hatte gar keine Lust, mit Lucifer rauszugehen, aber mich hatte so eine gewisse Unruhe beschlichen, und dann kriege ich keinen vernünftigen Satz aufs Papier. Ich dachte, ein wenig frische Luft würde helfen. Und ich hab an einem Preisausschreiben teilgenommen und gleich mal das Lösungswort abgeschickt.« Sie nahm den abgestoßenen Deckel einer Porzellankanne ab und gab Teeblätter in die Kanne.

»Ach so.« Sie sah Penelope fragend an. »Ich hoffe, Darjeeling ist Ihnen recht. Ich trinke jedenfalls immer welchen.«

»Wunderbar.«

»Setzen Sie sich.«

Penelope setzte sich an den robusten Holztisch und sah zu, wie sie Teetassen aus dem Schrank nahm und eine Weile nach vorzeigbaren Keksen suchte. Der Corgi hatte es sich auf einem Kissen unter dem Fenster gemütlich gemacht und schmatzte genüsslich vor sich hin.

»Mrs … soll ich Sie Mrs Stanneck nennen?«

»Das war der Mädchenname meiner Mutter. Etwas Besseres fiel mir nicht ein, als der Verlag mich dazu aufgefordert hat, mir ein Pseudonym auszudenken. Eigentlich heiße ich Smith. Samantha Smith.«

»Im Ernst?«

Die Autorin nahm ein kleines Kännchen Kaffeesahne aus dem Kühlschrank. »So ein Allerweltsname ist gar nicht mal schlecht, wenn man in der großen Menge nicht auffallen will.«

Als der Tisch gedeckt war, setzte sie sich zu Penelope.

»Warum schreiben Sie überhaupt unter Pseudonym?«

»Der Verlag war der Ansicht, dass sich meine Krimis mit brutalen Morden nicht verkaufen lassen, wenn sich herausstellt, dass sie von einer unverheirateten ehemaligen Lehrerin geschrieben werden. Deshalb haben sie die Legende des smarten Tom Stanneck erfunden, der allerdings das Licht der Öffentlichkeit scheut. Meine Leser machen mir die Hölle heiß, weil jeder Autor, der etwas auf sich hält, Meet & Greets abhält, Lesungen durchführt, sich Interviews stellt und so weiter. Nur Tom Stanneck verkriecht sich. Deshalb gibt es ja auch schon wilde Gerüchte über meine Person.«

»Also, Mrs Smith, ich möchte Ihnen erst einmal für Ihre Offenheit danken. Ich habe Ihnen noch gar nichts von mir erzählt.«

»Ich weiß, dass ich meinem Instinkt vertrauen kann, meine Liebe. Ich glaube, mit Ihnen stimmt alles.«

»Oh, das würde ich so nicht sagen. Ich musste mir gerade ein Paar exorbitant teurer Schuhe kaufen, um über eine berufliche Krise hinwegzukommen.«

Samantha Smith lächelte. »Sehr sympathisch, meine Liebe. Sehr sympathisch.« Sie griff nach der Kanne und schenkte Tee nach. »Also, was wollen Sie von mir?«

Penelope gab zwei Löffel Zucker in ihre Tasse. »Wissen Sie, ich habe bis vor kurzem in einer Partnervermittlungsagentur hier in London gearbeitet. Mein Chef hat mir angeboten, draußen auf dem Land eine Niederlassung zu eröffnen. Sozusagen als ersten Schritt in eine Partnerschaft. Wie sich heute herausgestellt hat, war das nur ein Trick, um mich an einen möglichst weit entfernten Ort zu bringen, damit ich nicht rauskriege, dass wir in Wahrheit pleite sind.«

»Oh.« Ohne den Blick von Penelope zu wenden, griff die alte Dame nach einem Keks. »Wie unangenehm.«

»Das spielt für mein Anliegen im Grunde keine Rolle«, fuhr Penelope fort. »Es ist nur so, dass mein Auftauchen in dem kleinen Ort Shaftesbury irgendwie dazu geführt hat, dass mich die Leute um Gefälligkeiten bitten. Und das bezieht sich nicht nur darauf, dass sie einen Partner fürs Leben suchen. Na ja, das, worum ich Sie bitten wollte, ist allerdings mehr oder weniger auf meinem Mist gewachsen. Ich fürchte nur, dass wir nicht zusammenkommen werden, weil das bedeuten würde, dass Sie Ihre Identität der Öffentlichkeit preisgeben.«

»Klingt interessant. Ich muss sagen, dass ich immer häufiger nachts wach liege und darüber nachdenke, was für ein Spaß es sein muss, wenn Tom Stanneck angekündigt wird und eine alte Schachtel erscheint.« Samantha Smith kicherte, und der Corgi öffnete ein Auge.

»Meinen Sie, das wäre möglich?«

»Ich müsste mit dem Verlag sprechen. Ich will die Leute ja auch nicht vor den Kopf stoßen. Auf der anderen Seite hätte ich Spaß an einer Lesung.«

Penelopes Herz pochte. »Also, wenn Sie das hinkriegen, wäre es eine Wucht. Wissen Sie, es gibt einen Ort, der perfekt wäre für eine Lesung Ihres Romans ›Nachts im Schloss‹.«

»Ach, wirklich? So ein zugiges, schauriges Gemäuer mit alten Rüstungen?«

Penelope dachte an Blackmore Manor und fand, dass man es nicht besser beschreiben konnte. »Genau genommen ist es ein Herrenhaus, aber es ist riesig, und wir planen im Ort gerade eine Eventreihe.«

»Klingt toll. Erzählen Sie weiter.«

»Wir planen Führungen, und es wäre toll, wenn wir in diesem Zusammenhang Lesungen mit Ihnen machen könnten. Wenn Sie beispielsweise eine Passage mit einem Mord lesen, könnten wir vielleicht die Szene nachspielen und die Leute so richtig erschrecken.«

Samantha Smith faltete die Hände vor der Brust. »In meinen Ohren klingt das himmlisch. Denken Sie, ich könnte mir dieses Herrenhaus mal ansehen?«

»Natürlich könnten Sie das, wenn Sie nach Shaftesbury kommen.«

Samantha rieb sich die Hände. »Also, das ist so spannend, dass ich richtig Hunger kriege. Sie bleiben doch zum Essen? Und dann können Sie mir alles ganz ausführlich erzählen.«

»Ich müsste nur heute Abend nach Shaftesbury zurück.«

»Nicht doch, meine Liebe. Ich mache Ihnen oben das Gästezimmer zurecht. Gönnen Sie mir den Spaß.«

Es wurde allmählich dunkel, und irgendwann zündete Samantha eine Kerze an. Später stellte sie ein wenig Brot und Käse auf den Tisch und dazu eine Flasche Wein.

Als Penelope kurz nach Mitternacht in das gemütliche Bett im Gästezimmer im ersten Stock fiel, war sie todmüde und konnte dennoch nicht einschlafen, weil ihr so viele Dinge durch den Kopf gingen. Am Freitag hatte sie wirklich eine ganze Menge vor.

FREITAG

Sam schloss die Tür des Behandlungsraums hinter seinem letzten Patienten und dessen Besitzer. Ein Boxer, den er vor einigen Tagen wegen eines Kreuzbandrisses operiert und den sein Herrchen zur Nachuntersuchung gebracht hatte. Die Operationsnarbe war gut verheilt, und das Tier begann das verletzte Bein wieder zu belasten. Sam konnte eigentlich zufrieden sein, aber er war beunruhigt. Gestern Abend hatte er noch einen späten Spaziergang mit Boss und Foxy alias Holmes gemacht, der ihn auch an Penelopes Cottage vorbeigeführt hatte. Aber sie war nicht da gewesen, und in der Agentur war sie ebenfalls nicht. Die Buchstaben der Leuchtreklame klebten traurig an der Fassade und leuchteten kein bisschen. Sam hatte keine Ahnung, wo sie steckte, und er hoffte inständig, dass dieser Schleimer Hammond nichts damit zu tun hatte. Womöglich war sie schwach geworden und hatte sich von ihm zum Essen einladen lassen. Und dann war sie über Nacht geblieben, und dann – dann war irgendetwas passiert, woran er lieber nicht denken wollte. Dabei war er gestern Abend überglücklich eingeschlafen. Er war sich so sicher gewesen, dass aus ihnen etwas werden könnte.

Sam sah aus dem Fenster und seufzte.

»Dr. B?« Heather hatte die Tür aufgerissen. »Notfall.«

Sam wandte sich um. »Was ist passiert?«

»Katze. Vom Baum gefallen.« Heather trat beiseite und deutete hinter sich. »Ich hab den Jungen, der sie gefunden hat, schon mit dem Tier in den Röntgenraum geschickt. Sieht nach OP aus.«

»Okay.« Sam stieß sich vom Fensterrahmen ab. Vielleicht war es ganz gut, wenn er von seinen trübsinnigen Gedanken abgelenkt wurde. Er folgte Heather in den Röntgenraum. Ein etwa zehnjähriger

Junge stand dort und hielt auf den ausgestreckten Unterarmen einen roten Kater, von dem nur der Kopf zu sehen war. Um den Körper des Tieres hatte der Junge seine Jacke gewickelt.

»Was ist passiert?« Sam nahm ihm die Katze vorsichtig ab. Offenbar hatte das Tier Schmerzen, denn es wehrte sich nicht.

»Ich hab sie drüben am Fluss gefunden. Ich glaube, seine Vorderbeine sind gebrochen.« Der Junge zitterte ein wenig. Vermutlich hatte er einen Schock erlitten.

Sam musterte ihn besorgt. »Heather macht dir einen Kakao. Und die Jacke müssen wir wohl erst mal reinigen.«

Heather legte den Arm um die Schulter des Jungen. »Komm mal mit.« Sie schob ihn zur Tür hinaus und sah dann noch mal rein. »Ich schließe ab und schicke den Jungen nach Hause, sobald er seinen Kakao ausgetrunken hat. Ich schätze, wir müssen operieren, oder?«

»Vermutlich.« Sam hatte das Tier auf den Röntgentisch gelegt und wickelte es aus der Jacke. Die Diagnose des Jungen schien zuzutreffen. Sam gab ihm eine Betäubungsspritze. Nach dem Röntgen würde er sofort operieren müssen. Diese Art der Verletzung war meist eine Folge davon, dass eine Katze aus großer Höhe auf den Boden sprang und ihre Flugbahn durch etwas gestört wurde. Der Kater schlief kurz nach der Spritze ein. Sam legte ihn in die richtige Position unter dem Röntgengerät und machte einige Aufnahmen. Während Heather sich um den Jungen kümmerte, bereitete Sam den OP vor und begann, vorsichtig die Vorderbeine zu rasieren.

Die Operation dauerte eine Stunde. Der rechte Vorlauf war mehrfach gebrochen, und Sam hatte Mühe, die Knochenfragmente zu fixieren. Mit dem linken Bein war er schneller fertig. Als Heather die Vorderläufe verband, zog er sich den Haarschutz vom Kopf und trat in den Flur.

»Hi Daddy.« Lilly saß auf einem Stuhl und schlenkerte mit den Beinen.

»Hallo Liebes. Wartest du schon lange?« Er gab ihr einen Kuss auf das Haar.

»Schon eine Weile.« Sie verschränkte die dünnen Arme vor der Brust. »Ich hab kurz in den OP reingesehen und wollte nicht stören.«

»Du bist ein großes Mädchen. Wir wollten gerade schließen, als eine verletzte Katze gebracht wurde.«

»Kann ich sie behalten?«

Sam wuschelte ihr durchs Haar. »Jetzt machen wir sie erst mal gesund. Und dann gucken wir mal, ob sie nicht jemandem gehört.«

»Menno. Ich hab Hunger.«

»Ich auch.« Sam sah auf seine Armbanduhr. In dreißig Minuten begann die Nachmittagssprechstunde.

»Komm, wir gehen schnell rüber ins Golden Horse.«

»Au ja!« Lilly hopste vom Stuhl. »Ich krieg Pommes!«

Sam grinste. »Hab ich das gesagt?«

»Hast du. Immer, wenn wir ins Golden Horse gehen, kriege ich Pommes.«

»Na schön.« Sam zog seinen Kittel aus und warf ihn auf den Stuhl. »Heute muss es schnell gehen. Da können wir keine Rücksicht auf gesunde Ernährung nehmen.«

Sie verließen die Praxis und wandten sich nach rechts. Zu Sams Freude war der Namenszug des Golden Sunshine and Luxury Clubs eingeschaltet, und es kam ihm so vor, als leuchte er heller als zuvor. Als er Penelope hinter ihrem Schreibtisch sitzen sah, hüpfte sein Herz. Sie telefonierte, aber ihren Blick hatte sie nach draußen gerichtet. Als sie ihn und Lilly sah, lächelte sie und winkte.

***

Penelope legte den Hörer auf und richtete den Blick zur Decke. Sie wohnte jetzt seit einigen Tagen in Shaftesbury, aber sie hatte keine Ahnung, ob es hier so etwas wie ein Hotel oder wenigstens eine Pension gab. Oder ein Bed & Breakfast? Oder irgendetwas, wo man jemanden menschenwürdig unterbringen konnte? Sie senkte den Blick und sah auf ihre Schreibtischunterlage, auf der sie während des Telefonats herumgekritzelt hatte. Oder besser gesagt: während der drei Telefonate. Neben ein paar Kritzeleien standen dort drei Namen. Samantha Smith, Jeffrey Blumberg und Leander Crossing. Wenn sie Internet hätte, könnte sie die Namen gleich mal googeln. Jeffrey Blumberg sah vermutlich aus wie die unsympathische Version des Weihnachtsmanns.

Mit einer schnellen Bewegung riss sie das oberste Blatt der Schreibtischunterlage ab, faltete es und steckte es in ihre Handtasche. Den Schriftzug an der Fassade ließ sie eingeschaltet.

Seit sie am Morgen aus London zurückgekehrt war, waren die Chancen, den Golden Sunshine and Luxury Club zu erhalten, gewaltig gestiegen – auch wenn der Geschäftszweck möglicherweise künftig ein anderer sein würde.

Sie stieg in ihren Mini und fuhr mit reichlicher Geschwindigkeit die Main Road hinunter, bog nach rechts zur Kirche ab und kam erst vor dem Cottage von Mrs Winterbottom zum Stehen.

Penelope stieg aus und läutete, aber die alte Dame öffnete nicht. Sie legte das Ohr an die Tür, aber es war nichts zu hören. Mit ihren altrosafarbenen Pumps stieg sie über die Rosenrabatte und sah durch das Küchenfenster. Dort war alles aufgeräumt und kein Mensch zu sehen. Penelope schaute sich um. Verdammt! Wo konnte sich die alte Dame an einem gewöhnlichen Freitagmittag aufhalten? Beim Einkaufen? Beim Damenkränzchen?

»Hallo?« Ein alter Mann stand auf der anderen Seite des Gartenzauns.

»Ah, hallo.« Penelope sah erst auf ihre Schuhe, dann auf den Rasen. Auch egal. »Hallo. Ich suche Mrs Winterbottom. Haben Sie eine Ahnung, wo sie stecken könnte?«

Der alte Mann nickte. »Hab ich.«

Penelope trat ungeduldig auf der Stelle. »Würden Sie es mir auch verraten?«

»Sie sind doch die Lady mit dem leuchtenden Ehe-Institut.«

Penelope seufzte, dann nahm sie eine Visitenkarte aus der Tasche und gab sie ihm. »Hier. Melden Sie sich, wenn Sie jemanden suchen.«

Der Alte studierte die Karte. »Ich nicht, aber mein Freund Al.«

»Dann soll Al sich melden. Und wo steckt Mrs Winterbottom?«

Der alte Mann bedachte sie mit einem Blick, als wäre sie die einzige Unwissende von Shaftesbury. »In ihrem Tearoom.«

»Tearoom? Es gibt in Shaftesbury einen Tearoom?«

»Sicher. Einfach die Straße geradeaus runter. Sie überqueren die Main Road und fahren Richtung Dreamweather.«

Penelope versuchte, einen klugen Gesichtsausdruck aufzusetzen. »Okay. Klar. Danke.«

Sie stöckelte über den Rasen und stieg in ihren Wage, wendete und fuhr los. Der Weg führte direkt an ihrem Cottage vorbei. Tatsächlich war sie noch nie in diese Richtung gefahren. Hundert Meter weiter sah sie das Schild: *Mrs Winterbottoms Tearoom*. Bisher war sie nur bis zur Kurve gekommen und hatte sich nicht dafür interessiert, was sich dahinter befand. Wer hätte der alten Lady noch zugetraut, dass sie einen Tearoom unterhielt?? Penelope jedenfalls nicht. Sie parkte ihren Mini auf dem letzten freien Parkplatz.

Der Tearoom war entzückend. Vor dem Schaufenster saßen an drei grün gestrichenen runden Tischen einige in Gespräche vertiefte alte Ladys. Drinnen gab es einen alten Tresen aus Holz, auf dem eine Reihe ansehnlicher Torten und Kuchen aufgereiht waren. An der Wand dahinter stand ein hohes Regal mit Teegeschirr. Chinabone mit Rosenmuster und Goldrand. In dem kleinen Raum herrschte ein munteres Stimmengewirr. Alle Tische waren besetzt, und es duftete herrlich. Als Penelope am Morgen in Samanthas Gästezimmer aufgewacht war, hatte die ihr ein opulentes Frühstück angeboten, aber Penelope hatte nur Kaffee getrunken. Und jetzt war sie hungrig. Sie sah sich um und entdeckte Mrs Winterbottom an einem Tisch, wo sie Gästen Tee einschenkte. Als die alte Dame sich umdrehte, entdeckte sie Penelope.

»Ah, meine Liebe.« Mrs Winterbottom kam zu ihr und fasste ihren Arm. »Wir haben Sie gestern Abend bei unserem Treffen des Bücherclubs vermisst.«

»Es tut mir wirklich leid, Mrs Winterbottom. Mir ist etwas dazwischen gekommen, aber ich kann Ihnen versichern, dass es wichtig war. Deshalb bin ich auch hier. Weil sich etwas Neues ergeben hat.«

»Hm.« Mrs Winterbottom sah sich um. »Der Tisch dort drüben wird gleich frei. Setzen Sie sich dorthin. Ich sage eben Edith Bescheid. Was möchten Sie denn essen?«

Penelope war versucht, mit »alles« zu antworten. »Ich nehme ein Sandwich.«

»Wir haben auch einige sehr schöne Kuchen.« Mrs Winterbottom stellte sich hinter den Tresen. »Einen sehr schönen Battenberg Cake und Eccles Cake. Und hier hätten wir noch einen Victoria Sandwich Cake, alles sehr gesunde Zutaten.«

Penelope grinste. »Dann nehme ich ein sehr gesundes Stück von dem Victoria Cake und vielleicht eines dieser Madeleine-Törtchen. Und ein Gurkensandwich.«

Penelope warf einen Blick zu dem Tisch in der Ecke. Die Gäste waren aufgestanden und zogen ihre Jacken an. Sie wandte sich noch einmal zu Mrs Winterbottom um. »Und ein Lachssandwich. Danke.«

»Und welchen Tee?«

»Einen Darjeeling bitte«, antwortete Penelope und ging zu dem Tisch in der Ecke. Sie setzte sich und nahm ihren Notizzettel aus der Tasche. Nach kurzer Überlegung holte sie auch ihren Laptop heraus und klappte ihn auf. Es erschien ihr wie ein Wunder, dass sie ausgerechnet in Mrs Winterbottoms Tearoom Internet hatte. Sie nahm auch ihr Smartphone aus der Tasche und stellte fest, dass sie vier Balken hatte. Vier Balken! Das entsprach einem Sechser im Lotto.

Eine junge Kellnerin hatte das schmutzige Geschirr der vorherigen Gäste abgeräumt, jetzt trat Mrs Winterbottom mit einem Tablett an ihren Tisch. »So, meine Liebe. Ich habe mir auch eine Tasse mitgebracht.«

Sie setzte sich Penelope gegenüber, und gemeinsam verteilten sie das Geschirr auf dem Tisch.

Mrs Winterbottom sah zur Tür. »Wo Edith nur bleibt … Ich bin schrecklich neugierig, und ich habe ihr gesagt, dass es wirklich dringend ist.« Sie gab etwas Sahne in ihren Tee. »Na ja, vermutlich genehmigt sie sich auf den Schreck erst mal ein Schlückchen. Sie trinkt hin und wieder ein bisschen, müssen Sie wissen.«

»Ah, tatsächlich?«, gab sich Penelope überrascht.

»Ich glaube, das Leben mit Jocelyn lässt sich anders schlecht aushalten. Ein Langweiler vor dem Herrn.« Mrs Winterbottom riss die Augen auf. »Aber kein Wort zu Edith, dass ich das gesagt habe. Sie liebt ihn trotz allem.«

»Natürlich.« Penelope musterte das aufgerollte Gurkensandwich auf ihrem Teller. Es sah zum Anbeißen aus.

Sie griff danach und führte es zum Mund.

In diesem Moment wurde die Tür aufgerissen, und Edith stürmte herein.

»Hach!« Sie ließ sich auf den dritten Stuhl am Tisch fallen. »Meine Güte, ist das eine Aufregung.« Sie beugte sich zu Mrs Winterbottom hinüber. »Du hättest nicht vielleicht ein winziges Schlückchen für mich?«

Die Inhaberin des Teesalons gab ihrer Kellnerin ein Zeichen. »Du musst aber auch eine Tasse Tee trinken, Liebes«, ermahnte Mrs Winterbottom ihre Freundin.

»Natürlich. Hinterher.« Edith stellte ihre Handtasche auf ihren Schoß. »Also, was gibt es denn nun so Wichtiges?«

Penelope legte das Sandwich zurück auf den Teller. Sie erzählte den beiden alten Damen von Samantha Smith und ihrem Telefonat mit den Herren vom Verlag. »Wenn wir es geschickt anstellen, kann aus der Lesung mit Tom Stanneck, bei der wir seine wahre Identität aufdecken, ein Event werden. Der Verlag ist damit einverstanden, endlich Samantha Smith bekanntzumachen, wenn sie ein Mitspracherecht bei dem Event in Blackmore Manor haben.«

Mrs Winterbottom klatschte in die Hände, und Edith verschüttete vor Aufregung ein wenig von ihrem Likör.

Penelope faltete ihren Notizzettel auseinander. »Ich habe hier mal grob skizziert, was alles zu organisieren ist.«

Beide Damen beugten sich über den Tisch und sahen auf die lange Liste.

»Ach du Schreck, das ist aber eine Menge.« Edith kippte den Rest ihres Glases hinunter.

»Geben Sie mal her.« Mrs Winterbottom setzte ihre Lesebrille auf, die an einer Kette vor ihrer Brust baumelte, und las leise vor sich hinmurmelnd die Notizen. Sie reichte Penelope das Blatt Papier zurück. »Ich würde sagen, Sondersitzung heute Abend um neunzehn Uhr im Golden Horse.« Sie winkte nach ihrer Kellnerin. »Isobel?«

Die junge Frau eilte herbei. »Ja?«

»Sag deinem Jungen, dass er einigen Dorfbewohnern Bescheid geben muss wegen einer Sondersitzung heute Abend im Golden Horse.« Mrs Winterbottom rasselte eine Liste von Namen herunter. »Meinst du, er kriegt das hin?«

»Bestimmt.« Isobel hatte ihren Block, auf dem sie üblicherweise Bestellungen notierte, zur Hand genommen und schrieb immer noch.

»Gut, dann soll er sofort loslegen. Hast du alle Namen?«

»Habe ich.«

Stirnrunzelnd beobachtete Penelope die beiden Frauen. Das Ganze weitete sich allmählich zu einem Dorffest aus. Und was zum Teufel sollte der Metzger bei dieser Sache ausrichten?

Als Penelope am Abend das Golden Horse betrat, sah ihr eine stattliche Anzahl neugieriger Augenpaare entgegen. Ihr Blick fiel auf Luke, der ihr freundlich zulächelte. Über seiner Schulter hing ein Geschirrhandtuch. Er griff in das Regal hinter sich und zog eine Teetasse heraus. Nachdem Penelope den ganzen Nachmittag über Tee getrunken hatte und in Anbetracht des bevorstehenden Ereignisses stand ihr der Sinn aber nach etwas Stärkerem.

»Kann ich ein Glas Wasser und einen Rotwein haben?«

»Sicher.« Luke stellte die Tasse zurück und schenkte ein Glas Wein ein. »Sie wollen Shaftesbury jetzt reich und berühmt machen?«

Penelope griff nach dem Glas und trank einen Schluck. Der Wein war schwer und schmeckte nach Brombeeren, und er beruhigte ihre angespannten Nerven. »Ich habe keine Ahnung. Kennen Sie das Gefühl, wenn sich die Dinge irgendwie verselbstständigen?«

»Was ist aus der ahnungslosen, unbedarften Frau ohne Zukunft geworden?«, fragte Luke und machte sich daran, ein Bier zu zapfen.

Penelope wandte sich um und lehnte sich mit dem Rücken gegen den Tresen. War es tatsächlich erst gestern gewesen, dass sie mittags verzweifelt auf dem Friedhof gesessen hatte? Seither hatte sie erfahren, dass Jeremy sie hinters Licht geführt hatte, dass die Agentur pleite war, sie hatte eine möglicherweise katastrophale berufliche Entscheidung getroffen und das lang gehütete Geheimnis einer berühmten Autorin gelüftet. Und jetzt sahen sie die Bewohner von Shaftesbury erwartungsvoll an.

»Die ist irgendwo zwischen London und Shaftesbury verloren gegangen«, antwortete sie.

»Brauchen Sie noch etwas Stärkeres?«

Penelope drückte sich vom Tresen ab. »Ich komme vielleicht später darauf zurück.«

Die Liste der Personen, die Mrs Winterbottom in die Organisation der Lesung miteinbeziehen wollte, war ziemlich lang. Im Pub saßen etwa dreißig Personen.

Mrs Winterbottom, die sich in dem etwas düsteren Pub wie ein Fremdkörper ausnahm, erhob sich von einem Stuhl und kam zu Penelope. »Schön, dass Sie da sind. Wir sind schon vollzählig.«

Gott sei Dank, dachte Penelope. Nicht auszudenken, wenn noch mehr Leute mit dieser geheimen Sache betraut würden.

»Okay.« Penelope stellte ihre Schultertasche auf einem Barhocker ab. Sie machte ein paar Schritte nach vorn, und die Anwesenden verstummten. »Ich danke Ihnen allen, dass Sie gekommen und bereit sind, bei dieser Sache mitzumachen. Es ist allerdings so, dass diese Angelegenheit allergrößter Geheimhaltung unterliegt. Stellen Sie es sich in etwa so vor wie einen Geheimauftrag im Namen Ihrer Majestät. Niemand, wirklich niemand außerhalb dieser vier Wände, darf etwas davon erfahren. Und wir müssen alle unser Bestes für diese Sache geben, weil es anderenfalls sein kann, dass Shaftesbury eine Form der Berühmtheit erlangt, die keiner will.«

»Sag ich doch, die Dame ist vom MI5«, meldete sich John vom Tresen zu Wort.

»Das gilt auch für Sie, John. Sie können mitmachen, Sie können auch einfach nur zuhören, aber wenn Sie auch nur ein Sterbenswörtchen über diese Sache verraten, sind Sie ein toter Mann.«

John, der eben sein Glas zum Mund führen wollte, hielt in der Bewegung inne. »Sind Sie bewaffnet?«

»Im Augenblick nicht, aber ich würde mir für diesen Zweck eine Waffe anschaffen.«

»Donnerwetter!«, sagte John und leerte sein Glas in einem Zug.

»Gut.« Penelope ließ den Blick über die Anwesenden schweifen. »Der Grund unserer Zusammenkunft ist die Organisation eines Lesungsevents.« Sie erzählte von Samantha Smith und der geplanten Veranstaltung in Blackmore Manor. »Das Ganze wird dann mit einem festlichen Büffet abgerundet«, schloss sie.

»Gibt's auch Bier?«, erkundigte sich John.

»Bücher?«, fragte einer.

»Ich habe das im Mittelteil nicht ganz mitgekriegt«, fragte ein anderer. »Was genau ist eine Schlüsselszene?«

»Pseudo-was?«

»Und was soll ich da jetzt genau machen?«, erkundigte sich der Metzger.

Penelope schloss die Augen. Sie war kurz davor, alles abzublasen, den Leuten zu sagen, dass sie nach Hause gehen sollten, und sich selbst in ihrem Cottage einzuschließen.

»Also, noch mal von vorn«, begann Penelope. »Wer wollte schon immer mal in einem Theater einen Mörder spielen? Oder ein Opfer?«

Dreißig Arme streckten sich in die Höhe.

»Prima, das ist schon mal ein Anfang. Und Sie«, Penelope deutete auf den Metzger, »von Ihnen brauchen wir eine Menge Schweineblut.«

»Können Sie kriegen.«

Geht doch, dachte Penelope. Gib den Leuten eine konkrete Anweisung, und schon funktioniert es.

»Ich schlage vor, dass wir Komitees gründen, die die einzelnen Aufgaben übernehmen. Wir brauchen eine Gruppe, die die Entwicklung der Theaterszenen übernimmt. Und wir brauchen Schauspieler.« Penelope trank einen Schluck Wein. »Und vielleicht können Sie, Mrs Winterbottom, für die kulinarischen Genüsse sorgen.«

»Und Sie«, sie zeigte auf Edith, die sich gerade ein kleines Schlückchen aus ihrem Flachmann genehmigte, »Sie sollten sich um die Autorin kümmern. Und um die beiden Herren vom Verlag.«

Edith, die die Flasche eben absetzen wollte, trank lieber noch ein Schlückchen.

»Vielleicht kann Mrs Winterbottom die Einzelheiten mit Ihnen erörtern.« Penelope blies die Backen auf. »Ich brauche mal kurz eine Pause.«

Eine Weile sahen sich die Leute ratlos an, dann brach ein heilloses Durcheinander aus. Sie fanden sich in kleinen Gruppen zusammen und redeten gleichzeitig. Penelope bahnte sich einen Weg zur Theke, wo Luke ihr wortlos ein Glas Whiskey hinstellte.

»Nicht schlecht«, sagte er. »Sie haben hier in zehn Minuten mehr Energie freigesetzt als eine Kernfusion.«

Sie lehnte sich mit dem Rücken gegen die Theke und betrachtete die Menge. »Beängstigend.«

»Ich find's nicht schlecht. Sie sorgen für richtig Umsatz in meinem Laden.« Luke zog das Geschirrtuch von seiner Schulter und polierte ein Bierglas. »Obwohl ich persönlich ja glaube, dass Sie von dieser Ackerwindensache ablenken wollen.«

»Ach, du Schreck.« Penelope schlug sich mit dem Handballen gegen die Stirn. »Das hab ich ja total vergessen.«

»Oh, ich denke, da wird sich schon jemand finden, der Sie daran erinnert.«

Penelope drehte sich zu ihm um. »Sie werden doch die Getränkeversorgung bei diesem Event übernehmen?«

Luke nahm sich das nächste Glas vor. »Natürlich. Wenn Sie mich so nett bitten. Aber um noch mal auf diese Ackerwindensache zurückzukommen, haben Sie zufällig herausfinden können, wer die Samen verstreut?«

Penelope zuckte leicht zusammen, als ihr jemand kräftig auf die Schulter schlug. »Sagen Sie, schöne Frau, meinen Sie, dass ich für den Blumenschmuck sorgen kann bei diesem …« Der Naturfreund Martin stand mit vorgewölbtem Bauch neben ihr, die Daumen hinter die Laschen seiner Latzhose gehakt.

»Frag das mal Mrs Winterbottom«, antwortete Luke für sie.

Martin nickte und ging weiter. Penelope drehte sich wieder zu Luke um.

»Ich habe ein Gespenst gesehen«, erklärte sie zögerlich.

Luke sah erst ihr Glas an, dann sie. »Ein Gespenst.«

»Ja, ich habe morgens auf den Eindringling gewartet. Dummerweise war ich nicht schnell genug und habe nur noch ein Gespenst auf dürren Beinen gesehen.«

Luke warf sich das Handtuch über die Schulter und stützte sich auf dem Tresen ab.

»Eventuell sollten Sie noch mal überprüfen, ob Sie nicht zu viele Projekte am Laufen haben.« Er runzelte die Stirn und hielt das Glas unter einen Zapfhahn.

»Vergessen Sie es einfach. Ich dachte, dass wir auf einer Wellenlänge sind.«

Er nickte langsam. »Sind wir, sind wir«, sagte er nachdenklich. »Ich denke, ich weiß, welches Gespenst Sie meinen.«

Penelope sah ihn an. »Ich weiß, dass ich im Augenblick etwas überspannt wirke, aber man muss mich deshalb nicht gl…«

»Oben auf dem Schloss.«

»Witzig.«

»Nein, wirklich. Vor ein paar Tagen haben Sie den Lord an der Brücke aufgegriffen. Ich kam zufällig vorbei. Sein Pfleger hat ihn da von der Bank weggeholt, wo Lord Finncliff saß. Und ich hab noch gedacht, der sieht aus wie ein Gespenst. Er trug so ein weites weißes Nachthemd, und seine Haare standen ihm zu Berge.«

Penelope wiegte den Kopf. »Ich hab schon gehört, dass der alte Mann unter Demenz leidet und durch die Gegend geistert.«

Luke grinste.

»Ja, ich weiß. Schlechte Wortwahl.« Penelope fuhr mit dem Zeigefinger am Glasrand entlang. »Wäre das denkbar? Dass Lord Finncliff von seinem Schloss heruntersteigt und Ackerwindensamen in die Vorgärten wirft?«

»Warum nicht? Die Aktion ist doch so verrückt, dass es passen könnte, oder?«

»Aber warum?«

»Soweit ich das Krankheitsbild von Demenz verstanden habe, ist das Verhalten der Erkrankten nicht immer nachvollziehbar. Oder erklärbar.«

»Gut.« Penelope setzte das Glas an und leerte es. »Dann werde ich jetzt mal eine Schlossbesichtigung machen.«

Als Penelope vor die Tür trat, traf sie zweierlei Erkenntnis. Die eine war, dass es nur in Shaftesbury so saubere und frische Luft gab. Die zweite, dass sie viel zu betrunken war, um Auto zu fahren.

»Hallo Penelope, guck mal, ich fahre Foxy spazieren.« Lilly schob einen offenbar ausgemusterten Kinderwagen vor sich her, den sie mit einer Decke ausgelegt hatte. Penelope warf einen Blick in den Wagen, in dem der kleine Hund lag, den Penelope unter der Brücke gefunden hatte. Der kleine Kerl hätte keine bessere Krankenschwester finden können. Auch wenn sie mit dem Hund selbst nicht viel anfangen konnte, wirkte der Anblick beruhigend auf sie. Immerhin hatte der Hund überlebt.

»Hallo Lilly. Ist dein Vater auch in der Nähe?«

»Nein, der ist noch in der Praxis. Warum? Willst du mit ihm ausgehen?«

»So ähnlich.«

»Komm doch mit. Dann kannst du ihn fragen, ob er mit dir etwas trinken geht.« Lilly streckte ihre Hand aus.

»Getrunken habe ich schon genug«, erklärte Penelope und nahm Lillys Hand.

***

Sam nahm die Enden des Stethoskops aus den Ohren und sah Mrs Fletcher an. »Mickey hat zwar immer noch leichte Herzgeräusche«, stellte er fest und strich über das Fell der schwarzen Katze. »Die Herzklappe schließt nicht richtig, aber die Geräusche haben sich nicht verändert seit der letzten Kontrolle. Deshalb würde ich sagen, wir beobachten das einfach weiter und unternehmen erst mal nichts.«

Die etwa fünfzigjährige Frau betrachtete ihren schwarzen Kater. »Kann ich denn gar nichts machen?«

»Sie müssen gar nichts machen, Mrs Fletcher. So herum. Wir behalten das einfach im Auge. Wenn sich die Geräusche verändern, können wir immer noch medikamentös eingreifen.«

»Gut«, ließ sich Heather, die den Katzenkorb auf den Behandlungstisch hob, vernehmen. »Dann kannst du jetzt wieder einsteigen«, erklärte sie der Katze, die das Angebot erfreut annahm.

Sam verstand seine Sprechstundenhilfe ja. Es war Freitagnachmittag, und sie wollte gern nach Hause. Allerdings war das kein Grund, die Behandlung auf diese rüde Art zu unterbrechen. Mrs Fletcher war gerade von ihrem Mann verlassen worden.

»Machen Sie sich keine Sorgen, Mrs Fletcher. Er frisst und ist in guter Verfassung.« Er legte die Hand auf ihre Schulter. »Wir können uns immer noch Sorgen machen, wenn es Grund dazu gibt.«

Heather hob den Korb vom Tisch und ging schon mal vor.

Mrs Fletcher nickte stumm.

»Kann ich sonst noch etwas für Sie tun?«, fragte Sam.

Die Frau wischte sich eine Träne unter dem Auge weg. »Die Wochenenden sind besonders schlimm«, sagte sie mit gebrochener Stimme. »Unter der Woche habe ich genug um die Ohren, aber am Wochenende fällt mir die Decke auf den Kopf.«

»Hm«, machte Sam. »Hätten Sie vielleicht Lust, einen alleinstehenden alten Herrn zu besuchen, der gerade seine Tochter verloren hat? Er musste deshalb in ein Pflegeheim umziehen, und ich glaube, er ist sehr einsam.«

»Wo wäre das denn?«

»Er hat einen Platz in Middlesbrough im Altenstift gefunden. Sein Name ist Henk Oliver. Wenn Sie wollen, rufe ich ihn an und kündige Ihren Besuch an. Sonntagnachmittag?«

Mrs Fletcher strich sich das Haar hinters Ohr. »Hat er Diabetes oder so? Oder kann er alles essen? Ich würde ihm sonst einen Kuchen backen.«

»Ich frage ihn. Dann sage ich Ihnen Bescheid.«

»Danke, das ist sehr nett von Ihnen.«

»Nein, das ist sehr nett von *Ihnen*, Mrs Fletcher.«

Heather hatte in der Zwischenzeit den Empfangstresen aufgeräumt und fütterte Mickey durch die Gitterstäbe mit Leckerlies. »Haben wir es dann?«, fragte sie, als Sam und Mrs Fletcher aus dem Behandlungsraum traten.

»Ein schönes Wochenende.« Mrs Fletcher nahm den Korb vom Tresen. »Und danke.«

Heather griff sich ihre rote Lederjacke von der Stuhllehne. »Ich bin dann auch weg.«

Sie öffnete die Tür, und dort stand Lilly mit dem Kinderwagen, in den sie Foxy gelegt hatten. Und hinter ihr stand Penelope.

»Hi Dad«, grüßte seine Tochter. »Penelope ist betrunken. Könntest du sie durch die Gegend fahren?«

Heather schenkte ihm ein Grinsen und verschwand.

»Lilly!« Sam schüttelte den Kopf.

»Lassen Sie nur. Genau genommen hat sie recht. Ich wollte zum Schloss hochfahren, aber dummerweise habe ich bei der Versammlung im Pub einen Rotwein und einen Whiskey getrunken.«

»Was denn für eine Versammlung?«, fragte Lilly und hob den Hund aus dem Wagen.

»Ach, da geht es um ein Event in Blackmore Manor.«

»Na, da wird sich der Earl ja freuen«, sagte Sam. »Die Leute werden durch seine Rosen latschen.«

»Guter Punkt. Das müssen wir bei unserem Konzept berücksichtigen.«

»Was ist jetzt mit dem Schloss?«

»Ich muss das Gespenst finden«, erklärte Penelope.

Lilly grinste ihn mit ihrem wissenden Blick an. *Hab ich doch gleich gesagt*, hieß das. *Sie ist betrunken.*

»Also, natürlich ist es kein echtes Gespenst. Aber es ist kompliziert.«

»Gar kein Problem.« Sam streifte seinen Kittel von den Schultern. »Lilly, du passt auf die Hunde auf. Ich muss weg.«

»Ist in Ordnung. Ich werde ihnen aus meinem neuesten Kinderkrimi vorlesen. Oder ich gucke mal, ob ich ein Buch über das Schlossgespenst finde.«

»Ist gut jetzt, Lilly.« Sam strich ihr über den Kopf. »Ich bin in einer Stunde wieder da.«

Sam fasste Penelopes Ellenbogen und führte sie nach draußen. »Also, wie ist das mit dem Gespenst?«, fragte er, als er ihr die Beifahrertür des Jeeps öffnete.

»Ich glaubc, dass Lord Finncliff die Ackerwindensamen verteilt«, erklärte Penelope. Sie erzählte ihm eine Geschichte von einem Gespenst, das sie in ihrem Vorgarten gesehen hatte.

Sam sah zu ihr hinüber, dann musste er den Blick wieder auf die Straße richten. »Klingt interessant«, sagte er.

»Es klingt, als hätte ich nicht alle Tassen im Schrank.«

»Och, die Tassen schon. Vielleicht nur ein paar Gläser zu viel. Entschuldigung.«

»Ist in Ordnung. Ich hab's nicht anders verdient. Waren Sie schon mal auf dem Schloss?«

»Nein, und deshalb habe ich auch sofort die Gelegenheit ergriffen mitzufahren. Ich bin schon sehr darauf gespannt, wie Sie das Gespräch beginnen werden.« Sam ignorierte ihren Seitenblick. »Guten Tag, mein Name ist Penelope St. James, und ich bin hier, weil ich mit dem Gespenst Lord Finncliff über die Verteilung von Unkrautsamen sprechen möchte. Herrlich. Ich kann mich nicht daran erinnern, wann ich zuletzt so viel Spaß hatte.«

»Übertreiben Sie es nicht.«

»Nein, auf keinen Fall«, sagte Sam amüsiert.

Das Schloss war nicht besonders groß, aber wunderschön. Es erhob sich majestätisch vor ihnen in der Abendsonne und protzte mit unzähligen Ecktürmchen. Die kiesbestreute Zufahrt war gesäumt von kunstvoll beschnittenen Thujahecken. Links und rechts hatte man bis zum Horizont einen weiten Blick über gepflegte Rasenflächen. Das Anwesen war in einem sehr guten und gepflegten Zustand. Der Lord schien über ausreichende Mittel für den Erhalt des Schlosses und des Parks zu verfügen.

Penelope atmete noch einmal tief durch, als sie auf den Eingang zugingen. Sie war froh darüber, Sam an ihrer Seite zu haben, auch wenn sie sich schon wieder recht nüchtern fühlte.

Eine Haushälterin in schwarzem Kleid mit weißer Schürze öffnete ihnen. »Ja, bitte?«

»Guten Tag. Mein Name ist Penelope St. James, und ich würde gern mit jemandem über Lord Finncliff sprechen.«

»Sind Sie von der Presse?«

»Nein, ich bin eine Bewohnerin von Shaftesbury. Es geht um Vorkommnisse im Ort.«

Einen Augenblick musterte die Bedienstete sie streng, dann trat sie beiseite. »Kommen Sie bitte herein. Sie auch, Dr. Bower.«

Wie gut, dass Sam bei ihr war. Seine Anwesenheit erschien Penelope wie eine gute Reputation.

»Vielleicht sprechen Sie am besten mit Dr. Witherby. Er behandelt den Lord. Kommen Sie.« Die Haushälterin führte sie in einen elegant gehaltenen Salon mit cremefarben bezogenen Polsterstühlen.

»Doktor, hier ist Besuch. Ist es Ihnen recht, wenn ich noch zwei Gedecke auftue?«

»Das wäre wunderbar.« Der untersetzte kleine Mann am Tisch tupfte sich den Mund mit einer Serviette ab und erhob sich. »Ich speise nicht gern allein.«

»Bitte bleiben Sie sitzen. Wir wollen Sie auf keinen Fall stören«, sagte Penelope.

»Oh, Sie stören mich nicht. Ich freue mich über Gesellschaft. Nehmen Sie Platz.«

Sam und Penelope nahmen zu beiden Seiten des Mannes Platz, der an der Stirnseite des Tisches saß. Die Haushälterin deckte den Tisch und tat ihnen Pastete und Pilzragout auf, dann schenkte sie Wein ein.

»Also, welchem Umstand verdanke ich Ihre Gesellschaft?«

»Es wird Ihnen ein wenig merkwürdig vorkommen. Es gibt seit einiger Zeit eigenartige Vorkommnisse unten im Ort, Dr. Witherby. Ein Unbekannter verstreut den Samen der Ackerwinde in den Vorgärten einiger Häuser. Es gibt zwar geteilte Meinungen über deren Auswirkung, aber offenbar verdrängt diese Pflanze den sonstigen Bewuchs. Und, na ja, die Leute würden ihre Vorgärten eben gern nach ihren eigenen Vorstellungen bepflanzen.«

»Das ist verständlich«, erklärte der Arzt. »Und wie kommen wir hier ins Spiel?«

Penelope hoffte wirklich sehr, dass sie sich nicht irrte und im Begriff war, sich lächerlich zu machen.

»Es geht um die Person, die diese Samen in Umlauf bringt.«

Dr. Witherby hob die Hand. »Sprechen Sie nicht weiter.«

Penelope sah ihn erschrocken an. Vermutlich würden sie in einer Sekunde in hohem Bogen aus dem Schloss geworfen werden.

»Sie denken, dass diese Person Ihre Lordschaft ist. Richtig?«

»Nun, es heißt, dass er sich manchmal im Nachthemd aus dem Schloss entfernt, und die Person, die ich gesehen habe, trug ein Nachthemd.«

»Und das ist in Shaftesbury keine übliche Ausgehkleidung. Verstehe.« Der Doktor legte sein Besteck auf den Teller. »Ihnen wird bekannt sein, dass Ihre Lordschaft hin und wieder ausreißt. Es ist sein Haus, und wir sind hier keine geschlossene Einrichtung. Deshalb werden die Türen nicht abgeschlossen, und wenn das Personal nicht aufpasst, kann es passieren, dass Lord Finncliff unbeaufsichtigt durch den Park streift oder hinunter in den Ort läuft.« Er seufzte. »Wissen Sie, er ist in außerordentlich guter körperlicher Verfassung. Er ist in der Lage, weite Strecken zurückzulegen und Treppen zu steigen. Aber die Demenz ist recht weit fortgeschritten.«

»Sie behandeln ihn?«, fragte Sam.

»Man kann ihn nicht behandeln. Ich achte auf ihn, sicher. Er ist mein Cousin, wissen Sie? Und ich bin Arzt, aber kein Neurologe. Ich kontrolliere seine Werte, messe seinen Blutdruck und achte darauf, dass er seine Medikamente nimmt. Es ist rund um die Uhr jemand vom Pflegepersonal anwesend. Aber es kann durchaus sein, dass er ihnen entwischt, wenn sie einmal fünf Minuten nicht aufpassen. Harold, also Lord Finncliff, hat einen etwas konträr verlaufenden Tagesablauf. Jetzt beispielsweise liegt er schon im Bett. Etwa um fünf Uhr nachmittags legt er sich schlafen, und dementsprechend früh ist er wieder auf den Beinen.«

»Hat der Lord Familie?«, fragte Sam.

»Ich bin seine Familie, aber er hat nie geheiratet, und er hat keine Kinder, wenn Sie das meinen. Er war geschäftlich viel unterwegs, und ich könnte mir vorstellen, dass Harold nichts hat anbrennen lassen.« Dr. Witherby hüstelte. »Aber offenbar war die Richtige nie dabei.«

»Aber was ich nicht verstehe, ist, woher der Lord die Samen hat«, erklärte Penelope.

Dr. Witherby nahm die Serviette vom Schoß und legte sie neben seinen Teller. »Das finden wir vielleicht heraus. Einen Augenblick.« Er nahm ein Handy aus der Brusttasche seines Jacketts und ging zum Fenster hinüber. Neidisch sah Penelope zu, wie der Mann auf Anhieb ein Netz bekam.

»Bill? Bill, Witherby hier. … Ja, ich weiß, dass Sie Feierabend haben. Ich habe nur eine Frage. Gibt es irgendwo auf unserem Anwesen Ackerwinde?«

Die empörte Reaktion des Angerufenen war bis zum Tisch zu hören. Ein Schwall wütend hervorgebrachter Worte veranlasste den Arzt, das Handy ein Stück vom Ohr zu entfernen.

»Bill. Bill! Es gibt überhaupt keine Beschwerden über dieses Zeug. Ich will nur wissen, wo es so etwas bei uns geben könnte.« Dr. Witherby hielt sich das Handy wieder ans Ohr und nickte. »Verstehe. Danke, Bill.« Witherby setzte sich wieder. »Also, das war der Gärtner. Er sagt, dass er mit diesem Zeug Schwierigkeiten an der Südgrenze des Parks hat. Dort schließt eine Pferdekoppel an, auf der dieses Unkraut offenbar ins Kraut schießt.« Der Arzt lachte herzlich über seinen Witz. »Nun, wenn ich es recht überlege, verläuft dort der Pfad, der direkt nach Shaftesbury runterführt.« Er schüttelte den Kopf. »Erstaunlich. Der gute Harold ist besser zu Fuß als ich.«

Die Haushälterin kam herein und räumte den Tisch ab. Penelope wollte den angebotenen Kaffee ablehnen, weil Sam nach Hause musste, aber der schien keine Bedenken zu haben, Lilly noch ein bisschen allein zu lassen.

»Also, wir werden Harold ab sofort keine Sekunde mehr aus den Augen lassen und alles daransetzen, damit das nicht wieder vorkommt«, sagte Dr. Witherby.

»Oh nein!«, rief Penelope. »Auf keinen Fall.«

Sie durfte vermutlich nicht überrascht darüber sein, dass beide Männer sie irritiert ansahen.

»Ich meine, bitte nicht. Es wäre gut zu wissen, ob es wirklich der Lord ist, der den Samen verteilt. Und dann würde ich gern sehen, in welche Vorgärten er geht. Also, abgesehen von meinem.«

»Tja, also, das ist … Jetzt, wo wir wissen, wohin er uns entwischt, ist es …, wie soll ich sagen. Es ist ein wenig problematisch, ihn einfach weitermachen zu lassen.«

»Oh, ich werde einfach sehr früh aufstehen und ihn erwarten. Und sobald er seine Tat vollbracht hat, bringe ich ihn wohlbehalten zurück zum Schloss.«

Dr. Witherby schaufelte sich ordentlich Zucker in den Kaffee. »Sie haben mich jetzt neugierig gemacht. Ich werde mir gleich den Wecker stellen. Wann sagen Sie, taucht er üblicherweise auf?«

»Meist sieht er so zwischen sieben und acht Uhr morgens in mein Küchenfenster.«

Dr. Witherby nickte. »Und wo wohnen Sie?«

»Ich wohne im Ivy Cottage.«

»Tatsächlich? Dort, wo die alte Mathilda lebte?«

Penelope sah Sam fragend an.

»Richtig. Penelope hat das Cottage von Priscilla und Ben gemietet«, erklärte Sam.

»Ach, sagen Sie nicht, die beiden Nichtsnutze haben das Häuschen geerbt.« Der Arzt schüttelte den Kopf. »Ein klassisches Beispiel dafür, wie man, ohne einen Handschlag zu tun, Immobilienbesitzer wird.«

»Tja, und dann haben sie Penelope noch verschwiegen, dass die alte Dame in ihrem Bett verstorben ist.«

»Das tut mir leid, meine Liebe. Vielleicht tröstet es sie, dass das alte Mädchen herzensgut war.«

Penelope sah ihn fragend an.

»Mathilda war eine Seele von Mensch.« Dr. Witherby senkte verlegen den Blick. »Ich hab immer mal wieder versucht, bei ihr zu landen, aber sie war immun gegen meine Avancen.«

»Das wird aber auf keinen Fall an Ihnen gelegen haben«, fühlte Penelope sich bemüßigt zu sagen.

»Tja, das habe ich mir auch immer wieder gesagt. Obwohl wir ein herrliches Paar abgegeben hätten. Also, beruflich, meine ich.«

»Sie war auch Ärztin?«

»Nein, Mathilda war Hebamme.«

»Ach, jetzt verstehe ich. In meinem Bücherregal im Wohnzimmer stehen noch Bücher über Geburtshilfe.«

»Das ist wirklich sehr geschmackvoll von Priscilla und Ben, alles unverändert zu lassen. Ich kann nur hoffen, dass sie wenigstens die verdorbenen Lebensmittel entsorgt haben«, sagte Dr. Witherby.

»Das schon, aber den Staub der letzten zehn Jahre haben sie dagelassen.«

»Wenn wir etwas für Sie tun können, lassen Sie es mich bitte wissen«, sagte Dr. Witherby. »Zu Harolds Besitz gehören ein paar kleine Cottages. Vielleicht ist auch etwas für Sie darunter.«

»Das ist sehr nett von Ihnen, Dr. Witherby. Möglicherweise komme ich später darauf zurück.« Penelope sah Sam an. »Ich glaube, wir haben Sie jetzt lange genug aufgehalten.«

Sie erhoben sich, und Dr. Witherby knöpfte sein Jackett zu. »Ich danke Ihnen sehr für Ihren Besuch, meine Liebe. Sie haben uns auf einen eklatanten Mangel unserer Pflegeleistung aufmerksam gemacht.«

Penelope nahm seine Hand. »Das lag wirklich nicht in meiner Absicht, und im Augenblick ist es ja nur eine Vermutung.«

Der Arzt brachte sie persönlich zur Tür und winkte ihnen nach, als sie in Sams Jeep davonfuhren.

Penelope sah starr geradeaus, während der Jeep zwischen den Thujahecken zum Portal fuhr. Als sie ihren Blick senkte, bemerkte sie die weißen Tierhaare auf dem dunklen Stoff ihres Kleides. Das war doch alles verrückt. Jeremy hatte sie unter fadenscheinigen Gründen aufs Land abgeschoben, und statt wohlhabende Paare zu vermitteln, stand sie um vier Uhr in der Früh auf, um Gespenster zu jagen. Sie brach in unkontrolliertes Lachen aus. Sam blickte sie amüsiert von der Seite an und lenkte den Wagen an den Fahrbahnrand und sah sie von der Seite an. Penelope lachte, bis ihr die Tränen über die Wangen liefen.

Sam legte die Stirn gegen das Lenkrad. Er schien ihren Gefühlsregungen nicht ganz folgen zu können, grinste nur in sich hinein.

»Es tut mir leid«, japste Penelope. »Das ist der reine Selbsterhaltungstrieb. Ich könnte genauso gut heulen.« Sie nahm ein Taschentuch aus ihrer Tasche und tupfte sich die Lachtränen ab.

Er richtete sich auf und sah sie an. »Ich habe schon lange nicht mehr erlebt, dass jemand so herzlich lachen kann.« Sam schüttelte den Kopf. »Habe ich es gerade richtig verstanden, dass wir morgen früh um vier zur Gespensterjagd mit Dr. Witherby verabredet sind?«

»Würde ich sagen, ja.« Penelope lächelte ihn an. »Fahren wir?«

Sam brachte sie nach Hause und wartete, bis sie die Haustür zum Cottage aufgeschlossen hatte. Sein Blick fiel auf den Holzhaufen, der mal ein Bett gewesen war. Den musste er dringend wegräumen.

SAMSTAG

Am nächsten Morgen läutete um halb fünf ihr Telefon. Penelope legte ihre Haarbürste beiseite und hob ab.

»Es geht los. Er schleicht sich gerade die Treppe hinunter. Ich wer… Verdammt! Mein Schnürsenkel ist gerissen. Ich muss mir ein anderes Paar Schuhe suchen.«

»Ist gut, Dr. Witherby«, sagte Penelope, aber der Arzt hatte bereits aufgelegt.

Sie stieg die Treppe hinunter und kochte sich einen Kaffee. Eine Minute später läutete das Telefon erneut.

»Guten Morgen, Penelope. Hier ist Sam. Ich wollte mich gleich auf den Weg machen. Ist es in Ordnung, wenn ich die Hunde mitbringe?«

»Ja, das ist in Ordnung. Bis gleich.«

Penelope legte auf und kehrte in die Küche zurück, um noch mehr Kaffee zu kochen. Wo sie schon mal dabei war, deckte sie den Frühstückstisch. Im Küchenschrank hatte sie einen alten Toaster gefunden. Entweder funktionierte das Ding, dann konnte sie Toast anbieten, oder sie setzte das Cottage in Brand. Vermutlich würde letzterer Fall eintreten. Nachdem sie wie eine aufgeregte Gastgeberin mehrfach den gedeckten Tisch kontrolliert hatte, wusste Penelope nichts mit sich anzufangen. Sie machte das Bett, wischte ein paar Staubkörner beiseite und schlenderte dann durch die Räume. Im Wohnzimmer fing sie gar nicht erst an mit dem Staubwischen. Hier hatte sie sich bisher so gut wie nie aufgehalten. Sie fuhr mit dem Zeigefinger über die Buchrücken des deckenhohen Bücherregals. Dank Dr. Witherby wusste sie inzwischen, dass es sich bei den meisten Titeln um Fachlektüre ihrer Vormieterin handelte. Von der sie nicht allzu viel wusste, wie Penelope feststellte. Vermutlich war sie nicht verheiratet gewesen, denn das Bett, in dem sie gestorben war, war ein Einzelbett gewesen. Kinder hatte sie vermutlich ebenfalls nicht. Penelope zog eines der Bücher über Geburtshilfe heraus, schlug es auf und klappte es gleich wieder zu. Diese anschaulichen Darstellungen waren nichts für sie. Sie stellte das Buch zurück und warf einen Blick durch das Bleiglasfenster. Draußen war es ruhig und keine Menschenseele zu sehen. Vielleicht hatte Dr. Witherby sich geirrt, und der Lord war einfach nur die Treppe hinunter und zum Klo gegangen. Sie inspizierte weiter das Bücherregal und entdeckte weitere Kinderbücher. Möglicherweise befand sich etwas darunter, was sie Lilly vorlesen konnte, wenn sie zusammen im Himmelbett kuschelten. Dieses Shaftesbury macht etwas mit dir, Penelope, sagte sie sich. Du reagierst nicht mehr hysterisch beim Anblick von Hundehaaren auf deiner Kleidung, und du denkst sogar über die geeignete Lektüre für ein kleines Mädchen nach. Neben Foto- und Bildbänden über Gärten und Denkmäler fand sie Krimis und klassische Literatur. Ein Buch erregte besonders ihr Interesse. Nein, es war weniger das Buch als seine Position im Regal. Abseits der übrigen Fachliteratur stand das Buch mit dem vielsagenden Titel *Die schwere Geburt* neben einem Krimi von Raymond Chandler. Penelope schlug es auf. Immerhin ersparte es dem Leser Abbildungen, aber die Worte »Steißlage« und »Sturzgeburt« fielen ihr trotzdem sofort ins Auge. Aber etwas anderes fand Penelope viel interessanter. Neben die Kapitelüberschriften hatte jemand Namen und Daten geschrieben. Die Handschrift war ordentlich, etwas altmodisch und stammte vermutlich von der Hebamme. Sie schlug das Vorsatzblatt auf, auf dem in derselben Handschrift der Name *Mathilda Emerson* geschrieben war.

Eine plötzliche Unruhe vor dem Cottage riss Penelope aus ihren Gedanken. Sie warf das Buch auf die Couch und lief zur Eingangstür. Als sie sie hastig aufriss, bot sich ihr ein lustiges Bild. Vor ihr stand ein kleiner alter Mann in einem viel zu großen weißen Nachthemd, unter dem dürre O-Beine hervorsahen und dessen Füße in abgelaufenen schwarzen Hausschlappen steckten. Hinter ihm eilte ein derangierter Dr. Witherby heran, dessen weiße Haare ungeordnet waren. Er trug zwar einen blauen Pullover und eine graue Stoffhose, aber ein Fuß steckte in einem schwarzen Halbschuh, der andere in einem pinkfarbenen Turnschuh. Im Arm hielt er einige Kleidungsstücke, und er redete unentwegt auf den Alten ein, der die Hände fest zu Fäusten geballt hielt. Hinter den beiden stand nun auch Sam, der offenbar ebenfalls nicht dazugekommen war, sich zu kämmen.

»Guten Morgen«, rief Penelope. Sie machte einige Schritte nach draußen und reichte dem Alten die Hand. »Lord Finncliff, nehme ich an?«

Der alte Mann brauchte einen Augenblick, dann ergriff er Penelopes Hand. Eine stattliche Anzahl von Samen fiel zu Boden und wehte durch den Vorgarten, wo sich die fiesen kleinen Dinger an jeder freien Stelle niederließen.

»Ach, du Schreck!«, sagte Dr. Witherby, während der Lord einen Handkuss andeutete.

»Kommen Sie doch herein«, bat Penelope.

Es dauerte eine Weile, bis alle am Küchentisch saßen. Den Kleiderhaufen hatte Dr. Witherby auf einen Sessel geworfen. Penelope schenkte Kaffee ein, der Arzt wischte sich den Schweiß von der Stirn, und Sam grinste amüsiert in die Runde. Der Lord schien sich ganz wohlzufühlen. Er nahm sich eine Scheibe Toast und war eine Weile damit beschäftigt, die Butter darauf zu verteilen.

»Dieser verflixte Schnürsenkel ist genau in dem Augenblick gerissen, in dem Harold das Haus verließ. Mir blieb nichts anderes übrig, als den Schuh zu nehmen, der am nächsten stand.« Dr. Witherby griff nach seiner Tasse. Kopfschüttelnd sah er zum Lord hinüber, der Zucker über seinen Toast streute. »Was hat er sich bloß dabei gedacht?«

Penelope legte ihre Hand auf die faltige alte Hand des Lords. »Sie haben die Ackerwinde überall verteilt, nicht?«

Der Lord hob den Kopf und sah sie an. In seinen Gesichtszügen war keine Regung zu erkennen.

»Das ist ja das Schlimme, dass wir nicht aus ihm herauskriegen werden, warum er diesen Unsinn macht«, beschwerte sich Dr. Witherby. »Ackerwinde.« Er schüttelte wieder den Kopf. »Er hat das Zeug tatsächlich am Feldrand besorgt. In aller Ruhe hat er diese merkwürdigen Blüten gepflückt und die Samen herausgeschüttelt. Es war deutlich zu erkennen, dass er das nicht zum ersten Mal gemacht hat.«

Nachdenklich betrachtete Penelope den alten Mann. »Und er ist direkt hierhergekommen?«

»So zielstrebig, als wäre es sein Zuhause.«

»Hm. Er ist auch an jedem anderen Morgen sehr früh bei mir gewesen. Zu den anderen Bewohnern ist er in der letzten Zeit offenbar nicht mehr gegangen. Aber was wollte er hier?«

»Ich bin kein Psychologe«, antwortete Dr. Witherby. »Aber ich werde mit einem Neurologen sprechen müssen.«

»Kannte er die frühere Eigentümerin vielleicht? Mrs Emerson?«

»Natürlich. So wie er jeden anderen Bewohner Shaftesburys kennt. Ich wüsste nicht, dass er zu Mathilda eine besondere Beziehung hatte.«

»Sie war die Hebamme hier im Ort, nicht?«

»Jeden, dessen Mutter nicht schnell genug ins Krankenhaus kam, hat sie zur Welt gebracht, die gute Mathilda.«

Penelope schüttelte den Kopf. »Merkwürdig.« Sie sah den alten Mann an. »Geht es Ihnen gut, Lord Finncliff?«

Er blickte sie irritiert an. »Danke, sehr gut«, antwortete er mit dünner Stimme.

»Schön. Das freut mich. Kannten Sie Mathilda? Mathilda Emerson, die Hebamme?«

Wieder dauerte es einen Augenblick, bis er reagierte. »Mathilda«, sagte er versonnen. »Sie war eine gute Frau.«

»Sie hat geholfen, die Babys in Shaftesbury zur Welt zu bringen, nicht?«

Der Lord betrachtete sein Toastbrot und schien in Gedanken versunken.

Penelope befürchtete, ihn zu sehr bedrängt zu haben, aber Dr. Witherby beruhigte sie. »Seine Aufmerksamkeitsspanne ist nicht besonders lang.«

Sie nickte. »Ich bin zwar keine Frühaufsteherin, aber wenn der Lord gern morgens herkommt, biete ich ihm eine Tasse Kaffee an. Oder haben Sie Bedenken, ihn aus dem Schloss gehen zu lassen?«

»Nein, wie gesagt, wir wollen ihn nicht einsperren.«

»Kann es sein, dass der Lord Mathilda bis zu ihrem Tod besucht hat?«

Dr. Witherby betrachtete den Lord mit Sorge. »Diese hinterhältige Erkrankung hat sehr schnell und mit Wucht zugeschlagen. Bis vor einem halben Jahr war er vielleicht ein wenig tüddelig, aber er konnte noch seinen Geschäften und Hobbys nachgehen. Er ist nie vor acht Uhr aus dem Bett gestiegen, hat eine Tasse Tee getrunken und ist dann in sein Arbeitszimmer gegangen. Den Berg habe ich ihn nie hinuntergehen gesehen. Und mit dem Dorfleben hatte er es auch nicht gerade.«

»Und was ist vor einem halben Jahr passiert?«

»Mathilda ist verstorben. Ich erinnere mich noch, dass er darüber in der Zeitung gelesen hat. Damals dachte ich, dass er die Nachricht einfach nur zur Kenntnis nimmt, wie man eben von dem Tod einer früheren Bekannten erfährt.« Dr. Witherby schwieg eine Weile. »Aber wenn ich jetzt alles zusammen betrachte, hat ihn ihr Tod vielleicht doch mehr mitgenommen, als ich dachte.« Er schlug sich mit der Hand auf den Oberschenkel. »Aber wie dem auch sei, seither wird Harold gut versorgt. Und er bekommt auch jede Menge Besuch. Es könnte also schlimmer sein. Was meinst du, Harold? Wollen wir zwei Hübschen mal aufbrechen? Dieser verdammte Turnschuh bringt mich um. Das Ding ist viel zu klein für mich.«

Wenig später winkte Penelope den drei Männern zu. Sam hatte Mühe, die beiden Alten in seinen Jeep zu bugsieren. Bevor er sich hinter das Lenkrad setzte, winkte er Penelope zu. Sie sah dem Wagen hinterher, der die Richtung zum Schloss einschlug.

Verrückt, dachte sie. Aber auch ziemlich lustig.

SONNTAG

»Sie haben ihn also in flagranti erwischt?«, rief eine alte Dame, nachdem Penelope berichtet hatte, dass es Sam und ihr am Vortag gelungen war, Lord Finncliff zu überführen.

»Donnerwetter!«, sagte John und stellte sein Glas ab. »Ich sag doch, die Dame ist beim MI5.«

»Nun, John, ich denke nicht, dass eine bewaffnete Einsatztruppe erforderlich gewesen wäre, um den alten Mann zu überwältigen.« Penelope hob die Hände. »Sehen Sie, genau genommen haben wir ihn nur zur richtigen Zeit am richtigen Ort aufgespürt.«

John sah so aus, als müsse er darüber noch eine Weile nachdenken.

»Ich höre immer ›wir‹«, rief jemand neugierig.

»Gut«, sagte Penelope schnell. »Also, das Thema Ackerwinde ist durch.«

»Und was passiert jetzt mit dem ollen Kruppzeug in meinem Garten?«, fragte einer der Anwesenden.

»Bill, der Gärtner vom Schloss, wird sich bei Ihnen allen melden, und Sie können ihm dann zeigen, wo sich das Unkraut niedergelassen hat, und er wird es zu entfernen versuchen.« Penelope deutete auf Dorian. »Sie können weitermachen.«

Sie setzte sich und nahm einen Schluck aus ihrer Tasse. »Uh«, machte sie. »Der schmeckt heute irgendwie komisch.«

Laura zwinkerte ihr zu. »Das gehört so. Luke war der Meinung, Sie bräuchten heute mal etwas Stärkeres.«

»Sehr schön«, rief Dorian die durcheinanderschnatternden Einwohner zur Ruhe. »Wir haben heute ein straffes Programm. Erst einmal möchte ich, dass wir Penelope für ihren Einsatz danken. Ihr ist es zu verdanken, dass Shaftesburys Vorgärten künftig frei von Ackerwindensamen sein werden.«

Penelope wechselte einen Blick mit Laura, die grinsend die Schultern hob.

Nachdem der Applaus abgeebbt war, begann der Kräuterbüschelwettbwerb. Fasziniert sah Penelope zu, wie sich alle registrierten Teilnehmer in einer Reihe aufstellten, jeder einen Strauß Grünzeug in den Händen. Die Damen hatten vor Aufregung rote Wangen, und die drei Männer, die dabei waren, platzten beinahe vor Stolz.

Penelope beugte sich zu Laura hinüber. »Das sieht nicht anders aus als das, was ich im Gemüseladen kaufe«, flüsterte sie.

»Schweigen Sie und trinken Sie Ihren Tee!«, forderte Laura sie auf. »Anderenfalls ist es schnell vorbei mit einer Ehrenbürgerschaft von Shaftesbury.«

Sie kicherten ein wenig, bis sie von Dorian zur Ordnung gerufen wurden.

Je mehr Teilnehmer ihre Kräuter vorstellten, desto interessierter wurde Penelope. Es waren nicht einfach nur grüne Stängel, sondern jedes Kraut hatte eine heilende Wirkung oder sah zumindest schön aus. Am Ende wusste sie jedenfalls nicht mehr, wem sie ihre Stimme geben sollte. Sie entschied sich für die dritte Teilnehmerin, deren Petersilienmischung eine berauschende Wirkung nachgesagt wurde. Warum sich andere für Bohnenkraut entschieden, konnte sie nur vermuten.

Allmählich fand Penelope Gefallen an diesen sonntäglichen Gemeindeversammlungen. Besonders, wenn es zum Darjeeling ein Schlückchen gab.

Als sie schließlich wieder vor dem Pub standen, verstand sie den Pfarrer auch viel besser. Mit ein bisschen was intus ertrug man diese verrückten Veranstaltungen viel besser. Immerhin waren sie, was die Organisation des Events auf Blackmore Manor anbetraf, ein wenig weitergekommen. Allerdings stand ihnen am Nachmittag die größte Aufgabe bevor. Immerhin würde Sarah ihren Dienstherrn bei einem guten Braten auf den Einfall des Komitees am Nachmittag vorbereiten müssen. So, wie sie Sarah kannte, würde es eine Menge appetitlicher Häppchen und Küchlein geben, was dafür sprach, vorher noch ein wenig zu joggen. Aber die Erinnerung an ihre letzte Joggingrunde verdarb ihr den Spaß. Sie müsste sich eine neue Strecke aussuchen, um nicht an die arme Maureen Oliver erinnert zu werden. Außerdem war sie müde. Sie sollte sich einfach einen Augenblick auf ihr Sofa legen. Oder noch besser: in ihr Himmelbett.

»Hallo Penny, wir wollen ein Picknick machen. Kommst du mit?«

Penelope sah zu Lilly hinunter, die flankiert von ihren beiden Hunden erwartungsvoll vor ihr aufgetaucht war. Es war das erste Mal, das Lilly sie so nannte. In ihrem bisherigen Leben hatte Penelope abgelehnt, sich von anderen so nennen zu lassen, aber bei Lilly war es in Ordnung. Neben ihr stand Sam in seinem weißen Sonntagshemd und sah nicht minder erwartungsvoll aus.

Penelope holte Luft, um höflich abzulehnen, aber Lilly kam ihr zuvor.

»Bitte!«

»Na schön, dann mal los.« Vielleicht konnte sie sich einfach auf eine Decke legen und die Augen schließen. »Ich kann allerdings nur für ein gutes Stündchen mitkommen. Danach muss ich zum Blackmore Manor.«

Lilly ergriff ihre Hand. »Weiß schon. Zum Mord- und Totschlag-Festival.«

Sam rollte mit den Augen, dann zog er Penelope zum Jeep. Dort deutete er auf die Rückbank, auf der ein verlockend aussehender geflochtener Picknickkorb stand.

»Wir haben gestern gebacken und gekocht«, erklärte Lilly und kletterte mit den Hunden auf die Rückbank. Als Penelope einstieg, stellte sie fest, dass Boss ihr genau in den Nacken hechelte. Sie betätigte den Hebel und schob den Sitz so weit vor, bis ihre Knie unter dem Armaturenbrett klemmten.

»Alles in Ordnung?«, fragte Sam.

»Ja, ja. Alles okay.«

Er fuhr los, und Penelope hoffte, dass sie nicht allzu weit fahren mussten.

»Also, wir haben eine Menge auf dem Zettel«, plapperte Lilly los. »Wir müssen den Fall mit der Ackerwinde abschließen, und dann müssen wir uns Gedanken um das Festival machen.«

»Tja«, sagte Sam. »Glücklicherweise ist es ja so, dass die Sache mit der Ackerwinde aufgeklärt ist, und für das Festival gibt es ein Komitee. Wir können also ein Komitee für Hausaufgaben gründen. Das reicht völlig.«

»Ach, menno.« Lilly verschränkte die Arme vor der Brust und schmollte.

Penelope wollte gerade ein paar versöhnliche Worte sagen, als Lilly ihre gute Laune schon wiedergefunden zu haben schien. Sie rückte vor und sah zwischen den Sitzen hindurch nach vorn. »Gemmas Vater sagt jedenfalls, dass immer alles mit allem zusammenhängt.«

»Der Herr Landvermesser ist ja auch ein ganz schlauer Bursche.« Sam bog nach rechts ab und fuhr in Richtung Brücke.

Lilly legte Foxy die Hand über die Augen. »Sieh nicht hin, Foxy. Hier hattest du deinen Unfall.« Sie nahm die Hand herunter. »So, jetzt kannst du wieder rausgucken.«

Penelope wechselte einen Blick mit Sam und stellte fest, dass sie Kinder und Hunde manchmal gar nicht so unangenehm fand. Abgesehen von dem feuchten Atem im Nacken.

»Dem Hund geht's besser, oder?«, fragte sie Sam.

Sam nickte. »Er kommt wieder in Ordnung. Wenn Lilly ihn lässt.«

Hinter der Brücke fuhren sie noch ein Stück die Straße entlang, dann bog Sam in einen Feldweg ein und stellte den Wagen neben einem Gatter ab.

»So, du kannst jetzt aussteigen«, sagte Lilly.

Penelope öffnete die Beifahrertür, und nach ihr purzelten Lilly und die beiden Hunde aus dem Wagen, die im Nullkommanichts durch das Gatter verschwunden waren und auf die Wiese liefen. Von diesem Platz hatte man einen herrlichen Blick auf Shaftesbury. Penelope konnte den Kirchturm sehen und meinte sogar die Leuchtreklame vom Golden Sunshine and Luxury Club und das Dach ihres Cottages zu erkennen. Sie drehte sich um und entdeckte hinter sich das Schloss, das über allem thronte.

Sam kam mit einer großen Decke und dem Picknickkorb. »Kommen Sie.«

Auf der grünen Wiese breiteten sie die Decke aus, und Penelope warf einen neugierigen Blick in den Korb. »Hm, das sieht lecker aus. Darf ich?«

»Nur zu.« Sam ließ sich auf die Decke fallen und streckte sich.

»Und was nehmen Sie?«

»Ein Würstchen im Schlafrock.«

Penelope reichte ihm ein Würstchen im Blätterteigmantel und nahm sich selbst ein Stück Melone mit Schinken. »Dann ist der Lord immer diesen Weg hier heruntergekommen, oder?« Sie deutete auf einen schmalen ausgetretenen Pfad. »Wirklich erstaunlich.«

»Hm«, bestätigte Sam brummend und kaute mit geschlossenen Augen.

»Ist das Kaffee in der Thermoskanne?«

»Nein, ein scheußlicher Brombeertee, aber Lilly trinkt im Augenblick nichts anderes.«

Penelope probierte einen Schluck. »Nicht mein Lieblingsgetränk, aber es geht.« Sie sah auf Sam hinunter. »Soll ich die Klappe halten, und wir lauschen einfach nur den Geräuschen der Natur?«

»Nein!« Sam richtete sich hastig auf. »Entschuldigung. Ich war unhöflich.«

»Nein, waren Sie nicht.« Penelope stieß gegen seine Schulter, und Sam legte sich wieder hin. »Sie haben einen anstrengenden Beruf, in dem Sie es ständig mit diesen Lebewesen zu tun haben. Und dann mussten Sie gestern früh um vier einen wildgewordenen Adligen überführen und heute Vormittag entscheiden, was Sie schöner finden: ein Bund Petersilie oder Nieswurz. Ich finde das schon eine ganz schöne Herausforderung.«

Sam kicherte. »So wie Sie das sagen, klingt es, als hätten wir hier in Shaftesbury alle einen Spleen.«

»Auf gar keinen Fall.« Penelope stützte sich mit den Händen hinter dem Rücken ab. »Außerdem entschädigt die Aussicht für alles.«

Sam verschränkte die Hände im Nacken. »Ich will uns nicht die Stimmung vermiesen, aber heute habe ich mit Mrs Fletcher gesprochen. Ihr Kater Mickey ist Patient bei mir. Und weil sie allein ist, habe ich mir erlaubt, zwei Fliegen mit einer Klappe zu schlagen. Sie hat heute Henk Oliver im Pflegeheim besucht.«

»Ach, und wie geht es ihm?«

»Ihm machen die Umstellung und der Tod seiner Tochter natürlich noch zu schaffen, aber er behauptet wohl, dass es ihm gut geht.« Sam richtete sich auf und sah in den Korb. »Ich nehme mal von dem Nudelsalat. Eine Kollegin der toten Maureen Oliver hat Henk schon besucht. Eine Rita, glaube ich.«

»Von der habe ich in der Zeitung gelesen«, sagte Penelope, die die Augen geschlossen hatte und das Gesicht in die Sonne hielt. »Was diese Rita über Maureen sagte, klang, als seien die beiden mehr als Kolleginnen gewesen. Gibt es eigentlich etwas Neues über den Mordfall?«

Sam nahm noch eine Gabel voll vom Nudelsalat. »Keine Ahnung. Mich hat niemand mehr befragt. Aber darüber gelesen, dass der Mörder gefunden wurde, habe ich auch noch nicht.« Er deutete mit der Gabel auf Lilly und die beiden Hunde. »Foxy hat sich jedenfalls erstaunlich gut erholt.«

»Ja, wirklich. Als ich das Tier damals dort liegen sah, dachte ich, es wäre tot. Sollte Lilly nicht auch etwas essen?«

Sam winkte ab. »Sie wird sich nachher über die Reste hermachen und sie mit den Hunden teilen. Im Augenblick bringt sie Boss irgendeinen Trick bei. Jedenfalls versucht sie es.« Er sah auf die Uhr. »Ich werde Sie gleich zum Blackmore Manor bringen.« Er grinste sie an. »Ich wäre wirklich zu gern dabei, wenn Sie dem Earl erklären, dass eine Schriftstellerin und die Damenrunde um Mrs Winterbottom bei ihm einfallen werden.«

»Sie haben noch die Besucher und die Fans von Tom Stanneck vergessen«, sagte Penelope. »Der Einzige, den der Menschenauflauf freuen wird, ist Erwin. Er wird vor Freude den ganzen Tag ein Rad schlagen.«

Lilly und die Hunde waren aus ihrem Blickfeld verschwunden. Penelope trank noch einen Schluck Tee. »Viel lieber würde ich hier mit euch sitzen bleiben.«

Sam legte sich auf die Seite und stützte den Kopf auf dem Ellenbogen ab. »Ich hätte da einen Vorschlag«, sagte er und zupfte einen Grashalm ab.

»Und welcher wäre das?« Penelope schüttelte ihre Teetasse auf dem Gras aus.

»Dass wir eine Gewohnheit daraus machen könnten, sonntags nach dem Kirchgang ein Picknick zu machen.«

Penelope sah auf Sam hinunter, in seinem dunklen Haar konnte sie die ersten grauen Strähnen erkennen. In seiner Gegenwart ging es ihr gut, sie konnte sich entspannen und vergaß ihre Sorgen. »Dagegen habe ich nichts einzuwenden. Und wie sieht es mittwochs aus mit ›Dr. Clifford, der Arzt, dem die Frauen vertrauen‹?«

Sam sah zu ihr auf. »Sie mögen diesen Angeber Nigel Hammond?«

»Nein, ich möchte gern diese schnulzige Serie mit Ihnen zusammen sehen.« Penelope zuckte mit der Schulter und lächelte. »Aber ich finde es sympathisch, wenn Sie auf diesen Kerl eifersüchtig sind. Ich kann Sie beruhigen, ich kann seiner schnöseligen Art nichts abgewinnen.«

»Gott sei Dank. Ich habe nämlich gehört, dass seine Tage in dieser Serie gezählt sind.«

»Tatsächlich?«

»Ja, er verlangt zu viel Gage, oder es gibt irgendein anderes Problem. Keine Ahnung.«

»Na ja, wenn sie die Serie einstellen, machen wir eben irgendetwas anderes als fernseh…« Wie von der Tarantel gestochen sprang Penelope auf und drückte sich die Hand an die Brust.

Erschrocken stand Sam auf. »Was ist?« Er legte die Hände auf ihre Schultern. »Hat Sie ein Insekt gestochen?«

Penelope schüttelte ihre Hand aus und wischte sie an ihrer Marlene-Hose ab. »Der Hund«, sagte sie und deutete auf Foxy, der sich unbemerkt der Decke genähert hatte. »Er hat meine Hand abgeleckt.«

Lilly kam mit Boss angerannt und kraulte Foxy hinter den Ohren. »Das ist wirklich schlimm, so eine Hundezunge ist ziemlich rau.«

»Und es tummeln sich unzählige Bakterien darauf.« Penelope öffnete ihre Tasche und nahm ein Desinfektionstuch heraus.

Lilly verzog den Mund und verschränkte die Arme vor der Brust. »Also, Bakterien sind sehr nützlich.«

»Ist gut, Lilly.« Sam strich seiner Tochter über das Haar. »Es muss nicht jeder deine Vorliebe für die Natur und Tiere teilen. Komm, wir packen ein und bringen Penelope zum Blackmore Manor.«

Als der Jeep eine Viertelstunde später das Tor zum Anwesen des Earl von Blackmore Manor passierte, stolzierte tatsächlich Erwin der Pfau über die Zufahrt und schlug ein Rad.

MONTAG

Penelope hätte sich eigentlich denken können, dass sie aus der Sitzung des »Komitees zur Förderung der Kultur in Blackmore Manor«, wie der noch etwas sperrige Titel lautete, nicht ohne eine Aufgabe hervorgehen würde: Sie sollte die Gesamtleitung des Projekts übernehmen. Natürlich würden Dorian und Leonard ein Konzept für die Führungen entwickeln, aber überarbeiten müsse Penelope es. Und natürlich würde sich der Leserkreis um Tom Stannecks Wohlergehen kümmern, aber den Kontakt mit dem Verlag müsse natürlich Penelope halten. Und wenn sie schon dabei wäre, könnte sie gleich die Presse im Zaum halten. Als Penelope am Abend ins Bett gefallen war, spielte sie kurz mit dem Gedanken, ihre Sachen zu packen und heim lich aus Shaftesbury zu verschwinden. Aber irgendwie musste sie über diesen Gedanken eingeschlafen sein, denn am Montagmorgen wachte sie in ihrem Himmelbett in ihrem Cottage auf und hatte das dringende Bedürfnis, einige Ideen, die ihr im Halbschlaf gekommen waren, aufzuschreiben.

Sie kochte sich Kaffee und wartete darauf, dass Lord Finncliff ihr die Ehre erwies. Aber von ihm war nichts zu sehen. Der Warmwasserboiler hatte einen guten Tag, und nach einer heißen Dusche zog Penelope ihr schwarzes Kostüm an und stieg in die weißen Slingpumps mit der schwarzen Spitze. Schließlich hatte sie ein paar offizielle Dinge zu erledigen, und da trug sie gern ihr Businessoutfit.

Während Shaftesbury eine verschlafene Ansammlung von Häusern war, trumpfte Middlesbrough mit einer Town Hall und dazugehörigem Platz auf, einem Supermarkt und mehreren Geschäften. Penelope, die auf der Suche nach einem Parkplatz langsam die Main Road entlangfuhr, bremste abrupt, als ihr Blick auf den Schriftzug *Boutique* fiel. Das Leben meinte es gut mit ihr. Penelope beschimpfte ihren Hintermann, der empört hupte, und quetschte ihren Mini in eine winzige Parklücke.

Eine halbe Stunde später stand sie mit einer Tüte wieder auf dem Bürgersteig und winkte der Ladenbesitzerin durch die Schaufensterscheibe zu. Sie hatte ein Kleid gekauft. Penelope spürte, wie ihr Vertrauen darin, dass sich auf dem Land nicht nur Verrückte herumtrieben, zurückkehrte.

Zwei Eingänge weiter fand sie eine Buchhandlung, in der sie einige Krimis von Tom Stanneck erwarb. Wenn sie sich künftig mit dem Autor befasste, wäre es wohl angezeigt, wenigstens etwas von ihm gelesen zu haben.

Am Ende der Straße fiel Penelopes Blick auf die im viktorianischen Stil erbaute Town Hall. Tatsächlich hatte Penelope in Middlesbrough Bücher kaufen wollen, aber genau genommen war das ein willkommener Grund dafür gewesen, in die Nähe von Maureen Olivers Arbeitsplatz zu gelangen.

Sie betrat die Eingangshalle und erkundigte sich bei dem uniformierten älteren Bediensteten hinter dem Tresen nach Rita, da sie ihren Nachnamen nicht kannte. Der freundliche Mann nannte ihr die Zimmernummer und beschrieb ihr den Weg dorthin.

Die Town Hall war nicht besonders groß, und neben den Dienstzimmern hingen Namensschilder der Bediensteten. Das hatte den Vorteil, dass Penelope Ritas Nachnamen erfuhr. Murphy. Sie klopfte und wartete auf das gedämpfte »Herein«.

»Hallo«, sagte sie, als sie die Tür öffnete. »Mein Name ist Penelope St. James. Ich würde Sie gern kurz sprechen, Mrs Murphy.«

Rita war eine leicht übergewichtige, etwas blasse Person, aber sie lächelte freundlich. »Dann kommen Sie doch herein, Mrs St. James. Setzen Sie sich bitte. Wo möchten Sie Ihren Stand denn gern aufbauen?«

»Wie?«

»Ihren Marktstand.«

»Ja, meinen Marktstand«, wiederholte Penelope nachdenklich. Jetzt wusste sie wenigstens, was die Aufgabe von Rita Murphy war. »Darf ich ehrlich sein?«, fragte sie. »Ich will keinen Marktstand aufbauen.«

Rita ließ ihren Blick über die Papiertüte aus der Boutique und Penelopes Kostüm gleiten. »Sie sehen auch nicht aus wie jemand, der einen Marktstand hat.«

Penelope schluckte diese Bemerkung, auch für den Fall, dass es sich um eine Beleidigung gehandelt haben sollte.

»Ich bin wegen Maureen Oliver hier«, erklärte sie, und als Rita den Mund öffnete, fügte sie schnell hinzu: »Ich habe sie auf der Straße gefunden. Sie und ihren Hund.«

»Ach, Sie waren das?« Rita Murphy verlor ihre Körperspannung und lehnte sich zurück. »Die arme Maureen. Es vergeht keine Sekunde, in der ich nicht an sie denke. Natürlich gerade hier im Amt, wo mich alles an sie erinnert.«

»Dann waren Sie wohl mehr als Kolleginnen?«

»Ja, das waren wir. Besonders nach der Trennung von ihrem Mann. Sie war ziemlich allein, und dann noch die Sorge um ihren Vater … Wir haben uns gegenseitig viel anvertraut.«

Penelope war versucht zu fragen, ob Maureen ihr denn auch ein tödliches Geheimnis anvertraut hatte, aber sie hielt sich zurück.

»Es tut mir sehr leid. Hat man den Autofahrer denn inzwischen gefunden?«

Mrs Murphy schüttelte den Kopf. »Sie haben herausgefunden, dass der Fahrer einen Mietwagen fuhr, aber er hat wohl gefälschte Papiere vorgelegt.«

Was die Mordtheorie noch stützte, dachte Penelope. Jemand hat sich einen Leihwagen genommen und Maureen abgepasst, um sie auf der Straße zu überfahren.

»Ist sie die Strecke häufig gegangen?«

»Das war ihre große Gassirunde. Sie wohnte hier in Middlesbrough und ist sonntags immer mit Holmes bis nach Shaftesbury und zurück gegangen. Danach hat sie ihrem Vater das Mittagessen gemacht und den Sonntagnachmittag mit ihm verbracht. Der arme Mann ist jetzt ganz allein.«

»Ich weiß, dass ihn gestern eine Frau aus Shaftesbury besucht hat. Und ihren Hund hat ein Freund von mir aufgenommen. Er ist Tierarzt in Shaftesbury.«

»Das ist schön.«

»Den Exehemann hat man vermutlich als Täter ausgeschlossen, oder?«

»Das nehme ich an. Ich glaube auch nicht, dass er es war. Er hat sich keinen Deut mehr um Maureen geschert. Sie existierte einfach nicht mehr für ihn. Das war wohl besonders schlimm für sie.«

»Verstehe. Aber wer könnte denn so etwas getan haben?«

Rita schüttelte den Kopf und sah aus dem Fenster.

Penelope hätte erwartet, dass sie etwas sagen würde, wie: Maureen war so ein ehrlicher Mensch. Oder: Maureen hätte niemals jemandem etwas angetan. Aber stattdessen schwieg sie. Und plötzlich war es ganz still im Raum. Von der Straße hörte man gedämpfte Geräusche, vom Flur erklangen hin und wieder Schritte oder das Zuschlagen einer Tür. Penelope fasste sich in Geduld.

»Ich weiß nicht«, sagte Rita schließlich. »Ich denke immerzu darüber nach.« Sie sah Penelope an. »Wissen Sie, in der letzten Zeit war sie verändert. Schreckhaft, irgendwie. Als ich einmal in ihrem Zimmer drüben war und jemand, ohne zu klopfen, eintrat, ist sie richtig zusammengezuckt. Aber sie hat den Besucher nicht zurechtgewiesen, sondern war vielmehr sehr höflich, obwohl es ein ziemlich ungehobelter Klotz war.«

»Kannten Sie den Mann?«

»Nein, ich weiß nicht, wer das war.«

»In den Fernsehkrimis wird der Inspector immer nervös, wenn das Opfer vor seinem Tod seine Gewohnheiten änderte.« Rita legte die Hände auf die Akte und knetete ihre Finger. »Wissen Sie, ich bekomme noch fünfhundert Pfund von ihr. Natürlich verzichte ich auf den Betrag. Ich werde ihren Vater ganz sicher nicht darum bitten.«

»Haben Sie Maureen das Geld geliehen?«

»Seit ihrer Scheidung war sie in finanziellen Schwierigkeiten. Und zum Monatsende wurde es bei ihr immer eng. Da habe ich natürlich nicht Nein gesagt.«

»Und eines Tages hat Maureen Sie nicht mehr um Geld gebeten?«

Rita sah Penelope an. »Nein. Ich habe sie mal darauf angesprochen, aber sie hat gesagt, dass sie jetzt besser zurechtkommen würde. Und meine fünfhundert Pfund würde ich auch zurückbekommen.«

»Wann hat sic das gcsagt?«

»Das ist sicher mehr als ein halbes Jahr her.« Rita rollte ihren Stuhl zurück und zog die Schreibtischschublade auf. Sie nahm ein kleines Heft heraus und schlug es auf. »Kurz vor Weihnachten habe ich ihr die letzten achtzig Pfund geliehen. Sie brauchte das Geld für ein Weihnachtsgeschenk.« Sie legte das Heft zurück und schob die Schublade zu.

»Und was glauben Sie, war der Grund dafür, dass Maureen kein Geld mehr von Ihnen brauchte? Hatte sie vielleicht ein Darlehen zurückgezahlt? Oder war sie an Geld gekommen? Vielleicht hat sie jemanden anderen um Unterstützung gebeten?«

»Ich habe keine Ahnung. Ich dachte erst, sie hätte vielleicht einen reichen Freund gefunden, aber es fehlten alle Anzeichen dafür, dass sie verliebt wäre.«

»Verstehe. Neue Frisur, neue Kleider, immer ein Lächeln im Gesicht, so etwas.«

»Richtig«, bestätigte Rita.

Blieb noch eine Möglichkeit, die Penelope allerdings nicht gern aussprechen wollte. Man sagte einer Toten ungern Erpressung nach. Deshalb bemühte sie sich um eine unverfängliche Formulierung.

»Gibt es vielleicht eine Möglichkeit, dass jemand etwas von ihr verlangt hat, was, sagen wir, der Berufsethik eines Mitarbeiters der Town Hall widerspricht?« Okay. Das war vielleicht ein wenig zu kompliziert ausgedrückt. Rita sah aus, als habe sie über diesen Aspekt bisher noch nicht nachgedacht.

»Sie meinen, sie hat jemanden erpresst? Weil …« Sie runzelte die Stirn. »Weshalb denn eigentlich?«

»Ist es möglich, dass sie bei ihrer Tätigkeit Kenntnis von etwas bekommen hat, womit sie jemanden erpressen könnte? Was genau hat sie denn eigentlich gemacht?«

»Maureen hat die Standesamtsregister geführt und sich um die Nachlässe Verstorbener gekümmert, bis sich der Testamentsvollstrecker oder die Erben gemeldet haben.« Rita schüttelte den Kopf. »Aber auf Veranlassung der Polizei hat eine Kollegin Maureens Arbeit des vergangenen Jahres überprüft, und sie hat nichts Auffälliges festgestellt.«

»Kann sie aus einem Nachlass etwas entwendet haben, was jemand zurückhaben wollte?«

Rita hob die Schultern. »Theoretisch natürlich, aber auch das wurde von der Kollegin geprüft.«

Penelope entging nicht, dass sie zum wiederholten Male einen verstohlenen Blick auf die Uhr an der Wand warf. Deshalb stand Penelope auf. »Ich will Sie nicht länger von der Arbeit abhalten. Vielen Dank für die Zeit, die Sie mir geopfert haben.« Sie holte eine Visitenkarte aus ihrer Tasche und reichte sie Rita Murphy. Die sah erst auf die Karte, dann in Penelopes Gesicht.

»Sie betreiben eine Partnervermittlung?«

Rita Murphy fasste sich an die Frisur. Sie trug keinen Ehering.

»Wenn Sie sich für meine Dienste interessieren, rufen Sie gern an.« Penelope griff nach ihrer Tüte. »Und wenn Sie doch noch eine Idee haben, was Maureen betrifft, freue ich mich ebenfalls über Ihren Anruf.«

Als Penelope den Raum verließ, blickte Rita Murphy immer noch verzückt auf die Karte.

Penelope hatte zu wenig Münzen in die Parkuhr geworfen und die Parkdauer überschritten. Sie zog den kleinen Zettel hinter dem Scheibenwischer hervor und stieg in ihren Wagen. Zu ihrer Überraschung freute sie sich auf Shaftesbury.

Penelope stellte ihren Wagen auf dem Grünstreifen vor ihrem Cottage ab und trug ihre Einkäufe ins Haus. Sie probierte eben ihr neu erworbenes Kleid vor dem Spiegel im Schlafzimmer an, als es an der Tür klopfte.

»Ach, Gott sei Dank, hier sind …« Mrs Winterbottoms Blick glitt an ihr hinauf und hinab. »Ach«, sagte sie.

Penelope sah an sich hinunter. »Nicht gut?«

Die alte Dame trat einen Schritt vor. »Nicht gut? Keineswegs. Wunderbar.« Sie strich bewundernd über den halblangen Ärmel. »Wunderbar«, wiederholte sie. »Wir sollten über eine Modenschau nachdenken.«

Penelope rollte mit den Augen. »Ich finde, wir haben schon genug Projekte in Arbeit.«

Mrs Winterbottom sah auf. »Natürlich. Sie haben recht. Deshalb bin ich auch da.«

Penelope trat beiseite. »Dann kommen Sie herein.«

Sie setzten sich in die Küche.

»Eine Tasse Tee?«, fragte Penelope und befüllte den Wasserkessel.

»Gern.« Mrs Winterbottom seufzte und legte ihre Handtasche auf den Küchentisch. »Sie hatten ja gefragt, wo wir die Herren aus dem

Verlag unterbringen. Und diesen Tom Stanneck. Also, diese Dame …« Sie brach ab.

Penelope wandte sich zu ihr um. »Habe ich Ihnen zu viel zugemutet? Das tut mir leid.«

»Zu viel? Ach was!« Mrs Winterbottom öffnete ihre Handtasche und nahm ein kleines Fläschchen heraus. Sie sprühte sich etwas von der Flüssigkeit auf Wangen und Dekolleté. »Ich bin so erhitzt. Entschuldigen Sie.« Sie rieb sich die Hände. »Aber es ist alles so aufregend. Es ist wirklich zu dumm, dass Henry Beanstock seine kleine Pension geschlossen hat. Aber diesen Schritt kann man ihm wirklich nicht verübeln. Nachdem seine Heather ihn verlassen hat, kam er einfach nicht mit den Gästen zurecht.«

Penelope stellte Teegeschirr auf den Tisch und schenkte ein.

»Nicht, dass sich die Gäste bei ihm die Klinke in die Hand gegeben hätten, aber er hat es geschafft, auch die letzten Touristen zu vergraulen.« Die alte Dame schaufelte sich drei Löffel Zucker in die Tasse und rührte hektisch um. »Und jetzt hockt er da in seinem großen Haus mit den vielen Zimmern. Aber es ist völlig ausgeschlossen, dass wir dort kulturbeflissene Menschen unterbringen. Selbst wenn der alte Henry es schafft, zwei Räume vom Staub zu befreien, müssten wir jederzeit damit rechnen, dass er den armen Menschen zeigt, wo die Küche ist, damit sie sich ihr Frühstück selbst machen.«

»Verstehe.« Penelope stand noch einmal auf und holte eine Schachtel Kekse aus dem Schrank. »Es gibt also keine Möglichkeit, die beiden Männer vom Verlag in Shaftesbury unterzubringen? Aber in Middlesbrough gibt es doch sicher ein kleines Hotel, oder?«

»Sicher, aber mir ist da noch etwas eingefallen.« Mrs Winterbottom rührte so energisch um, dass der Earl Grey auf ihre Untertasse schwappte. »Damit würden wir zwei Fliegen mit einer Klappe schlagen.«

Penelope nahm sich einen Keks und knabberte an der Seite mit dem Schokoladenüberzug. Irgendwann würde die alte Dame auf den Punkt kommen.

»Alice«, sagte Mrs Winterbottom. »Alice Bingham.«

»Kenne ich sie?«

»Sie ist Mitglied unseres Buchclubs. Eine ganz feine Dame, aber ein wenig schweigsam. Alice hatte es nie leicht, müssen Sie wissen. Sie hat fünf Kinder großgezogen, und als sie aus dem Haus waren und Alice es sich mit ihrem Mann hätte schön machen können, ist er verstorben.«

»Verstehe. Und jetzt ist Mrs Bingham ganz allein in einem großen Haus.«

»So ist es.« Mrs Winterbottom nahm sich ebenfalls einen Keks. »Eine sehr zurückhaltende Person, diese Alice, aber eine so gute Hausfrau. Ich wette, dass die Herren gleich einziehen könnten.«

Nachdenklich steckte sich Penelope den restlichen Keks in den Mund. »Möglicherweise könnten wir ihr mit dem Besuch der beiden Herren die Idee eines Bed & Breakfast schmackhaft machen.«

Mrs Winterbottoms Gesichtszüge entspannten sich, und sie lächelte Penelope an. »Ich hatte gehofft, dass Sie das sagen.«

Eine halbe Stunde später standen sie vor dem Steinhaus von Alice Bingham. Auf dem schlichten rechteckigen Baukörper saß ein orangerotes Ziegeldach mit zwei Spitzgiebeln. Neben den weiß gestrichenen Sprossenfenstern waren Fensterläden angebracht, am Mauerwerk rankte dunkelgrünes Efeu empor. Die sandige Zufahrt war von üppig blühenden Rosenrabatten flankiert.

»Es ist wunderschön«, stellte Penelope begeistert fest. »Ich würde hier sofort einziehen.«

Mrs Winterbottom ging mit entschlossenem Schritt voraus. »Dann sagen Sie das mal Alice, mir würde sie nicht glauben.«

Sie klopfte energisch an die Tür, die kurz darauf von einer zierlichen grauhaarigen Dame geöffnet wurde, an die Penelope sich nur dunkel erinnerte.

»Lydia«, sagte die Frau verwundert, bevor ihr Blick auf Penelope fiel. »Ist etwas passiert?«

»Noch nicht, Liebes. Dürfen wir eintreten?«

Alice Bingham führte sie in eine Art Salon, in dem Wände, Möbel und Bezüge cremefarben gehalten waren. »Tässchen Tee?«, fragte die etwas überfahren wirkende Hausherrin.

»Nein, Liebes«, sagte Mrs Winterbottom. »Über das Stadium sind wir schon hinaus. Setz dich.«

»Also, wenn es um den Roman geht, den ich heute vorstellen wollte«, begann Alice Bingham. »Ich kann auch gern einen ande…«

»Liebes, hör einfach nur zu. Mrs St. James hat dir etwas zu sagen.«

Penelope plierte Lydia Winterbottom an. So war das eigentlich nicht geplant. Na ja, genau genommen hatten sie überhaupt nichts geplant. Sie räusperte sich.

»Nun, Mrs Bingham. Es geht um die Lesung mit Tom Stanneck.«

»Ach?«

»Sie wissen ja, dass das ein ziemliches Ereignis sein wird.«

Alice Bingham zerknüllte ein Papiertaschentuch mit beiden Händen. »Allerdings, und ich kann Ihnen sagen, ich bin gottfroh, dass diese große Sache nicht in meinem Haus stattfindet.«

Mrs Winterbottom machte ein Geräusch, setzte aber eine unbeteiligte Miene auf, als Penelope sie ansah.

»Richtig. Das eigentliche Event findet in Blackmore Manor statt«, bestätigte Penelope. »Nun werden morgen zwei Mitarbeiter des Verlages anreisen. Genauer gesagt Mr Blumberg, der Verlagsleiter, und sein Mitarbeiter Leander Crossing.«

»Da wird die arme Sarah ja alle Hände voll zu tun haben, wenn sie die Herrschaften unterbringen und verköstigen muss.« Alice machte ein betrübtes Gesicht.

»Ja«, sagte Penelope gedehnt. »Und deshalb sind wir hier. Wir wollen doch die Haushälterin des Earl entlasten, wo immer es geht, oder?«

Alice blinzelte Penelope an.

»Sie haben so ein wunderschönes Haus«, sagte sie. »Mit vielen Zimmern. Davon würden nur zwei benötigt.«

Alice Bingham schnappte nach Luft. »Sie meinen hier bei mir?«, flüsterte sie. »Zwei Männer? Aus London?«

»Sie würden uns einen sehr großen Gefallen tun.« Penelope sah sie an. »Und Sie wären Teil des Projekts.«

Eine Weile hielt Alice ihrem Blick stand, dann stützte sie die Hände auf den Tisch und stemmte sich in die Höhe. »Ich habe keine Zeit, hier herumzusitzen und zu plaudern. Ich muss dringend ein paar Eier kaufen, bevor Laura den Laden schließt.«

»Wunderbar, Alice.« Mrs Winterbottom sprang ebenfalls auf und umarmte ihre Freundin.

»Danke, Mrs Bingham«, sagte Penelope und gab der alten Dame die Hand. »Sie erweisen der Gemeinschaft einen großen Dienst.«

Mit schnellen Schritten geleitete Alice Bingham sie zur Tür. »Übrigens, Mrs St. James, Sie tragen da ein wunderschönes Kleid.«

An diesem Abend arbeitete Penelope noch ein wenig an dem Konzept für die Lesung und ging dann früh schlafen. Morgen war ein wichtiger Tag.

DIENSTAG

Sie hatte erst nicht einschlafen können und war dann um zwei Uhr wieder aufgewacht. Penelope fühlte sich trotzdem einigermaßen erholt. Sie streckte sich und lächelte. Die Sonne stand schon recht hoch am Himmel. Sie wandte den Kopf nach links und schob den Tüll des Himmelbetts beiseite, um auf ihren Wecker zu sehen. Die Zeiger zeigten neun Uhr an. Neun Uhr? Hastig sprang sie aus dem Bett, wobei sie sich in dem Tüll verhedderte und ins Stolpern geriet. Im letzten Augenblick konnte sie sich am Türrahmen fangen. Sie eilte ins Bad, riss sich das Nachthemd vom Leib und trat unter die Dusche. Sie drehte den Warmwasserhahn auf und keuchte erschrocken, als sie ein eiskalter Schwall Wasser traf. Hektisch drehte sie den Hahn zu und probierte den Kaltwasserhahn, aber auch der gab nur kaltes Wasser von sich, wozu er jedes Recht hatte. Es half auch nichts, dass sie gegen den Wasserboiler trat und Mathilda Emersons Nichte und Neffe verfluchte. Sie musste an diesem Morgen mit einer kalten Dusche vorliebnehmen.

Ihr Haar litt sehr unter dieser Behandlung, und mit einer ungeordneten Hochsteckfrisur betrat sie zehn Minuten später die Küche. Sie stieß mit dem kleinen Zeh gegen das Tischbein, als sie zum Küchenschrank gehen wollte, und verschüttete Kaffeepulver, als sie die Kaffeemaschine befüllte. Dieser Tag konnte eigentlich gar nicht mehr schlimmer werden. Als sie aufsah, zuckte sie zusammen. Sie blickte in zwei erschrockene Augen, die durchs Küchenfenster hereinsahen. Im selben Augenblick läutete ihr Telefon.

Eine halbe Stunde später fuhr sie vor dem Eingangsportal von Blackmore Manor vor. Es erschien ihr wie ein Wunder, dass sie nicht Erwin, den Pfau, überfahren hatte oder ein Erdbeben ausgebrochen war. Die Zeit, die sie mit ihrer stark verkürzten Dusche wieder aufgeholt hatte, hatte sie verloren, als sie darauf wartete, dass Dr. Witherby Lord Finncliff bei ihr abholte, der ausgerechnet an diesem Morgen beschlossen hatte, die Ackerwindesamen in ihrem Vorgarten zu verteilen. Sie hatte ihm gestattet, die feindlichen Samen über dem Holzhaufen, der einmal Mathilda Emersons Bett gewesen war, zu verteilen. Vielleicht würden die Pflanzen die schändlichen Überreste verdecken.

Eine Weile blieb sie hinter dem Lenkrad sitzen. Besser wäre es, diesen Tag im Bett oder in einem Erdloch zu verbringen. Und nicht mit wichtigen Gesprächspartnern.

Sie schrak zusammen, als jemand an das Wagenfenster klopfte. »Ist alles in Ordnung, Mrs St. James?«

Penelope sah in das freundliche Gesicht von Samantha Smith. Sie öffnete die Wagentür. »Mein Tag hat nicht so gut begonnen«, erklärte sie, als sie ausstieg.

»Dann hat er gute Chancen, besser zu werden.« Mrs Smith hakte sich bei ihr ein, und gemeinsam gingen sie zum Eingang, wo sie bereits von Sarah erwartet wurden.

Die Haushälterin hatte ein kariertes Geschirrtuch über die Schulter geworfen und trug eine Schürze. Die Arme hatte sie vor der Brust verschränkt.

»Sie hätten sich keinen besseren Tag aussuchen können«, erklärte sie mit grimmiger Miene. »Der Earl hat nie besonders gute Laune, aber einmal im Jahr hat er ganz besonders schlechte Laune.«

Penelopes gerade etwas besser gewordene Stimmung sank wieder. »Und dieser Tag ist heute?«

Sarah rollte mit den Augen und verschwand dann im Haus.

»Das wollen wir doch erst mal sehen«, flötete Samantha unbeeindruckt.

Penelope folgte ihr mit deutlich weniger Zuversicht. Sarah hatte sich wirklich alle Mühe gegeben, die Zusammenkunft so angenehm wie möglich zu gestalten. Im Esszimmer hatte sie eine lange Tafel mit weißer Tischwäsche und glänzend poliertem Silberbesteck gedeckt. Auf dem Büfett unterhalb eines Gemäldes, das eine Jagdszene darstellte, standen Würstchen, Rührei, Bacon, gegrillte Pilze und überbackene Tomaten in schimmernden Edelstahlbehältern. Daneben gab es zahlreiche Marmeladen, Toast, diverse Käse- und Wurstsorten. Wenn dieser Tag ein Misserfolg wurde, könnte sie sich immerhin sattessen.

Am Ende der Tafel saß der Earl und sah Penelope wie einer feindlichen Gestalt entgegen. Sie ließ den Blick über die mitwirkenden Dorfbewohner schweifen, die mit betretener Miene vor ihren leeren Tellern saßen. Keiner wagte es, ein Wort zu sagen, aber sie hatte den Eindruck, dass bei ihrem Eintreten ein kollektives Aufatmen durch den Raum ging.

»Guten Tag, Earl Blackmore«, sagte Penelope mit fester Stimme. »Wir alle danken Ihnen sehr, dass Sie uns gestatten, in Ihrem Haus eine Versammlung abzuhalten.«

»Mich hat niemand gefragt«, brummte der Earl.

»Darf ich Ihnen Mrs Smith vorstellen? Sie ist die Autorin, deren Identität im Rahmen einer Lesung preisgegeben werden soll.«

Die guten Manieren veranlassten den Earl, sich kurz zu erheben und eine Verbeugung vor Samantha Smith anzudeuten, aber genauso schnell saß er wieder und widmete sich seinem Teller mit Rührei und Bacon.

Die Autorin ließ sich von seiner schlechten Laune nicht abschrecken und stellte sich jedem der Anwesenden persönlich mit Handschlag vor. Penelope fürchtete, dass die Damen des Leseclubs in Ohnmacht fallen würden. Edith jedenfalls fingerte bereits nach ihrem Handtäschchen, vermutlich um den Lapsang Souchong in ihrer Tasse mit einem winzigen Schluck aus ihrem Flachmann zu veredeln. Dorian rückte Mrs Smith einen freien Stuhl zurecht, und der Metzger drückte ihr die Hand so kräftig, dass sie für einen Moment die Augen schloss.

Samantha Smith und Penelope hatten eben Platz genommen, als die Tür ein weiteres Mal geöffnet wurde und die Haushälterin zwei Herren hereinführte.

»Die Herren vom Verlag«, verkündete sie und verschwand dann schnell. Vermutlich wollte sie die Reaktion des Earl gar nicht abwarten.

Penelope erhob sich und begrüßte den nicht allzu großen korpulenten Herrn mit Schnauzbart und im maßgeschneiderten Anzug. »Mr Blomberg?«

»Richtig, richtig. Guten Tag.« Der etwa sechzigjährige Mann ließ den Blick über die Anwesenden schweifen. »Wir sind hier doch richtig, es geht doch um die Lesung unseres Tom Stanneck und die, die …« Er machte eine weitreichende Handbewegung.

»Sie sind richtig«, erklärte Penelope mit fester Stimme. »Und es geht um die Enthüllung seiner wahren Identität.« Sie gab dem Mann neben ihm die Hand. Er war etwa Mitte dreißig, trug einen modernen Haarschnitt und zu Jeans und weißen Sneakers ein hellblaues Leinenjackett im Fischgrätenmuster. »Mr Crossing?«

»Leander«, sagte er. Er winkte Samantha Smith zu. »Hi Mr Stanneck.«

Die alte Dame winkte kichernd zurück und fing sich dafür einen bösen Blick des Earl ein, der an ihr abperlte wie Öltropfen an Teflon.

Sie setzten sich, und Sarah versorgte alle mit Kaffee und Tee und forderte die Anwesenden auf, sich endlich am Büfett zu bedienen.

Nachdem Ruhe eingekehrt war, erhob sich Penelope.

»Bitte essen Sie weiter. Ich möchte nur gern einige Worte sprechen, um unserer Zusammenkunft ein wenig Struktur zu verleihen.«

Vom anderen Ende des Tisches erklang ein brummelndes Geräusch, aber der Earl ließ sich nichts anmerken.

»Schön. Zunächst möchte ich dem Earl dafür danken, dass er und seine wunderbare Haushälterin Sarah uns hier so herzlich willkommen heißen. Das gibt uns Gelegenheit, uns schon einmal mit seinem herrlichen Anwesen vertraut zu machen, das die Kulisse für unser geplantes Event sein wird.«

»Wenn es jemand wagt, eines der Rosenbeete zu betreten und eine Knospe abzubrechen, ist er ein toter Mann«, verkündete der Earl. »Ich muss irgendwo noch das Jagdgewehr meines Großvaters haben.«

Penelope hatte den Adligen gar nicht so angriffslustig in Erinnerung. Aber wenn er das Herrenhaus erhalten wollte, blieb ihm nichts anderes übrig, als sich auf das Projekt einzulassen. Vielleicht gelang es ihr, ihm die Furcht zu nehmen.

Sie machte eine kurze Pause. Dann sagte sie: »›Nachts im Schloss‹.«

»Wie, nachts im Schloss?«, fragte jemand. »Was ist da los?«

»So heißt der Kriminalroman von Tom Stanneck alias Samantha Smith.« Penelope deutete auf die Autorin, die freundlich in die Runde lächelte und ihre Teetasse hochhielt.

»Im Roman begeht die Haushälterin auf verschiedene Arten Morde an den Anwesenden einer Lesung.«

Besteck klirrte auf Geschirr, als der Earl Messer und Gabel auf seinen Teller warf und Penelope aus zusammengekniffenen Augen ansah.

»Wir wollen uns gleich das Herrenhaus daraufhin ansehen, welche Plätze für die Lesung des jeweiligen Mordes geeignet sind. Und dann geht es noch um die Frage, wann wir die Identität der Autorin enthüllen.«

»Na, am Anfang«, rief jemand. »Sonst kann sie ja schlecht lesen.«

»Wäre eine Möglichkeit«, antwortete Penelope. »Ich dachte eher, dass wir einen Mann als Tom Stanneck hinter einem Paravent lesen hören, aber nicht sehen. Tja, das wäre in groben Zügen das Konzept.« Penelope sah in die Runde.

»Ich habe schon drei geeignete Mordfälle herausgesucht und Stellen in meinem Buch markiert«, erklärte Samantha Smith und legte ein Exemplar ihres Kriminalromans zwischen ihre Teetasse und den übervollen Teller des Metzgers.

»Schön. Und am Ende der Führung könnten wir ein Menü anbieten, in dessen Verlauf Ihre Identität preisgegeben wird, Samantha. Ich denke, für ein solches Event können wir gern bis zu einhundert Pfund verlangen.«

Edith rieb sich die Hände. »Herrlich, die Leute werden uns die Bude einrennen.«

Glücklicherweise war sie bereits so beschwipst, dass ihr der mörderische Blick des Earl entging.

»Das ist ein echt toller Plan«, erklärte Leander Crossing. »Die Leute werden diese Veranstaltung lieben. Und dieser alte Kasten ist wie gemacht dafür.«

Penelope lächelte ihm verhalten zu, bevor sie einen kurzen Blick auf den Earl warf. Er hatte Crossing genau im Visier und dachte offenbar intensiv darüber nach, wo sich das Jagdgewehr seines Großvaters befand.

»Ich hoffe, es gibt ordentlich Stellen, an denen Blut fließt. Ich kann vor der Veranstaltung ein Schwein schlachten und das gesamte Blut auffangen. Gibt es eben mal etwas weniger Blutwurst im Angebot«, verkündete der Metzger.

Penelope sank auf ihren Stuhl und hob ihre Teetasse an. Dieses Shaftesbury hatte es irgendwie an sich, dass sich die Dinge verselbständigten.

»Die Anzahl der Teilnehmer wird begrenzt«, sagte der Earl. »Meine Lage ist nicht so verzweifelt, dass ich das ganze Haus voller Hottentotten haben will.«

Leander Crossing legte einen Unterarm auf den Tisch, den anderen Arm hängte er lässig über die Rückenlehne seines Stuhls. »Ich denke, dafür würde sich eine Lösung finden. Eventuell können wir Sie während der Veranstaltung ausquartieren.«

»Ausquartieren«, schnaubte der Earl. »Aus meinem Haus? Und währenddessen wird hier alles verwüstet? Keine zehn Pferde bringen mich von hier weg.«

»Also, Mrs Smith«, ließ sich Lydia Winterbottom vernehmen. »Ich bin die Vorsitzende des Buchclubs von Shaftesbury. Unsere Edith hat uns Ihren Kriminalroman sehr ans Herz gelegt. Mich würde interessieren, woher Sie Ihre Ideen nehmen.«

»Oh, ich habe meine Augen und Ohren ständig und überall. Ich schnappe irgendwo einen Gesprächsfetzen auf, und schon entwickelt sich eine Idee«, erklärte Samantha Smith. »Die Idee zu ›Nachts im Schloss‹ beispielsweise kam mir, als ich meine Victor Parmentier gegos …«

»Was!«

Alle Blicke wandten sich dem Earl zu, der Samantha so rüde unterbrochen hatte.

»Was?«, fragte Samantha irritiert.

Auch Mrs Winterbottom sah den Earl fragend an.

»Sie haben eine Victor Parmentier im Garten?«, fragte der Earl mit bedrohlich wirkender Stimme.

»Ja, sicher. Ich habe sie vom Vorbesitzer meines Häuschens übernommen. Er hat ein furchtbares Gewese um die arme Pflanze gemacht. Er war wohl ein großer Rosenlieb…«

»Haben Sie die Victor Parmentier gemeldet?«

»Äh, nein, wieso?«, fragte Samantha. »Was meinen Sie, bei der Polizei meld…«

»Nicht bei der Polizei! Bei der RHS!«, schnaubte der Earl.

Jetzt sahen alle Penelope an. Tatsächlich klangen die drei Buchstaben wie die Abkürzung einer Geheimdienstorganisation. Und dafür war in den Augen der Dorfbewohner Penelope zuständig.

»Sie kennen die Royal Horticultural Society nicht? Es gibt nur noch fünf Exemplare dieser Rosensorte!«

»Tja, offenbar sechs«, stellte Edith fest und fingerte ihren Flachmann wieder aus der Handtasche.

»Die Victor Parmentier ist eine Rarität. Sie muss begutachtet und katalogisiert werden. Verstehen Sie nicht?«, sagte der Earl eindringlich. »Es ist wichtig, dass sie erhalten bleibt. Sonst stirbt diese Sorte aus.«

»Ach, du Schreck«, sagte Samantha.

Der Verleger räusperte sich.

Penelope öffnete den Mund, um etwas zu sagen, aber plötzlich sprach der Earl mit völlig veränderter Stimme weiter. »Ist sie schön?«, fragte er sanft.

»Wunderschön«, erklärte die leicht verdatterte Samantha. »Sie hat volle Blüten in einem wunderschönen Altrosa.«

»Duftet sie?« Die Stimme des Earl war leicht wie ein Sommerhauch und trug die Worte direkt zu Samantha.

»Herrlich. Besonders in den Abendstunden. Sie befindet sich in direkter Nähe zu meiner Terrasse, und ich sitze dort abends oft mit einem Glas Wein und genieße den Duft.«

Der Earl räusperte sich. »Könnte ich sie mir wohl mal ansehen?«

»Selbstverständlich. Nur wie gesagt wohne ich in London. Sie müssten also …«

»Wir werden gleich einen Termin vereinbaren«, sagte der Earl, der offenbar vergessen hatte, dass er sein Anwesen eigentlich nicht verlassen wollte.

»Also, das ist nun wirklich eine echte Entdeckung«, stellte Penelope fest. »Darum kümmern wir uns am besten gleich als Nächstes. Vielleicht könnten wir noch einmal kurz auf den Ablauf der Veranstaltung zurückkommen.«

Aber es war zu spät. Die Dorfbewohner redeten alle drauflos. Sie hörte ein Durcheinander von verschiedenen Tötungsarten, und sie hoffte sehr, dass es sich lediglich um eine Generalprobe handelte, als

Dorian dem alten Lehrer die Hände um den Hals legte. Sie stand auf und ging mit ihrem leeren Teller zum Büfett hinüber. Ihr knurrte der Magen.

»Hey, das ist eine Superlocation hier«, erklärte Leander Crossing, der seinen Teller mit gegrillten Pilzen befüllte. »Und Ihr Plan ist spitze. Meinen Sie, wir könnten den alten Griesgram dazu bewegen, dieses Event regelmäßig stattfinden zu lassen?«

»Vielleicht wenn Sie ihm jedes Mal eine seltene Rosenart präsentieren«, schlug Penelope vor.

»Aber im Ernst. Machen Sie das beruflich? Haben Sie eine Eventagentur?«, fragte Crossing.

»Nein«, antwortete Penelope und beschloss, dass ein zweites Würstchen an einem Tag wie diesem nicht schädlich sein konnte. »Ich leite eine exklusive Partnervermittlungsagentur.«

»Ah, interessant. Hier draußen auf dem Land.« Er legte eine mit Käse überbackene Tomate auf seinen Teller. »Es gefällt mir, wenn jemand gegen den Strom schwimmt.«

Ja, dachte Penelope. Und du glaubst gar nicht, wie ich schwimme.

***

»Doktor.«

»Doktor!«

Sam hob den Kopf und sah in Heathers weit aufgerissene Augen. Doktor sagte sie eigentlich so gut wie nie zu ihm. Höchstens in Notfällen. In Notfällen? Er senkte den Blick wieder und stellte fest, dass dies so etwas Ähnliches wie ein Notfall war. Versehentlich hatte er das Thermometer in die Schnauze des Hundes gesteckt, obwohl es eigentlich in das andere Ende gehörte. Kein Wunder. Bei diesen Tibet-Terriern wusste man nie, wo vorne und hinten war. Er drehte den Hund und machte weiter.

»Alles okay, Doc?«

»Natürlich, Heather. Warum nicht?«

Seine Sprechstundehilfe setzte wieder diese schnippische Miene auf, wie immer, wenn sie meinte, klüger zu sein als er.

»Ich meine nur. Weil Ghandi zum Krallenschneiden da ist. Von Fiebermessen war nicht die Rede.«

»Fiebermessen schadet nie.« Sam schloss die Augen und versuchte, sich zu konzentrieren. Er war durcheinander und mit den Gedanken woanders. Ganz woanders. Bei Penelope St. James. Seit er sie am Sonntagmittag vor dem Herrenhaus abgesetzt hatte, hatte er sie nicht mehr zu Gesicht bekommen. Jetzt war es bereits Dienstagnachmittag, und drüben in der Agentur brannte immer noch kein Licht.

»Ich denke, Sie können das Thermometer jetzt rausnehmen.«

Vermutlich war alles nur ein Traum. Irgendwann würde jemand kommen, die Leuchtschrift abbauen und ihre Möbel rausräumen, und dann wäre sie für immer weg. Aber Shaftesbury würde nie wieder derselbe Ort sein wie früher.

»Oh Mann, ey.« Heather kontrollierte das Thermometer. »Kein Fieber. Warum auch. Bin ich heilfroh, dass sie mir im Nagelstudio nicht auch als Erstes das Fieberthermometer irgendwo reinstecken. Wollen Sie die Krallen kürzen, oder soll ich es lieber tun? Nur für den Fall, dass Sie vorhaben, dem armen Tier die Pfote abzuhacken.«

»Wie?«

»Frage beantwortet. Gehen Sie mal in den Personalraum und trinken Sie eine Tasse Kaffee.« Heather schob ihn unsanft zur Tür hinaus.

Auf dem Flur versuchte Sam, zu sich zu kommen. Vielleicht dramatisierte er. Möglicherweise gab es für alles eine vernünftige Erklärung. Sie könnte verletzt sein. Mit einem Beinbruch im Krankenhaus von Middlesbrough liegen. Oder in einem Straßengraben.

»Hi Daddy.«

»Lilly.« Wo kam seine Tochter plötzlich her?

»Geht's dir gut?« Sie sah ihn mit besorgter Miene von unten herauf an, flankiert von Boss und Foxy.

»Ich weiß nicht, Liebes.«

»Hm.« Sie legte die Stirn in Falten. »Dann sollten wir einen Test machen. Hast du zu hohen Blutdruck?«

»Ich glaube nicht.«

»Verdauung normal?«

»Äh, ich denke schon, ja.«

»Schweißfüße?«

»Lilly!«

»Was denn? Du fragst die Leute auch immer so peinliche Sachen, wenn sie mit ihren Tieren zu uns kommen. Neulich hast du gefragt, ob die Bulldogge von Mr Hendrix einen akzeptablen Haufen gemacht hätte.«

»Das ist ein Hund, Lilly.«

»Du sagst doch immer, man darf keine Unterschiede zwischen Mensch und Tier machen.«

Er war diesem Kind heute nicht gewachsen. »Hast du schon etwas gegessen?«

Lilly fasste nach Foxys Halsband. »Ich glaube, Foxy muss dringend an den nächsten Baum, nachdem wir so viel über Verdauung gesprochen haben.«

»Und was hast du gegessen?«

»Nur eine Kleinigkeit.«

»Und woraus bestand diese Kleinigkeit?«

Sie murmelte etwas in Boss' Fell, wovon er kein Wort verstand.

»Was?«

»Zwei Stäbchen Pommes und ein Eis.«

»Wo?«

»Im Pub.«

»Du gehst am Dienstagmittag in den Pub?«

»Ich habe dich gefragt.«

»Du hast mich nicht gefragt, ob du in den Pub gehen kannst.«

»Ich habe dich gefragt, ob ich mit den Hunden rausgehen soll und du hast Ja gesagt. Und der Pub lag nun mal genau auf unserem Weg. Und jetzt müssen wir los. Ciao Daddy.«

Auf ihr Kommando drehten sich die beiden Hunde um, und alle drei liefen zur Tür hinaus. Sam folgte ihnen nach draußen. Aber seine Hoffnung darauf, dass der Schriftzug des Golden Sunshine and Luxury Club den trübe daliegenden Ort inzwischen erhellte, wurde enttäuscht. Von links näherten sich die eiligen Schritte von Mrs Blixen, der Dorfschullehrerin. Ihr Hund machte einen großen Bogen um ihn, dabei konnte Sam wirklich nichts dafür, dass sein Frauchen auf der Kastration bestanden hatte.

»Ah, Dr. Bower.« Mrs Blixen deutete zur ausgeschalteten Leuchtschrift hoch. »Haben Sie schon gehört? Mrs St. James ist Mitglied in der Royal Horticultural Society. Ich denke, ich werde gleich mal nach meinen Comte de Chambord sehen. Nur für den Fall, dass sie vorhat, meinen Vorgarten zu inspizieren.« Die alte Dame eilte im beachtlichen Tempo davon, den Hund im Schlepptau.

Vielleicht lag auch irgendetwas in der Luft, was die Menschen wunderlich machte. Sam sah ihr nach und bemerkte aus dem Augenwinkel eine Bewegung im Innern der Agentur. Als er durch das Schaufenster hineinsah, entdeckte er Penelope. Sie saß hinter dem Schreibtisch und starrte Löcher in die Luft. Er winkte, aber sie reagierte nicht. Auch als er hochsprang und mit beiden Armen in der Luft ruderte, zeigte sie keine Reaktion. Also tat er, was jeder vernünftige Mensch getan hätte. Er ging zur Eingangstür und drückte sie auf.

»Hi.« Etwas verlegen blieb er vor ihrem Schreibtisch stehen.

Sam räusperte sich. Sie reagierte nicht. »Penelope?«

»Oh hi Dr. Bower, Sam.« Sie wirkte erschöpft.

»Ist alles in Ordnung?«

»Ich bin nicht sicher. Setzen Sie sich.« Penelope stand auf. »Ich hole uns mal zwei sehr starke Kaffee.«

Sie wirkte ein wenig zittrig, und als sie die beiden Tassen auf den Schreibtisch stellte, klapperten sie auf dem Unterteller. Sam nahm sich den kleinen Keks, den sie dazugelegt hatte. Es machte ihm nichts aus, dass er kaffeegetränkt war.

»Ich habe mir gestern ein wenig Sorgen gemacht, weil ich Sie gar nicht zu Gesicht bekommen habe.«

»Gestern war ich in Middlesbrough. Ich habe mir ein Kleid gekauft.«

»Schön. Und wie lief es mit den Vorbereitungen für die Lesung?«

Penelope schob ihre Kaffeetasse beiseite und beugte sich vertraulich über den Tisch. »Sam, kann ich Sie mal was fragen?«

»Natürlich.« Er rückte etwas näher an den Tisch heran.

»Haben Sie auch schon mal gedacht, dass praktisch jeder Einwohner von Shaftesbury einen Spleen hat und Sie der einzige normal denkende Mensch weit und breit sind?« Sie hob den Finger, als er Luft holte, um ihre Frage mit einem klaren Ja zu beantworten. »Aber dann«, fuhr sie fort. »Aber dann kommt ein Moment, in dem Sie genau das Gegenteil denken? Der Moment, in dem Sie der einzig Irre unter lauter klar denkenden Menschen sind?«

»Das … das ist mir so in dieser Form noch nicht, also …«

Sie sank mit enttäuschter Miene in ihrem Stuhl zurück. »Okay, dann liegt es doch an mir.«

Er war ein solcher Idiot. Er hätte ihr einfach nur zustimmen müssen, und sie wären ab sofort seelenverwandt gewesen. Jetzt war sie von ihm enttäuscht und hielt sich zu allem Überfluss auch noch für irre.

»Vergessen Sie es. Sie arbeiten mit Tieren zusammen, und Tiere haben immer ein Herrchen. Oder ein Frauchen. Ich schätze, von denen ist immer einer noch verrückter als Sie.«

»So würde ich es nicht sagen.« Sam rutschte auf seinem Stuhl herum. »Kann ich Ihnen irgendwie helfen? Ich meine, es muss doch einen Grund für Ihre …« Verzweifelt suchte er nach dem richtigen Wort, das nicht zu verletzend klang.

»Lebenskrise?« Penelope lachte unfroh. »Vielleicht trifft es das. Ich hatte in Shaftesbury Höhen und Tiefen, wie Sie wissen. Aber dass man mich neuerdings für ein Mitglied der Royal Horticultural Gesellschaft hält, das die Rosen der Bewohner begutachtet, war zu viel für mich.« Sie lehnte sich über den Tisch zu ihm hinüber. »Ich meine, was ist an meiner Erklärung, dass ich eine Partnervermittlungsagentur gründe, so schwer verständlich?«

Sam schluckte. Er kannte diese Art mancher Frauen, solche Fragen zu stellen. Zufriedenstellende Antworten waren praktisch ausgeschlossen. Ach was, sie waren unmöglich.

»Sehen Sie es doch mal so, Penelope.« Er schluckte. »Ich persönlich finde, Sie haben den Preis für die rasanteste Integration in Shaftesbury verdient. Ich kenne niemanden, dem es gelungen ist, innerhalb so kurzer Zeit so viel auf die Beine zu stellen wie Sie.«

Penelope sah ihn aus zusammengekniffenen Augen an. »Und wie viele Neuhinzugezogene in Shaftesbury kennen Sie?«

»Ich … zwei? Einen? Also, Gladys Shoemaker hat damals drei Tage gebraucht, um das erste Mal aus dem Haus zu kommen, nachdem sie hergezogen war.«

»Vermutlich, weil sie auf einen Rollstuhl angewiesen war. Oder sie hat auf den Techniker gewartet, der ihr Telefon anschließen sollte.«

»Nein, nein, sie ging damals schon am Rollator.«

Penelope blinzelte, dann lächelte sie ihn an. »Ich mache Ihnen Angst, oder?«

»Angst, na ja«, wand Sam sich. »Sie beunruhigen mich eventuell ein kleines bisschen. Sie wissen doch, dass Sie jederzeit zu mir kommen können. Ich helfe Ihnen gern.«

Sie sah ihn aus ihren wunderschönen Augen an und sagte mit sanfter Stimme: »Und Sie glauben gar nicht, wie froh mich dieser Gedanke macht. Wenn ich morgens die Agentur aufschließe, werfe ich immer einen kurzen Blick rüber zu Ihrer Praxis. Und dann fällt mir ein, dass direkt neben mir ein Seelenverwandter ist und der Tag nicht allzu schlimm werden kann.«

»Und das, obwohl Sie bei unserer ersten Begegnung in Ohnmacht gefallen sind.«

»Richtig. Weil einer Ihrer Patienten vor meine Tür gekackt hat. Und weil Sie einer Ratte den Bauch aufgeschnitten haben.« Sie schüttelte sich. »Ich muss sagen, dass die Unterstellung, ich sei Mitglied der Royal Horticultural Gesellschaft, dagegen nur vergleichsweise gering ins Gewicht fällt.« Sie grinste. »Sie haben es wirklich drauf, mir gute Laune zu machen.«

An irgendeiner Stelle im Laufe dieses Gesprächs war Sam ausgestiegen, aber das Ergebnis zählte. Und das Ergebnis war gut.

»Dann ist alles gut?«, fragte er. Immerhin hatte sie von Seelenverwandtschaft gesprochen. Und genau genommen waren sie für Mittwochabend zum Fernsehen verabredet.

»Vermutlich. Ich glaube, wenn ich meinen Londoner Perfektionismus ablege, komme ich hier in Shaftesbury einigermaßen zurecht.«

Sam nahm diese Feststellung mit einem Nicken zur Kenntnis, während er darüber nachgrübelte, ob darin eine Beleidigung verborgen war.

Zu seiner Überraschung drehte sie sich mit ihrem Drehstuhl einmal um sich selbst. »Und das muss ich auch«, fuhr sie fort. »Hatte ich schon erzählt, dass Jeremy, der die Agentur eigentlich leitet, pleite ist? Ich muss jetzt diesen Laden hier allein am Laufen halten.«

»Oh, das ist …«

»Aber genau genommen habe ich keine Zeit, mich in Selbstmitleid zu suhlen. Ich habe hier einiges angefangen, das ich zu Ende bringen muss. Ach. Habe ich Ihnen eigentlich von meinem Besuch im Town Hall in Middlesbrough erzählt? Ich habe mit Maureen Olivers Kollegin gesprochen, und das hat mich auf einen Gedanken gebracht. Und …«

Sie wurde von der Türglocke unterbrochen. Sam wandte sich zu demjenigen um, der Penelopes Redefluss unterbrochen hatte. In der Tür stand ein Kerl von Mitte dreißig. Er trug diesen modernen Lackaffenhaarschnitt, Jeans, weiße Sneakers und ein hellblaues Leinenjackett.

»Leander!« Auf Penelopes Gesicht zeigte sich Bestürzung. »Ist etwas geschehen? Hat Mrs Smith es sich anders überlegt?«

Der Typ grinste. »Nein, ich bin hier, weil ich eine Frau suche.«

***

Es war schon nach sieben Uhr, als Penelope die Agenturräume abschloss. Nachdem Sam etwas überhastet ihr Büro verlassen hatte, hatte Leander Crossing seinen Platz eingenommen. Er hatte ihr eine lange Liste von Eigenschaften aufgezählt, die seine Partnerin mitbringen musste. Als Penelope begann, Kopfschmerzen zu bekommen, schickte sie ihn mit der Aufgabe nach Hause, seine Eigenschaften und Lebensziele aufzuschreiben. Ein wenig nachdenklich war er gegangen. Es war keine großartige Erkenntnis, dass es den Menschen leichter fiel, bestimmte Eigenschaften potenzieller Partner zu verlangen, als sich selbst realistisch zu beschreiben. Aber auch wenn Leander Crossing ein sehr von sich eingenommener junger Mann war, bedeutete das nicht, dass es nicht auch für ihn die passende Frau gab. Genau genommen waren Kunden wie er die Herausforderung, die ihr am meisten Spaß machte. Andererseits, dachte Penelope, als sie sich auf dem Weg zu Lauras kleinem Laden machte, musste sie diese Beurteilung nach allem, was sie in Shaftesbury erlebt hatte, korrigieren:

Einwohner Shaftesburys mit anderen Menschen zusammenzubringen, war ungleich schwieriger.

Laura drehte eben das Geschlossen-Schild an der Glastür um, als Penelope vor dem Laden ankam. Laura grinste sie an und deutete auf das Schild, Penelope zog eine Grimasse und deutete auf ihren Bauch. Laura schloss die Tür wieder auf.

»Danke«, sagte Penelope und schlüpfte hinein.

»Dafür, dass ich meinen Feierabend später antrete, will ich einen umfassenden Bericht hören.« Laura ging zum Kassentresen hinüber und zauberte eine Flasche Brandy darunter hervor.

»Wie läuft's mit Luke?«, erkundigte sich Penelope und sah sich um. Sie konnte sich immer noch nicht merken, wo was stand in diesem Laden.

»Ich hab zuerst gefragt«, antwortete Laura und schraubte die Flasche auf. »Wie geht es Ihrer Tierarztallergie?«

Penelope wandte sich zu ihr um. »Gegen Tierärzte war ich nie allergisch. Es ist mehr der Beruf.«

Laura kniff die Augen zusammen und schüttelte den Kopf. Sie schenkte zwei Gläser ein und reichte Penelope eines. »Zum Wohl.«

»Dann frage ich etwas anderes«, sagte sie, nachdem sie das Glas absetzte. »Wie läuft es mit dem Event in Blackmore Manor? Man erzählt sich, dass es in Wahrheit um eine seltene Orchidee geht und das Leben des Earl in Gefahr ist.«

Penelope leerte ihr Glas in einem Zug und stellte es auf den Kassentresen. »Eigentlich geht es um einen Krimi. Aber es geht auch ein bisschen um eine Rose und das Liebesleben des Earl.«

»So etwas gibt es?«

»Rosen? Selbstverständlich gibt es Rosen.«

»Ein Liebesleben des Earl, meinte ich.« Laura verstaute die Flasche unter dem Tresen.

»Tja, möglicherweise ist es mir nahezu unbeabsichtigt gelungen, eine geeignete Frau für den Earl zu finden. Dabei ist diese Frau noch nicht einmal eine ausgewiesene Rosenexpertin. Sie nimmt einfach nur das Aussehen und den Duft einer Rose mit allen Sinnen wahr.«

Laura sah sie irritiert an.

»Egal«, sagte Penelope. »Ich habe heute Abend Lust auf Pasta. Wo war noch gleich das Regal mit Spagetti?«

»Ich hole Ihnen welche. Was gibt es dazu?«

Penelopes Blick war auf den Ständer mit den Zeitungen und Zeitschriften gefallen. »Eventuell ein Glas Pesto und etwas Parmesan«, sagte sie abwesend und nahm eine Frauenzeitschrift aus der Halterung. Auf dem Cover war eine Aufnahme von Nigel Hammond zu sehen. Darunter stand in großen Buchstaben *Alles aus!* Penelope blätterte zu Seite fünf vor. Leise vor sich hinmurmelnd überflog sie den Artikel.

»So, da hätten wir Spagetti, ein Glas Basilikumpesto und echten italienischen Parmesan. Mir läuft das Wasser im Mund zusammen. Wie wär's mit einer guten Flasche Rotwein dazu?«

»Wie?«

»Nehmen Sie die Zeitschrift auch?«

Ohne den Blick aus der aufgeschlagenen Illustrierten zu nehmen, ging Penelope zu Laura hinüber. »Hier steht, dass bekannt geworden ist, dass die Serie ›Dr. Clifford, der Arzt, dem die Frauen vertrauen‹ eingestellt wird. Man halte Nigel Hammond, der in diesem Jahr das fünfzigste Lebensjahr vollendet hat, für zu alt für diese Rolle. Neuer Darsteller soll Max Cooper werden, der bisher den Serienkiller in der Reihe ›Blut ist dicker als Wein‹ gespielt hat.« Penelope sah Laura an. »Was werden Sie und Ihre Mutter künftig im Fernsehen schauen?«

Laura grinste. »Mein Fernsehkonsum hat sich seit kurzem erheblich reduziert. Ich nehme wieder viel mehr am Leben teil, wenn Sie verstehen. Und meine Mutter sieht im Augenblick lieber Krimis.« Sie packte Penelopes Lebensmittel in eine Papiertüte und tippte die Preise in die Kasse.

»Hm«, machte Penelope. »Da wird sich Nigel Hammond aber nach einem anderen Job umsehen müssen. Offenbar hat er in seinem langen Leben nicht viel anderes gespielt.«

»Vermutlich. Soweit ich weiß, hat er vor dieser Serie in einigen B-Produktionen mitgespielt. Übrigens halte ich die Erklärung, dass Nigel Hammond zu alt sei, für vorgeschoben. Oder jedenfalls nicht für den einzigen Grund für das Ende seiner Rolle. Irgendwo habe ich neulich gelesen, dass er eine zu hohe Gage verlangt.«

»Außerdem ist ein junger Schauspieler natürlich eine Chance, auch jüngere Zuschauerinnen anzuspr…«

Laura wurde unterbrochen, als die Türglocke läutete.

»Was für eine wunderbare Überraschung«, sagte Nigel Hammond und betrat den Laden. »Sie haben noch geöffnet, Laura, und dann werde ich sogar noch von zwei schönen jungen Damen empfangen.«

Penelope klappte die Zeitschrift zu und steckte sie in die Papiertüte zu ihrem Einkauf.

»Guten Abend, Mr Hammond.«

»Wo ich Sie sehe, Mrs St. James. Ich habe nicht vergessen, dass ich Ihnen noch ein Abendessen schulde.«

Penelope zahlte und nahm die Tüte. »Wenn es Ihnen gelegentlich passt, Mr Hammond.«

»Ich werde es auf keinen Fall vergessen. Sagen Sie, ich hörte, dass Sie ein spektakuläres Event in Blackmore Manor veranstalten wollen.«

Sie wiegte den Kopf. »Spektakulär, ich weiß nicht. Eine Krimilesung mit Darstellung einzelner Szenen.«

Hammond strich über die Kante des Kassentresens. »Für den Fall, dass Sie dafür noch einen Darsteller brauchen oder einen Moderator, möchte ich nicht versäumen, Sie meiner Unterstützung zu versichern.

Wissen Sie, ich stamme selbst aus Shaftesbury, und ich fühle mich meiner Heimat doch sehr verbunden. Ich spiele sogar mit dem Gedanken, meine Londoner Dependance vollständig aufzugeben und ganz nach Shaftesbury zurückzukehren.«

»Das freut mich zu hören, Mr Hammond. Sie müssen mich jetzt allerdings entschuldigen. Und ich glaube, Laura würde gern den Laden schließen.«

»Natürlich, meine Liebe. Einen schönen Abend.«

Penelope trat in die kühle Abendluft hinaus. Möglicherweise war etwas dran an den Gerüchten, dass Nigel Hammond Geld brauchte. Andererseits wirkten die Darsteller des Events ehrenamtlich mit. Aber das konnte Hammond noch nicht wissen.

Sie fuhr zu ihrem kleinen Cottage. Sie betrachtete es allerdings noch immer nicht als ihr Zuhause. Ivy Cottage mochte niedlich anzusehen sein, aber irgendwie wurde sie nicht so richtig warm damit. Möglicherweise lag es an der Einrichtung, die sie übernommen hatte. Vielleicht wäre es anders, wenn sie das Innere selbst mit Möbeln gestalten würde. Aber obwohl es ihr in London Spaß machte, ihre Wohnung zu dekorieren, verspürte sie beim Ivy Cottage keinen Drang dazu.

In der kleinen Küche gab sie Wasser in einen Topf und stellte ihn auf den Herd, während sie nach oben ging, um sich umzuziehen. Als sie wenig später in Jogginghose und Shirt die Treppe herunterkam, klopfte es an der Tür. Penelope warf schnell einen Blick in den Spiegel. Die Menschheit schien sich gegen sie verschworen zu haben. Immer, wenn sie sich gerade in ihre gemütlichsten Kleidungsstücke geworfen hatte, stand jemand vor der Tür. Sie hoffte nicht, dass Hammond sie noch einmal heimsuchte. Ihre Überlegung, ob es sie stören würde, wenn Sam Bower sie so sah, führte sie nicht zu Ende und öffnete.

Vor der Tür stand eine ihr unbekannte Frau in den Vierzigern.

»Ja, bitte?«

»Guten Abend, Mrs St. James. Entschuldigen Sie die Störung, aber ich wollte mich Ihnen gern persönlich vorstellen.« Die Frau gab ihr die Hand. »Priscilla Emerson. Ihre Vermieterin.«

***

»Sind Sie sicher, Dr. Bower?« Martin stand mit hängenden Armen vor ihm. Er überragte Sam um einen Kopf, seine grüne Latzhose spannte um die Körpermitte.

Sam fragte sich, wie der Vegetarier es schaffte, ein solches Gewicht auf die Waage zu bringen.

»Dr. Bower?«

»Wie?« Sam kehrte in die Realität zurück. Und die bestand aus einem Riesenrammler, der vor ihm auf Martins Küchentisch hockte, neben einer Dose Ökobier und einem Teller mit einer angebissenen Scheibe Schwarzbrot. »Um ganz sicher zu gehen, müsste ich ihn röntgen, aber ich denke, das ist nicht nötig. Bei einer Vergiftung würde Hieronymus ganz andere Symptome zeigen. Frisst er denn?«

»Das tut er. Er ist nur so lethargisch.«

»Möglicherweise hat er Liebeskummer.« Sam strich über die langen Ohren des Tieres. Das graubraune Fell war seidenweich.

»Meinen Sie?« Martin runzelte die Stirn. »Also, eigentlich, na, Sie wissen schon.«

Sam sah den großen Kerl an.

Martin wand sich. »Auf dem Sektor läuft es bei ihm besser als bei mir, wenn Sie verstehen.«

»Vergessen Sie's. Er hat keinen Liebeskummer. Auch keine Vergiftung.«

Martin liebte Flora und Fauna. Er wäre der Letzte, der in seinem Garten mit Düngemitteln oder nicht natürlichen Zusätzen hantieren würde. Andererseits wäre es möglich, dass der Hase irgendetwas vom Küchenfußboden gefressen hatte. Sam sah sich in der Küche um. In der Spüle stapelte sich schmutziges Geschirr, der Herd sah ziemlich klebrig aus. Sein Blick fiel auf den Teller.

»Kann es sein, dass Hieronymus vom Schwarzbrot gegessen hat?«

Martin kratzte sich am Kopf. »Ich war vorhin draußen, Holz hacken. Möglicherweise hat er sich über mein Abendessen hergemacht.«

»Getreide ist nicht gut für ihn. Geben Sie ihm Heu zu fressen und kommen Sie morgen in die Praxis.«

»In Ordnung.« Martin packte den Rammler an den Ohren. »Sie sehen auch nicht besonders gut aus, wenn ich das sagen darf.«

Sam seufzte. »Ja, aber bei mir liegt's nicht am Schwarzbrot.«

»Wenn es mir dreckig geht, gehe ich immer ins Golden Horse. Luke hat ein ziemlich gutes Honigmet.«

Sam machte seine Tasche zu und sah Martin an. »Vielleicht sehe ich später dort vorbei.«

Er ging durch Martins Vorgarten, der einer Wildnis glich, zu seinem Wagen. Vielleicht wäre es wirklich gut, unter Leute zu kommen. Sonst machte er sich nur Gedanken darüber, was Penelope mit diesem Kerl anstellte, der bei ihr eingefallen war, weil er eine Frau suchte. Aber erst mal musste er nach Lilly sehen.

Sie lag zusammen mit den Hunden auf dem Teppich vor dem Fernseher, wo die drei einen Zeichentrickfilm sahen, in dem eine Schafherde ihren Hütehund und den Bauern auf Trab hielt.

»Hi Daddy.« Lilly lag auf dem Bauch und hatte das Kinn aufgestützt. »Geht es dir besser?«

»Ich weiß nicht.« Sam ließ sich in seinen Sessel fallen und kraulte Boss zwischen den Ohren. In Penelopes Agentur war kein Licht mehr gewesen. Das konnte bedeuten, dass sie einfach nur Feierabend gemacht hatte. Oder dass sie mit diesem Wichtigtuer auf nach London war, um ein neues Leben zu beginnen.

»Gemmas Daddy geht immer ins Pub, wenn er Streit mit Gemmas Ma hat.« Lilly schlenkerte mit den Beinen.

»Ich habe keinen Streit.«

»Gemma sagt, dass ihre Mum und ihr Dad manchmal ein paar Tage nicht miteinander sprechen. Ihr Dad sagt dann immer, dass sie einen unausgesprochenen Diskus austragen.«

»Einen was?«

»Dis-kus«, sagte Lilly und betonte die Silben.

»Disput, meint Gemmas Dad wohl. Meinst du, du würdest heute Abend auch mal allein zurechtkommen?«

Lilly langte nach der Fernsehzeitung, die im Fach unterhalb des Fernsehers lag und schlug sie beim aktuellen Tag auf. Mit dem Finger fuhr sie die Sendereinträge entlang. »Ich denke schon«, verkündete sie nach einer Weile. »Bis zehn Uhr ist das Programm ganz akzeptabel.«

»Es ist bald acht.«

»Gleich beginnt eine Doku über Gorillas. Die würden wir gern sehen. Und anschließend gibt es eine Folge …«

»Ich meinte, dass du eigentlich ins Bett gehörst.«

Lilly rollte sich auf die Seite und sah ihn an. »Na schön. Wenn du dann vielleicht morgen nicht mehr so traurig bist.« Sie stand auf und kletterte auf seinen Schoß.

Er strich ihr über den Kopf. »Eigentlich bin ich gar nicht traurig.«

»Nein, Gemmas Daddy sagt, dass du wahrscheinlich unglücklich verliebt bist und dass das genau dasselbe ist.«

Sam seufzte. Gemmas Dad raubte ihm den letzten Nerv. »Vielleicht hat er recht.«

Sie gab ihm einen Kuss auf die Nase. »Ich finde Penelope nett. Du könntest ihr ja mal sagen, dass du in sie verknallt bist. Dann sind wir das Problem los.« Sie hopste von seinem Schoß. »Ich geh jetzt Zähne putzen.«

»Ist gut. Ich bin auch nur eine halbe Stunde im Pub. Dann kann ich auch gleich noch mal mit den Hunden raus.«

Der Barhocker erschien ihm so schwer zu erklimmen wie der Mount Everest. Während Boss sich auf dem dunklen Holzboden ausstreckte und die Schnauze auf die Pfoten legte, durchstreifte Foxy den Pub und ließ sich von den Gästen streicheln.

Wortlos stellte Luke ihm ein Pint hin. Dann nahm er sein Handtuch von der Schulter und polierte ein Glas.

Es kostete Sam große Anstrengung, sein Bierglas anzuheben und es an die Lippen zu setzen.

Luke hielt ein Glas gegen das Licht und polierte eine dumpfe Stelle.

»Kann ich vielleicht auch mal ein Bier kriegen? Nur weil hier liebeskranke Tierärzte am Tresen sitzen, musst du nicht gleich deine Stammgäste vernachlässigen«, beschwerte sich John.

Luke warf sich das Handtuch über die Schulter und stellte das Glas unter den Zapfhahn.

»Hat er recht?«, fragte Luke Sam, nachdem er John bedient hatte.

Sam hob müde den Blick.

»Alles klar.« Luke stützte sich vor ihm auf dem Tresen ab. »Was genau ist das Problem?«

»Ich bin vollkommen aus der Übung.«

Luke hob beide Augenbrauen.

»Ich weiß überhaupt nicht mehr, wie man Frauen richtig anspricht.«

»Da bin ich aber erleichtert.« Luke stieß sich vom Tresen ab. »Ich hatte schon befürchtet, dass du beginnst, intime Details auszuplaudern.«

»Ständig kommt mir irgendein Kerl in die Quere.«

»Das kenne ich«, bestätigte John.

Luke und Sam warfen ihm einen kurzen Blick zu.

»Irgendeiner oder ein bestimmter?«, fragte Luke und widmete sich wieder dem Polieren des Bierglases.

»Zwei. Aber dieser komische Arzt geht mir besonders auf die Nerven. Dieser Wichtigtuer.«

»Welcher Arzt? Dr. Fennary? Der ist doch mindestens …«

»Fünfundsechzig ist der«, erklärte John.

»Wir sprechen doch hier von Mrs St. James oder von wem?«, fragte Luke.

»Von der Geheimagentin? Hat die was mit dem Fennary?« John schüttelte den Kopf. »Und was sagt seine Frau dazu?«

»Nicht mit Fennary«, stellte Sam klar. »Mit Hammond.«

»Hammond ist kein Arzt, der ist Schauspieler. Und wenn man mich fragt, ein schlechter«, stellte Luke fest.

Stirnrunzelnd sah Sam ihn an. »Woher weißt du das? Siehst du seine Serie?«

Es kam Sam so vor, als wenn Luke sich bei etwas Verbotenem ertappt fühlte. Tatsächlich wand er sich ein bisschen, während er antwortete.

»Kann sein, dass ich versehentlich reingezappt habe und dann irgendwie hängengeblieben bin.«

Sam richtete sich auf und sah den Wirt fragend an. »Du stehst mittwochabends aber hinter dem Tresen.«

»Du weißt also, wann dieser Quatsch im Fernsehen läuft?«, entgegnete Luke.

»Du doch jetzt auch«, rechtfertigte sich Sam. »Kann es sein, dass du dir die Wiederholung am Donnerstagvormittag ansiehst?«

Luke nahm den Spüllappen aus dem Becken und polierte die Edelstahlspüle. »Möglich. Wenn ich Kaffee trinke.«

»Ist ja die Lieblingssendung von der alten Anne. Die schaut das immer mit ihrer Tochter Laura.« John setzte das Glas an die Lippen und leerte es zur Hälfte.

Nachdenklich sah Sam von ihm zu Luke. Ein Lächeln glitt über sein Gesicht. »Jetzt klingelt's bei mir. Du guckst diesen Quatsch mit Laura.«

»Vielleicht sollten Sie das auch mal probieren, Dr. Bower«, sagte John und wischte sich mit dem Jackenärmel über den Mund. »Kann ja sein, dass sie diese Sendung auch gern sieht. Dr. Hammond kommt bei den Frauen gut an. Hört man.«

»Dr. Clifford«, korrigierten Sam und Luke wie aus einem Mund.

Der alte John grinste.

»Wie auch immer«, sagte Sam. »Jedenfalls geht mir dieser Kerl auf die Nerven. Der taucht überall auf und macht die Frau verrü…«

»Guten Abend.« Wie aus dem Nichts stand Nigel Hammond im Pub. Er zupfte die Manschetten seines weißen Oberhemdes unter den Jackettärmeln hervor, so dass seine goldenen Manschettenknöpfe hervorblitzten, und nahm dann auf dem Barhocker neben Sam Platz.

»Luke, mein Lieber. Ob Sie wohl so nett wären, mir ein Bitter zu zapfen?« Hammond sah in die Runde. »Worüber unterhalten sich die Herren? Darf ich mitreden?«

John machte am Ende seines Tresens ein Geräusch wie Mrs Colombines Mops bei einem akuten Asthmaanfall.

»Nichts Besonderes«, sagte Sam und rückte sein Bierglas aus der Reichweite des Schauspielers.

»Was verschafft uns die seltene Ehre Ihres Besuchs?«, fragte Luke und stellte ihm ein Bier hin.

Hammond nahm einen Bierdeckel aus dem kleinen Behälter und stellte das Glas darauf.

»Nun, ich dachte, ich mische mich ein wenig unter das gemeine Volk. Immerhin werde ich mich künftig häufiger hier aufhalten.«

Sam sah ihn erschrocken an.

»Ich habe festgestellt, dass mir der Lärm der Großstadt meine Kreativität raubt.« Hammond machte eine ausladende Handbewegung. »Zu groß, zu laut, zu voll. Ich brauche Ruhe. Ruhe und gute Luft, dann fließen mir die Ideen nur so zu.«

»Ich denke, Sie sind Schauspieler«, sagte Luke. »Da spielen Sie doch Sachen, die andere zu Papier gebracht haben.«

»Ja, und sehen Sie, ich habe so viele schlechte Drehbücher spielen müssen, dass ich das Bedürfnis nach qualitativ guten Büchern habe. Gute Geschichten, von exzellenten Schauspielern gespielt. Ich denke, ich werde mich künftig dem Drehbuchschreiben widmen. Und eventuell ein bisschen Regie führen.«

Sam trank sein Bier aus und schob Luke sein Glas hin. »Ich glaube, mein Bier war schlecht. Gibst du mir noch ein neues?«

»Dass diese nette Mrs St. James ausgerechnet nach Shaftesbury gekommen ist, halte ich für ein Zeichen«, fuhr Hammond fort. »Ein gutes Zeichen.«

»Ach ja?«, fuhr Sam ihn an. »Und wieso?«

»Sie ist so eine charmante Person und so gut vernetzt. Haben Sie von dem Event gehört, das sie im Herrenhaus plant?« Er schüttelte bewundernd den Kopf. »Eine Lesung mit Szenendarstellung und Rahmenprogramm. Bewundernswert. Ich habe ihr natürlich sofort meine Unterstützung bei der Moderation angeboten. Das ist eine absolute Win-win-Situation.«

Sam griff nach dem Bier, das Luke ihm hinstellte, und leerte es in einem Zug. Dann rutschte er vom Hocker. »Foxy, nach Hause.«

Boss war bereits aufgestanden und sah schwanzwedelnd zu ihm auf.

Plötzlich wurde die Tür des Pub aufgerissen. Ein junger Mann stand im Rahmen und blickte herein, während er mit einer Hand nach draußen deutete. »Ein Arzt! Ist hier ein Arzt? Da draußen wurde jemand überfahren.«

MITTWOCH

Am nächsten Tag hatte Sam die Geschichte bis zur Mittagspause etwa einhundertmal erzählt, davon fünfmal allein Lilly, die alles ganz genau wissen wollte. Er wollte eben nach oben in die Wohnung gehen und das Mittagessen vorbereiten, als es an die Tür des Sprechzimmers klopfte.

Heather steckte den Kopf herein.

»Besuch, Dr. B.«

Sie schob die Tür weiter auf, und da stand sie. Penelope St. James. Sie wirkte ein wenig durcheinander.

Heather zog sich zurück, und Penelope machte einige Schritte in das Sprechzimmer hinein.

»Kommen Sie«, lud er sie ein. »Ich verspreche auch, dass hier keine Ratten mit aufgeschnittenen Bäuchen herumliegen.«

»Ach so. Ja.« Ihre am Morgen hochgesteckte Frisur wirkte ein wenig zerzaust, und ihre Wangen waren gerötet.

Sam fand sie wunderschön, aber als er sie das letzte Mal derart aufgelöst angetroffen hatte, hatte sie gerade erfahren, dass sie seit ein paar Tagen im Bett einer Verstorbenen schlief.

»Tut mir leid, dass ich hier so einfalle.« Sie warf einen ängstlichen Blick auf die Fläche mit dem Behandlungsbesteck. Neben einigen Scheren lag dort auch die Zange zum Krallenschneiden.

»Ist etwas passiert?« Sam hoffte wirklich sehr, dass sie ihren gemeinsamen Fernsehabend nicht absagen würde.

»Ja, aber das wissen Sie doch. Deshalb bin ich da.«

»Sie meinen den Unfall, verstehe.«

»Eben war Edith bei mir. Wir wollten alles für die Generalprobe heute Nachmittag besprechen, und da sagt sie: ›Wissen Sie schon, wen sie da über den Haufen gefahren haben?‹ Und ich hab sie gefragt, ob schon wieder ein Unfall passiert sei, und da sagt Edith: ›Na, jemand hat Priscilla Emerson überfahren.‹«

Penelope schwankte leicht, und er griff nach ihrem Ellenbogen.

»Ich glaube, wir gehen lieber nach oben. Diese Umgebung ist nicht gut für Sie.«

Gefolgt von Boss und Foxy stiegen sie die Treppe zur Wohnung hinauf. Sam setzte sie an den Esstisch und nahm eine Flasche Wasser aus dem Kühlschrank.

»Ich glaube, Sie müssen sich nicht allzu viele Sorgen machen. Ihre Verletzungen sind schwer, aber Priscilla wird überleben.« Sam schenkte zwei Gläser ein und schob ihr eines hinüber. »Ich war gestern Abend im Pub.« Dass er ihretwegen aufgrund einer Liebeskummerattacke das Pub aufgesucht hatte, spielte in diesem Zusammenhang wohl eine eher untergeordnete Rolle. »Gerade als ich gehen wollte, kam ein junger Autofahrer aus Middlesbrough herein. Er war auf dem Heimweg und hatte die arme Priscilla an der Abzweigung zur Brücke gefunden. Jemand hatte sie angefahren und liegen gelassen.« Sam war mit dem jungen Mann zur Brücke gelaufen. Die Nachricht und die kühle Abendluft hatten ihn schlagartig wach werden lassen. Dass es sich bei dem Unfallopfer um Priscilla Emerson handelte, hatte er sofort erkannt. Sie hatte eine Verletzung an der Schläfe und einen offenen Unterschenkelbruch, aber sie atmete. Luke war so geistesgegenwärtig gewesen, Dr. Fennary anzurufen, und kurz darauf traf der Krankenwagen ein. Er versuchte, Penelope den Vorfall so sachlich wie möglich zu schildern.

»Ich glaube, Sie müssen sich nicht so große Sorgen machen. Priscilla wird den Unfall überleben. Sie ist zwar schwer verletzt, aber ihre Verletzungen sind nicht tödlich. Es ist also nicht so wie bei der armen Maureen Oliver.«

Penelope drehte das Wasserglas in den Händen. »Nein, das verstehe ich, aber ich …« Sie schüttelte fassungslos den Kopf. »Priscilla war kurz vorher bei mir. Ich nehme an, dass sie auf dem Weg von Ivy Cottage nach Hause war. Wissen Sie, wo sie wohnt?«

Sam schüttelte den Kopf. »Nein, soweit ich weiß, wohnt sie nicht in Shaftesbury. Was wollte sie bei Ihnen?«

»Ehrlich gesagt habe ich keine Ahnung.« Penelope setzte sich zurück und ließ die Hände in den Schoß fallen. »Ich mache mir solche Vorwürfe. Vermutlich war ich sehr ungerecht zu ihr. Weil sie mir das Cottage in einem solch desolaten Zustand überlassen und verschwiegen hat, dass ihre Tante in meinem Bett verstorben ist, war ich nicht gut auf sie zu sprechen. Außerdem hatte ich gerade Wasser für die Spagetti aufgesetzt und wollte essen.«

»Und da waren Sie kurz angebunden?«

»Ich hab sie nur in den Flur gelassen und nicht ins Wohnzimmer gebeten. Da hat sie dann gestanden und herumgestammelt. Das hat ewig gedauert, weshalb ich in die Küche gegangen bin und die Spagetti ins Wasser tat. Als ich in den Flur zurückkehrte, wirkte sie hektisch und hat sich dann ziemlich bald verabschiedet.«

»Penelope, auch wenn Sie vielleicht nicht besonders höflich zu ihr waren, was ich ehrlich gesagt, verständlich finde, hat das natürlich nichts mit ihrem Unfall zu tun.«

»Glauben Sie, es war derselbe Fahrer wie bei Maureen Oliver?«

Sam hob die Schultern. »Das kann die Polizei sicher herausfinden.«

»Vielleicht fährt jemand durch die Orte der Grafschaft auf der Suche nach jungen Frauen.«

»Möglich.«

»Dieser Ben, also Priscillas Bruder, was ist das für ein Mensch?«

Sam sah sie an. »Glauben Sie, Ben Emerson ist der Täter? Und er fährt seine eigene Schwester über den Haufen? Ich weiß nicht. Ben kenne ich noch weniger als Priscilla.«

Ihr Schweigen wurde vom Zufallen der Haustür im Erdgeschoss

unterbrochen. Mit für ihr zartes Gewicht lauten Schritten kam Lilly die Treppe herauf. Sie schleuderte ihren Ranzen unter die Garderobe und warf sich erst auf Boss, dann auf Foxy, die sich ausgiebig von ihr herzen ließen.

»Lilly, wir haben Besuch.«

»Hi Penelope«, sagte sie, während sie Foxys Ohren langzog und rubbelte. »Das mag er gern.«

Penelope lächelte. »Hallo Lilly. Ja, der Hund sieht ganz zufrieden aus.«

Foxy schien allerdings von der Ohrmassage genug zu haben und ging zu seinem Napf hinüber. Lilly setzte sich zu ihnen an den Tisch. »Gibt's nichts zu essen?«

»Oje«, sagte Penelope. »Das tut mir leid. Ich habe deinen Vater vermutlich vom Kochen abgehalten.«

»Macht nichts«, erklärte Lilly großzügig. »Dann müssen wir ins Pub gehen. Wenn ihr wollt, gehe ich schon mal rüber und bestell drei Portionen Lunch.«

»Wir könnten auch Brot essen«, schlug Sam vor.

»Daddy.« Seine Tochter sah ihn streng an. »Ich bin ein Kind in der Wachstumsphase. Da kannst du mich nicht mit Brot abspeisen. Mittags brauche ich eine warme Mahlzeit.«

»Verstehe. Pommes im Pub.«

»Wenn du es sagst.« Sie hopste vom Stuhl. »Dann gehe ich mal schnell Hände waschen. Solltet ihr auch tun.« Sie verschwand im Bad. »Ach, übrigens, jemand hat Priscilla Emerson gestern Abend angefahren. Sie liegt im Krankenhaus. Sie hat sich beide Beine und beide Arme gebrochen«, ließ Lilly sie mit lauter Stimme wissen.

»Ein Wunder, dass ihr Kopf noch dran ist«, murmelte Sam, und Penelope lächelte.

»Die Polizei sucht Zeugen und befragt die Anwohner,« rief Lilly. »Ob sie etwas gesehen oder gehört haben.« Mit dem Handtuch in den

Händen kehrte sie zu ihnen zurück. »Nicht, dass man sich künftig nicht mehr auf die Straße trauen kann, als Frau«, fuhr sie fort und trocknete sich die Hände ab.

»Was sagt denn Gemmas Vater dazu?«, fragte Sam.

»Gemmas Daddy ist in London. Er weiß noch gar nichts von dem Unfall.«

»Das ist ja mal ganz was Neues. Dabei hätte seine Meinung mich brennend interessiert.« Sam erhob sich. »Dürfen wir Sie einladen, Penelope? Zu einer Portion Pommes oder gar Fish and Chips?«

Penelope hatte sich nach einer Portion Pommes noch ein Gläschen Sloe Gin gegönnt. Der Schlehenlikör half nicht nur gegen die Pommes, die ihr schwer im Magen lagen, sondern auch gegen das Unwohlsein, das sie seit Priscillas Unfall plagte. Sams Worte waren nett gemeint gewesen, aber trotzdem wälzte Penelope in ihrem Kopf unentwegt Gedanken darüber, ob das alles auch passiert wäre, wenn sie netter zu Priscilla gewesen wäre und ihr zugehört hätte. Irgendeinen Grund musste sie gehabt haben, Penelope aufzusuchen. Aber so oft sie sich das verunglückte Gespräch durch den Kopf gehen ließ, wurde ihr nicht klar, was die Frau bei ihr gewollt hatte.

Jetzt musste sie sich erst mal auf die Generalprobe konzentrieren. Am liebsten hätte sie die Veranstaltung abgesagt, weil sie sich der Auswahl von Shaftesburys Bewohnern eigentlich nicht gewachsen fühlte, aber am Samstag sollte die Lesung stattfinden, und heute war eine der letzten Gelegenheiten herauszufinden, was alles schiefgehen konnte.

Sie machte sich auf den Weg zum Herrenhaus. Vor dem geschlossenen Tor stellte sie den Motor ab und drückte auf die Klingel.

»Kommen Sie rein«, sagte die Haushälterin Sarah. Die Flügel des Tors schwangen auf, und Penelope stieg schnell wieder in ihren Wagen.

Sie sah sich nach allen Seiten nach dem Pfau um, aber erst als sie Blackmore Manor schon beinahe erreicht hatte, kam er aus den Rosenbeeten zu ihrer Rechten. Sein sonst so wunderschönes Schwanzgefieder hing schlapp herunter und schleifte durch den staubigen Kies. Heute war wohl nicht Erwins Tag. Dabei hätte er jede Menge Publikum.

»Hallo Erwin«, grüßte sie das Tier und schlug die Wagentür zu.

Sie lief die Stufen zum Eingang hinauf, wo Sarah bereits auf sie wartete. »Ich hoffe, Sie haben entweder eine Flasche Whiskey oder eine Waffe dabei.«

»So schlimm?«

Sarah schloss die Tür hinter Penelope. »Diese Autorin muss jetzt wirklich bald hier auftauchen. Sie ist die Einzige, die den Earl beruhigen kann.« Ihr Blick ruhte einen Moment auf ihr. »Aber vielleicht gelingt Ihnen das auch.«

»Oh, ich habe genug mit der Generalpro…«

»Sarah!«

Für sein Alter und sein nicht übermäßig großes Körpervolumen hatte der Earl eine ziemlich kräftige Stimme.

»In meiner Herzogin Christiana steht ein Mensch mit einem Maßband!«

Sarah verdrehte die Augen.

»Ich gehe schon.« Penelope machte einige Schritte und blieb dann stehen. »Herzogin Christiana? Das ist …« Sie wandte sich um. »Was?«

»Die Rosen neben der Terrasse«, erklärte die Haushälterin. »Ich bin in der Küche. Allerdings hoffe ich, dass mich niemand sucht.«

Es dauerte fünf Minuten, bis Penelope den Weg zur Terrasse gefunden hatte. Dieses Haus hatte viel zu viele Räume und Gänge. Der Übeltäter war Leander Crossing, und er stand tatsächlich mit beiden Füßen in einer Rosenrabatte mit zartrosa Rosen, deren Farbverlauf zum Innern der Blüte hin kräftiger wurde. In der Hand hielt er eine Rolle Klebeband, mit dem er zu kämpfen hatte. Das abgerollte Ende wehte im Wind und blieb dann an seinem blauen V-Pullover kleben.

»Hi Penelope.«

»Was machen Sie da?« Penelope fühlte sich jetzt schon erschöpft.

»Ich wollte auf den Terrassenfliesen den Umriss einer Leiche aufkleben. Sie wissen schon, wie die Jungs im Fernsehen.« Er deutete nach oben. »Wenn dann einer nach der Szene im Turm aus dem Fenster sieht, guckt er genau darauf.«

»Eine hübsche Idee. Aber muss das ausgerechnet im Rosenbeet sein? Sie wissen doch, wie sehr der Earl an seinen Geschöpfen hängt.« Ihr Blick blieb an drei abgebrochenen Rosen hängen. »Oh nein.«

»Ach.« Crossing stieg aus dem Beet. »Tut mir leid.«

»Hoffentlich hat der Earl sein Gewehr noch nicht wiedergefunden.« Vorsichtig löste Penelope die drei Rosen an den Bruchstellen und reichte sie ihm. »Hier. Sie fahren nach Middlesbrough ins Krankenhaus und bringen diese Blumen einer gewissen Priscilla Emerson.«

Gemeinsam sahen sie auf den etwas mickrigen Strauß. Penelope sah sich nach allen Seiten um, dann brach sie zwei weitere Rosen ab und gab sie Leander. »Grüßen Sie sie bitte von mir und erkundigen Sie sich nach ihrem Befinden.«

»Äh, und …«

Penelope nahm ihm das Klebeband ab. »Und dann fragen Sie sie, ob sie sich daran erinnert, was genau passiert ist.«

»Und was ist passiert?«

»Das sollen Sie sie ja gerade fragen. Wo ist Mr Blumberg?«

»Der wollte sich nach einer Kiste guter Zigarren umsehen«, antwortete Crossing verdattert.

»Gut.« Penelope kehrte ins Haus zurück. Alle Wände waren mit aufwendigen Holzkassetten vertäfelt. Wenn sie sich bloß daran erinnern könnte, hinter welcher dieser vielen Türen sich der Salon verbarg, in dem sie mit dem Earl Tee getrunken hatte.

Sie fand den Verlagsleiter schließlich im Rauchsalon in einem gemütlichen Clubsessel, vor sich auf einem runden Tischchen eine aufgeklappte Zigarrenkiste. Penelope entdeckte eine Auswahl guter Whiskeys auf dem Bartisch neben dem Fenster.

»Ah, Mrs St. James. Setzen Sie sich.« Blumberg deutete auf den zweiten Clubsessel.

Penelope setzte sich und stellte fest, dass der Verlagsleiter den Verlockungen des Alkohols bisher widerstanden hatte.

»Warum trinken Sie nicht einen Schluck Whiskey zu Ihrer Zigarre? Wenn Sie möchten, schenke ich Ihnen ein Glas ein.«

»Für mich erheblich zu früh.«

Penelope zog eine Grimasse. »Meinen Sie, Sie könnten eine Ausnahme machen und schon mal ein Schlückchen nehmen?«

Blumberg hob die buschigen grauen Augenbrauen. »Wenn ich es nicht besser wüsste, würde ich annehmen, Sie wollen mich zum Trinken verführen.«

Sie wiegte den Kopf. »Ich würde eher sagen, ich bitte Sie, ein Opfer zu bringen. Sie müssten den Whiskey in Gesellschaft des Earl zu sich nehmen.«

»Solange der Mann nicht bewaffnet ist. Er erschien mir kürzlich ein wenig aufgebracht zu sein über Ihre Pläne.«

»Ihr Eindruck trügt nicht. Deshalb habe ich einen Vorschlag: Bitten Sie den Earl darum, eine Whiskeyverkostung mit Ihnen zu machen, und wenn Ihnen keine Fragen zum Whiskey einfallen, dann stellen Sie ihm Fragen über Rosen.«

»Warum sollte ich das tun?«

»Um ihn abzulenken von dem Tohuwabohu hier.«

»Verstehe.« Blumberg sah sie zufrieden an. »Guter Plan.«

»Prima.« Penelope erhob sich. »Damit tun Sie der Veranstaltung einen großen Gefallen.«

Penelope kehrte in die Eingangshalle zurück und fragte sich, wo in diesem riesigen Schuppen Sie den Earl finden sollte. Sie legte den Kopf in den Nacken und blickte zur hohen Decke der Halle. Offenbar gab es zwei weitere Stockwerke mit umlaufenden Galerien. Penelope sah bereits Bewohner von Shaftesbury von der Galerie stürzen und auf dem Fliesenboden der Eingangshalle aufschlagen. Aber um Netze zu spannen, war es wohl zu spät.

Plötzlich wurde zu ihrer Rechten eine Tür aufgestoßen, und eine Gruppe Menschen purzelte heraus. Vorneweg lief Valentine, Mrs Colombines Mops. Er blieb abrupt stehen, als er Penelope entdeckte, so dass sein Frauchen über ihn stolperte, ins Straucheln geriet und auf das auf dem Boden ausgebreitete Fell stürzte. Edith, die über die Schulter zurückblickte, erkannte zu spät die Gefahr, verhedderte sich in Mrs Colombines Beinen und fiel ebenfalls hin. Die anderen Mitglieder der Schauspielgruppe konnten nicht mehr ausweichen, und im Nullkommanichts lag der gesamte Leseclub auf dem Fell.

Hinter ihnen trat Martin aus der Tür, eine Schusswaffe im Anschlag. »He!«, rief er. »Wieso liegt ihr schon am Boden? Ich habe doch noch gar nicht geschossen!«

Er wurde vom Metzger angerempelt, der als Letzter aus dem Raum kam. »Wohin soll das Schweineblut?«

Penelope öffnete den Mund, obwohl sie nicht wusste, was sie zu diesem Chaos sagen sollte, aber der Earl kam ihr zuvor.

»Sarah!«

Er trat aus seinem Arbeitszimmer in die Eingangshalle.

»Ah, Earl Blackmore«, sagte Penelope und eilte auf ihn zu. Sie hakte sich bei ihm unter und drehte ihn mit einigem Schwung um, damit er gar nicht erst einen Blick auf das am Boden liegende Menschenknäuel werfen konnte. »Ich habe Sie gesucht. Wissen Sie, Mr Blumberg ist ganz erpicht darauf, dass Sie ihm einen Einblick in Ihr Fachwissen über Whiskeys gewähren. Im Augenblick raucht er scheußliche Zigarren, dabei wäre ein Schluck vom Wasser des Lebens doch viel erbaulicher für seine Geschmacksknospen. Meinen Sie nicht?« Sie tätschelte seinen Unterarm und zog ihn in Richtung Rauchersalon.

Nachdem Penelope den Earl dem Verleger überlassen hatte, eilte sie aus dem Rauchsalon in die Eingangshalle. Die Dorfbewohner hatten sich zwischenzeitlich aufgerappelt.

»Ist alles in Ordnung?«, fragte sie.

»Der Beutel mit dem Schweineblut ist glücklicherweise heil geblieben«, sagte der Metzger.

Edith öffnete hektisch ihre Handtasche und holte ihren Flachmann heraus. Um ganz sicher zu gehen, dass der Flasche nichts passiert war, setzte sie sie an die Lippen.

Mrs Winterbottom kontrollierte in einem Spiegel mit üppigem Barockrahmen den Sitz ihrer Frisur. »Also, damit dürfte feststehen, dass Valentine während der Veranstaltung zu Hause bleiben muss. Ich würde sagen, wir proben die Szene noch einmal.« Sie wedelte mit den Armen, und die Gruppe verschwand wieder in der Abseite.

»Ah, Penelope.«

Als sie sich umwandte, durchquerte Samantha Smith die Eingangshalle. »Wo sind denn alle?«

Im selben Augenblick flog die Tür der Abseite auf, und die Dorfbewohner stürzten heraus. Einigermaßen professionell bedrohte Martin die Gruppe mit der Pistole. Edith, die die Prozession anführte, wandte sich um, öffnete ihre Handtasche, nahm einen Gegenstand heraus und richtete ihn auf Martin.

»Das war's für dich, Schurke!«, rief sie. Dann öffnete sich der Verschluss ihres Flachmanns, und der Inhalt ergoss sich auf das am Boden liegende Fell.

Martin sank auf die Knie, und der Metzger ließ das Schweineblut herabtropfen.

Penelope schloss die Augen.

Es dämmerte bereits, als Penelope das Herrenhaus verließ. Sie waren den ganzen Ablauf mehrmals durchgegangen und hatten alle Sicherheitsmaßnahmen besprochen. Eigentlich konnte nichts mehr schiefgehen, und trotzdem war sie sich sicher, dass diese Veranstaltung ein riesengroßer Reinfall würde. Vermutlich wäre es besser gewesen, eine Komödie zu proben. Sie lehnte sich gegen ihren Wagen und atmete die frische Luft ein. Aus dem Augenwinkel nahm sie eine Bewegung wahr. Erwin kam aus den Rosenrabatten geschlichen. Als er Penelope entdeckte, blieb er stehen und schlug ein Rad.

»Wirklich schön«, sagte sie. »Vielleicht könntest du das am Samstag auch machen. Damit wenigstens etwas klappt.«

Sie sah auf, als ein dunkelgrünes Cabrio mit hoher Geschwindigkeit die Auffahrt hochgefahren kam und neben ihr stehen blieb.

»Hi«, sagte Leander Crossing. »Da bin ich wieder.«

»Hi.«

Crossing sprang aus dem Wagen, ohne die Fahrertür zu öffnen.

»Und?«

»Und was?«

»Wie geht es Mrs Emerson?«, fragte Penelope ungeduldig.

»Tja, wie es einem geht mit einem gebrochenen Arm und einem gebrochenen Bein, einer leichten Gehirnerschütterung und einem Milzriss.«

»Oh Gott, das ist ja schrecklich. Ist sie denn bei Bewusstsein?«

»Ist sie. Wir haben uns ziemlich nett unterhalten.« Crossing schob mit der Schuhspitze einige Kieselsteine zusammen. »Am Anfang war sie ein wenig kratzbürstig, was vielleicht in Anbetracht ihres Gesundheitszustandes nachvollziehbar ist. Aber als ich ihr die Rosen übergeben habe, ist sie aufgetaut. Wir haben dann etwas geplaudert, über die Krankenhauskost und die Schmerzmittel, die sie bekommt.«

»Und haben Sie auch über den Unfall gesprochen?«, fragte Penelope ungeduldig.

»Tja, Priscilla wurde angefahren.«

Penelope seufzte. Männer. »Hat sie Ihnen den genauen Unfallhergang schildern können?«

Crossing blies die Backen auf. »Also, nicht im Detail. Sie war auf dem Heimweg und wurde an der Kreuzung von einem Wagen angefahren.«

Penelope musste sehr an sich halten. »Weiß sie, wer der Fahrer war? Von wo kam das Auto? Wie schnell war es unterwegs? Gibt es Zeugen? Wurde Priscilla schon von der Polizei befragt?«

»Was?«

»Was hat Priscilla noch über den Unfall erzählt?«, machte Penelope einen weiteren Versuch.

»Nicht viel. Sie lag auf der Straße, es war dunkel, und sie verspürte keinen Schmerz. Liegt vermutlich am Schock. Glücklicherweise kam kurz nach dem Unfall ein anderes Auto aus Middlesbrough. Der Fahrer hat sie auf der Straße liegen sehen und im Pub Hilfe geholt. Dort war zufällig der Tierarzt anwesend, der erste Hilfe leisten konnte.«

Das wusste sie alles schon. Penelope ließ den Blick durch den Park schweifen. Sie würde Priscilla morgen selbst besuchen. Vielleicht konnte sie etwas mehr in Erfahrung bringen.

»Eine wirklich nette Person, diese Priscilla«, fuhr Crossing fort. »Als sie gemerkt hat, dass ich ihr nichts Böses will, wirkte sie ganz froh über Besuch. Wir haben ein wenig über Shaftesbury geplaudert. Allerdings war sie von den Schmerzmitteln doch sehr müde, und ihr sind immer wieder die Augen zugefallen.« Crossing sah verträumt drein. »Sie hat sehr schöne Augen. Ein dunkles Grün mit einem bernsteinfarbenen Ring.«

Verwundert sah Penelope den jungen Mann an. Hatte er sich in Priscilla verliebt? Ausgerechnet in Priscilla? Na ja, genau genommen konnte sie nichts über die Frau sagen, außer dass sie einen merkwürdigen Auftritt in ihrem Cottage hingelegt hatte und unter keinem übertriebenen Sauberkeitswahn litt.

Leander deutete auf das Herrenhaus. »Und wie läuft's da drin?«

»Ich weiß nicht.« Penelope stützte sich auf ihrem Wagen ab. »Als ich ging, hat Mrs Winterbottom versehentlich Leonard mit der Hutnadel erstochen, weil das Licht im Turmzimmer ausgefallen ist.«

Sie stieg ohne ein weiteres Wort ein und fuhr davon.

***

Sam sah zum wiederholten Mal auf die Uhr. In fünf Minuten begann »Dr. Clifford, der Arzt, dem die Frauen vertrauen«.

»Jetzt könnte sie aber allmählich mal kommen.« Lilly biss von ihrem Käsetoast ab. »Sonst verpasst ihr den Anfang.«

Sam schwieg.

»Du kannst ja schon mal anfangen zu gucken. Dann erzählst du Penelope, was in der Zwischenzeit passiert ist.«

»Gut. Ich glaube, du gehst jetzt mal zu Bett.«

»Ist aber noch nicht acht.«

»Bis du im Bett bist, ist es acht.«

Lilly trank einen Schluck Brombeertee und schob sich den letzten Bissen Toast in den Mund. »Heute unterläuft Dr. Clifford ein folgenschwerer Fehler im OP. Steht in der Fernsehzeitung.« Lilly hopste vom Stuhl. »Aber ich denke, bis zum Ende der Folge wird er die Sache in den Griff kriegen.« Sie kraulte Foxy, der neben ihrem Stuhl auf dem Boden lag, hinter den Ohren. »Das ist das Prinzip der Serie, sagt Gemmas Daddy. Am Ende jeder Folge löst sich alles in Wohlgefallen auf, damit die Leute beruhigt schlafen gehen können.« Lilly ging ins

Bad. »Ist ja auch keine schlechte Idee«, rief sie. »Es passiert ja im wirklichen Leben schon genug.« Sie klappte die Badezimmertür hinter sich zu.

Die Türklingel läutete, und Sams Herz schlug höher. Schnell lief er die Treppe hinunter und öffnete.

»Hallo.«

Penelope sah erschöpft aus. Und müde. »Funktioniert Ihr Fernseher?«

DONNERSTAG

Am nächsten Morgen geschah ein Wunder. Penelope klappte ihren Laptop auf und schaltete ihn ein. Aus reiner Gewohnheit klickte sie das Icon für den Internetbrowser an und wartete darauf, dass ihr angezeigt wurde, dass keine Verbindung aufgebaut werden konnte. Aber diesmal war es anders. Aus Spaß gab sie ihren Namen ein und bekam einhunderteinundachtzig Einträge angezeigt. Dummerweise enthielt schon der dritte Link einen Hinweis auf Jeremy. Penelope kniff die Augen zusammen und ging dichter an den Bildschirm heran. Jeremy Highland war immer noch auf der Flucht. Er hatte die letzten Firmengelder abgeräumt und sich mit unbekanntem Ziel davongemacht. Irgendwo im Text wurde noch eine Lady erwähnt, aber als Penelope die Beträge las, die zusammen mit Jeremy verschwunden waren, wurde ihr schlecht, und sie kehrte lieber zu ihren Einträgen zurück. Nach so langer Abstinenz machte es schrecklich viel Spaß, alles anzuklicken und im Netz zu surfen.

Sie sah auf, als die Tür zur Agentur geöffnet wurde. Penelope erkannte die Frau erst auf den zweiten Blick. Ihr Haar war frisch frisiert, und sie hatte sich ein dunkelblaues Tuch um den Kopf geschlungen, das zu ihrem blauen Sommerkleid passte. Ihr Gesicht, das bei ihrer ersten Begegnung so blass gewesen war, war dezent geschminkt.

»Mrs Murphy.« Penelope stand auf und ging ein paar Schritte auf ihre Besucherin zu.

Die Angestellte aus der Town Hall in Middlesbrough blieb etwas unsicher an der Tür stehen, beide Hände hielten den Riemen ihrer Handtasche, die sie über die Schulter trug. »Entschuldigen Sie, dass ich hier so hereinplatze. Ich habe meinen freien Tag, und dann war ich heute beim Friseur, und da dachte ich …«

»Kommen Sie, Mrs Murphy. Setzen Sie sich. Was dachten Sie?« Penelope setzte sich hinter ihren Schreibtisch. »Sie sehen sehr gut aus.«

»Finden Sie?« Rita Murphy fasste sich an die Frisur. »Danke. Das Tuch war die Idee der Frisörin. Und ich dachte, das wäre eine gute Gelegenheit, um vielleicht einige Fotos zu machen.«

»Das ist eine sehr gute Idee, Mrs Murphy.«

Ihre Besucherin sah so aus, als bereute sie ihr Vorhaben bereits wieder. Penelope rief den Fragebogen auf, den sie entwickelt hatte. »Wo gibt es einen Frisör? Ich könnte auch eine neue Frisur gebrauchen.«

Mrs Murphy rutschte unruhig auf ihrem Stuhl herum. »Ich gehe immer zu Fine Style in Middlesbrough.«

»Verstehe.« Penelope nahm ihr Smartphone von der Tischplatte. »Erzählen Sie mir ein wenig von sich, Mrs Murphy. Was tun Sie in Ihrer Freizeit? Haben Sie Familie?«

»Tja, also, ich habe zwei jüngere Schwestern, aber die beiden haben Ehemänner und Kinder, da ist nicht viel Platz für eine alleinstehende Schwester.«

»Hm.« Penelope stellte das Smartphone aufrecht auf den Tisch und hielt es fest. »Vielleicht beneiden Ihre Schwestern Sie auch hin und wieder um Ihre Unabhängigkeit und Freiheit.«

Rita Murphy lachte. »So etwas Ähnliches hat Celia, meine jüngste Schwester, kürzlich tatsächlich gesagt.«

»Haben Sie Hobbys? Lesen Sie?«

»Ein wenig. Am liebsten stricke ich. Falls Sie mal einen Schal brauchen. Oder vielleicht einen Pullover.«

»Ja, das wäre wirklich schön«, antwortete Penelope, die noch nie etwas selbst Gestricktes getragen hatte. »Vielleicht eine Strickjacke oder eine Decke, wenn ich abends auf dem Sofa sitze. Wissen Sie, ich habe mir hier in Shaftesbury das Fernsehen angewöhnt. ›Dr. Clifford, der Arzt, dem die Frauen vertrauen.‹ Schreckliche Serie.«

»Kenne ich nicht. Sollte ich mir vielleicht mal ansehen.«

Zufrieden lehnte Penelope sich zurück und legte das Smartphone auf den Tisch.

»Müssen Sie von mir noch etwas wissen oder wollen wir vielleicht Bilder machen?«

»Wir machen Bilder.« Penelope setzte Mrs Murphy auf den Stuhl in der Ecke, richtete die Studioleuchte aus und machte einige Fotos mit dem Fotoapparat. Rita Murphy blickte verkniffen in die Kamera und bemühte sich um ein Lächeln, das furchtbar künstlich geriet. Aber das war egal.

»So, das hätten wir«, sagte Penelope nach fünf Minuten.

»Ach, das ging schnell.« Mrs Murphy erhob sich. »Was bekommen Sie?«

»Heute nichts. Ich unterrichte Sie, wenn ich passende Kandidaten für Sie gefunden habe.«

»Ich bin furchtbar aufgeregt. Vielen Dank, dass Sie Zeit für mich hatten.«

»Hab ich gern getan. Machen Sie es gut.« Penelope hielt ihr die Tür auf. Nachdem ihre Kundin gegangen war, eilte sie zu ihrem Schreibtisch zurück und überspielte die heimlich geschossenen Bilder von ihrem Smartphone auf ihren Laptop. Rita Murphy lachte und gestikulierte auf den Bildern und wirkte ausgesprochen sympathisch. Es fiel Penelope schwer, sich für ein Bild zu entscheiden.

Um zwölf Uhr schloss sie die Agentur ab und fuhr ins Middlesbrough Hospital. Sie stellte ihren Wagen auf dem Parkplatz ab und fragte sich zu dem Krankenzimmer von Priscilla Emerson durch.

Auf ihr Klopfen erklang ein leise gesprochenes »Herein«.

Penelope steckte den Kopf durch die Tür. »Mrs Emerson?«

»Oh, hallo.«

Sehr erfreut schien sie nicht über ihren Besuch zu sein.

»Komme ich ungelegen?«

Priscilla Emerson versuchte vergeblich, sich aufzurichten. Ihr rechter Arm lag eingegipst auf der Bettdecke, das linke Bein war ebenfalls bis zur Hüfte eingegipst und lag auf einem Polster.

»Eher nicht. Ich liege auf dem Rücken und kann nicht einmal ein Buch lesen. Mir schläft sofort der linke Arm ein.«

»Tut mir leid.« Penelope deutete auf einen Stuhl. »Darf ich?«

»Bitte.«

»Ich habe Ihnen nichts mitgebracht«, sagte Penelope, als sie sich setzte. »Ich wollte mich aber selbst davon überzeugen, wie es Ihnen geht.«

»Tja.« Priscilla schlug die Augen nieder. »Das ist sehr nett von Ihnen.«

»Wie ist das passiert, Priscilla? Konnten Sie den Wagen erkennen?«

»Ich weiß nicht, was geschehen ist. Das Auto kam von hinten, und ich kann mich nur daran erinnern, dass ich hier im Krankenhaus wieder aufwachte.«

»Sie haben alles vergessen?«

»Genau genommen habe ich von dem Unfall nichts mitbekommen.«

Penelope nickte. »Ich mache mir Gedanken über diesen schrecklichen Unfall, weil Sie doch gerade von mir kamen, nicht?«

Priscilla riss die Augen auf. »Ja, aber das hat doch mit Ihnen überhaupt nichts zu tun. Erzählen Sie mir lieber, wie es Ihnen im Cottage gefällt.«

Penelope hatte angenommen, dass Priscilla sie an dem Abend aufgesucht hatte, um diese Frage zu klären.

»Tja, also es ist ganz nett«, antwortete sie vage. »Haben Sie Ihre Tante dort früher häufig besucht?«

»Schon hin und wieder mal. Man könnte seine Verwandten ja immer viel häufiger besuchen.«

Penelope sah Priscilla etwas verwundert an. Machte sie sich Vorwürfe, weil sie ihre Tante vernachlässigt hatte? Andererseits hatte Mathilda Emerson ihre Nichte und ihren Neffen als Erben eingesetzt. Eine gewisse Verbindung musste zwischen ihnen bestanden haben.

»War sie Ihre einzige Verwandte? Ach nein, Sie haben noch einen Bruder, Ben, nicht wahr?«

Mit der nicht eingegipsten linken Hand machte Priscilla eine wegwerfende Handbewegung. »Kann man total vergessen. Der kümmert sich um nichts und niemanden.«

»Ihre Tante war Hebamme, richtig?«

Priscilla legte den Kopf aufs Kissen. »Sie hat etwas Nützliches getan. Unzähligen Menschen hat sie auf die Welt geholfen. Ganz anders als ich. Ich führe ein gänzlich nutzloses Leben.«

»Also, das kann ich mir nicht vorstellen«, sagte Penelope.

»Sie war eine mutige Frau, ich hätte viel zu viel Angst davor, bei einer Geburt dabei zu sein. Mir hat es schon gereicht, wenn sie davon erzählt hat, wie die Babys manchmal quer im Mutterleib liegen. Ich wüsste überhaupt nicht, was man in so einem Fall tut.«

Das wusste Penelope auch nicht, und sie wollte darüber auch nicht so genau nachdenken. Sie erhob sich wieder.

»Ich lasse Sie jetzt mal allein. Wenn Sie Hilfe brauchen, melden Sie sich bitte.«

»Vielleicht mache ich das.« Priscilla sah Penelope an. »Danke für Ihren Besuch.«

»Gern geschehen.« Penelope verließ das Krankenzimmer und ging auf den Flur. Entweder hatte Priscilla Emerson ihr Gedächtnis bei dem Unfall tatsächlich verloren, oder sie hatte Penelope angelogen. Der Wagen, der sie erfasst hatte, war aus Shaftesbury gekommen, was bedeutete, dass Priscilla ihm entgegengekommen war. Sie hätte den Wagen und vielleicht sogar den Fahrer sehen müssen. Oder vielleicht sogar erkennen. Das würde auch ihre Nervosität erklären, mit der sie auf Penelopes Fragen reagiert hatte.

SAMSTAG

Penelope war froh, als der Samstagmorgen anbrach. Heute würde das Event in Blackmore Manor stattfinden. Sie stand auf, machte sich im Bad zurecht und ging in die Küche. Die Kaffeemaschine hatte gerade ihre Tätigkeit aufgenommen, als vor ihrem Fenster eine Gestalt erschien.

»Ha!«, machte Penelope, die erschrak, obwohl sie doch eigentlich jeden Morgen mit dem Erscheinen von Lord Finncliff rechnete. Sie eilte durch den Flur nach draußen, wo der alte Mann in Nachthemd und Pantoffeln neben den Trümmern von Mathilda Emersons Bett stand.

»Kommen Sie herein, Lord Finncliff. Sie holen sich sonst den Tod.« Penelope biss sich auf die Unterlippe. Keine gute Formulierung im Gespräch mit einem alten Mann. Sie fasste seinen Ellenbogen und brachte ihn ins Haus, wo sie den Lord aufs Sofa setzte. »Ich bringe Ihnen gleich eine Tasse Kaffee.«

Penelope ging in die Küche und wählte Dr. Witherbys Nummer, während sie eine Tasse Kaffee einschenkte.

»Ist er bei Ihnen?«, fragte der Arzt, ohne sie zu begrüßen.

»Ja«, antwortete Penelope nachdenklich. »Allerdings hatte er heute gar keinen Ackerwindensamen dabei.«

»Ich mache mich gleich auf die Socken, um ihn abzuholen. Apropos Socken …« Am anderen Ende der Leitung rumpelte es, dann hörte sie ein Fluchen. »Sind verschwunden, die verflixten Dinger. Na, ich werde sie schon wiederfinden.«

»Dr. Witherby, ich muss dringend weg und kann deshalb nicht auf Sie warten. Ist es in Ordnung, wenn ich die Tür von Ivy Cottage offen lasse? Sie können dann einfach reingehen.« Penelope ging in den

Flur und guckte um die Ecke ins Wohnzimmer, wo der Lord vor dem Bücherregal stand. »Er ist im Wohnzimmer. Ich stelle ihm eine Tasse Kaffee hin.«

»Wird schon schiefgehen. Ich nehme den Wagen.« Dr. Witherby legte auf.

Mit einer Kaffeetasse ging Penelope ins Wohnzimmer hinüber. »Lord Finncliff?«

Er sah irritiert zu ihr herüber.

»Setzen Sie sich und trinken Sie eine Tasse Kaffee.« Sie trat zu ihm vor das Bücherregal.

»Das Buch«, sagte der Lord und deutete auf die Lücke zwischen zwei Büchern.

»Welches?« Penelope hatte keine Ahnung, welches Buch fehlte, und sie hatte vor allen Dingen keine Zeit. Als sie sich an den Hals fasste, fiel ihr außerdem auf, dass sie vergessen hatte, ihr Tuch umzulegen. Wenn sie rechtzeitig im Blackmore Manor sein wollte, um zu verhindern, dass Leander Crossing Erwin überfuhr oder Edith betrunken die Treppe hinunterfiel, bevor die ersten Gäste eintrafen, musste sie jetzt weg.

»Das Buch«, sagte sie und schob den Adligen zum Sofa. Vielleicht meinte er das Fachbuch über die schwere Geburt. »Jetzt fällt es mir wieder ein. Ich habe kürzlich hineingesehen, und dann habe ich es hierhin geworfen, als …« Sie brach ab, weil ihr einfiel, dass sie den Schmöker über die schwere Geburt an dem Morgen in der Hand gehabt hatte, als sie den Lord auf frischer Tat ertappt hatte. Merkwürdigerweise war das Buch verschwunden. Sie stellte die Kaffeetasse ab, guckte hinter die Sofakissen und die Ritzen in den Polstern, aber es war nicht zu finden. Es war ihr auch egal. Sie brachte den Lord dazu, sich hinzusetzen, dann nahm sie den Krimi von Chandler aus dem Regal und gab ihm das Buch.

»Hier, lesen Sie das, Ihr Cousin wird gleich kommen und Sie abholen. Ich muss jetzt schnell weg.«

Penelope flitzte nach oben, wickelte sich das Tuch um und fuhr in halsbrecherischem Tempo zum Herrenhaus. Beide Türflügel standen offen. Es wurde bewacht von John. Penelope hätte lieber eine etwas dynamischere Person als den Bier trinkenden Mann, der praktisch zum Inventar des Pubs gehörte, mit der Aufgabe betraut, die Besucher zu begrüßen. Aber sie hatte einsehen müssen, dass alle anderen Dorfbewohner, die an dem Event mitwirken wollten, bereits mit anderen Aufgaben betraut waren. Sie winkte ihm zu und passierte mit flottem Tempo das Tor. Als sich die Staubwolke hinter ihr verzogen hatte, sah sie im Rückspiegel, dass John die Hand hob, um ihr zuzuwinken. Vermutlich würde er die Eintrittskarten der Besucher erst kontrollieren, wenn sie das Gelände von Blackmore Manor verließen.

Sie nahm ihre Tasche und lief die Stufen zum Eingang hinauf. Auch das Eingangsportal stand offen.

»Hallo?«, rief Penelope und betrat die Halle. »Sarah?«

»Ich bin nicht da!«, ertönte die Stimme der Haushälterin aus weiter Ferne.

»Und wo sind Sie nicht?«

»In der Küche.«

Penelope eilte in die Küche. »Ah, Sarah, sind schon alle hier?« Ihr Blick fiel auf den mit wundervollen Leckereien gedeckten Tisch. Die Tür zur Vorratskammer stand offen und gab den Blick auf weitere Platten mit Törtchen und Sandwiches frei. Von der Haushälterin war jedoch nichts zu sehen. »Sarah, wo sind Sie denn?«

Mit einem leisen Quietschen wurde die Tür der Kammer zugeschoben. Dahinter stand Sarah an die Wand gelehnt und sah Penelope müde an.

»Wie schön, Sie zu sehen. Können wir anfangen? Wo ist der Lord?«

»Mrs St. James?« Mit schweren Schritten ging Sarah zum Tisch und zog sich einen Stuhl hervor.

»Ja?« Penelope war etwas abwesend, weil die Gurkensandwiches mit dem Möhrenkrokant verlockend aussahen.

»Ich frage mich immer, an welcher Stelle ich nicht aufgepasst habe. War es damals, als Sie uns im Buchclub aufgesucht haben?«

»Wie?« Penelope sah auf. »Sagen Sie, sind diese kleinen Dinger abgezählt oder meinen Sie, ich könnte mir eines nehmen?«

Sarah machte eine einladende Handbewegung. »Nur zu, es ...«

»Sarah!«

Die Haushälterin zuckte zusammen, und Penelope verschluckte sich.

»Ich mache das schon«, sagte sie mit vollem Mund und lief in die Halle.

Lord Blackmore kam mit großen Schritten auf die Küche zu und blieb abrupt stehen, als er Penelope sah. »Wo ist Sarah?«

»Earl Blackmore.« Penelope schluckte hinunter und fasste seinen Ellenbogen. »Wie gut, Sie zu sehen. Ich wollte mit Ihnen noch ...«

Penelope hatte keine Ahnung, womit Sie den Earl ablenken sollte. Glücklicherweise kam in diesem Augenblick Hilfe zur Tür herein. Samantha Smith trug ein Kleid aus cremefarbener Spitze und Rüschen. Auf ihrer in Locken gelegten Frisur saß ein keckes Hütchen. Ihre Erscheinung machte sowohl den Earl als auch Penelope für einen Augenblick sprachlos.

»Sie sehen wunderschön aus«, sagte Penelope und knuffte den Earl leicht gegen den Oberarm.

»Ja, sehr schön, Mrs Smith«, bestätigte der Earl.

»Prima.« Penelope griff nach dem Arm der Autorin, hakte ihn beim Earl unter und schob die beiden ins Arbeitszimmer. Dann schloss sie die Tür hinter ihnen.

Den Trupp der Darsteller hatte sie immer noch nicht gefunden.

»Mrs St. James.« Der Verlagsleiter trat aus dem Rauchsalon. In der einen Hand hielt er eine Zigarre, in der anderen ein Glas Whiskey.

»Sie glauben nicht, wen ich in letzter Sekunde für unsere Veranstaltung gewinnen konnte.«

Penelope wusste nicht, ob sie die Kraft hatte, eine solche Überraschung unbeschadet zu überstehen.

Hinter Blumberg trat Nigel Hammond aus dem Salon. »Mrs St. James, welche Freude.«

»Mr Hammond hat sich bereit erklärt, einige Worte an unsere Gäste zu richten. Ist das nicht wundervoll?«

* * *

Sam setzte die Schildkröte in die kleine Box zurück.

»So, ich denke, wir können dann«, sagte Lilly.

»Was können wir?«, fragte er, ohne den Blick von dem Tier zu nehmen, und justierte die UV-Leuchte über ihm.

»Uns auf den Weg machen«, antwortete Lilly.

»Wohin?« Sam sah zur Tür hinüber in der Erwartung, dort seine Tochter zu sehen. Stattdessen fiel sein Blick auf eine kleine schwarz gekleidete Gestalt mit einem roten Fleck auf der Brust.

»Oh Gott, Lilly! Was ist passiert?«

»Reg dich nicht auf. Ich hab einen alten Lippenstift gefunden und ihn zermatscht. Sieht echt aus, oder?«

Er ging vor ihr in die Hocke. »Was ist los, Lilly? Kümmere ich mich nicht genug um dich?«

»Nein, wieso?« Lilly dachte kurz nach. »Obwohl, ein bisschen mehr Zeit könntest du schon mit mir verbringen.«

»Was führst du im Schilde?«

»Ich, gar nichts. Warum muss die Schildkröte ein Sonnenbad nehmen?«

Sam sah zu der Box hinüber. »Weil sie …« Er schnalzte mit der Zunge. »Lenk nicht ab, Lilly. Also?«

»Na, wir gehen jetzt zum Festival.«

Lilly zog zwei reichlich zerknitterte Eintrittskarten aus der Hosentasche.

Sam atmete schwer aus. Die Momente, in denen er sich seiner Tochter nicht gewachsen fühlte, nahmen zu.

»Vielleicht ziehst du dich auch noch um«, schlug Lilly vor und wandte sich zur Tür. »Wenn du willst, mach ich dir auch einen Blutfleck aus Lippenstiftmatsche.«

Eine Viertelstunde später saßen sie im Wagen. Die Hunde hatten sie zu Hause gelassen. Am Tor zum Park von Blackmore Manor stand John.

»Die Eintrittskarten bitte«, sagte der alte Mann, schob seine Schiebermütze aus der Stirn und kratzte sich über der Augenbraue. »Anweisung von oben.«

Sam zeigte ihm die Karten, legte dann kopfschüttelnd den Gang ein und fuhr los. Die Zufahrt zum Herrenhaus war bereits von zahlreichen Wagen gesäumt, und Menschen strömten auf das Herrenhaus zu. Als sie sich der Besuchergruppe anschlossen, schob Lilly ihre Hand in seine. Sam drückte sie kurz, weil er froh darüber war, dass sie manchmal noch sein kleines Mädchen war.

In der Eingangshalle wurden sie von einer leicht angeschickerten Edith begrüßt, die alle in den Wintergarten dirigierte. Dort waren mehrere Stuhlreihen aufgestellt mit Blick auf ein kleines Podest, auf dem ein großer Paravent stand. Er entdeckte Penelope in der Nähe des Podests, wo sie sich in einer offenbar angeregten Diskussion mit Mrs Winterbottom befand.

Als sie sie entdeckte, kam sie zu ihnen herüber.

»Hallo.« Ihr Blick blieb auf dem roten Fleck auf Sams Oberschenkel hängen, der aussah wie ein glatter Durchschuss.

»Hallo.« Sam legte Lilly die Hand auf die Schulter. »Das ist Lillys Werk.«

»Wenn du willst, schminke ich dir auch deine Opfer«, bot das Mädchen an.

»Danke, das ist lieb gemeint, aber wir haben ja das Schweineblut vom Metzger.«

Sam folgte Penelopes Blick und entdeckte Nigel Hammond. Beinahe hätte er gefragt, was dieser Kerl hier wollte.

»Was will der denn hier?«, fragte Lilly.

»Das wüsste ich auch gern. Entschuldigt.« Penelope eilte auf den Schauspieler zu.

»Na, der kann sich auf was gefasst machen«, stellte Lilly fest. »Wohin setzen wir uns?«

Als endlich alle Besucher saßen, ging das Licht aus, und nur der Paravent wurde von einem Scheinwerfer beleuchtet, so dass dahinter ein menschlicher Schatten zu erkennen war. Das Husten und Rascheln ebbte ab, und es wurde still im Wintergarten.

Penelopes Handy läutete. Ihre Absätze klapperten laut über die Fliesen, als sie hinauseilte.

***

»Ja?«, fragte sie etwas außer Atem, als sie in der Halle stand.

»Er ist weg.«

»Was? Wer?«

»Harold.« Dr. Witherby atmete aus. »Lord Finncliff.«

»Ach du Schreck. Sind Sie noch in Ivy Cottage?«

»Bin ich.«

»Haben Sie überall nachgesehen?«

»Überall. Aber ich hatte schon ein schlechtes Gefühl, als ich ankam, und die Eingangstür stand offen.«

»So ein Mist.« Penelope setzte sich auf eine große Holztruhe. »Aber ich wollte ihn auch nicht in meinem Haus einschließen.«

»Da sehen Sie, wie es uns jeden Tag geht.«

»Dummerweise kann ich jetzt hier nicht weg, um Ihnen suchen zu helfen.«

»Allzu weit kann er nicht gekommen sein. Ich werde mich draußen nach ihm umsehen. Aber was mache ich mit der Tür?«

»Die ziehen Sie einfach nur hinter sich zu. Da kommt schon nichts weg. Ach, und sagen Sie mir doch Bescheid, wenn Sie den Lord gefunden haben.«

»Mache ich.«

Penelope drückte das Gespräch weg. Hoffentlich war dem Lord nichts passiert. Aber was hätte sie machen sollen? Sie erschrak, als neben ihr eine Tür geöffnet wurde.

»Wie sieht's aus?«, wisperte eine Stimme.

Penelope sah sich um und entdeckte Mrs Colombine.

»Sie sind noch alle im Wintergarten.« Sie sah auf die Uhr. »In etwa fünf Minuten müssten die Besucher rauskommen und zur nächsten Station gehen. Ich klopfe dann an die Tür.«

»Gut«, sagte Mrs Colombine mit leiser Stimme. »Zweimal kurz, einmal lang, damit ich Bescheid weiß.«

»Natürlich.« Penelope sah zu, wie die korpulente Frau die Tür leise zuzog. Die nächste Lesungsstation war der Rauchsalon. Samantha Smith schien an diesem Morgen mit Whiskey gegurgelt zu haben. Ihre Stimme war jedenfalls von der eines jungen Krimiautors wie Tom Stanneck kaum zu unterscheiden. Penelope freute sich schon wie verrückt auf den Augenblick der Enthüllung ihrer Identität. Sie sah noch einmal zur Uhr. In zwei Minuten würden die Besucher von Edith vorbeigeführt werden. Die einleitenden Worte von Nigel Hammond hatte Penelope wegen des Anrufs von Dr. Witherby verpasst, aber das konnte sie verschmerzen. Sie hatte das Gefühl, dass an den Gerüchten, Nigel Hammond sei aus seiner Serie rausgeflogen und suche ein neues Betätigungsfeld, etwas dran war. Der Schauspieler wirkte geradezu aufdringlich.

Die Tür des Wintergartens wurde geöffnet, und ein älterer Herr trat heraus.

»Entschuldigen Sie, wo ist denn hier die Toilette?«

Penelope wies ihm den Weg und sah auf die Uhr. Genau zwei Minuten später legte sie gerade die Hand auf die Klinke der Tür zum Wintergarten, als der Herr von der Toilette zurückkehrte.

»Also wissen Sie, das ist ja eine tolle Idee mit dem Gespenst«, sagte er.

In diesem Augenblick kamen die Besucher aus dem Wintergarten, und der Mann berichtete seiner Frau aufgeregt von seiner Begegnung.

Penelope beschlich ein schrecklicher Verdacht.

Allerdings war jetzt keine Zeit, um Dr. Witherby anzurufen. Sie eilte zu der Tür neben der Holztruhe und hob die Hand, um anzuklopfen, woraufhin die Tür von innen geöffnet wurde. Mrs Colombine trat heraus und machte einige Schritte in die Eingangshalle. Schüsse hallten, die beleibte Dame sank mit eindrucksvoller Theatralik zu Boden, die weiblichen Gäste schrien auf, die Männer raunten, und oben auf der Galerie waren Schritte des weglaufenden Schützen zu hören.

»Krass«, sagte Lilly.

Penelope machte einige Schritte zurück, winkte Samantha Smith an der Besuchergruppe vorbei, deren Aufmerksamkeit von dem Geschehen gefesselt war. Wenn nichts dazwischen kam, würde die Autorin hinter dem Paravent sitzen, wenn das Publikum den Salon betrat. Edith nahm die Gäste in der Tür zum Salon in Empfang.

Als der Letzte den Raum betreten hatte, schloss Penelope die Tür hinter ihnen und machte sich auf den Weg zur Toilette. Aber von einem Gespenst keine Spur. Mit dem Handy in der Hand eilte Penelope zurück in die Halle.

»Oh, hi.« Leander Crossing tänzelte mit lockerem Schritt die Eingangstreppe herauf.

Penelope versuchte, die Rose zu ignorieren, die im Knopflock seines dunkelblauen Jacketts steckte. Sie hoffte sehr, dass es sich nicht um das letzte Exemplar einer aussterbenden Sorte handelte.

»Gut, dass Sie da sind. Sie müssen mir helfen, ein Gespenst zu finden.«

Mit den Händen in den Taschen seiner Anzughose blieb Crossing vor ihr stehen. »Hey, Sie sind wirklich witzig. Dass ein Gespenst mitwirkt, wusste ich nicht.«

»Es wirkt auch nicht mit.« Penelope fasste sich an die Stirn. »Ich meinte auch kein Gespenst, sondern einen alten Mann. Er trägt ein weißes Nachthemd und sieht deshalb aus wie ein Gespenst.«

Leander zog die Unterlippe ein und wippte auf den Fersen.

»Es handelt sich um einen demenzkranken Lord.«

Diese Erklärung schien Leander Crossing nicht zu beunruhigen.

»Bitte helfen Sie mir suchen. Er hat mit unserer Vorstellung nichts zu tun, und ich möchte verhindern, dass er in Gefahr gerät.«

»Okay, mache ich. Ich müsste aber kurz mit Ihnen sprechen.«

Penelope warf einen Blick auf die geschlossene Tür zum Salon. Samantha würde zehn Minuten lesen, anschließend war geplant, dass Edith die Gruppe über die Treppe in das darüber liegende Stockwerk führte. Dort sollte in einem seit langer Zeit nicht genutzten Raum der Showdown stattfinden, in dem Samantha Smiths Identität gelüftet wurde.

»Gut. Ganz kurz, und dann suchen wir den Lord.«

Leander Crossing wirkte plötzlich ungewöhnlich ernst. »Wissen Sie, das, was ich mit Ihnen besprechen möchte, ist einigermaßen eilig. Es geht um Priscilla. Also um Mrs Emerson.«

»Oh, geht es ihr schlechter?«

Crossing wiegte den Kopf. »Körperlich nicht. Ganz im Gegenteil. Sie hat nicht mehr so starke Schmerzen, und sie müssen ihr keine starken Medikamente mehr geben. Aber sie ist unruhig, weil sie sich Vorwürfe macht.«

»Weshalb?«

»Weil sie Sie bestohlen hat.«

Penelope sah ihn erstaunt an. »Was hat sie gestohlen?«

Crossing hob die Schultern. »Nichts Wertvolles oder so. Ehrlich gesagt habe ich nicht verstanden, warum sie sich deshalb Sorgen macht. Genau genommen gehört es ihr ohnehin.«

»Was gehört ihr ohnehin?«, fragte Penelope ungeduldig.

»Das Buch.«

»Herrje, Mr Crossing, welches Buch? Es ist eilig, weil das Gespenst dement ist.«

Leander Crossing öffnete den Mund, dann schloss er ihn wieder. Er räusperte sich. »Na, ein Buch über Geburten. Ich hab's ehrlich gesagt auch nicht genau verstanden. Sie war doch vor dem Unfall bei Ihnen, und da hat sie es mitgehen lassen. Es gehörte wohl ihrer Großmutter. Die war Hebamme, und in dem Schinken geht es um Dinge, die offenbar beim Geburtsvorgang passieren können, und von denen ich gar nicht so genau wissen will, worum es dabei geht.«

»Ah, verstehe.« Penelope legte ihm die Hand auf den Unterarm. »Richten Sie ihr bitte aus, dass Sie sich keine Sorgen zu machen braucht. Sie kann das Buch behalten. Helfen Sie mir jetzt suchen?«

Sie wandte sich um. Wohin konnte der Lord bloß verschwunden sein?

»Tja, also wenn Sie mich fragen, steckt noch mehr dahinter.«

Penelope atmete tief ein und wandte sich um. »Mr Crossing. Wir befinden uns mitten im Event, in acht Minuten muss ich oben zum Lesungsende eintreffen, vorher muss noch eine Gruppe Dorfbewohner erschossen werden. Und ich bin auf der Suche nach einem Gespenst. Könnten Sie bitte zum Punkt kommen!«

»Ich glaube, sie erpresst jemanden.« Crossing hatte so leise gesprochen, dass Penelope glaubte, ihn nicht richtig verstanden zu haben.

»Was soll das bedeuten? Wen hat sie erpresst?«

»Na, sie hat es nicht so genannt. Sie hat nur gemeint, sie habe eine Dummheit gemacht. Und in dem Buch ständen die Beweise.«

Penelope fehlte die Geduld, um zu versuchen, aus diesen Andeutungen schlau zu werden. »Wo ist das Buch?«

»In ihrem Schrank im Krankenhaus.«

»Gut. Fahren Sie hin, holen Sie das Buch und kommen Sie wieder her.«

»Und das Gespenst?«

»Das suche ich. Beeilen Sie sich.«

»Okay.« Crossing lief die Eingangstreppe hinunter und flankte über die geschlossene Fahrertür in seinen Wagen.

Penelope hörte den Kies aufspritzen, als er startete. Sie wollte gerade die Suche nach dem Lord fortsetzen, als ihr Handy läutete.

»Mrs St. James?«, fragte eine zurückhaltende Frauenstimme.

»Ja.«

»Hier spricht Rita Murphy.«

»Hallo Mrs Murphy. Hören Sie, im Augenblick ist es ganz schlecht. Kann ich Sie später zurückrufen?«

»Natürlich. Es ist auch nichts Wichtiges. Aber ich hatte Ihnen doch erzählt, dass hier in der Town Hall ein Mann bei Maureen war. So ein ungehobelter Mensch, der, ohne anzuklopfen, hereingekommen ist und ihr Angst gemacht hat.«

»Ja.« Während sie zuhörte, sah Penelope sich nach dem Lord um.

»Und als ich bei Ihnen war, haben wir doch über diese Fernsehserie gesprochen. Mit diesem Arzt.«

Huschte dort hinten nicht eine weiße Gestalt vorüber?

»Was?«, fragte Penelope abwesend.

»Dieser Arzt, also der Schauspieler, der den Arzt spielt. Das war dieser Mann.«

Penelope hielt in der Bewegung inne und runzelte die Stirn. Was sagte Mrs Murphy da?

»Verstehe. Mrs Murphy, können Sie mir einen Gefallen tun?« Penelope bat sie, etwas für sie herauszufinden, und beendete das Gespräch. Sie suchte in der Anruferliste den Eintrag von Dr. Witherby heraus und rief ihn zurück.

»Dr. Witherby, ich glaube, der Lord ist hier im Herrenhaus.«

»Ach, wie ist er denn da hingekommen? Ich bin gleich bei Ihnen.«

»Gut. Können Sie mir vorher noch einen Gefallen tun? Sind Sie noch in der Nähe meines Hauses?«

»Bin ich. Ich stehe hier auf dem Dorfanger und gucke mir die Augen aus dem Kopf.«

»Prima. Dann gehen Sie bitte ins Wohnzimmer. Dort muss auf dem kleinen Tischchen neben dem Sofa ein schwarzes Heft liegen. Können Sie bitte gleich nachsehen, ob es noch dort ist?«

»Mach ich. Bleiben Sie dran.«

Penelope hörte den Arzt schnaufen. Sie drehte sich einmal um sich selbst, in der Hoffnung, den Lord zu entdecken. Stattdessen fiel ihr Blick auf Nigel Hammond. Mit einer Hand in der Hosentasche kam er lässig die Treppe herunter.

»Schön, Sie zu sehen«, sagte Hammond. »Das ist wirklich eine phantastische Veranstaltung. Kostet eine Menge Kunstblut, nicht?«

Er blieb vor ihr stehen.

»Ich hab's ein bisschen eilig, Mr Hammond. Es geht gleich weiter.«

»Natürlich, natürlich. Lassen Sie sich von mir nicht stören. Ich halte mich hier im Hintergrund.« Er ging zu dem Tischchen hinüber, auf dem der Telefonapparat stand, und setzte sich auf einen Stuhl mit hoher Lehne und schlug die Beine übereinander.

***

Sam fand diese Lesung ziemlich amüsant. Es gab zwar jede Menge Tote, aber Lilly machte keinen besonders verängstigten Eindruck.

Die Stimme des Autors war verklungen, die Deckenbeleuchtung im Salon wurde eingeschaltet, und Martin schob den Paravent zur Seite. Endlich würde die Identität des Autors enthüllt werden. Aber dort saß niemand. Vom Autor keine Spur.

»Krass«, sagte Lilly.

Ein Raunen ging durch die Menge. Edith, die auf Sam einen leicht angeschickerten Eindruck machte, betrat die Bühne.

»Meine Damen und Herren, bitte begleiten Sie mich jetzt zum nächsten Schauplatz des Verbrechens.«

Sie ging zur an der Seite des Raumes liegenden Tür und öffnete die Flügel. Die Besucher erhoben sich und schoben sich zum Ausgang. Aber plötzlich stockte die Gruppe, und es ging nicht weiter. Die Leute wurden unruhig und versuchten herauszufinden, was dort los war.

Edith drängte sich an der Gruppe vorbei in die Eingangshalle.

»Ach«, hörte Sam sie sagen. »Das steht so aber gar nicht im Programm.«

***

Penelope blinzelte irritiert, als ein storchenbeiniges Gespenst durch die Eingangshalle schwirrte.

»Lord Finncliff!«

Ausgerechnet jetzt musste der alte Mann hier aufkreuzen. Aus der Tür des Salons quollen die Besucher, und Edith wirkte auch nicht ganz taufrisch.

Der alte Lord drehte sich einmal um sich selbst, dann blieb sein Blick an Nigel Hammond hängen.

»Du!« Lord Finncliff deutete mit seinem dürren Zeigefinger auf den Schauspieler.

Hammond stand auf. »Kann ich Ihnen helfen? Setzen Sie sich doch.«

Als Hammond den Ellenbogen des alten Mannes fasste, machte der sich mit unerwarteter Heftigkeit frei. Er griff in die Tasche seines Nachthemdes und zog eine Handvoll Ackerwindensamen hervor, die er in der Halle verteilte.

Von der Tür der Eingangshalle war ein Schnaufen zu hören, und Dr. Witherby betrat die Halle.

»Hallo«, sagte er mit Blick in die Runde. »Ah, Harold.« Dr. Witherby eilte auf seinen Cousin zu. »Was ist denn los?«

Penelope ging zu Edith hinüber. »Edith, ich würde sagen, Sie bringen die Gruppe jetzt planmäßig nach oben. Wir wollen doch nicht, dass Mr Stanneck da oben sitzt und sich fragt, wo alle abgeblieben sind?«

»Nein, das wollen wir natürlich nicht.« Edith machte eine weit ausholende Handbewegung zur Gruppe. »Folgen Sie mir.«

Die Besuchergruppe lief hinter ihr her die Treppe hoch.

»Und Sie bringen den Lord am besten nach Hause«, sagte Penelope.

»Natürlich.« Witherby sah auf den mit Samenkörnern bedeckten Boden.

»Das fege ich später auf«, beantwortete Penelope seine nicht gestellte Frage.

»Gut.« Der Arzt legte sein Jackett um die schmalen Schultern des Alten und verließ mit ihm zusammen das Herrenhaus.

Jetzt waren nur noch Penelope und Nigel Hammond übrig.

»Putziger alter Herr«, sagte Hammond.

Diese Bezeichnung fand Penelope ganz und gar unpassend. »Ich muss jetzt auch nach oben.«

»Darf ich Sie begleiten?« Hammond bot ihr den Arm.

»Dürfen Sie«, sagte Penelope, aber ignorierte seinen Arm.

Gemeinsam betraten Sie den Raum, in dem der Showdown der Veranstaltung stattfand. Dass an den Wänden mit Tüchern abgedeckte Möbelstücke standen, war der mangelnden Vorbereitungszeit geschuldet. Statt den Raum leer zu räumen, hatten sie aus der Not eine Tugend gemacht, und jetzt wirkten die abgehängten Möbelstücke wie eine gelungene Kulisse. Hinter dem Paravent las Samantha Smith mit ihrer Tom Stanneck-Stimme eine Szene aus ihrem Roman. Leise schlüpften sie in den Saal und setzten sich in die letzte Reihe. Ihr Handy läutete, als Samantha Smith eine Pause machte. Hastig sprang Penelope auf und lief aus dem Raum.

»Ja?«

»Wo sind Sie denn?«, fragte Leander Crossing.

»Oben vor dem Saal.«

»Ah. Ich bin hier unten in der Halle.«

Penelope ging zum Geländer der Galerie und sah hinunter.

Crossing winkte ihr mit einem Buch zu, das Priscilla ihm offenbar im Krankenhaus ausgehändigt hatte. »Hab es. Kommen Sie runter, ich muss Ihnen was erzählen. Es geht um …« Er brach ab und sah alarmiert aus.

Penelope wandte sich um. Hinter ihr stand Nigel Hammond.

***

»Was ist denn los?«, fragte Sam und beugte sich zu Lilly hinüber. »Du bist so unruhig.«

»Hast du gesehen?« Lilly deutete hinter sich. »Penelope ist gerade mit dem Dings rausgegangen«, flüsterte sie.

»Welchem Dings?«

»Na, dem Schauspielarzt.«

Sam kniff die Augen zusammen. Dieser Kerl war ihm schon lange ein Dorn im Auge. Aber da er an dieser Veranstaltung beteiligt war, konnte er ihm schlecht vorwerfen, dass er sich in Penelopes Nähe aufhielt. Er atmete schwer aus. Aber trotzdem lenkte ihn der Gedanke ab.

»Geh doch raus und guck nach«, flüsterte Lilly. »Vielleicht will er sie behandeln.«

Sam sah seine Tochter an, dann blickte er zur Tür. »Ich geh mal gucken, aber wenn in dieser Geschichte jemand ermordet wird, hältst du dir die Ohren zu.«

Er schlängelte sich an den Besuchern in seiner Sitzreihe vorbei und verließ leise den Raum.

Er sah Penelope, wie sie am Geländer stand, vor ihr Nigel Hammond. Und sie machte keinen glücklichen Eindruck.

»Ist alles in Ordnung?«, fragte Sam.

Zu seiner Verwunderung schüttelte Penelope den Kopf. »Nein.«

»Was ist los?« Sam sah Hammond aus zusammengekniffenen Augen an.

»Mr Hammond möchte uns gern erklären, was er mit dem Tod von Maureen Oliver zu tun hat«, sagte Penelope.

»Was?« Sam war mit wenigen Schritten bei ihr. Er stellte sich so dicht neben sie, dass sich ihre Arme berührten.

Jemand kam die Treppe hochgelaufen. Es war dieser Lackaffe von Verleger, der kaum außer Atem war.

»Hier. Das ist das Buch.«

Er reichte Penelope ein medizinisches Fachbuch.

Penelope blätterte darin. Bei Seite 272 stoppte sie und deutete mit dem Finger auf eine Randbemerkung. »Sie waren eine schwere Geburt, Mr Hammond.«

»Wie?« Der Schauspieler sah sie verdutzt an.

»Ich habe Dr. Witherby gebeten, in Ivy Cottage nach dem kleinen schwarzen Heft zu suchen, dass Mathilda Emerson unter der Bodendiele ihres Schlafzimmers versteckt hatte. Er hat es nicht gefunden.« Sie sah Nigel Hammond an. »Als Sie mich neulich besucht haben, handelte es sich lediglich um einen Vorwand. Sie wollten nur das Heft mitnehmen.«

Hammond setzte eine blasierte Miene auf. »Ich weiß nicht, was meine Geburt hier für eine Rolle spielt.«

»Um Ihre Geburt geht es auch nicht in erster Linie. Vielleicht wäre ich gar nicht darüber gestolpert, wenn es sich nicht um eine besonders schwere Geburt gehandelt hätte. Deshalb hat sich die Hebamme in diesem Buch Notizen gemacht. Hier steht Ihr Name. Und daneben steht *kV*.«

Hammond schüttelte langsam den Kopf. »Was genau möchten Sie eigentlich sagen?«

Penelope sah Leander Crossing an. »Vielleicht können Sie uns weiterhelfen?«

»kV heißt: kein Vater.« Crossing wiegte den Kopf. »Ist natürlich nicht ganz richtig. Jeder hat einen Vater. Sogar Sie.«

Er grinste Nigel Hammond an, und in diesem Augenblick fand Sam ihn gar nicht mehr so unsympathisch, obwohl er kein Wort verstand.

»Was die Hebamme sagen wollte: Ihr Vater ist unbekannt.«

Zu Sams Überraschung flackerte Hammonds Blick ein wenig, und er wirkte nicht mehr ganz so souverän wie noch vor einer Minute.

»Und?«

Wie auf Kommando läutete Penelopes Handy. »Ja?«, fragte sie, als sie das Gespräch annahm.

Die drei Männer beobachteten ihr Gesicht, während sie dem Anrufer nur zuhörte.

»Alles klar. Danke.« Penelope beendete das Gespräch und sah Hammond an.

»Das war Maureens Kollegin aus der Town Hall. Sie hat freundlicherweise etwas für mich überprüft. Und was Mr Crossing sagt, trifft zu. Sie haben tatsächlich einen Vater.«

»Ich weiß nicht, was diese Komödie soll.«

»Allerdings bezweifle ich, dass Lord Finncliff Ihr leiblicher Vater ist. Maureens Kollegin hat auch Zweifel daran, dass die entsprechende Eintragung echt ist. Sie glaubt vielmehr, dass Maureen sie nachträglich vorgenommen hat. Wie viel haben Sie ihr dafür bezahlt?«

»Sie sind doch verrückt geworden.«

»Penelope, was ist denn eigentlich los?«, fragte Sam. »Soll das heißen, dass Dr. Cliff … Mr Hammond Maureen Oliver dafür bezahlt hat, dass Sie seinen Geburtseintrag fälscht?«

»Das soll es heißen. Allerdings hat sie ihn anschließend mit ihrem Wissen erpresst und das mit ihrem Leben bezahlt. Ich glaube, dass an den Gerüchten, dass Ihre Fernsehkarriere am Ende ist, etwas dran ist. Sie haben sich rechtzeitig nach einem geeigneten Ort für einen auskömmlichen Lebensabend umgesehen. Und da kam Ihnen das Schloss in den Sinn. Auf dem Ihre Mutter damals tätig war. Die Demenzerkrankung des Lords kam Ihnen da gerade recht.«

»Das ist doch wirklich absurd.«

»Aber Sie haben nicht damit gerechnet, dass der Lord Ihre Absichten durchschaut. Dass er die Ackerwindensamen in den Vorgärten verteilt, war ein Zeichen von ihm. Es war seine einzige Chance, auf dieses Unrecht aufmerksam zu machen.«

»Ich höre mir das nicht länger an.« Nigel Hammond wandte sich ab und ging zur Treppe hinüber.

»Und ganz besonders perfide ist, dass Sie deshalb Mathilda Emerson umgebracht haben.« Penelope sah ihn wütend an. »Und zwar in ihrem Bett im Ivy Cottage.«

»Das können Sie nicht beweisen.«

»Dass der Lord nicht Ihr Vater ist, lässt sich durch einen Vaterschaftstest herausfinden, und Mathilda Emerson können Sie eine Exhumierung ersparen, wenn Sie die Tat zugeben.«

Auf der Galerie wurde es still.

Plötzlich war aus dem Saal Applaus zu hören, die Besucher riefen und pfiffen.

Nigel Hammond nutzte die Ablenkung der anderen und lief die Treppe hinunter. Leander Crossing wollte ihm folgen, aber Penelope hielt ihn zurück.

Als Hammond unten ankam, ging die neben der Treppe gelegene Kellertür auf. Erstaunlich behände sprang mit gezogener Waffe Martin hervor und warf einen Beutel Schweineblut auf Hammond.

»Ach du Scheiße!«, rief er. »Das ist ja gar nicht Dorian.«

Die Eingangstür wurde geöffnet, und Inspector Farnsworth betrat gemeinsam mit zwei uniformierten Beamten die Eingangshalle. Als sie Martin entdeckten, zogen die Beamten ebenfalls ihre Waffen.

»Legen Sie die Waffe nieder!«, forderte Farnsworth ihn auf.

»Das ist ein Missverständnis!«, rief Penelope von der Galerie hinunter. »Das ist Teil unseres Events, und die Waffe ist nicht echt.«

Farnsworth legte den Kopf in den Nacken und sah zu ihr hinauf.

»Falls Sie da sind, um Dr. Hammond …« Penelope deutete auf den blutüberströmten Schauspieler. »Nigel Hammond.«

Die beiden Sergeanten richteten die Waffe auf ihn.

»Brauchen Sie einen Arzt?«, fragte Farnsworth.

»Das ist Schweineblut«, erklärte Martin. »Dem fehlt nichts.«

»Ah.« Farnsworth nickte nachdenklich. »Festnehmen«, wies er seine Sergeanten an. An Hammond gewandt, fuhr er fort: »Ich nehme Sie fest wegen des Verdachts, absichtlich den Verkehrsunfall verursacht zu haben, bei dem Priscilla Emerson schwer verletzt wurde, und sich anschließend unerlaubt vom Unfallort entfernt zu haben.«

»Was ist los?«, fragte Martin.

Hammond zupfte die Manschetten unter seinen Jackettärmeln hervor, was deshalb nicht so souverän wirkte, weil ihm Schweineblut aus den Haaren tropfte.

»Wir haben Ihr Fahrzeug konfisziert und untersucht. Es weist deutliche Spuren auf, die zu dem Unfallhergang passen.«

»So?«, sagte Hammond mit so viel Würde, wie es ihm in Anbetracht der Umstände möglich war.

»Und in dem Mietfahrzeug, mit dem Maureen Oliver tödlich verletzt wurde, haben wir Ihre Fingerabdrücke gefunden.«

»Sie glauben also, dass ich durch Shaftesbury fahre und Frauen töte?« Hammond wischte sich Blut aus der Augenbraue. »Warum sollte ich das tun?«

»Weil die Frauen drohten, Ihren perfiden Plan auffliegen zu lassen«, rief Penelope von der Galerie hinunter. »Ihren Plan, für einen wohlsituierten Lebensabend im Schloss zu sorgen.«

SONNTAG

Als Penelope am Sonntag nach der Kirche den Pub betrat, entdeckte sie Laura hinter dem Tresen. Sie zapfte Bier und wechselte verliebte Blicke mit Luke.

»Hätte ich nicht gedacht, dass sie eine Undercoveragentin des MI5 schicken, um diesen Schmierenkomödianten hopszunehmen«, stellte John fest. »Laura, schenk mir noch ein Bier ein. Bei dir schmeckt es viel besser als bei Luke.«

Laura grinste ihn an und stellte ein Glas unter den Zapfhahn.

»Und was bekommen Sie?«, fragte sie Penelope.

»Haben Sie was gegen Kopfschmerzen?«

»Dagegen habe ich sehr viel. Aber ich würde ein Gläschen Schlehenlikör empfehlen.« Laura deutete mit dem Kinn zu einem Tisch. »Das bringe ich gleich dorthin.«

Penelope sah zu dem Tisch hinüber. Dort saßen Sam und Lilly, flankiert von ihren beiden Hunden. Sam winkte sie heran.

»Wie geht es Ihnen?«

Penelope ließ sich erschöpft auf einen Stuhl fallen. »Ich habe ein schlechtes Gewissen.«

»Musst du auch«, bestätigte Lilly. »Kirche ausfallen lassen ist schlecht für das christliche Karma.«

»Was ist das denn?«, fragte Penelope.

»Lilly meint das nicht so«, sagte Sam.

»Doch, meine ich. Gemmas Daddy meint, …«

»Ist gut jetzt, Lilly. Du weißt doch, was gestern los war. Davon muss Penelope sich erst mal erholen.«

»Ist schon in Ordnung.« Penelope rückte die Teetasse und das Glas Schlehenlikör zurecht, die Laura ihr hinstellte.

»Das war voll krass.«

»Das stimmt«, bestätigte Penelope. »Diese Lesung ist eingeschlagen wie eine Bombe. Blomberg hat heute Morgen angerufen. Die Verkaufszahlen für Tom Stannecks Krimi gehen durch die Decke. Und aus den Lesungen in Blackmore Manor wird eine regelmäßige Veranstaltung. Allerdings müssen wir noch an den Details arbeiten. Ich fand, dass ein bisschen zu viel Schweineblut im Spiel war.«

»Aber an diesem Dr. Clifford sah es doch ganz gut aus«, erklärte Lilly. »Passt ja auch zu seiner Rolle als Arzt.«

»Die dürfte er wohl los sein«, stellte Sam fest.

»Kann er ja einen Gefängnisinsassen spielen.«

Penelope nahm einen Schluck Tee, um ihr Grinsen zu vertuschen. Die Sonntagszeitung hatte ausführlich über das Karriereende von Nigel Hammond berichtet, und als sie am Morgen aus ihrem Haus getreten war, hatten auf dem Dorfanger Übertragungswagen der Fernsehsender Stellung bezogen. Möglicherweise würde Shaftesbury mehr Berühmtheit erlangen, als dem kleinen Ort lieb war. Der Earl jedenfalls hatte verkündet, dass diese Veranstaltung die erste und letzte gewesen sei, aber Samantha Smith hatte Penelope mit einem Augenzwinkern zu verstehen gegeben, dass sie das Problem schon lösen würde. »Ich sage nur: Victor Parmentier«, hatte sie gewispert.

»Und seine Drehbücher kann er im Gefängnis schreiben«, stellte Sam zufrieden fest.

»Das war doch voll fies«, stellte Lilly fest. »Der wollte einfach so tun, als wenn der arme Lord sein Vater ist. Gemmas Daddy sagt, dass er raffig ist.«

»Raffgierig«, korrigierte Sam.

»Und dafür hat er einen Mord begangen und einen Mordversuch unternommen.«

»Wie geht es Priscilla?«, fragte Sam.

»Besser. Allerdings wird sie sich mit der Polizei auseinandersetzen müssen, wenn sie wieder gesund ist. Es war keine gute Idee von ihr, zu versuchen, Hammond zu erpressen. Das hätte sie beinahe mit dem Leben bezahlt.«

»Die Polizei hat das schwarze Heft bei ihm gefunden, das Mathilda unter der Bodendiele in ihrem Schlafzimmer versteckt hat. Darin hat sie alle Fälle notiert, in denen sie sicher war, dass die Vaterschaftsangaben der Mütter ihrer Meinung nach nicht stimmten.« Penelope beugte sich vor. »Beispielsweise steht darin, dass John Martins Vater ist«, flüsterte sie. Sie sah Lilly an. »Aber das bleibt ein Geheimnis.«

»Das bleibt ein Geheimnis«, erklärte Lilly ernsthaft und wandte sich dann zu John um. »Der ist aber viel dünner als Martin.«

»Ja, und wir werden dieses Geheimnis niemandem verraten.« Sam drehte den Kopf seiner Tochter wieder zum Tisch. »Auch nicht Gemmas Daddy.«

»Menno.«

»Das ist das Wesen von Geheimnissen.«

»Dass man sie verraten kann«, sagte Lilly.

»Dass man sie nicht verrät. Sonst sind sie keine Geheimnisse mehr.«

»Warum wollte Mr Hammond denn gern der Sohn vom Lord sein?«

»Weil der Lord reich ist und in einem Schloss wohnt und Nigel Hammond nicht reich ist und in keinem Schloss wohnt«, erklärte Penelope.

Lilly nickte. »Das ist ein Grund.« Sie deutete auf Penelopes Teetasse. »Kannst du mal austrinken?«

»Warum?«

»Na, weil wir doch jetzt unser Picknick machen.« Sie lächelte Penelope an. »Das hast du Daddy versprochen.«

Penelope sah Sam an. Der wöchentliche Fernsehabend am Mittwoch würde künftig wohl ausfallen, aber an ihrer Verabredung zum sonntäglichen Picknick würde sie gern festhalten. Trotz der Insekten und der Grasflecken auf ihrer Kleidung.